JELLA BENKS

Ewig & Wir

Herbstgewitterküsse

Liebe Leser:innen,
dieses Buch enthält potenziell triggernde Inhalte, deshalb befindet sich auf Seite 394 eine Triggerwarnung.
Achtung: Diese enthält Spoiler für das gesamte Buch.

JELLA BENKS
Ewig & Wir
HERBSTGEWITTERKÜSSE

Willst du schon gehen? Der Tag ist ja noch fern.

Es war die Nachtigall und nicht die Lerche.

die eben jetzt dein banges Ohr durchdrang

William Shakespeare,
Romeo und Julia

Playlist

Birdy	Tee Shirt
Christian Leave	Please Notice
The Mayries	Firework
Ed Sheeran	All of the Stars
Andrea von Kampen	First Meeting
Adam Christopher & Dan Berk	10.000 Hours
Kina Grannis	In your Arms
Us The Duo	No Matter Where You Are
Anson Seabra	Stay with Me
Olivia Penalva	You are the Reason
Bailey Rushlow	When I Look At You
Taylor Swift	Love Story

Kapitel 1

Maya

»Wir müssen zurück.« Eine unnötige Feststellung. Die ersten Sonnenstrahlen durchbrachen längst wie ein überdimensionaler, mahnender Zeigefinger die Wolkendecke. Sie tauchten unsere Welt in ein Meer aus Farbe, als wollten sie die Finsternis der letzten Nacht übermalen. Strahlendes Gelb ging über in leuchtendes Orange, malte die Wolken in zartem Rosa und lila Pastell an. Darüber spannte sich das tiefe Blau des Himmels wie ein schützendes Zelt.

Zurück.

Das Wort hallte in mir nach. Es schmeckte bitter. Ein Frösteln kroch mir die Arme hinauf. Ich atmete die Waldluft ein, saugte den Geruch von Moos, würzigem Waldboden und Tannennadeln auf, um meine gereizten Nerven zu beruhigen. Um die Anspannung wegzuatmen, die der Tagesanbruch mit sich brachte. Hoffnungslos – sie blieb, wo sie war, füllte jeden Winkel in mir aus. Dann sah ich zu Fynn und verlor mich in vergissmeinnichtfarbenen Augen. Ihm gelang, was weder den Farben noch dem Waldgeruch gelungen war, er löste die Anspannung. Die Gewichte, die sich wie unsichtbare Steine auf meine Brust gelegt hatten, fielen ab. Sein Blick wärmte mehr als die Sonnenstrahlen.

Wozu brauchte ich Sonne, wenn ich Fynn hatte?

Ich beugte mich vor, überwand diesen winzigen Abstand zwischen uns und hauchte ihm einen Kuss auf den Mund. Beinahe sofort brach die Härte in seinen zusammengepressten Lippen auf und wurde verdrängt durch ein Lächeln.

»Hast du geschlafen?«

»Genauso wenig wie du.« Er schien mehr sagen zu wollen, aber aus der Ferne erklang ein Gong und Fynn schnaubte auf, begann, seine Schultern zu kreisen, so gut es im Liegen möglich war. »Wenn du das nächste Mal von Klippen springst, versenk Mr Hemskeys Gong.«

»Gute Idee.« Ich setzte mich auf, um Fynn Platz für seine Verrenkungen zu lassen. »Vermisst du etwa deine Matratze, Yuppie?«

Ich bekam einen gespielt finsteren Blick. »Und wie.« Ein zweiter Gong ertönte und Fynns Versuche, sich zu strecken, gingen über in ein tiefes Seufzen. »Ich sollte los.«

Sollte er.

Wir mussten uns unter die anderen mischen, bevor auffiel, dass wir fehlten. Ich baute darauf, dass Dorie sich wieder heimlich ins Zelt ihres Freundes geschlichen hatte und Matt annahm, dass Fynn ganz Ähnliches tat. Doch irgendwann würde jemand feststellen, dass wir fehlten.

»Denkst du, Xander ahnt was?« Seine Finger legten sich an meine und erst unter ihrer Wärme spürte ich meine eigene Kälte.

Ich wollte nicht zurück.

»Nein.« Fynn und ich – diese Kombination war so abstrus, dass sogar ich manchmal innehalten musste, weil ich es nicht fassen konnte.

Ich liebte einen Ferres.

»Xander würde es nicht glauben.« Die Wahrheit war zu absurd.

»Wir sollten hierbleiben.«

»Dann suchen sie uns.«

»Ich hasse es, wenn du vernünftig bist.« Fynn gab meine Hand frei und streifte die Decke von uns. »Gib mir ein paar Minuten, um die Stimmung zu checken.« Seine Worte kamen mit der üblichen Lässigkeit daher, doch sein Blick verriet ihn. Darin lag eine Härte, mit der er Stahl hätte schneiden können.

»Halte dich von Xander fern.«

»Mache ich.« Zu der Härte gesellte sich ein grimmiges Funkeln. »Aber meine finsteren Blicke reichen weit.«

Kapitel 2

Es war zu still.

Ich hatte einen Umweg genommen, um an einer anderen Stelle als Fynn zum Camp zu stoßen. Es waren Kleinigkeiten, aber wir hatten gelernt, auf sie zu achten. Verzögert voneinander irgendwo hinzugehen, unterschiedliche Wege zu nehmen … Sie waren mir längst in Fleisch und Blut übergegangen.

Die warmen Töne der Luxuszelte leuchteten mit der Sonne um die Wette. Der Wind zupfte spielerisch an den Stoffen des Pavillons, aber sonst gab es kaum Bewegung in den umherstehenden Gruppen.

Wieso herrschte keine Aufbruchstimmung?

Weshalb wurden keine Koffer über den Kies gezerrt?

Nicht noch hektisch Taschen gepackt?

Ein Stein wuchs in Sekundenschnelle hinter meiner Brust heran und drückte sich mir schmerzhaft in den Magen.

Meine Beine konnten sich nicht entscheiden.

Stoppen? Weil es sich nach den letzten Stunden nicht anfühlte, als könnte ich noch mehr Probleme ertragen?

Rennen? Damit ich diese quälende Unsicherheit schneller loswurde?

Ich zwang mich zu einem Kompromiss, ging weiter und suchte in den Gruppen nach Fynn. Als ich sein haselnussbraunes Haar fand, überlegten es sich meine Beine augenblicklich anders.

Sie rannten los.

Zu der sonderbarsten Dreiergruppe, die es geben konnte.

Fynn.

Mr Hemskey.

Und Xander.

Ausgerechnet.

Was immer dort für eine Katastrophe wartete, ich stürzte geradewegs in sie hinein. Ich stoppte vor Mr Hemskey, neben Fynn, der mich von Xander abschirmte.

»Was ist hier los?«, brach es aus mir heraus und schon spürte ich die Blicke der anderen Schüler auf mir. Sie waren wie Nadeln, die sich in meinem Rücken versenkten. Es wäre klüger gewesen, mich zurückzuhalten. Gleichzeitig fühlte sich Mr Hemskeys wütende Miene nicht an, als wäre Zurückhaltung eine Option.

Die drei zusammen.

Hier.

Nach letzter Nacht.

Das war kein Zufall.

Fynn drehte sich zu mir und seine Lippen bildeten eine grimmige, dünne Linie. Trotz des Sonnenscheins, der jeden Winkel ausleuchtete, wirkten seine Augen dunkel.

»Ein Wort, Mr Ferres, und das war es mit Ihrer Rückkehr!« Ich hatte Mr Hemskey oft wütend gesehen, aber der Zorn in seiner Stimme übertraf alles, was ich von ihm kannte.

»Dann sagen Sie mir, was hier geschieht.«

Immerhin gab sein zornfunkelnder Blick Fynn frei, um sich in mir zu versenken. »Sie könnten tatsächlich hilfreich sein, Ms McGrey. Der Vorwurf von Gewalt steht im Raum.«

Gewalt.

Nein, nein, nein!

Der Boden unter mir schien zu schwanken.

Ich konnte nicht mit Mr Hemskey darüber reden.

Oder mit sonst jemandem.

Woher wusste er von Xanders Schlägen?

Von Fynn nicht. Das würde er mir nicht antun.

Aber woher dann?

Xander?

Unmöglich.

»Sie wissen, dass ich bei dem Thema keinen Spaß verstehe«, fuhr Mr Hemskey ungerührt fort. »Sie alle!«

Aus den Augenwinkeln sah ich Fynn den Kopf schütteln. Eine winzige Bewegung, die sich anfühlte, als wäre sie für mich bestimmt – weil er mir nicht sagen durfte, was hier geschah.

Fynns harter Blick.

Mr Hemskeys Wut auf ihn.

Xanders Anwesenheit …

Konnte Xander ernsthaft Fynns Schlag gemeldet haben?

»Du bist das Letzte!« Von ihm hatte ich heute Morgen nur den Hinterkopf gesehen und der hatte gereicht, um mich sofort wegschauen zu lassen. Ich hatte vorgehabt, ihn zu ignorieren. Jetzt kapitulierte ich schon, bevor wir das Camp verließen. Ich sah an Fynn vorbei zu ihm und stieß ein Schnauben aus bei dem, was mir aus seinem Gesicht entgegensprang. Seine Nase war ein wenig blau – verständlich. Für den Rest galt das nicht. Weder für das geschwollene Auge noch für das getrocknete Blut an seiner aufgerissenen Lippe.

Das war nicht Fynn gewesen!

Es war Xanders Antwort auf seine Drohung.

Er hatte sich selbst verletzt, damit Fynn von der Verona Hall flog.

Heiße Wut mischte sich in meine Venen, brachte das Blut darin zum Kochen. Gleichzeitig bohrte sich Xanders Blick in mich. Seine stumme Forderung mitzuspielen.

Wie konnte er nach gestern denken, dass ich das tun würde?

Weil ich es immer getan hatte.

Weil er Fynn hasste.

Weil alle im Kreis Fynn hassten.

Jede der Antworten war wie ein Stich mitten in mein Herz.

Zumindest damit lag ich richtig.

Nie würde Xander die Wahrheit erkennen, nicht einmal, wenn sie neben ihm stand.

»Ms McGrey?« Eine ungeduldige Nachfrage, auf die ich eine Antwort brauchte. Jetzt.

»Es war Notwehr. Xander hat mir in den Waschräumen aufgelauert und beim Versuch, ihn rauszuzerren, erwischte Fynn seine Nase.«

Ich betete, dass Fynn etwas Ähnliches gesagt hatte. Sein Wunsch, mich zu schützen, war größer als seine Angst vor einem weiteren Rauswurf.

Niemals hätte er ohne meine Einwilligung erzählt, was gestern Nacht geschehen war.

»Maya!«, kam es entrüstet von Xander, aber Mr Hemskeys ausgestreckte Hand stoppte ihn.

»Also«, sagte er und Überraschung flackerte in seinen Augen. »Es gibt hier unterschiedliche Versionen.« Sein durchdringender Blick blieb auf mir liegen. »Ihre Leute fordern, dass Mr Ferres unverzüglich die Verona Hall verlässt. Bis gerade habe ich mit diesem Gedanken gespielt, jetzt kommen Sie und bestätigen seine Aussage.«

»Sie hat gehört, was die Yuppies sich zutuscheln!«, protestierte Xander.

»Warum sollte Ms McGrey, die Ihrem Lager angehört, ausgerechnet für ihn lügen?« Eine rhetorische Frage, seine ausgestreckte Hand stoppte Xander erneut. »Also, Ms McGrey – ich traue Ihrem Urteil. Ihre eigenen Leute fordern, dass Mr Ferres heute noch die Schule verlässt. Was sagen Sie?«

Ich hielt seinem Blick stand, hoffte, er würde die Wahrheit in meinem Gesicht erkennen. »Fynn hat nichts Falsches getan. Wenn Sie jemanden bestrafen wollen, dann Xander. Er belügt Sie.«

Der stieß nun meinen Namen so wütend aus, dass sich Mr Hemskey irritiert zu ihm wandte. Bisher war Xander der Einzige von uns dreien gewesen, der nie eine Strafpredigt von ihm bekommen hatte. Seine Weste war weiß und makellos. *Irgendwie ironisch.*

Mr Hemskey drehte sich wieder zu mir um. »Das reicht. Holen Sie alle Ihr Gepäck, der Bus hätte vor zehn Minuten abfahren sollen.«

Der Bus.

Schon drängten sich die anderen Probleme wieder in mein Bewusstsein und brachten ein Neues mit sich.

Ich hatte Xander verraten.

Mist.

»Ms McGrey.« Der Direktor war bereits auf dem Weg zu den anderen, drehte sich aber überraschend zu mir um. »Sie kamen zu spät, dabei sind Sie noch auf Bewährung für Ihren tollkühnen Klippensprung. Sie kommen auf den Strafsitz, zusammen mit Mr Ferres, der hat sich ebenfalls eine Auszeit für seinen Schlag verdient. Selbst wenn es Notwehr war, finde ich diese Erinnerung daran, was wir an unserer Schule von körperlichen Auseinandersetzungen halten, sinnvoll.« Er ließ es wie einen Befehl wirken und war dabei laut genug, dass alle ihn hörten.

Es war keiner.

Mr Hemskey gab uns die Möglichkeit, zusammen zu sein. Ohne Fynn an meiner Seite wäre die Busfahrt eine einzige lange Tortur. In Gedanken schickte ich ihm ein Danke hinterher, gerade als Xander unsere Leute erreichte. Wobei – den Blicken nach, die ich nur Sekunden später zugeworfen bekam, zählte ich momentan nicht zu ihnen.

»Sieh nicht hin«, raunte mir Fynn zu, der seine eigene Geschwindigkeit wie zufällig meiner anpasste. *Er hatte recht, das machte es nur härter.* Ich zwang mich, von den Kreislern fortzuschauen, ignorierte Sid und sein Gejohle. Die Yuppies. Ich konzentrierte mich auf das Geräusch von Fynns Schritten. Ein gemächlicher Rhythmus, der mich daran erinnerte, dass ich nicht allein war, auch wenn es sich verdächtig danach anfühlte.

Wir bekamen den abgeschiedenen Strafplatz im Bus hinten in der Ecke zugeteilt, woraufhin auf Fynn ein Dutzend mitleidiger Kommentare der Yuppies einprasselten. Sie waren wie Pfeilspitzen, die sich in mich bohrten. Jeder davon zeigte mir einmal mehr, dass es in seiner Welt keinen Platz für mich gab. Fynn selbst lächelte knapp, bevor er sich mit theatralisch großer Geste neben mich setzte. Erst dann, versteckt hinter den Rückenlehnen, löste Erschöpfung sein falsches Lächeln ab.

Unsere Hände lagen nebeneinander, dort, an der winzigen Lücke, die die Sitze voneinander trennte. Zumindest diese Schlucht war zur Abwechslung leicht zu überwinden und warme Fingerspitzen drängten bereits an meine, noch bevor sich der Bus in Bewegung setzte. Wie gern hätte ich mehr von dieser tröstenden Wärme eingefordert, Fynns Hand genommen, aber das Risiko, entdeckt zu werden, konnte ich nicht eingehen.

Für den Augenblick gab es genug Katastrophen zu überstehen.

»Irgendwann lachen wir darüber«, raunte Fynn mir zu und rutschte tiefer in seinem Sitz herab. »Die Tatsache, dass Xander sich selbst Schläge versetzt, nur um mir Ärger einzuhandeln ... Ich wünschte, er hätte uns wenigstens zuschauen lassen.«

»Und ich wünschte, ich müsste ihn nie wieder sehen«, flüsterte ich und rutschte ebenfalls tiefer, damit niemand sah, dass wir miteinander redeten. Wir hatten uns anzuschweigen, wenn wir uns nicht gerade mit Gemeinheiten übergossen, so waren die Regeln. Momentan mochte ich nicht besonders beliebt bei meinen Leuten sein, aber das machte die Einhaltung nur noch wichtiger.

Fynns Finger wurden mutiger, fuhren meinen Handrücken entlang. »Bald sind wir hier weg.« Die Zuversicht in seinen Worten breitete sich über meiner inneren Kälte wie eine warme Decke aus.

Eine Zukunft.

Eine Zukunft mit Fynn.

Das war waghalsig, aus so vielen Gründen.

Und gleichzeitig das, was ich wollte.

Meine Hand überlegte es sich anders, rutschte doch in seine und er verschränkte unsere Finger, sodass es unmöglich war zu sagen, wo er endete und ich begann. Nicht nur ich hatte Angst – seine spürte ich in dem festen Griff, fand sie in dem stürmischen Blau seiner Augen.

»Du kannst mir nicht helfen.«

Er stieß den Atem aus, so frustriert, dass es mich rührte. *Wie konnte der Kreis in ihm nur etwas Schlechtes sehen?*

»Ich schaffe das.«

»Natürlich.« Betont strich er mit dem Bernstein über mein Handgelenk. »Ich wünschte nur, ich könnte mehr tun ... oder überhaupt etwas.« Ein winziges Kopfschütteln, das plötzlich stoppte, und es blitzte in seinen Augen, Sonnenstrahlen, die auf Vergissmeinnicht fielen. Dieses typische Fynn-Blitzen. Er hatte eine Idee – eine aberwitzige.

Nur welche?

»Komm ins Schwimmteam.«

Oh.

Das war noch schlimmer als gedacht.

»Nein.« Zum Glück waren die Reihen vor uns frei, denn meine entgeisterte Erwiderung war alles andere als geflüstert. Doch das gleichbleibende Summen der Stimmen vor uns blieb genau das – gleichmäßig. Das wären sie nicht, wenn sie begriffen, dass wir hier miteinander tuschelten. »Unmöglich«, fuhr ich nun flüsternd fort. »Dad würde bei der Vorstellung, dass ich im Badeanzug vor allen stehe, durchdrehen.«

Das Fynn-Blitzen blieb, wo es war. »Während der Wettkämpfe bekommst du einen Bademantel. Und du würdest nicht schwimmen, du wärst nur Ersatz. Taira meint, es gebe zwei Ausfälle und sie brauchen händeringend jemanden, finden aber so kurz vor Schulende niemanden mehr.« Zu dem Funkeln schlich sich ein kleines Grinsen. »Sie sind verzweifelt.«

»Verzweifelt genug, um einen Freak aufzunehmen?« Ich hob betont die Augenbrauen, bis es sich anfühlte, als müssten sie jeden Augenblick auf meinen Haaransatz treffen.

»Ja, vorausgesetzt, der ist schnell genug.«

Eine Provokation.

Fynn kannte mich und diese Schwäche, mich beweisen zu wollen, besser als jeder andere.

»Ich weiß, was du versuchst. Vergiss es.« Der kratzige Stoff des Sitzpolsters streifte meine Wange, als ich tiefer hineinsank, und der Geruch nach Polyester biss in meiner Nase. *Das war lächerlich. Alles.* »Nenn mir einen Grund, weshalb ich in ein Schwimmteam eintreten sollte, das auch noch von Taira angeführt wird.«

»Weil die Mitglieder jederzeit trainieren können, aber die meisten machen das zu Hause.«

Ernsthaft? Sie besaßen allesamt Trainingsbecken?

Mein Mund öffnete sich und wurde gestoppt von Fynns Finger, der sich sanft auf meine Lippen legte.

»Vor Schulbeginn wäre dort niemand außer uns.«

Oh.

Das war ein Grund.

»Xander und die anderen können dich da nicht belagern.«

Und er wurde besser.

Er zog seinen Finger zurück und grinste breit. Typisch Fynn. Für ihn war die Welt eine Unsumme von Möglichkeiten, ein Süßigkeitenladen, bei dem man sich frei bedienen konnte. Manchmal wünschte ich, ich könnte auch so sein. Nicht darüber nachdenken, was der Rest des Kreises sagen würde und Dad … Einfach zustimmen, nur damit das Blitzen in seinen Augen blieb, wo es war.

»Und was ist mit Taira?« Ein Ausweichen.

»Nichts. Die Schwimmerinnen wählt Mrs Bennett aus. Taira wird dich reizen, wo sie nur kann. Aber du bist tough«, gab Fynn so trocken zurück, dass ich widerwillig lächelte.

»Vielleicht im nächsten Leben. Für den Augenblick habe ich genug Probleme.« Das Blitzen in seinen Augen erlosch noch schneller als gedacht. »Es tut mir leid«, schob ich hinterher und schon legte sich seine Hand wieder in meine.

»Nein. Ich hätte nicht fragen sollen. Treffen wir uns morgen in der ersten Pause?«

Er bekam ein begeistertes Nicken und meine Hand einen winzigen, gehauchten Kuss.

Kapitel 3

Das Blau des Kreisbusses leuchtete uns schon hinter den Bäumen entgegen, bevor wir auf den Parkplatz fuhren.

Dad war da.

Ich hatte Stunden gehabt, um mir zu überlegen, was ich ihm sagen konnte, aber jetzt reichte dieses strahlende Blau aus, um all die zurechtgelegten Worte in mir auszulöschen, bis sich nichts als Leere in mir fand.

Unser eigener Bus kam zum Stehen und beinahe sofort drängte der Rest der Stufe in den Gang. *Warum hatten sie es alle so eilig, dem Bus zu entkommen?*

Ich hätte gerne meine Nacht hier verbracht.

Und die nächsten Tage.

Oder Wochen.

»Ich hasse es, dass ich dir nicht helfen kann.« Fynn nutzte den allgemeinen Trubel und drückte noch einmal meine Hand. »Ich fühle mich so verdammt unnütz.«

»Such uns eine Uni. Darüber freue ich mich morgen sicher.« Eine halb scherzhafte Bemerkung, aber Fynn nickte nur und wieder flackerte es unruhig in seinen Augen. Sorge. Wahrscheinlich war es tatsächlich gut, wenn er etwas zu tun hatte. Das könnte ihn davon abhalten, stundenlang sein Handy anzustarren und darauf zu warten, dass ich mich meldete.

Mit einem Zischen öffneten sich die Bustüren.

Wir mussten aufstehen.

Fynn strich noch einmal mit dem Daumen über meine Hand, dann gab er mich frei und stand auf. Widerwillig tat ich es ihm gleich.

Als ich meine Tasche schulterte, kam sie mir deutlich schwerer vor als auf der Hinfahrt und Grund dafür war sicher nicht der neue Badeanzug.

Der Gang leerte sich beachtlich schnell. Ein letztes Mal atmete ich tief durch, dann ging ich los.

Sonnenschein blendete mich, als ich aus dem Bus trat. Ich blinzelte und konnte im nächsten Moment gerade noch einem gigantischen giftgrünen Koffer ausweichen. Taira bedachte mich dafür mit ein paar spitzen Kommentaren. Dass ich nicht einmal antwortete, sagte alles über meine Verfassung aus. Mr Hemskey rief derweil lautstark zur Ordnung, weil die Yuppies und die Neutralen wie die Heuschrecken über ihr Gepäck herfielen. Die Kreisler hingegen peilten längst unaufgeregt den blauen Bus an. So unterschiedlich wir auch waren, in einer Sache waren sich offenbar alle einig. Sie wollten so schnell wie möglich weg.

Alle.

Außer mir.

Durchatmen und los.

Xander baute sich an der Tür auf, kaum dass ich sie erreichte. Sein Gesicht sah noch ähnlich erschreckend aus wie vor einigen Stunden. Das Blut, die Farben darin, die Schwellungen. Aber viel schlimmer als das war der Blick, den er mir zuwarf. Er war wie unsichtbare Hände, die mir langsam den Hals abschnürten. *Genau so fühlte es sich jedes Mal an, bevor er zuschlug.* Alles an mir reagierte instinktiv, spannte sich an, mein Hals wurde staubtrocken und mein Herz begann zu trommeln.

Nein.

Nein.

Nein!

Das war vorbei.

Ich hob das Kinn, legte das, was ich ihm entgegenschleudern wollte, in diesen einen Blick und wusste gleichzeitig, dass es nicht genug war – nie genug sein konnte.

»Steig endlich ein, Maya!« Er gab die Bustür frei. Eigentlich mochte ich den Bus, die verschlissenen Sitze, das Ruckeln, mit dem er sich in Bewegung setzte. Aber der Kontrast zum Sonnenlicht draußen ließ sein Innerstes heute dunkel und wenig einladend wirken.

Mein Herz trommelte weiter in diesem schnellen, panischen Takt, als ich an Xander vorbeihuschte.

Wie ich es hasste, nicht zu wissen, was er in meinem Rücken tat.

Rasch wandte ich mich Dad zu, wollte ihn begrüßen, nur um dann entgeistert zu verharren. Der Mann, der mir mit undurchdringlicher Miene entgegensah, war nicht Dad.

Es war Magnus.

»Maya.« Er bewegte den Kopf einen Hauch, der Rest von ihm verharrte. Und dann sah ich seinen Blick, die Wut, die darin flackerte, und die Enttäuschung.

Er wusste, was geschehen war.

»Wo ist Dad?«

»Setz dich, Maya!« Mehr als diesen knappen Befehl bekam ich nicht. Xander hatte keine Zeit verstreichen lassen, um ihm von meinen Verfehlungen zu berichten.

Von mir aus.

Er hätte sie nachher ohnehin alle von Dad erfahren.

Ich ging tiefer in den Bus, dessen Gang sich heute wie ein Schlund anfühlte, der mich verschluckte. Die anderen saßen längst, doch nicht einer von ihnen sah zu mir auf oder rutschte, um mir Platz zu machen wie sonst. Kurzerhand wählte ich eine der freien Bänke. Hinter mir atmete jemand betont aus und ich tat, als bemerkte ich es nicht. Ich wollte nicht einmal wissen, wer es gewesen war. Es würde mich bei jedem verletzen. Dafür kannte ich alle von ihnen zu gut.

Kaum saß ich, drängte sich Xander zu mir, setzte sich einfach auf den Platz am Gang und zwang mich so, weit ans Fenster zu rutschen, weil ich seine Nähe nicht ertrug.

»Geh weg!«, fuhr ich ihn an, gerade als sich der Bus mit seinem üblichen, lauten Ächzen in Bewegung setzte. Selbst der schien mich heute nicht leiden zu können. Hätte er nicht einfach eine Panne haben können?

»Lasst ihr uns ein wenig Raum?«, fragte Xander die beiden hinter uns, ohne auf meine Forderung einzugehen. »Maya und ich müssen reden.« Jetzt war seine Stimme liebenswürdig wie immer. Auch ohne hinzuschauen, wusste ich, dass sie begleitet wurde von dem passenden, leicht zerknirschten Lächeln. Ja, er war nach außen so widerlich perfekt.

»Es gibt nichts zu besprechen«, protestierte ich, als sie sich erhoben. »Bleibt.« Vor zwei Wochen hätten sie das wohl getan, zumindest geschwankt. Jetzt konnten sie nicht schnell genug verschwinden, um mir zu zeigen, dass sich das geändert hatte.

In Xanders honigfarbenen Augen leuchtete es triumphierend. Diesen Kampf hatte er gewonnen. »Was soll das mit Fynnigan?« Der Triumph wurde beinahe sofort durch Finsternis abgelöst.

»Du hast mir keine andere Wahl gelassen.«

Xander versuchte sich an einem Lächeln. Ob es ohne die ganzen Verletzungen im Gesicht ähnlich unheimlich ausgesehen hätte wie jetzt? »Man hat immer eine Wahl. Und sich mit dem Feind zu verbünden, ist die schlimmste aller Möglichkeiten. Es geht dir dabei doch ohnehin nur um uns, oder? Du willst mich bestrafen. Ich habe es verstanden, du bist wütend auf mich. Bitte, von mir aus: Es tut mir leid. Jetzt lass uns endlich normal weitermachen.«

»Das beweist nur, dass du nichts verstanden hast.« Ich presste mich ans Fenster, überlegte, ob neben ihm zu sitzen schlimmer war, als mich an ihm vorbeizudrängen. Doch er würde mir ohnehin auf jeden verdammten Platz hier drinnen folgen. »Dieses eine Mal geht es nur um mich. Und ich will dich nicht mehr in meiner Nähe haben.«

Er verdrehte die Augen, als wäre ich ein bockiges Kind. »Das ist keine Option, Maya, muss ich dich daran erinnern?«

Musste er nicht.

Dieses gottverdammte Keuschheitsgelübde.

Warum hatte ich Xander gedrängt, es zu brechen?

Ich hatte viele Fehler gemacht, aber keine Entscheidung bereute ich so sehr wie diese.

Bei unserer Trennung hatte ich ihm geschworen, dass niemals jemand von dem Regelbruch erfuhr. Immer und immer wieder. Doch er bestand darauf, an uns festzuhalten, selbst wenn wir beide unter dem Druck zersprangen.

»Eigentlich wollte ich es dir einfach machen, aber du bist dermaßen stur. Wenn es nicht um uns ging, warum dann diese Sache mit Fynnigan? Weshalb hast du mir nicht geholfen?« Ein weiteres Nachbohren, weil das andere Thema für ihn offenbar erledigt war. »Hast du so wenig Selbstachtung? Sein Vater hat deine Mutter auf dem Gewissen!«

»Woher weißt du davon?« Ich hatte ihm nie etwas darüber gesagt und Dad redete nicht über Mom.

Konnte er sein Schweigen gebrochen haben?

Warum?

»Ich helf dir da wieder raus, Maya.« Er ignorierte meine Frage. »Fynnigan hat deine Verwirrung im Camp ausgenutzt, sich Informationen erschlichen, die er gegen uns verwenden kann. Das ist mies, aber gemeinsam bekommen wir das hin.«

Ich wollte schreien.

Schreien, bis Xander verschwand.

Und dieser Bus.

Bis ich in meinem Bett lag.

Ich spürte sie bereits, die Schreie, die durch meine Brust zogen, darauf drängten, dass ich sie freiließ.

Doch ich presste die Lippen aufeinander.

Weil ich wusste, dass es nichts ändern würde.

Ich sah hinaus, wollte wissen, wie lange ich Xander noch neben mir ertragen musste. Gerade fuhren wir an der Stelle vorbei, an der Fynn sein Auto gestoppt hatte, um mich im Regen einzusammeln. Das war am Tag nach der Schulübernachtung gewesen. Bis gestern hatte er nicht gewusst, weshalb ich bei der Übernachtung zu ihm gekommen war. Der Grund stupste mich an und selbst diese leichte Berührung ließ mich zusammenfahren. Sie brachte Erinnerungen mit sich, an die ich nie wieder denken wollte. »Hör damit auf!«

»Du bist immer so melodramatisch.«

»Dann geh doch endlich!«, gab ich zurück. »Es gibt kein *Gemeinsam, kein Uns, kein Wir*. Das, was wir einmal waren, hast du am Tag der Schulübernachtung beendet. Alles danach war nur Schein. Wir haben krampfhaft daran festgehalten, weil das von uns erwartet wurde, aber ich kann das nicht mehr. Ich lass mir kein Leben mit dir aufzwingen!«

»Das ist Unsinn!« Xanders Art, mit Dingen umzugehen, die nicht in seine Vorstellung passten. Er stritt sie ab. Jetzt war ich offenbar eines davon geworden. Wie lange würde es dauern, bis er begriff, dass es nichts mehr zum Festhalten gab?

Tage?

Wochen?

Ich sah hinaus zu den Bäumen, die wirkten, als würden sie an uns vorbeifliegen.

Das würde ich auch noch überstehen.

Wie lang konnten Wochen schon werden?

Kapitel 4

Der Bus kam zum Stehen und mit ihm kurz mein Herzschlag.

Dad.

Jetzt musste ich ihm behutsam beibringen, was geschehen war. Zumindest die Teile, mit denen er leben konnte.

Mit Fynn könnte er nicht leben.

Gerade noch hatte es gestoppt, nun presste sich mein Herz zusammen wie ein Schwamm.

Wie viele Geheimnisse passten in einen Menschen?

Ich stieg aus und suchte mir einen Weg zwischen den anderen hindurch. Im Vorbeigehen hörte ich, wie sie Pläne für den Tag machten und Dienste austauschten, doch heute war ich kein Teil davon.

Ich öffnete die Tür unserer Wohnung, ging langsam hinein. Hier, in dem schmalen Flur, kamen mir meine Schritte ungewöhnlich laut vor oder aber der Rest war einfach zu leise.

»Dad?« Augenblicke vergingen und als ich schon glaubte, ich wäre allein hier, meldete er sich aus Richtung der Küche.

»Hier.«

Wenn sich am Meer ein Gewitter ankündigte, wurde zuerst die Luft schwer und schwül. Dann erklang ein kaum wahrnehmbares elektrisches Summen, dunkle Sturmwolken kündigten Unheil an und die hochpeitschenden Wellen machten deutlich, dass einem nicht mehr viel Zeit blieb, um sich in Sicherheit zu bringen. Genauso wie damals fühlte ich mich jetzt. *Als würde ein Gewitter heraufziehen.*

Langsam trat ich in die Küche und der erste Blitz traf mich, ohne dass Dad auch nur ein Wort sagen musste. Er saß am Tisch, genau dort, wo Fynn gesessen hatte, als er hier mit mir an seinem angeblichen Referat gearbeitet hatte. Seine Ellbogen standen auf der Tischplatte und seine Hände stützten seinen Kopf, als wäre der zu schwer, um sich selbst zu halten.

Kälte durchzog mich.

Ich kannte dieses Bild.

Es ging um Mom.

Jemand musste unvorsichtig gewesen sein, vielleicht ihren Namen genannt oder eine Erinnerung geteilt haben.

Es gab diese Reflexe, die so tief in uns wohnten, dass wir sie nicht einmal mehr hinterfragten. Es kribbelte in meinen Beinen und die Leere in meinem Kopf ließ nur einen Gedanken zu: *Ich musste weg.*

Doch gerade, als ich zurückweichen wollte, hob er den Kopf und ich atmete erleichtert auf. Dad war nicht erstarrt. Das hier war etwas anderes. Rotgeränderte Augen saßen über dunklen Gräben. Er stand auf, drückte die Arme durch. Sein Körper schwankte auf diese Weise, die verriet, dass seine Beine vom vielen Sitzen taub waren. »Wie konntest du uns so hintergehen?«

Worte wie ein Donnergrollen.

Er wusste es.

Was wusste er?

Mit jedem Wort, das ich von mir gab, konnte es schlimmer werden.

»Woher weißt du davon?«

»Xander hat uns darüber informiert, dass du offenbar den Verstand verloren hast. Er hat die Inhaberin des Camps gebeten, Magnus anzurufen. Wir haben lange geredet.«

Xander!

In Gedanken feuerte ich stumme Flüche in seine Richtung ab. *Deshalb wusste er von Mom.*

Dads Augen schimmerten feucht. »Stimmt es, dass du ihn nicht nur verlassen hast, sondern euren Direktor gebeten hast, dich vor ihm zu schützen, als wäre er ein wildgewordenes Tier?«

»Das ist nicht fair!«, brach es aus mir heraus, doch Dads Kopf schwang energisch hin und her. »Ich will von dir nur die Antworten haben, keine Erklärungen. Also stimmt es?«

»Ja.« Ich schluckte den Rest meiner Verteidigung herunter, fürs Erste. Wenn Dad in dieser Stimmung war, würde er mir ohnehin nicht zuhören.

»Du springst von Klippen … in Badekleidung?« Dads Finger vergruben sich Halt suchend in seinem dünnen Haar.

Xander, dieser elendige Verräter …

Grimmig nickte ich. Hier gab es nicht einmal mildernde Umstände, die ich anführen konnte. Die Klippen hatten mich an früher erinnert. An eine Zeit, in der ich Wetten mit mir selbst abgeschlossen hatte.

Wenn ich nicht zwischen die Gehwegplatten trat, würde die Sonne scheinen.

Wenn ich die Hausaufgaben in einer Stunde fertig bekam, würden wir nicht wieder umziehen.

Wenn ich die Beste in der Prüfung wurde, würde Dad nicht mehr erstarren.

Damals liebte ich es, von den Klippen zu springen. Weil ich mich für diesen kurzen Augenblick des Sprungs frei und unbesiegbar fühlte. Das endete jäh, als ich nach einem Sprung falsch aufkam und mir das Handgelenk brach. Seitdem litt ich unter Höhenangst. Doch der Anblick der Klippen im Camp hatte all diese Erinnerungen von früher zurückgebracht und diese Stimme in mir.

Wenn ich hinuntersprang, würde ich es schaffen, allen zu sagen, dass Xander und ich kein Paar mehr waren.

Im Camp war mir der Gedanke, dort hinunterzuspringen, ähnlich waghalsig vorgekommen, wie mich offiziell von Xander loszusagen.

»Du hast Alkohol getrunken!«, fuhr Dad seine Auflistung gnadenlos fort, während ich noch an den Klippen festhing.

Ernsthaft?

Hatte Xander eine Liste mit all meinen Verfehlungen angefertigt, damit ich vollumfänglich abgestraft wurde? Einmal hatte ich etwas getrunken. Das war am zweiten Abend am Strand gewesen, nachdem mich unsere Leute wie Luft behandelten. Fynn hatte die Dunkelheit genutzt, war wie zufällig an mir vorbeigekommen. Seine Finger hatten kurz über meine gestreift und ein Glas mit Gin darin zurückgelassen. »Auf dieses beschissene Leben«, hatte er mir noch sanft zugeraunt, dann war er gezwungen gewesen weiterzuziehen. In dem Moment hatte ich genau das gebraucht. Nicht den Alkohol, sondern die Erinnerung an unseren ersten gemeinsamen Abend bei ihm.

Wir hatten es damals geschafft.

Wir würden auch das hier schaffen.

Ich hatte einen Schluck genommen, bevor ich das Glas losgeworden war. Anscheinend nicht heimlich genug. Entweder hatte mich Xander dabei beobachtet, wie ich aus einem der Yuppie-Gläser trank, oder einer der anderen hatte mich bei ihm verpetzt.

»Es war ein Schluck am Strand.«

»Selbst jetzt belügst du mich! Du hast mitgetrunken auf eurer Schulübernachtung – mit ihnen gefeiert … mit diesem Ferres! Sein Vater hat deine Mutter umgebracht!« Dads Stimme war nicht das Einzige, was brach, meine Verteidigung fiel in sich zusammen.

Die Schulübernachtung.

Die Flasche.

Fynn.

Wie schuldig konnte man sich fühlen?

Tränen liefen über Dads Wangen und ich war dafür verantwortlich. »Ich hätte nie gedacht, dass du mich so enttäuschen könntest!«

Und dann kam sie, die vertraute Kälte, die langsam in mir aufstieg, und mit ihr die Leere, die alles andere zur Seite schob. Heute hatte die Eisglocke lange auf sich warten lassen, nun hieß ich sie willkommen. Ich brauchte sie, um mich abzuschirmen.

Darunter würden Dads Vorwürfe nicht so brennen.

Und die Schuld sich weniger in mich fressen.

»Was ist nur mit dir geschehen?«, rief Dad unterdessen. »Du warst immer vollkommen und nun …« Der Satz verklang unvollendet und ich betete, dass sich die Eisglocke vollständig über mich gespannt hatte, bevor Dad ihn doch beendete.

»Du hast Xander im Stich gelassen, als Ferres' Sohn ihn angriff, und behauptest dann, Xander habe sich selbst verletzt? Hast du den Verstand verloren?«

Verflucht.

Die Kälte stoppte.

Die Leere kroch zurück.

Ich sollte schweigen.

Und konnte nicht.

Weil es um Fynn ging.

»Er hat mich geschützt.«

»Vor wem?« Dad starrte mich an, begriff nicht, was ich versuchte, ihm zu sagen. Wie sollte er? In den Augen aller war ich lang genug perfekt gewesen, um zu wissen, dass es keine Perfektion gab. Und doch hatte mich Xander genauso geblendet wie alle anderen auch.

»Xander.«

Ein Wort reichte aus und Dad wich zurück. Er stieß so heftig gegen den Tisch, dass Wasser aus der bereitstehenden Karaffe schwappte und er bemerkte es nicht einmal. »Nein!« Dad schien die Stimme verloren zu haben. Alles, was aus ihm hinausdrang, war ein heiseres Krächzen. »Er würde dir nie etwas tun – er liebt dich.«

»Es war nicht das erste Mal, Dad.« Er wollte wieder zurückweichen, vergaß den Tisch und stieß erneut dagegen. Mehr Wasser fand seinen Weg auf die Tischplatte.

Genau deshalb hatte ich ihm nichts erzählen wollen.

Weil er nicht in der Lage war, mit der Wahrheit umzugehen.

Er sah aus wie ein vertrocknetes Blütenblatt, das der Herbstwind mit sich riss. So ohnmächtig. Hilflos.

Es war ein Fehler gewesen.

Ein.

Gigantischer.

Fehler.

Kapitel 5

Es klopfte an der Tür. Einmal. Zweimal.

Niemand von uns bewegte sich.

Dad war erstarrt.

Und ich diesmal mit ihm.

»Pat.« Plötzlich drängte sich Magnus an mir vorbei. Er stürzte auf Dad zu, dessen Blick auf den Boden gerichtet blieb. *Ich hatte ihn zum Erstarren gebracht.*

»Pat?« Magnus kam neben ihm zum Stehen. Sanft dirigierte er ihn zu einem der Stühle, legte seine Hände auf Dads Schultern, weil er unfähig zu sein schien, sich aus eigenem Antrieb zu setzen.

Meine Schuld.

»Was hast du getan?«, flüsterte eine entgeisterte Stimme hinter mir. *Xander.* Er wartete meine Antwort nicht erst ab – ahnte wohl, dass er ohnehin keine bekommen hätte, und schloss sich Magnus an. Zusammen halfen sie Dad dabei, sich zu setzen. Er starrte auf die Tischplatte und gleichzeitig wirkte es, als sähe er durch sie hindurch. Diese Leere in seinem Blick hatte mich schon als Kind frieren lassen.

»Hol Mary«, hörte ich Magnus zu Xander sagen und der nickte und rannte los.

Das hätte ich tun sollen, aber ich konnte nicht.

Meine Schuld.

»Ich begreife es nicht.« Mary musterte die Vorhänge, als suchte sie darin nach Löchern. Die hätten ihr wohl einen Grund gegeben, Nadel und Faden zu ziehen und ihre Zeit hier sinnvoller zu füllen. »Seit er in der Siedlung ist, geht es ihm doch gut. Keine Anfälle mehr.«

Ich nickte einfach und verschwieg das Erstarren damals, als ich mich geweigert hatte, das Band weiter zu tragen.

Ich hatte geschworen, Dad niemals wieder zum Erstarren zu bringen.

»Und dann all diese Sachen, die mir Magnus über dich erzählt hat. Ich weiß, dass Teenager manchmal … rebellieren.« Sie betonte das letzte Wort auf diese Weise, die sie für verständnisvoll hielt.

War es nicht.

»Ich bin kein Teenager, ich bin erwachsen! Und ich rebelliere nicht, ich will nur nicht mehr mit ihm zusammen sein.«

»Er liebt dich.«

»Aber ich ihn nicht!«

»Wenn du dich mehr anstrengst, wirst du das …« Ich ließ mich auf das Bett fallen, das für die nächste Zeit meines sein sollte. Es war zu kurz, sodass meine Füße einige Zentimeter hinaushingen, aber das war nur ein winziges Problem.

»Ich kann für mich allein sorgen, bis ihr zurück seid. Du weißt das. Sprich mit Magnus, bitte.«

»Du hast bewiesen, dass du nicht in der Lage dazu bist.« Ihr Blick kehrte wieder zu mir zurück, offenbar hatte sie hier nichts gefunden, was es auszubessern gab – wenn man von mir absah. »Es ist freundlich von Magnus und seiner Familie, dich aufzunehmen.«

Das war das größte Problem an diesem Zimmer – es lag direkt neben Xanders.

»Wir halten es alle für das Beste, wenn du hier wieder zu dir findest, während Dad sich auskuriert.«

»Ich war nie mehr ich selbst!«

Mary hob die Augenbrauen. »Früher hast du nie geschrien.« Sie wollte nach meiner Hand greifen, aber ich zog meine weg und sie atmete so gereizt aus, wie es wohl nur ältere Geschwister konnten. »Ich muss los. Dad braucht Abstand.«

Von mir. Weil ich zu anstrengend geworden war.

Sie sprach die Worte nicht aus, dennoch lagen sie schwer zwischen uns.

Mary stand auf, peilte die Holztür an, die genauso aussah wie die in meinem Zimmer – wie überall in der Siedlung. Jetzt gerade fühlte sich diese Vertrautheit sonderbar an.

Sie öffnete die Tür, drehte sich um und ihr Blick blieb auf mir liegen. »Wir machen uns Sorgen um dich, Maya. Manchmal, wenn ich dich ansehe, sehe ich Dad in dir.«

Ein Kloß bildete sich in meinem Hals und ich presste die nächsten Worte geradezu an ihm vorbei. »Ich bin nicht wie er.«

»Das hoffe ich«, gab sie langsam zurück und Erschöpfung zog wie eine dunkelgraue Wolke über ihr Gesicht. »Was auch immer mit dir los ist, bekomm das in den Griff – für Dad. Er braucht dich.«

»Es ist schön, dich hierzuhaben.« Xanders Mutter Agnes strich mir über das Haar, während ich die Salatschüssel auf dem ausladenden Holztisch abstellte. Xander und Magnus hatten ihn selbst gebaut und Dad hatte ihnen dabei geholfen. Sogar die Möbelstücke hier vereinten unsere Familien. Die Schüssel bekam etwas von meiner Wut zu spüren und sie landete zu heftig auf dem Tisch. Raven stieß daraufhin ein hohes Kichern aus und entblößte die unzähligen Zahnlücken. Seit letzter Woche war eine weitere dazugekommen, die sie mir stolz gezeigt hatte, bevor mich ihre Zwillingsschwester Siri in Beschlag genommen hatte, um mir ihre neuesten Bilder zu zeigen. Die beiden waren außer sich vor Freude darüber, dass ich jetzt bei ihnen wohnte.

Das war ich auch – außer mir. Dort, wo bei ihnen Begeisterung saß, fiel ich in bodenlose Dunkelheit. Kaum saß ich, schob sich der Stuhl neben mir zur Seite und ich wusste, noch bevor er darauf sank, dass es Xander war.

Weil er immer dort gesessen hatte.

Genau wie ich hier.

Ohne darüber nachzudenken, hatte ich den üblichen Platz eingenommen. Jetzt war es zu spät, um ihn zu wechseln. Magnus peilte bereits den einzig freien Stuhl am Kopfende an. »Das sieht großartig aus«, kommentierte er das bereitstehende Essen. »Habt ihr in der Küche Bescheid gegeben, dass Maya fortan bei uns mitberechnet wird?« Xander nickte. Nicht nur ich war schweigsamer als sonst, das galt auch für ihn. »Könnt ihr diese Woche in der Küche aushelfen? Uns fehlen dort noch Hände.«

Weil Dad eingeteilt gewesen war, beim Kochen zu helfen. Einmal am Tag wurde in der Gemeinschaftsküche eine warme Mahlzeit mit den Zutaten, die unsere Äcker und Obstwiesen hergaben, gekocht. Jeder bekam daran seinen Anteil, den er im Speisehaus oder in seiner Wohnung zu sich nehmen konnte. Den Alten und Kranken brachten wir das

Essen vorbei, hier wurde jeder mitversorgt. Es war ein System, das auf Nachhaltigkeit und Fürsorge beruhte.

»Ich habe mich eingeteilt, um morgen die Schafswiese zu mähen«, sagte Xander und klang dabei ungewohnt tonlos. »Und vorher muss ich die Sense dengeln.« Ich hörte die Worte zwar, aber sie kamen nicht mehr richtig bei mir an.

Die Eisglocke war zurück.

Manchmal, wenn ich dich ansehe, sehe ich Dad in dir.

Nein.

Ich war nicht wie Dad.

»Maya?« Mein Name ließ mich zusammenfahren.

»Ich übernehme seinen Dienst.«

Stille drang mir entgegen.

»Das machen Mom und Raven schon«, sagte Xander schließlich langsam. *Davon hatte ich nichts mitbekommen.*

Was wollten sie dann von mir?

Ich zwang den Blick von meinem Teller hoch, sah hinüber zu Magnus, der mich prüfend musterte. »Es tut mir leid, dass dir unsere Entscheidung nicht zusagt, dennoch sind wir alle darin einig, dass du gerade nicht allein sein solltest.« Er wandte sich seinem Teller zu, tauchte die Gabel in den Kartoffelbrei.

»Nein«, entwischte es mir und seine Aufmerksamkeit kehrte zu mir zurück. Magnus hatte diese Art von Blick, die einen ermutigte, seine Gedanken auszusprechen. Er hörte zu. Zumindest hatte er das bisher, nun jedoch flackerte Gereiztheit in seinen Augen auf. Er schien zu ahnen, was kommen würde. »Ihr habt mich nicht gefragt. Ich stimme nicht zu.«

»Gut.« Magnus legte die Gabel beiseite. »In deinem jetzigen Zustand erlaube ich nicht, dass du allein wohnst. Wenn du eine andere Familie findest, die dich aufnimmt, bis es deinem Vater wieder besser geht, kannst du wechseln, falls es dir bei uns nicht gefällt.« Beinahe sofort setzte der lautstarke Protest von Raven und Siri ein. Xander blieb sonderbar still, vielleicht, weil er sicher war, dass mich niemand aufnehmen würde.

»Du hast viele von uns vor den Kopf gestoßen«, fasste Magnus meine Gedanken zusammen. »Nach all den Jahren haben wir die Möglichkeit, Ferres einen echten Dämpfer zu verpassen, und ausgerechnet du schützt ihn.«

»Ich schütze Richard Ferres nicht.« Die Erbsen auf dem Teller wurden Opfer meiner Wut, ich zerquetschte sie mit der Gabel zu einer breiigen grünen Masse.

»Du schützt seinen Sohn.«

Ich erwischte weitere Erbsen.

Natürlich schützte ich Fynn.

»Er hat nichts getan!« Agnes schnappte nach Luft. Verständlich. Von ihrem Platz aus hatte sie die beste Sicht auf das farbenfrohe und zerschundene Gesicht ihres Sohnes. Mit der Wahrheit war es so eine Sache, wir akzeptierten nur den Teil davon, der in unsere Weltanschauung passte.

Fynn war der Feind.

Xander die Vollkommenheit.

Ich zerquetschte die verbliebenen beiden Erbsen.

»Wie genau wurde Xander dann verletzt?« Magnus versuchte, ruhig zu bleiben, doch Ärger gab seiner Stimme einen rauen Anstrich. »Maya?«

»Das wüsste ich auch gern.« Ich warf die Gabel zurück auf den Teller. Kartoffelbrei spritzte und als ich aufsah, hatten sich tiefe Falten in Magnus Stirn gegraben.

»Dann schau mir in die Augen und schwöre, dass Fynnigan Ferres ihn nicht geschlagen hat.«

Verflucht.

Mein Herz taumelte.

Ein Bild tauchte vor mir auf.

Fynns Faust, die gegen Xanders Nase knallte.

»Richard Ferres ist einer der Namen für den Posten des neuen Vize-Premierministers. Und der vielversprechendste noch dazu.« Damit erwischte Magnus mich eiskalt. »Hat dein Vater dir erzählt, weshalb wir letztes Wochenende unterwegs waren?«

Letztes Wochenende – das Wochenende, das ich heimlich bei Fynn verbracht hatte. An dem wir miteinander geschlafen hatten. Übelkeit erwachte in mir, zupfte an meinem Magen.

»Wir haben versucht, seine Ernennung zu verhindern. Erfolglos.«

Richard Ferres als Vize? Das könnte den Kreis vernichten.

Warum hatte Fynn mir nichts davon erzählt?

»Jetzt verprügelt ausgerechnet Ferres' Sohn Xander. Ein körperlicher Angriff auf unsere Werte. Das wäre das, was wir dringend brauchen, um das Pendel umzuschlagen. Das ist ein Geschenk, Maya. Wenn du für Xander aussagst, können wir Ferres stoppen.«

Die Stille, die sich anschloss, war so dröhnend, dass sie nicht nur diesen Raum ausfüllte.

»Also, Maya?«

Ich fühlte mich wie eine Verräterin, als ich aufblickte und in Magnus' dunkelbraune Augen sah.

»Fynn hat Xander nicht geschlagen«, sagte ich langsam und hoffte, dass er ihn nicht hörte, diesen winzigen Ton, den meine Stimme immer zu hoch war, wenn ich log.

Kapitel 6

Die Kälte der Nacht strich mir über die Wangen, während ich darauf wartete, dass sich die Tür endlich öffnete. Selbst in der Dunkelheit kam ich mir ausgeliefert vor. Nicht auszudenken, wenn mich hier jemand sah. Ein Geräusch hinter mir ließ mich den Kopf herumreißen, doch die lange, beleuchtete Einfahrt war menschenleer.

»Maya«, raunte mir die beste Stimme von allen endlich zu und keinen Herzschlag später presste ich mich an Fynn. »Was ist los?« Sein Mund fand mein Ohr, hauchte einen Kuss darauf, während er uns beide langsam in seine Wohnung schob. Ich setzte meine übervolle Tasche ab. Heute hatte ich nicht nur meine Schulsachen dabei, sondern auch die Dinge, die ich hier vor Magnus verstecken musste. Nur mein Handy würde ich behalten.

»Alles«, gab ich zurück und Fynns nächster Atemzug blieb aus. Als ich aufsah, fand ich die Sorge in seinem Blick. Sein Haar stand verräterisch ab und seine Augen waren klein vor Müdigkeit. Er wirkte, als hätte er versucht zu schlafen und wäre daran gescheitert.

»Warum hast du dich nicht gemeldet? Ich hätte dich abgeholt.« Er strich zärtlich über meinen Nacken.

»Weil ich ein Rad habe und du nicht.« Mein Kopf lag längst an seiner Schulter und mein Gesicht an seinem Hals.

Ich liebte Fynns Geruch. Das hatte ich zum ersten Mal im Schrank festgestellt. Damit brachte er alles in mir zum Klingen und gleichzeitig war er wie nach Hause kommen.

In seinem Arm fühlte ich mich nicht wie ein Problem.

»Erzähl mir, wie es war«, forderte er sanft. »Ich nehme nicht an, dass mich dein Vater morgen zum Abendessen erwartet?«

Dieses bittere Aufschluchzen schien seit Stunden in meiner Brust festzusitzen, seit ich Dad die Wahrheit über Xander gesagt hatte. Fynns Worte lösten es und es versank im Stoff seines Shirts. Seine Arme legten sich enger um mich, hielten mich fest. »Rede mit mir«, flüsterte er in mein Haar.

Reden.

Das war eine meiner Stärken.

Ich war gut darin, Probleme von anderen zu beschreiben und Lösungen zu finden.

Aber meine eigenen raubten mir die Stimme – immer schon.

Jetzt gab es Fynn und ich wollte mit ihm reden.

Und scheiterte.

»Warum hast du mir nicht erzählt, dass Richard sich um den Vize-Posten bemüht?« Ich wich aus seiner Umarmung und fühlte mich wie ein Feigling. Weil ich nicht in der Lage war, diesen Sturm in mir in Worte zu fassen, ging ich zum Angriff über.

Vergissmeinnichtfarbene Augen vergrößerten sich merklich und Schuld flackerte darin auf. Natürlich hatte er von Richards Plänen gewusst. Die beiden mochten kein enges Verhältnis zueinander haben, aber diese Ambitionen waren zu groß, um sie nicht mit seinem Sohn zu teilen. »Weil wir nicht gern über ihn reden?«

Die lahmste Ausrede von allen.

»Hast du eine Ahnung, was es für den Kreis bedeutet, wenn es ihm gelingt? Er wird all unsere Bestrebungen zunichtemachen.«

»Das hat nichts mit uns zu tun.« Fynns Finger fanden meine, verhakten sich mit ihnen. Das hier fühlte sich an, als stünden wir davor, uns zu streiten, aber gleichzeitig war ich außerstande, mich von ihm zu lösen.

»Der Kreis ist ein Teil von mir und Richard einer von dir, wir können keinen davon ausklammern!«

»Und wenn wir uns bemühen?« Es funkelte in seinen Augen. Das war so typisch Fynn – allem Unbequemen aus dem Weg gehen. Manchmal wollte ich ihn küssen und gleichzeitig schütteln.

»Dann ändert das nichts daran, dass wir lernen müssen, über sie zu reden.«

»Es gibt Milliarden von Themen, lass mich zumindest meinen Vater aussparen, den Rest davon darfst du bestimmen.« Er zog mich zu sich, versuchte, mich zu küssen, doch ich wich ihm aus.

»Gut«, gab ich zurück. »Aber erst wenn dein Vater damit aufhört, mein Leben zu zerstören!«

»Deswegen will ich nicht mit dir über ihn reden.« Fynn stieß ein gereiztes Stöhnen aus. »Er ist der einzige Mensch, der alles zerstören kann, ohne überhaupt den Raum zu betreten.« Da lag so viel Frust in seiner Stimme, dass er mir die Kehle abschnürte. Richard Ferres hatte uns beiden ganz eigene Narben zugefügt.

»Genau deshalb müssen wir über ihn reden.« Ich stellte mich auf die Zehenspitzen, um meine Stirn an seine zu legen. »Weil mir Angst macht, wer er ist und welche Macht er über unser Leben hat. Wir können ihn nicht ausschweigen, wenn das zwischen uns funktionieren soll.«

»Sag das noch einmal.« Nun klang Fynn, als würde er lächeln. »Diesen Teil mit *uns*.«

Damit brachte er auch mich zum Lächeln. Er bekam einen Kuss auf die Nasenspitze. »Wenn seine Pläne Auswirkungen auf mein Leben haben, will ich sie nicht von Magnus erfahren.«

Fynn seufzte tief, nickte aber. »Er ist wie der Grinch, nur ohne Weihnachten. Also rechne mit ansteckender mieser Laune, wenn du mich zwingst, über ihn zu reden.«

»Ich mag dich auch mit mieser Laune.«

»Wow«, stieß er aus. »Letzte Woche hast du mich noch *geliebt*.« Er schob mich von sich weg, trotz meines lachenden Protests. »Warte hier«, forderte er und peilte sein Schlafzimmer an. »Vielleicht liebst du wenigstens dein Geschenk.«

»Mein was?« Plötzlich hatte ich den Eindruck, wir hatten ein Thema übersprungen oder auch mehrere. *Geschenk?*

»Dein Geburtstagsgeschenk«, kam es aus dem Schlafzimmer.

»Wir feiern unsere Geburtstage nicht … *so*.«

Hatte Fynn das vergessen?

»Ich bin nicht vom Kreis«, rief er zurück. »Und jetzt schließ die Augen.«

»Aber …«

»Maya!«

»Von mir aus.« Ich atmete aus, kam seiner Forderung nach. »Du hast mir sogar einen Kuchen gebacken – der war viel mehr als nötig.«

»Niedlich, wie unsicher du werden kannst.« Fynn klang wieder deutlich näher.

»Ich bin nicht unsicher«, protestierte ich und gleichzeitig zupfte es an meinem Magen und machte mir klar, dass ich genau das war.

»Du hast aber schon irgendwann einmal Geschenke bekommen, oder?« Obwohl ich ihn nicht sehen konnte, spürte ich, dass er vor mir gestoppt hatte, und bildete mir ein, die Wärme seines Körpers zu spüren. Das Zupfen an meinem Magen nahm zu.

»Gilt meine Tasche?« Das Einzige, was mir einfiel. Geschenke waren bei Kreislern nicht vorgesehen. Ich hatte keine Ahnung, wie ich mit diesem umgehen sollte.

Konnte ich Fynn vormachen, dass es mir gefiel, auch wenn es das nicht tat?

Ich wollte ihn nicht mehr belügen. Das hatte ich mir im Wald vorgenommen, nachdem er all meine Geheimnisse offengelegt hatte. Doch der Gedanke, Fynn zu enttäuschen, war schneidend wie eine Klinge.

»Nein, Schulsachen gelten nicht. Dann wird das hier wohl dein erstes Geschenk.« Er lachte leise. »Wow, jetzt bin ich nervös. Ziemlich viel Druck.«

Ob ich ihm vorschlagen konnte, das hier zu vergessen?

»Schau es dir an«, fuhr er fort, bevor ich mir eine Entscheidung abringen konnte.

Mist.

Wie schwer es war, die Augen zu öffnen.

Ich blinzelte gegen das Licht an und das Erste, was ich wahrnahm, war Grün.

Smaragdgrün.

Moms Gitarre.

Es konnte nicht ihre sein und dennoch sah die in Fynns Händen genauso aus.

»Wo hast du sie her?« Meine Stimme zitterte ähnlich wie der Rest von mir.

Manchmal gab es Tage oder sogar Wochen, in denen ich nicht an Mom dachte und mich anschließend schuldig fühlte, wenn ich es wieder tat. So oft hatte ich Angst, dass ich sie vergaß. Jetzt, mit der Gitarre vor mir, fluteten mich längst verloren geglaubte Erinnerungen.

Ich auf ihrem Schoß, die Gitarre vor uns und sie zeigte mir, wie ich die Saiten zupfte.

Mom auf einer Kreis-Versammlung, das Smaragdgrün funkelte im Weiß ihres Kleides, als sie eines unserer Lieder zu spielen begann.

Bilder.

Worte.

»Suchanfragen, Anrufe in den Geschäften und als das nicht half, habe ich eine Detektei eingeschaltet.«

Ich schaffte es nicht, von der Gitarre fortzuschauen, aber auch ohne ihn anzusehen, nahm ich Fynns Anspannung wahr. Meine Reaktion verunsicherte ihn. »Sie haben ein Foto von deiner Mutter mit der Gitarre aufgetrieben.«

Das war unmöglich. Die wenigen Fotos, die wir besessen hatten, hatte Dad allesamt verschwinden lassen, genau wie er es mit allen Dingen getan hatte, die Mom gehört hatten. Ihrer Kleidung, ihrer Gitarre.

»Willst du es sehen?«

Jetzt sah ich verspätet auf, fand Fynns Unruhe in seinem Blick. Dass ich nickte, nahm ich nur am Rande wahr, schon verlagerte er das Gewicht der Gitarre in die eine Hand, während er mit der anderen etwas dahinter hervorzog.

Ein Foto.

Mein Herzschlag setzte einen Takt lang aus.

Und dann fand ich sie.

Mom.

Die Welt schien zu schwanken, denn plötzlich war es unglaublich schwer, stehen zu bleiben.

Ihr kastanienbraunes Haar fiel über ihre Schulter und die Spitzen streiften die Gitarre in ihrem Schoß. Sie hielt die Augen geschlossen, lächelte dabei, wie nur Mom gelächelt hatte, auf diese Art, die einem das Herz von innen heraus wärmte. Tränen brannten in mir. So oft war ich daran gescheitert, mir ihr Gesicht in Erinnerung zu rufen.

Mom.

Wie sie mir fehlte …

»Entschuldige«, raunte Fynn und ließ das Bild wieder hinter der Gitarre verschwinden. »Ich hätte dich nicht so überfallen sollen.« Seine Hand kehrte ohne Foto zurück und strich behutsam über meinen Rücken. Er schien zu ahnen, dass ich nur einen Hauch davon entfernt war zusammenzubrechen. Ich lehnte mich an ihn und legte den Kopf an seine Schulter, bis sich wieder Atem in mir fand.

»Es ist …« Ich suchte nach einem Wort, aber keines schien ausreichend zu sein für das, was ich fühlte. »Überwältigend.« Behutsam streckte ich den Arm aus, doch selbst als ich die kalte, glatte Oberfläche spürte, konnte ich nicht fassen, dass das hier echt war. Dass ich ein Stück von Mom zurückbekam.

»Dad hat sie manchmal damit geneckt, weil wir nur das besitzen sollen, was wir brauchen. Sie hat dann immer gesagt, dass ein Leben ohne Musik zwar möglich, aber sinnlos sei.« Weinte ich oder lachte ich? Keine Ahnung. Es war eine sonderbare Mischung aus beidem.

»Klingt, als hätten wir uns gut verstanden.« Fynn küsste meine Stirn. »Wenn …« Er sprach nicht weiter, musste er auch nicht.

Wenn Mom noch leben würde.

Wenn er kein Ferres gewesen wäre.

Wenn ich nicht zum Kreis gehört hätte.

Manchmal zog das Leben seine eigenen Grenzen.

Langsam sah ich auf. »Hast du dich schon einmal gefühlt, als würdest du unter einer Eisglocke stehen?« Er runzelte die Stirn. Ich war mir nicht sicher, ob es an meiner Frage lag oder daran, dass ihn der abrupte Themenwechsel überforderte.

»Zuerst kommt die Kälte. Sie weht durch dich hindurch und baut einen Kokon aus Eis um dich. Am Anfang ist er hauchzart und dann wird er dicker. Irgendwann dämpft er die Farben, die Geräusche, einfach alles. Wenn es richtig schlimm wird, sickert die Kälte in dich hinein und du kannst dich nicht mehr bewegen. Nichts spüren. Vielleicht nicht einmal denken. Und ab und an wirst du darunter wach und willst schreien, aber unter der Eisglocke besitzt du keine Stimme. Und dann wird dir klar, dass es gleichgültig ist, weil dich ohnehin niemand hört.«

»Maya.« Er raunte meinen Namen, legte die Gitarre ab und schloss mich fest in seine Arme. »Wie oft fühlst du dich so?«

»Manchmal.« Ich lehnte den Kopf an sein Shirt. Nicht nur, weil mich sein Geruch beruhigte, auch weil ich seinem Blick ausweichen wollte.

»Heute?« Das klang, als kannte er die Antwort. Ich nickte dennoch. »Was war los?« Die gleiche Frage wie vorhin, doch diesmal fühlte es sich an, als könnte ich sie beantworten.

»Dad.« Das Wort verlor sich in dem Stoff seines Shirts. »Er hat die Neuigkeiten … nicht gut verkraftet. Meine Schwester und ihr Mann besuchen mit ihm für einige Zeit eine andere Gemeinde, bis es ihm wieder besser geht.«

»Aber das ist nicht alles.« Es war beängstigend, wie gut mich Fynn kannte. Wie er das winzige Zögern in meiner Stimme einordnen konnte.

»Ich wohne bis dahin bei Xanders Familie.«

»Nein!« Ich spürte, wie sich Fynn anspannte, wie sich seine Brust für einen langen Moment nicht mehr hob und senkte. Als wäre sein Zorn zu ausfüllend, um sich mit etwas Lapidaren wie Atmen zu beschäftigen. »Du musst deinen Leuten sagen, was Xander dir angetan hat, dann …«

»Ändert das nichts«, fiel ich ihm ins Wort und hob den Kopf, löste mich von ihm.

»Maya …!«

»Nein!«

»Du kannst nicht mit ihm in einer Wohnung wohnen!«

»Ich kann es nicht ändern.«

»Das ist nicht fair!«, schoss Fynn zurück. »Du sagst mir gerade, dass du mit deinem gewalttätigen Ex-Freund und seiner Familie zusammenlebst. Was würdest du tun, wenn du an meiner Stelle wärst? Wie soll ich bitte darauf reagieren?«

Ich schwieg.

»Maya!«, rief Fynn. »Was erwartest du von mir? Dass ich das ansatzweise in Ordnung finde? Ganz sicher nicht! Warum bist du hier?« Vergissmeinnichtfarbene Augen vibrierten vor Zorn.

»Weil du die Eisglocke anhebst.«

Die Wut in seinem Blick stoppte.

»Das machst du immer«, fuhr ich leise fort. »Seit Mr Hemskeys Büro am ersten Tag.«

»Maya …« Wieder presste er meinen Namen hervor, doch nun lag darin ein tiefes Seufzen. »Wenn du so etwas sagst, fällt es mir verdammt schwer, wütend auf dich zu sein.« Erneut legten sich seine Arme um mich und lösten die Reste unseres Streits auf, noch bevor der richtig entfacht worden war.

»Ich habe es ihm gesagt.« Meine Stimme brach und es brauchte zwei Anläufe, um sie wiederzufinden. »Dad weiß von Xander.« Ich atmete aus und spürte die Wärme meines eigenen Atems in Fynns Shirt. »Er glaubt mir nicht. Ich habe es in seinem Blick gesehen.«

Dieses Mal blieb Fynn still.

Keine falschen Beteuerungen, dass es nichts als Einbildung sei.

Keine Flüche und allen voran kein Mitleid.

Weil er wusste, dass er es damit nur schlimmer machen würde.

Stattdessen hielt er mich nur fest und teilte meinen Schmerz.

»Ich liebe deine Geschenke«, mühte ich mir schließlich ab. Ein Themenwechsel, weil ich dringend einen brauchte, und Fynn ließ mich, zumindest für den Moment, gewähren.

Ich löste mich aus seinem Arm, hob das Foto auf und fand Mom, wie sie strahlte, und wieder wärmte mich der Anblick. »Ich wusste kaum noch, wie sie aussieht. Jetzt verstehe ich nicht, wie mir das entfallen konnte.«

»Ihr seht euch ähnlich.« Das hatte bisher niemand gesagt. Meist hieß es, ich sei nach Dad geraten, schon allein wegen des Kupfertons unserer Haare. »Ihr habt den gleichen Mund«, fuhr Fynn fort. »Und das gleiche Kinn.«

Das ließ mich lächeln. »Ich wünschte, ich würde mehr über sie wissen. Früher besaß ich eine geheime Liste. Darauf habe ich all die Fragen aufgeschrieben, die ich Dad nicht stellen kann. Damit ich sie nicht vergesse, wenn ich sie irgendwann wiedersehe.« Kaum waren die Worte heraus, hätte ich sie am liebsten zurückgenommen.

»Du denkst, es gibt ein Leben hiernach?« Es fiel mir sonderbar schwer, Fynns Miene zu deuten.

»Ja.« Darauf kam es jetzt nicht mehr an. »Ich glaube nicht, dass das hier alles ist. Irgendwann werde ich sie sehen und ihr dann jede meiner Fragen stellen.« Ich hielt seinem Blick stand, wartete, dass er mir erklärte, wie falsch ich damit lag, doch ein winziges Lächeln brach aus ihm heraus.

»Meine Gran hat das auch immer gesagt.« Seine Gran, die wohl Einzige in seiner Familie, die Fynn wirklich geliebt hatte. »Damals, als klar wurde, dass sie sterben wird.« Das Lächeln verblasste und seine Stimme bekam diesen rauen Anstrich. Trauer hörte nicht auf, nur weil die Zeit um uns herum verging. Sie veränderte sich, mochte weniger ausfüllend werden, aber sie blieb in uns und in manchen Momenten schlich sie sich an und krallte sich in uns fest. Er atmete aus, strich sich durchs Haar, woraufhin es in alle Richtungen abstand. »Wenn ich in Dads Büro bin, stelle ich mir gern vor, wie sie da an die Wand gelehnt steht und ihm gerade eine ihrer Strafpredigten hält. Sogar er hat manchmal auf sie gehört. Wahrscheinlich weil er wusste, dass sie sonst nicht aufhören würde, auf ihn einzureden.« Es blitzte in Fynns Augen. »Du hättest sie geliebt.«

»Hätte ich.«

Mein Blick wanderte zurück zu dem Bild und Fynn stellte sich hinter mich, legte seinen Kopf auf meine Schulter. »Gran glaubte, dass es zwei Welten gibt«, raunte er mir zu. »Eine für die Menschen hier unten und eine weiter oben für die Seelen. An manchen Tagen besuchen uns die Seelen und wenn wir aufmerksam sind, spüren wir sie. Das Leben ist nicht das Ende, es hat nur ein Ende und danach kommt ein neuer Anfang.«

»Das ist wunderschön.« Trotz aller Unterschiede waren wir uns manchmal so ähnlich. »Glaubst du, unsere Seelen erkennen sich dort?«

»Da du hier das Schönste für mich bist, wird es dort genauso sein. Die schönste Seele ist deine.«

»Fynn!« Eine Mischung aus Protest und Lachen. Ich wollte eine Antwort. Weil eine Ewigkeit ohne Fynn wie ein Leben ohne Farbe wäre.

»Natürlich denke ich das.« Er hauchte einen Kuss auf meinen Hals. »Es ist wie im Bus. Du wusstest nicht, dass ich dort bin, es war sogar unmöglich. Dann hat eine winzige Berührung ausgereicht und du warst sicher, dass ich vor dir stehe, oder?«

Ich nickte.

»Du kennst meine Seele«, fuhr Fynn fort und all das Neckende an ihm verschwand, »... und ich kenne deine. Natürlich finden wir uns. Wir finden uns überall.«

»Ich liebe dich.« Diesmal sah ich ihn dabei an, nicht auf irgendein Handy. »Ich liebe dich unglaublich, Fynn.« Das Leuchten in seinen Augen strahlte in mir wider, füllte alles mit Licht und Wärme.

Es mochte anstrengend sein.

Aber das hier war jede Anstrengung wert.

Kapitel 7

Es gab Ideen, bei denen man wusste, dass sie mies waren. Und es gab Ideen, die waren so mies, dass man sie nehmen und vergraben sollte, damit sie sich niemals wieder im Kopf einnisteten.

Das hier war eine davon.

»Ms McGrey?«

Mrs Bennett bedachte mich mit einem Blick, als wäre sie sich noch immer nicht sicher, ob ich mir einen schlechten Scherz mit ihr erlaubte.

Verständlich.

Was zur Hölle tat ich hier?

Ihr Blick fuhr tiefer, musterte den goldgelben Badeanzug, den ich gestern Nacht aus einem Impuls heraus in die Tasche gesteckt hatte. »Sie sind sich sicher, dass Sie das wollen?«

Nein.

Meine Leute würden ausflippen.

»Ja.«

»Dann nehme ich jetzt Ihre Zeiten«, sagte sie zwar, doch das Zögern in ihrer Stimme war unüberhörbar. Noch nie hatte ein Kreisler bei ihr vorschwimmen wollen.

Vorgestern wäre mir allein der Gedanke wahnwitzig vorgekommen.

Doch das war vorgestern gewesen.

Ich atmete durch, nickte und spürte die leichte Kälte, die mir die nassen Beine hinaufkroch – *meine nackten Beine*. Die Erkenntnis fühlte sich an wie letzte Woche, als ich meine Kleidung gegen die freizügige eingetauscht hatte. Es war ein sonderbares Gemisch aus Schuld und Freiheit und darunter mischte sich heute der durchdringende Geruch nach Chlor.

Schritte erklangen in der abgesehen von uns leeren Halle und einen Augenblick später ging Fynn an uns vorbei. Er nickte Mrs Bennett knapp zu und ich bekam einen winzigen Blick, schon sprang er ins Wasser.

»Ms McGrey?« Erst jetzt bemerkte ich, dass ich ihm nachsah.

Mist.

Rasch wandte ich mich wieder Mrs Bennett zu, die bereits ihre Stoppuhr gezückt hatte. »Schwimmen Sie zwei Runden und dann je zwei in Rücken und Brust. Danach wissen wir mehr.« Sie ging hinüber zu den Bänken, die an der Seite aufgebaut worden waren. *Ausgerechnet dorthin, wo Fynn damals zusammengesackt war.*

Erinnerungen fluteten meinen Kopf.

»Ms McGrey? Der Unterricht beginnt gleich.«

Die Ungeduld in ihrer Stimme nahm zu. Rasch drängte ich die Bilder zurück und ging auf das Becken zu. Ich wählte die Bahn neben Fynn, brachte mich in Position und verlor mich in den sanften Bewegungen des Wassers. Früher war ich von Klippen gesprungen, doch dieser winzige Sprung fühlte sich so viel bedeutsamer an.

»Vielleicht brechen wir lieber ab?«

Dieses Ringen mit mir selbst ließ keine Antwort zu.

Ich starrte weiter in das Becken.

Es war nur Wasser.

Es war nur das Schwimmteam.

Es war nur ein Badeanzug.

Wenn ich sprang, würde niemand von mir und Fynn erfahren.

Diese Stimme von früher mischte sich in mein Chaos.

Forderte mich heraus, ganz wie damals.

Und sie gab den Ausschlag.

Im nächsten Moment tauchte ich kopfüber ins Wasser.

Dad hatte oft gescherzt, mir würden irgendwann Schwimmhäute wachsen. Das war Jahre her und drei Umzüge. Dennoch erinnerte ich mich daran, wie die Wellen und mein Körper in Einklang gewesen waren. Hier im Becken war davon nichts zu spüren. Es fand sich keine Harmonie und jeder Zug, den ich tat, war ein Kampf, ich blieb starr und ungeschmeidig.

Das würde nicht ansatzweise reichen, um ins Team zu kommen.

Fynn schloss sich mir wie zufällig auf seiner Bahn an, kurz bevor meine Zeitrunden begannen. Auch er musste registriert haben, dass dieser Plan zum Scheitern verurteilt war. »Lust auf ein Wettschwimmen, Lieblingsfreak?«, raunte er mir zu.

Ein widerwilliges Lächeln zupfte an meinen Mundwinkeln. Es war so durchschaubar, was er mit dieser Provokation erreichen wollte. Dabei hatte ich ihm im Wasser nichts entgegenzusetzen. Ärgerlicherweise war das meinem Ehrgeiz egal. »Immer, Fynnigan.«

Vergissmeinnichtblaue Augen funkelten und dann schwamm er mir davon. Die Schwimmhalle, die Erinnerungen, Mrs Bennett, alles verschwamm. Übrig blieben nur Fynn und ich. Und dieser brennende Wunsch, ihn einzuholen. Er war gut, schien seine Bewegungen zu verlangsamen, wenn der Abstand zwischen uns zu groß wurde. Fynn wusste mit meinem Ehrgeiz umzugehen wie niemand anders. Und der gab alles.

Als ich schließlich keuchend, mit trommelnden Herzen am Beckenrand stoppte, fühlte es sich an, als hätte es ausgereicht. Fynn grinste mich kurz an, dann war er schon wieder fort, schwamm die nächste Bahn, während Mrs Bennett auf mich zukam.

»Damit können wir arbeiten, Ms McGrey.« Begeisterung klang anders. Es war pure Verzweiflung, die mir kurzfristig einen Platz im Schwimmteam sicherte. »Willkommen. Übermorgen, beim Training, bekommen Sie die korrekte Badebekleidung. Nutzen Sie die Zeit unbedingt zum Trainieren«, wies sie mich noch an, bevor sie Richtung Tür eilte.

Eigentlich hätte ich ihr folgen müssen, auch mein Unterricht begann gleich. Doch dann tauchte Fynn neben mir auf und ließ den Gedanken klitzeklein werden. »Du hast es durchgezogen.« Er grinste so breit, dass ich keine Wahl hatte, als einzusteigen. Die Tür fiel ins Schloss und ich nutzte den Umstand, dass wir allein waren, und legte meine Arme um ihn. »Bereust du es schon?« Für seine Verhältnisse hatte Fynn heute Morgen zurückhaltend auf meinen Plan reagiert, Mrs Bennett noch vor dem Unterricht abzufangen. Dabei war das Schwimmteam seine Idee gewesen. Ich ahnte, was dahintersteckte.

»Nein.« Nichts als die Wahrheit. »Ich bekomme das mit den anderen hin. Und mit Xander.«

Fynn atmete schwer auf, aber die Sorge in seinen Augen blieb, als hätte sie sich dort festgesetzt. »Wenn du mich brauchst …«

»Bist du da«, beendete ich den Satz und hauchte einen Kuss auf seine nassen Lippen. Ich wusste, dass es nur eine

Nachricht brauchte, und er würde zu mir eilen. »Du hast mir gefehlt.« Ich wollte nicht weiter an Xander denken, nicht an den Kreis oder das, was mir dort entgegenschlagen würde. Das hier war unsere Zeit und davon gab es ohnehin viel zu wenig.

»Du bist vor einer halben Stunde bei mir losgefahren.« Er grinste dieses typische Fynn-Grinsen und bekam einen zweiten winzigen Kuss.

»Also habe ich dir nicht gefehlt?«

»Wahnsinnig.« Jetzt waren es seine Lippen, die meine fanden, und diesmal versanken wir beide einige verschwenderische Sekunden in dem Kuss.

»Lass uns heute Nachmittag eine Stunde schwänzen«, flüsterte mir Fynn zu.

Es war so verdammt anstrengend, die Vernünftige von uns zu sein. Den Kopf zu schütteln, während alles in mir zustimmen wollte. Aber Xander musste längst bemerkt haben, dass ich ohne ihn zur Schule gefahren war. Ein Umstand, den er sicher für diskussionsbedürftig hielt. Außerdem würde die Nachricht, dass ich nun Teil des Schwimmteams war, im Kreis für Aufregung sorgen. Für heute hatte ich mir schon ausreichend Ärger eingehandelt. Ein Blick auf die Uhr an der Tribüne ließ mich aufstöhnen, es war später als gedacht.

»Nur eine Stunde«, lockte Fynn und seine Finger fuhren über meinen Rücken. »Wie soll ich den ganzen Tag in deiner Nähe sein, ohne mit dir zu reden? Ohne das hier zu tun?« Er küsste mich erneut, leidenschaftlicher, und rief diese gottverdammte Hitze herbei. Ich presste mich enger an ihn. Seine Hände rutschten tiefer und inmitten des Wassers setzte Fynn mich mühelos in Flammen.

Ein hohes Klingeln stoppte mich abrupt.

Der Unterricht.

Mist.

Mistiger Mist.

»Ich muss los. Xander wird Magnus anrufen, wenn ich nicht im Unterricht sitze.«

Diesmal unternahm Fynn keinen Versuch, mich aufzuhalten. »Geh vor. Ich schwimme noch ein paar Runden, um mich zu fangen.« Er warf mir einen letzten Blick zu, der weitere Flammen in mir entzündete, dann wandte er sich ab und tauchte ab.

In der Kabine angekommen riss ich den nassen Badeanzug von mir, trocknete mich in Rekordgeschwindigkeit ab. Zum Duschen blieb mir keine Zeit. Meine Haut war zu feucht und so brauchte es mehrere Anläufe, mir die Hose über die Beine zu ziehen. Sekunden, die entscheidend sein konnten. Ich hatte diese Hose nie gemocht, weder ihren Sitz noch dieses kratzende Material. Ich zerrte mir den Rest der Kleidung über, bevor ich die verräterisch nassen Haare zu einem Dutt eindrehte, dann schnappte ich mir meine Tasche und rannte los.

Offenbar war heute mein Glückstag, denn als ich den Klassenraum betrat, war kein Lehrer zu sehen. Ich sank auf meinen Platz, stieß einen Seufzer aus, der abrupt endete, weil sich Xander vor mir aufbaute.

»Du bist abgehauen?« Wut glühte in seinen Augen.

»Nein«, erwiderte ich und zog die Schulbücher aus der Tasche. Mit denen beschäftigte ich mich so viel lieber als mit Xander. »Ich bin früher zur Schule.«

»Wann? Mitten in der Nacht?« Aus den Augenwinkeln sah ich, wie er in Richtung meiner Haare griff, und wich seiner Hand aus. Seine Lippen verschmälerten sich. »Wo warst du?«

Für meine nassen Haare gab es nicht viele Erklärungen. Draußen schien die Sonne und wenn Xander ihn bisher noch nicht wahrgenommen hatte, würde er den Chlorgeruch, der an mir hing, sicher bald bemerken. Ich konnte es nicht geheim halten.

»Probeschwimmen bei Mrs Bennett.«

Seine Mundwinkel hoben sich, nur um auf halber Höhe zu verharren, als ihm offenbar klar wurde, dass das vielleicht kein Scherz war. »Sag, dass das nicht wahr ist!« Er beugte sich zu mir und ich wich instinktiv nach hinten aus.

»Kann ich nicht. Ich bin jetzt Teil des Teams.«

»Hör auf damit, Maya!« Er flüsterte zwar, doch jedes Wort triefte vor unbändigem Zorn. »Du machst alles nur noch schlimmer!«

»Es ist meine Entscheidung, nicht deine!«

»Ms McGrey. Mr Paris.« Unbemerkt von uns war Mr March eingetroffen. »Wir würden gerne mit dem Unterricht beginnen, wenn Sie auch so weit wären.«

Xander schnaubte auf, ohne sich umzudrehen. »Dad weiß nicht, dass du allein losgefahren bist«, fuhr er nun schneller fort. Ihm blieben nur wenige Sekunden, bis unser Lehrer ihn zwingen würde, seinen Platz einzunehmen.

»Binde es ihm nicht auf die Nase. Du hast genug Probleme. Ich will nicht, dass du noch mehr bekommst.«

Das kam unerwartet.

Er starrte mich an, schien auf eine Reaktion zu warten, während Mr March seinen Namen rief. Doch Xanders Blick blieb auf mir liegen, forderte eine Antwort ein. Ich nickte langsam. Zumindest damit lag Xander richtig, ich erstickte bereits in Problemen. Und das größte von ihnen sah mich gerade aus honigfarbenen Augen an. Endlich wandte er sich ab und dieser Druck auf meiner Brust ließ nach.

Wie ich es verabscheute, dass er andauernd um mich herum war.

Wie sich mein Körper in seiner Nähe anspannte.

Wie ich die Erinnerungen hasste.

Die schlimmen waren unerträglich.

Aber die guten waren noch grausamer.

Kapitel 8

Fynn

Ich hob die Hand in Richtung meiner Leute, die sich hauptsächlich in den hinteren Reihen tummelten. Die vorderen überließen wir den Freaks.

»Nachdem uns Mr Ferres nun auch mit seiner Anwesenheit beehrt, dürfte die Stunde ja beinahe zu Ende sein«, stellte Mr March trocken fest. Ich zuckte mit den Schultern, wusste nicht einmal, wie spät es war. Die Zeit ohne Maya hatte ich für eine kurze Trainingseinheit genutzt. Mr March konnte sich noch auf einige Verspätungen einstellen, denn das würde ich jetzt jeden Morgen durchziehen.

Gestern hatte ich an der Liste der Unis gesessen und dabei war mir aufgegangen, dass mein Vater mir das Geld streichen würde, sobald er sie zu sehen bekam. Er würde auf eine Uni bestehen, die seines Namens würdig war, davon gab es nur eine Handvoll. Maya und ich mussten aber dorthin, wo es so winzig und abgeschieden war, dass niemals jemand auf die Idee kam, wer ich war.

Ein Blick auf meine Konten machte mir klar, dass ich in der Vergangenheit offenbar unfähig gewesen war zu sparen. Für das, was ich für Essensbestellungen in den letzten Jahren ausgegeben hatte, hätte ich mir wahrscheinlich meinen eigenen Laden kaufen können. Dafür war es jetzt zu spät. Die Studiengebühren konnte ich nicht zahlen, also musste ein Stipendium her. Maya würde das Nest bekommen und ich das Schwimmstipendium und dann konnten wir endlich richtig zusammen sein.

Der perfekte Plan.

Und er hatte den unleugbaren Vorteil, dass er sich anfühlte wie ein ausgestreckter Zeigefinger in so ziemlich alle Richtungen.

»Gibt es einen Grund, weshalb Sie Ihr Bett meinem Unterricht vorziehen, Mr Ferres?«, brachte sich Mr March in Erinnerung.

»Wenig Schlaf und die Tische hier sind zu unbequem für ein Nickerchen.«

Hinten lachten meine Leute, aber das bekam ich nur am Rande mit. Maya dabei zuzusehen, wie sie versuchte, mich tadelnd anzusehen, während sie sich gleichzeitig ein Lächeln verkniff, war so viel besser. Widerwillig setzte ich mich in Bewegung, fort von ihr, bevor ich sie zu lange ansah.

Von Mr March kam nichts mehr. Wahrscheinlich dachte er daran, dass er mich ohnehin nur noch wenige Monate ertragen musste. Danach könnte sich jemand anders mit mir und meinen Unverschämtheiten herumschlagen. Kluger Mann.

Ich verschaffte mir einen knappen Überblick. In den letzten Monaten hatte sich hier nicht viel verändert. Mir blieben drei freie Plätze zur Auswahl. Einer davon lag direkt hinter Maya.

Immerhin.

Xander gab ein genervtes Stöhnen von sich, als er registrierte, dass ich von nun an regelmäßig in der Nähe sitzen würde.

Mr March behielt recht, es klingelte tatsächlich, kaum dass ich saß. Während sich die Ersten von ihren Plätzen erhoben, kam er geradewegs auf uns zu. Kurz dachte ich, er hätte es sich anders überlegt, wollte mir eine Standpauke halten, doch er stoppte zwischen den Tischen von Maya und Xander.

»Gibt es Neuigkeiten zum Winterfest?«, fragte er und ich sah dabei zu, wie sich Maya nervös Haarsträhnen hinters Ohr schob. Ein untrügliches Zeichen dafür, dass sie diesem Gespräch gern entflohen wäre.

»Es läuft gut …«, hörte ich sie sagen und diesen Ton kannte ich. So klang Maya nur, wenn sie wusste, dass es wenig Grund für Optimismus gab. *Interessant.* Die Planungen für die Abschiedsevents hatten also begonnen. Ich stand auf. Zeit, Xander auf die Nerven zu gehen. »Die Tombola müssen wir wohl absagen.«

»Was gibt es, Mr Ferres?«, fragte Mr March und sah mich verständnislos an, als ich mich zu ihnen gesellte.

»Ich möchte mit ins Planungskomitee.«

»Nein!« Xanders Erwiderung klang wie das Fauchen einer Raubkatze. Ich konnte Raubkatzen nicht leiden und Xander noch viel weniger.

»Jeder Schüler des Abschlussjahrgangs soll sich bei einer der Veranstaltungen engagieren.« Ich beachtete weder Xander noch seinen Protest, sondern wandte mich Mr March zu. »Ich kann auch gerne bei Mr Hemskey nachfragen, aber er wird dafür sein, dass ich mich an den Planungen beteilige.«

»Das Winterfest ist unser Revier«, kam es von Xander. »Schließ dich deinen Leuten an. Ihr habt den Ball bekommen.«

»Ich stehe nicht auf Bälle. Den letzten fand ich scheiße.«

Das war er gewesen.

Ich sah Maya an, dass sie das Gleiche dachte.

Sie blieb still, während ich meinen Stuhl zwischen ihre beiden schob und mich unter Xanders wutentbranntem Blick setzte. »Was habe ich bisher verpasst?«

»Nichts. Verzieh dich, Fynnigan!«

»Das reicht«, mischte sich Mr March ein. »Mr Ferres kann vorerst bleiben. Ich berede das mit dem Direktor und wenn der keine Einwände hat, behalten wir das so bei.«

»Wir versuchen, ein Fest zu entwerfen, das von unseren Grundwerten getragen wird.« Xander deutete entgeistert auf mich. »Werte, mit denen er nicht das Geringste zu tun hat!«

»Was denkst du, Maya?«, fragte ich, während die Venen in Xanders Hals sekündlich weiter anschwollen. »Meinst du, es gelingt mir, mich anständig zu benehmen?«

Sie schaffte es nicht, grimmig zu schauen. Nicht einmal regungslos. Ein Lächeln zupfte an ihren Mundwinkeln. »Es kann dir nicht schaden, deinen Horizont zu erweitern, Yuppie.«

»Maya!«, fuhr Xander sie an und wandte sich Mr March zu. »Das meint sie nicht so. Wenn er mitmacht, sind wir raus!«

»Ich bleibe«, sagte Maya.

Da sah ich ihn.

Xanders Blick.

Und Maya, die sich darunter anspannte.

Und ich hasste Xander, wie ich niemals einen Menschen gehasst hatte. Und ich hasste mich – weil ich nicht begriffen hatte, was vor sich ging.

Weil ich ihr nicht hatte helfen können.

»Wenn du nicht mit mir zusammenarbeiten möchtest, versteh ich das, Xander.« Er sah zu mir, die Ader an seinem Hals entspannte sich – zu früh. Ich wollte ihn nur ein wenig mehr leiden lassen. »Schließ dich dem Ballteam an, dann erweitern wir beide unseren Horizont.«

»Ich mach dich fertig …« Er sprang auf.

»Sie beruhigen sich sofort!«, fuhr ihn der Lehrer an und nun war es einmal der perfekte Xander, der von ihm eine Ansage bekam. »Was ist mit Ihnen los?«

»Nichts«, brachte er nach einer langen Pause heraus, in der er mich in Grund und Boden starrte.

»Sie kommen mit mir nach draußen. Ein wenig frische Luft wird Ihnen guttun.« Xander sah nicht so aus, als würde ihm die ansatzweise helfen, aber ich fand die Idee ganz hervorragend, nickte lächelnd. Xander warf mir einen letzten finsteren Blick zu, bevor er an der Seite des Lehrers den Klassenraum verließ.

»Läuft doch super«, raunte ich Maya zu. »Gibt es weitere Arbeitsgemeinschaften, Teams, Komitees, in die ich mich einschleusen kann, um Xander fertigzumachen?«

Sie biss sich auf die Lippe, sah nicht zu mir, sondern öffnete ihr Heft, als würde sie ihre Hausaufgaben kontrollieren. »Das reicht für den Anfang und jetzt geh lieber.«

Sollte ich wohl. Wahrscheinlich fragten sich die Ersten bereits, was ich hier tat. Ich würde behaupten, dass ich als Strafe für Xanders Verrat das Winterfest gekapert hatte. Das würde für Erheiterung sorgen. Dennoch sollte ich jetzt zurück.

Für den Hauch eines Augenblicks legte ich meine Hand auf ihre. Eine Erinnerung daran, dass sie nicht länger allein war, schon war ich gezwungen, wieder den Platz hinter ihr einzunehmen.

Wie ich es hasste.

Die nächste Stunde zog sich elendig lang, dann endlich erklang das erlösende Klingeln. Taira wollte mit mir einen Kaffee trinken, doch ich lehnte ab, behauptete, mir sei nicht nach Kaffee. Eine Lüge. Mir war momentan immer nach Kaffee, aber ich konnte nicht weg. Xander hatte sich an Mayas Tisch aufgebaut, wartete darauf, dass sie ihre Hefte verstaute, und Maya ließ sich auffallend viel Zeit damit. Ich näherte mich langsam.

»Warte nicht auf mich«, sagte sie, ohne aufzuschauen.

»Maya«, stieß Xander so genervt aus, als würde sie es nur darauf anlegen, ihn in den Wahnsinn zu treiben. »Komm mit. Ich überzeuge die anderen davon, wieder mit dir zu reden. Erwarte nur lieber keine Wunder.«

»Wunder?« Nun sah sie ihn geradewegs an. »Ihr Schweigen verdanke ich doch dir?« *Natürlich steckte er dahinter.* »Du kannst die anderen blenden, aber mich nicht. Schenk dir diese vorgeschobene Hilfsbereitschaft. Du erpresst mich, Xander. Entweder ich komme mit zu den anderen oder du lässt sie weiter eisig schweigen.«

»Warum verstehst du immer alles falsch?«, erwiderte er und verdrehte die Augen. »Vielleicht haben sie schlicht kein Interesse, mit dir zu reden, wenn du dich nicht dazu herablässt, dich wie sonst zu uns zu setzen? Du kannst dich nicht so aufführen, ohne dass es Konsequenzen gibt.«

»Und darüber entscheidest du.«

»Maya …« Xanders Arm fuhr in ihre Richtung. Nicht schnell genug für einen Schlag. Was immer es auch werden sollte, er kam nicht mehr dazu. Ich sprang vor sie und sein

Arm bremste abrupt ab. Für den Augenblick schien Xander mich vergessen zu haben – ein Fehler.

»Hey. Ich habe Ideen für das Winterfest«, sagte ich mit einer so übertrieben begeisterten Stimme, dass sie selbst in meinen Ohren nervtötend klang. »Wir könnten die neueste Gesichtserkennungssoftware vorstellen! Die ist zwar noch streng geheim, aber wenn ich meinen Vater bitte, gibt er uns kleine Einblicke.« Ich untermalte die Worte mit ausufernden Gesten, bei denen meine Arme vor allem in Xanders Richtung ausfuhren. »Außerdem brauchen wir noch etwas Spektakuläres wie eine Rennstrecke. Mein Vater hat Kontakte. Ich besorge ein paar erstklassige Rennautos, die können wir draußen richtig ausfahren, wenn wir den Rasen vorher zubetonieren. Und wir müssen mit Mr Hemskey über das Alkoholverbot reden, das ist unzeitgemäß. Ich denke an Champagner-Tasting.«

»Was stimmt bloß nicht mit dir?«, fuhr Xander mich nach einigen entgeisterten Sekunden an. »Du bist nur zu uns gekommen, um uns zu sabotieren.«

»Natürlich.« Ich ließ die Maskerade fallen und hoffte, er fand in meinem Gesicht all den Hass und die Verachtung, die ich für ihn empfand.

Xander sah anklagend zu Maya. »Du denkst ernsthaft darüber nach, mit ihm gemeinsame Sache zu machen?« Seine Faust knallte in seinen Jutebeutel. Übelkeit stieg augenblicklich in mir auf und mischte sich mit den Bildern der Nacht im Camp.

Xander.

Maya.

Seine Faust.

»Ich bestehe auf ein Treffen heute nach dem Unterricht.«

Meine Stimme klang nun sonderbar tonlos, doch Xander schien es in seiner Wut nicht zu bemerken.

»Was du willst, ist mir gleichgültig!«

»Mr Hemskey aber nicht. Ich kann das gerne mit ihm besprechen, allerdings bist du ihm gestern bereits negativ aufgefallen, durch diese unschöne Geschichte.« Ich deutete auf Xanders mitgenommenes Gesicht. »Irgendwann musst du mir verraten, wie es dir gelungen ist, in deine eigene Faust zu rennen.«

Zorn füllte jeden Winkel in mir aus.

Tosender, alles verzehrender Zorn.

»Ist es dir leichter oder schwerer gefallen als die Male, in denen du Maya geschlagen hast?« Xander fuhr entsetzt herum, doch der Klassenraum war mittlerweile leer, nur wir drei waren übrig.

Einer von uns war hier zu viel.

»Was soll das?«, brach es aus ihm heraus. »Willst du mir drohen?«

»Du bist nicht der Einzige, der gut darin ist. Wir treffen uns zur Besprechung, wann immer ich es sage. Deine Lemminge haben dabei nichts zu suchen, nur wir drei. Wenn es dir nicht passt, bleib fort. Das Winterfest gehört jetzt mir, nimm es als Entschädigung für gestern Morgen. Kein Verrat hier bleibt ungesühnt – hast du das vergessen?«

»Großartig, Maya.« Obwohl sie nicht eine Regung zeigte, richtete sich sein Frust nun gegen sie. »Genau das, was ich dir prophezeit habe: Fynnigan wird uns das Leben zur Hölle machen.« Er riss seinen Beutel vom Tisch und folgte den anderen verspätet in die Pause.

»War ihm das schon zu hart?«, fragte ich in das Geräusch der zufallenden Tür. »Ich habe gerade erst angefangen.«

Endlich allein.

Mein Kopf legte sich auf ihre Schulter und ich nutzte den Moment, küsste ihren Hals, ihr Schlüsselbein.

»Deine Rennstrecke war ein klein wenig zu viel. Außerdem hatte er einen harten Morgen, hab Verständnis mit ihm. Seine melodramatische Ex-Freundin macht es ihm nicht leicht.« Es sollte wohl ein sarkastischer Scherz sein, aber gleichzeitig klang er nicht wie einer.

Er war bitter und schmerzerfüllt.

»Lass uns die nächste Stunde schwänzen.« Ich setzte zu einem weiteren Kuss an.

»Das geht nicht«, protestierte sie. »Wir sollten Xander nicht mit aller Kraft darauf stoßen, was wir hinter seinem Rücken tun.«

»Dann lass uns zumindest die Pause nutzen.«

Ich sah ihr an, wie sie schwankte. »Du bist so ein schlechter Einfluss.« Lächelnd griff sie nach ihrer Tasche.

»Das ist mein Job.«

Kapitel 9

Maya

»Du machst uns zum Gespött!« Magnus' Strafpredigten dauerten länger als Dads. Ich hatte gewusst, dass niemand hier begeistert darauf reagieren würde, dass ich nun zum Schwimmteam zählte. Doch es wäre noch schlimmer geworden, hätte es Magnus von einem der anderen erfahren. Also hatte ich ihm davon erzählt, als wir gemeinsam den Kohl für die Küche ernteten. Das war zwei Stunden her. Den Kohl hatten wir in der Küche abgeliefert, unseren Streit hatten wir mit in diese Wohnung genommen.

Immerhin hatte Magnus es nach dem ersten Schock mit Vernunft probiert, mit all den Argumenten, die ich irgendwann einmal hatte nachvollziehen können. Nun fiel es mir schwer. »Ein Badeanzug ändert nicht, wer ich bin«, gab ich zurück. »Es ist nur Kleidung.«

»Zu wenig davon«, kam es von Xander, der sich mittlerweile ebenfalls am Tisch, dem Herzstück der Wohnung, eingefunden hatte. Er bekam dafür einen Blick angefüllt mit innigster Verachtung zugeworfen und schob die Unterlippe vor, aber immerhin schloss er seinen Mund.

»Die anderen Schüler werden über dich reden, dich verspotten …«

»Das wäre nichts Neues.« Magnus atmete sichtbar aus und ich sprach schneller, um seinen nächsten Einwänden zuvorzukommen. »Niemand sieht mich im Badeanzug. Ich bin nur Ersatz und trage bei den Wettkämpfen einen Bademantel.« Wenn ich ihm das oft genug sagte, würde er hoffentlich irgendwann verstehen, dass es keinen Grund für seine Aufregung gab. Xander verpasste mir unter dem Tisch einen winzigen Tritt. Im Gegensatz zu Magnus wusste er, dass wir zeitgleich mit dem Männerteam trainierten. Ich wich seinen Beinen aus, rutschte mit meinem Stuhl weiter von ihm weg. Kurz fürchtete ich, er würde seinen Vater von den gemeinsamen Trainingszeiten erzählen, doch er sagte nichts. Wahrscheinlich damit es nicht komplett eskalierte. Hätte Magnus gewusst, dass mich die Schwimmer mehrfach in der Woche im Badeanzug sehen würden, wäre es hier explodiert. Nun schwieg er. Ob er nach neuen Möglichkeiten suchte, um mir meine Flausen auszutreiben? In einer Viertelstunde musste er zu einer der Diskussionsrunden. Dort gab es Wichtigeres für ihn zu tun als das hier. »Du hast selbst verlangt, dass ich das Nest gewinne«, fuhr ich fort. »Mein Einsatz im Schwimmteam wird den Unterschied machen. Das ist genau, was Mr Hemskey von uns fordert, dass wir Grenzen überwinden. Wenn du es mir verbietest, beschwer dich nicht, falls nicht ich das Nest gewinne, denn ich habe alles dafür gegeben.«

»Worum geht es dir, Maya?« Magnus betrachtete mich mit dieser Art prüfendem Blick, der sich anfühlte, als könnte er in einen hineinsehen. »Ums Stipendium oder Ferres?«

Ich spürte, wie sich Xander neben mir anspannte. Wie Magnus' Blick noch tiefer nach der Wahrheit suchte.

Das Stipendium würde mir Unabhängigkeit verschaffen.

Ich würde nicht vor Magnus und den anderen vorsprechen müssen und von ihren Entscheidungen abhängig sein. Bis vor Kurzem hatte darin wohl niemand ein Problem gesehen, weil es für alle undenkbar war, dass ausgerechnet ich andere Wege gehen könnte als die, die der Kreis mir vorbestimmte.

Nun offenbar nicht mehr.

Die Erkenntnis sollte nicht schmerzen und tat es dennoch. Seit ich denken konnte, war ich Teil des Kreises.

Er war die Beständigkeit in meinem Leben, die Dad mir nie hatte geben können.

Mein Halt, als Mom uns genommen worden war.

Meine Familie.

Jetzt fühlte es sich an, als würde ich mit jeder meiner Lügen, mit jedem weiteren Geheimnis eine Mauer zwischen uns errichten.

Ich zwang mich, Magnus' Blick standzuhalten. Ein Ausweichen würde ihn nur noch misstrauischer machen. »Ferres«, erwiderte ich. »Es geht hierbei allein um ihn.«

Magnus nickte langsam, offenbar hatte er die Wahrheit in meinen Worten gehört.

Er wusste nur nicht, dass ich nicht von Richard Ferres gesprochen hatte.

Die Sonne war bereits untergegangen, als mich Magnus endlich abtreten ließ. Für den Moment erlaubte er mir, im Schwimmteam zu bleiben. Ich ahnte, dass auch für ihn die Antwort darauf Ferres lautete. Würde ich das Nest von ihm überreicht bekommen, wäre das verglichen mit seinen Vizeplänen nur ein winziger Triumph, aber immerhin besser als keiner.

Ich zog mein Handy aus der Tasche, um Fynn ein Foto zu schicken. Seit der Schule hatte er nichts mehr von mir gehört und ich wusste, dass er sich sorgte. Vielleicht hätte ich ihm verheimlichen sollen, dass ich bei Xanders Familie lebte. Kaum dachte ich das, verwarf ich den Gedanken auch schon wieder. Wie konnte ich Ehrlichkeit von Fynn fordern, wenn ich ihm im Gegenzug nicht meine gab?

Meine Finger fanden das Handy, wollten es gerade aus der Tasche ziehen, da öffnete sich die Zimmertür und Xander trat ein.

»Klopf gefälligst an!« Ich ließ das Handy los und es fiel zurück in das versteckte Fach. Mein Herz flatterte vor Angst. *Kaum auszudenken, wenn er einige Sekunden später hereingeplatzt wäre.*

»Das war keine Absicht. Für gewöhnlich klopfe ich weder an diese Tür – noch an deine.« Er schloss sie betont hinter sich. »Wie lief die Winterfestplanung mit Ferres?«

»Gut. Wir lassen einzelne Profile von ID-Karten auf einer Leinwand erscheinen, ohne Fotos, und dann raten wir alle, wer von uns das ist.«

»Fang du nicht auch noch damit an.« Mit einer bedrückenden Selbstverständlichkeit setzte sich Xander auf das Bett. *Wie ich es hasste, hier zu wohnen. Bei ihm.*

»Fynn hat angeboten, sich um weitere Programmpunkte zu kümmern.« Wenn ich ihn davon überzeugte, dass ich alles im Griff hatte, würde er mich hoffentlich wieder allein lassen.

»Das nimmst du ihm doch nicht ab? Er wird uns vorführen!«

»Wird er nicht.« Tiefe Erschöpfung durchzog mich. Die letzten Nächte war ich kaum zum Schlafen gekommen, während sich mein Leben tagsüber gleich mehrfach überschlagen hatte. »Geh jetzt, ich bin müde.«

Xander rührte sich keinen Zentimeter. »Hast du wieder vor, dich wegzuschleichen?«

»Hast du vor, mich davon abzuhalten?«

»Leg dich nicht mit meinem Vater an.«

»Warum klingt alles, was du sagst, wie eine Drohung?«

Meine Frage ließ ihn schnauben. »Weil du immer das hörst, was du hören willst.« Er legte sich ganz auf die Matratze, sah zu mir hinüber. »Kann ich bei dir schlafen?«

»Nein!« Glaubte er wirklich, dass ich zustimmen könnte? »Wann akzeptierst du unsere Trennung?«

Offensichtlich die richtigen Worte, denn sie sorgten dafür, dass Xander sich wieder aufsetzte und langsam aufstand. »Es ist deine Trennung«, sagte er beinahe sanft. »Nicht unsere – ich will sie nicht. Wie soll ich sie dann akzeptieren?« Er machte einige Schritte auf mich zu, aber ich wich nach hinten aus und er stoppte mit diesem zutiefst verletzten Gesichtsausdruck, Tränen schimmerten in seinen Augen. »Ich liebe dich, Maya. Lass uns einen Schlussstrich ziehen und von vorne anfangen. Es wird niemals wieder passieren.«

»Aber ich liebe dich nicht!« Seine Tränen lösten schon lange nichts mehr in mir aus. Er hatte zu oft geweint nach seinen Schlägen, wenn er mir versprochen hatte, es würde nie wieder vorkommen. Jetzt war diese eisige Leere alles, was sich bei dem Anblick in mir regte.

»Warum so plötzlich?« Seine Augen verschmälerten sich, während sich der Ausdruck darin verhärtete – nun war sie dahin, die Verletzlichkeit. Ich kannte diese Seiten an Xander, die sich so schnell änderten, dass es schwer war mitzukommen. Und sie machten mir immer noch Angst. »Es gibt einen anderen, oder?«

Tausende von winzigen Nadeln bohrten sich in mich.

»Maya!« Mein Name glich nun einem Knurren.

»Nein«, stieß ich aus, zu schnell und vor allem zu hoch. Hoch fuhren nun auch Xanders helle Augenbrauen und darunter funkelten honigfarbene Augen voller Wut.

»Wer ist es?«

»Geh, sonst schreie ich!« Mein Hals trocknete aus und meine Handflächen wurden feucht. Ein Ruck ging durch Xander und kurz glaubte ich, er würde ausholen. Ich wich aus, doch statt vorzupreschen, fuhr er herum und stürzte aus dem Zimmer.

Meine Beine zitterten und mir trommelte das Herz so fest gegen den Brustkorb, dass es sich anfühlte, als käme kein Sauerstoff mehr in mir an.

Ich presste die Hand auf die Brust.

Zwang mich, tiefer zu atmen.

Ein …

Um der Angst zu entkommen, die ihre eisigen Klausen in mich geschlagen hatte.

Und aus …

Um die Erinnerungen abzuschütteln.

Ein …

An seine Faust.

Und aus …

An den Schmerz.

Ein …

An meine Ohnmacht.

Und aus …

Ein …
Und aus …

Kapitel 10

»Was hast du mit Xander gemacht?«, raunte mir Fynn zu. Noch hatten wir die Schwimmhalle für uns, aber das würde sich schon in wenigen Minuten ändern, wenn das Training begann. Sicherheitshalber hielten wir bereits einige Schritte Abstand voneinander. »Er schweigt dich jetzt auch an?«

»Ja. Er glaubt, dass es einen anderen gibt, und das nimmt er mir übel.« Mit Fynn darüber zu scherzen half.

»Das möchte ich wetten.« Es blitzte begeistert im Vergissmeinnichtblau.

Die Tür öffnete sich und wir wichen auseinander. Ich drehte mich in Richtung der Wand und tat, als ob ich das Schild mit den Erste-Hilfe-Maßnahmen betrachtete.

Unvermittelt ertönte ein durchdringender Pfiff und das raue Lachen, das sich anschloss, war so ekelhaft schmierig, dass es nur von einer Person stammen konnte. Ich fuhr herum und fand Sid. »Oberfreak, du hier?«, fragte er mit einem breiten Grinsen, an dem nicht das geringste bisschen ehrlich amüsiert wirkte.

»Matheniete, du ebenfalls?«, stieß ich ähnlich höhnisch aus, dabei wusste jeder hier, dass Sid der beste Schwimmer unseres Jahrgangs war. Fynn hatte die Zeit genutzt, um noch mehr Abstand zwischen uns zu bringen und versuchte nun mit mäßigem Erfolg, seine Erheiterung über meine Erwiderung zu verstecken. Sid wiederum musterte mich, als wäre ich eine übergroße Kakerlake, die er gerne zerquetschen würde.

Die Tür öffnete sich erneut und Schritte durchbrachen unsere Stille, aber ich sah nicht hin. Ich war zu beschäftigt damit, Sids hasserfülltem Blick zu trotzen. Nach unserem Umzug hierher hatte mich jeder davor gewarnt, den Kühen, die auf einer der Weiden in der Siedlung lebten, in die Augen zu schauen.

Sie hätten mich lieber vor Sid warnen sollen.

Jeder Blick, jedes Wort war für ihn eine Provokation, die es zu überbieten galt.

»Hier gibt es einen netten Besenschrank.« Hohn tränkte seine Stimme.

Er wollte den Freak bloßstellen, damit ihn die anderen gleich dafür feierten.

Ich sollte ihm seinen Triumph lassen.

Mich abwenden und Sid ignorieren.

Das war der einzig vernünftige Weg.

»Erkunden wir beide ihn nach dem Training?«

»Werfen sie mich aus dem Team, wenn ich dich ins Wasser trete?« *So viel zur Vernunft.*

»Ich fürchte schon – wäre schade.« Sein Blick glitt provokant tiefer, fuhr demonstrativ über meinen Badeanzug. Ich hatte mit so etwas gerechnet und dennoch musste ich zugeben, dass Magnus nicht unrecht hatte. Es fühlte sich mies an. Mehr als das. Wie ich ihn satt hatte und die Yuppies, die auf alles lauschten, um ihn gleich dafür abzuklatschen, dass er den Oberfreak vorgeführt hatte.

»Wie verzweifelt musst du sein, um es schon bei Freaks zu versuchen?«

Sids vorgeschobenes Lächeln verblasste. Spätestens jetzt wurde auch ihm klar, dass sich der Oberfreak heute zur Wehr setzte.

»Nicht einmal die anderen Freaks wollen noch etwas mit dir zu tun haben. Muss sich scheiße anfühlen, wenn es niemanden gibt, der sich mit dir abgeben will.«

»Nicht scheiße genug, um mich mit dir abzugeben, Sid.« Ein empörtes Raunen rief mir in Erinnerung, dass die Yuppies hier in der Überzahl waren.

Warum hatte ich gedacht, das Schwimmteam sei eine gute Idee? Was für eine katastrophale Fehleinschätzung.

»Können wir starten?« Fynn durchbrach unser Wortgefecht. »Komm endlich rüber, Sid. Ich hab Besseres zu tun, als dir weiter dabei zuzusehen, wie du dich von ihr hochnehmen lässt.« Indem er uns beiden Anlass gab, uns zu ihm umzuschauen, löste Fynn unser Blickduell auf, ohne dass es einen Verlierer gab.

»Ich habe dir auch das ein oder andere zu sagen, Fynnigan.«

»Da bin ich mir sicher«, erwiderte er einen winzigen Hauch zu amüsiert und selbst von hier scheuchte sein Blick eine Horde Libellen durch meinen Bauch. »Aber ich fürchte, wir können nicht den ganzen Tag herumstehen und Nettigkeiten austauschen. Also gib unseren Teamleader frei. Ich habe gleich noch eine Verabredung.«

»Wer sollte sich freiwillig mit dir treffen?« Dieser spielerische Schlagabtausch mit Fynn war so viel besser als der mit Sid. Er löste den Druck auf meiner Brust.

»Du würdest dich wundern.« Er grinste sein Fynn-Lächeln und es war verflucht schwer, nicht einzusteigen. Er schien es zu merken, sah zu Sid und sein Lächeln verpuffte. »Komm und lass Maya in Ruhe.«

Sid warf mir einen letzten Blick zu und dieser hier war wie ein Speer, der sich in mich bohrte. »Freakschlampe«, raunte er mir zu, so leise, dass es keiner der Umstehenden hörte. Diese Beleidigung war allein für mich bestimmt.

»Sid!«, rief Fynn erneut und endlich drehte er sich um und schloss sich den anderen Schwimmern an.

Ich und dieses bittere Gefühl in meinem Magen blieben zurück.

Nachdem das Training begonnen hatte, wurde es besser. Im Becken gab es keine Gelegenheit für hämische Kommentare. Dafür nahmen alle das Schwimmen zu ernst, selbst Taira. Nur hin und wieder strafte sie mich mit einem Blick voller Verachtung.

Als es vorüber war, blieb ich im Becken, während es die anderen nicht erwarten konnten zu verschwinden. Ich wollte ihnen und ihren spitzen Bemerkungen entgehen. Für heute hatte ich genug von Yuppies. Also wartete ich im Wasser darauf, dass sie verschwanden. Ich beobachtete das Muster der Wellen, das sich an der Decke abzeichnete wie ich es bei unserer heimlichen Übernachtung mit Fynn getan hatte. Es war beruhigend, mich einfach treiben zu lassen. Das Wasser legte sich wie ein Schutzfilm über meine gereizten Nerven.

Ich war ewig nicht mehr mit meinen Gedanken allein gewesen. Kein Kreis, keine Yuppies, nur das Wasser und ich. Mit jedem Atemzug wich die Anspannung in mir. Ausgerechnet hier, in dem kleinen Becken, fand ich etwas von der Begeisterung, die ich damals für das Meer empfunden hatte. Dort, in den Wellen, hatte ich mich zum letzten Mal richtig frei gefühlt.

Freakschlampe.

Das Wort, geschrieben mit rotem Lippenstift, zierte meinen Spind in der Umkleide. Es beendete brutal diesen Anflug von Entspannung und Frieden und zerrte die unsichtbaren Gewichte zurück auf meine Brust.

Freakschlampe.

Keine Ahnung, wem ich das zu verdanken hatte.

Taira? Der teuflisch rote Lippenstiftton passte zu ihr.

Vielleicht Sid? Immerhin hatte der mir das Wort vorhin zugeraunt.

Oder einer der anderen?

Es machte keinen Unterschied.

Sid hatte recht – es gab nicht mehr viele Menschen hier, die mich ertrugen.

Ich fand Fynn auf genau der Bank, auf der ich damals auf ihn gewartet und damit unsere heimliche Schulübernachtung in Gang gesetzt hatte.

»Hat sie dich etwa versetzt, Fynnigan?« Mit Fynn war es ähnlich wie mit dem Wasser vorhin. Er war wie Farbe, die die Dunkelheit übermalte. Wie Licht, das meine Schatten vertrieb. An Fynns Seite war es schwer, unglücklich zu sein.

»Nein«, gab er zurück und stand auf. »Sie ist grausam und lässt mich gerne warten.« Er breitete seine Arme aus und ich sank hinein, drückte mich eng an seine Brust, während seine Finger mir über die Wange fuhren. Selbst die höhnischen roten Buchstaben in meinem Kopf lösten sich unter der Wärme seiner Fingerspitzen auf.

»Du hättest nicht warten müssen.«

»Ein Kuss von dir ist jede Wartezeit wert.« Seine Lippen fanden meine und ich stieg ein. Wenn uns nur wenige Minuten am Tag blieben, mussten wir sie so gut wie möglich füllen. Es war nur verflucht schwer, mich anschließend wieder von ihm zu lösen.

»Ich muss los«, presste ich schließlich hervor und es kostete mich jedes Fitzelchen meiner Selbstbeherrschung, um mich von ihm zu trennen. Er schnaubte frustriert auf, nickte aber.

»Dann bring ich dich.«

»Nein.« Ich griff nach seiner Hand, um ihn mit mir zu ziehen, denn ich musste zu meinem Fahrrad und mir blieb keine Zeit für Diskussionen.

»Doch«, erwiderte Fynn und obwohl es nur ein Wort war, verriet ihn dieser betont gelassene Ton. Er plante etwas und ich hatte keine Ahnung, was. Eine seiner waghalsigen Fynn-Aktionen. Ich bekam ein Lächeln und ein Kopfschütteln, als ich ihn prüfend musterte. Was auch immer er vorhatte, musste ich offenbar selbst herausfinden.

»Wenn du wieder mein Rad auseinandergenommen hast, weißt du, wo du nächste Woche deine Badehose findest, Fynnigan.« Er lachte auf und das Licht der Laternen, an denen wir vorbeigingen, ließ es in seinen Augen blitzen.

»Das hätte ich dann verdient«, gab er zurück und strich mit dem Daumen über meine Hand. Meinem Rad ging es also gut, immerhin etwas.

Wir peilten den mittlerweile verwaisten Fahrradständer an und es stand tatsächlich dort, wo ich es heute Morgen abgestellt hatte. Nur fand sich daneben noch ein zweites. Eines, das definitiv nicht zum Kreis gehörte. Dieses war neu und so makellos, dass meines wirkte, als hätte ich es durch eine Schlammlache gezogen.

»Hast du dir ein Rad zugelegt?«

»Du erweiterst laufend meinen Horizont.« Ich schlang die Arme um ihn, lachte begeistert auf und erst, als ich den Klang hörte, wurde mir klar, dass ich den ganzen Tag noch nicht gelacht hatte.

Fynn lächelte zwar, aber er stimmte nicht mit ein, stattdessen grub sich eine Falte in seine Stirn. »Wie schlimm war es?«

Er hatte also gemerkt, dass etwas vorgefallen war.

Freakschlampe.

»Ihre Beleidigungen werden kreativer.«

Fynn atmete spürbar aus und sein Atem wärmte meine Wange. »Ich kann sie zwingen, damit aufzuhören. Nur ein Wort von dir und …« Diesmal lag kein Drängen darin, es war sanfter, sorgenvoller.

»Yuppies schüchtern mich nicht ein, das weißt du doch.« Seine Lippen streiften meine Stirn und für den Moment war ich froh, Fynn nicht anschauen zu müssen. »Es sind nur ein paar Monate«, raunte ich in seinen Mantel. »Die bekomme ich hin.«

Wenn ich die Worte oft genug dachte, würden sie sich irgendwann auch danach anfühlen.

Kapitel 11

Fynn

Heute war die Verona Hall sonderbar.

Noch mehr als sonst.

Jeder in diesem Flur starrte auf sein Handy, trotz des Verbots. Überall standen sie in Trauben zusammen, lachten und redeten aufeinander ein.

Wollte ich herausfinden, was los war?

Nein.

Das würde ich ohnehin erfahren.

Es war die Verona Hall. Nichts verbreitete sich hier zuverlässiger als Neuigkeiten. Man konnte ihnen nicht einmal davonrennen. Sie holten einen schneller ein als die Schimpftiraden von Mr Hemskeys Assistenten. Den begeisterten Mienen der anderen nach schien es zumindest amüsant zu sein. *Gut, ich konnte gerade wirklich etwas zum Lachen gebrauchen.*

Ich öffnete meinen Spind. Eigentlich hatte ich noch eine Stunde schwimmen wollen, aber ich war zu erschöpft. Irgendwie ironisch, dass ich in den Unterricht gehen musste, weil ich zu müde war, um etwas Sinnvolleres zu tun. Heute Abend musste ich die fehlende Zeit nachholen.

Lachen drang zu mir herüber und nervte mich. Es schien einer dieser Tage zu werden, an denen alles nervte. *Vielleicht sollte ich nach Hause fahren und schlafen. Oder mir zumindest einen gigantischen Kaffee in der Cafeteria besorgen.*

»Fynn!« *Zu spät.* Taira tauchte breit grinsend vor mir auf. »Du schon hier, pünktlich zur ersten Stunde?«

»Ein Versehen«, gab ich zurück, schloss den Spind und sah wieder zu Taira, die grinste wie ein Kind, das freie Auswahl im Süßigkeitenladen bekam. Wir waren zwar befreundet, aber das war beängstigend viel Begeisterung dafür, dass ich ausnahmsweise pünktlich auftauchte.

»Was sagst du dazu?«

Offenbar war also nicht ich der Süßigkeitenladen. Beruhigend.

»Wozu?«

»Fynn«, stieß sie aus und ihre Augen wurden so groß, dass sie drohten, mich zu verschlucken. »Warum liest du nie deine Nachrichten?«

»Weil es zu viele sind und die meisten davon sind komplett unnötig.«

Shit.

Taira spitzte bereits die Lippen, wie immer, wenn sie fand, dass ich richtig Mist baute. »Deine normalerweise nicht.«

Ihre Lippen entspannten sich und die Begeisterung kehrte in ihr Gesicht zurück. Gut, offenbar hatte ich gerade noch die Kurve gekriegt. »Es gibt einen Oberfreakskandal.«

Nein.

Bitte nicht.

Nicht Maya.

Ich suchte in der Menge nach kupferfarbenem Haar, vergebens.

»Xander?«, stieß ich aus, weil Taira offenbar darauf wartete, dass ich etwas von mir gab. Ihr Grinsen wurde breiter.

Langsam, wie um die Spannung zu steigern, bewegte sie den Kopf. Hin und her.

Shit.

»Was ist mit Maya?« Erst als ich Tairas Blick sah, registrierte ich, dass ich zu grimmig klang. *Wie sollte ich bitte begeistert klingen, wenn sich diese verfluchte Sorge wie eine Schlange um meinen Hals legte und ihn zuzog?*

»Sag schon …« *Ich brauchte eine Antwort. Jetzt.*

»Kannst du dir vorstellen, dass ausgerechnet sie auf diese ganzen heiligen Regeln scheißt, die ihre Sekte hochhält?«

Ja.

»Nein«, stieß ich mühsam aus und suchte noch drängender auf dem Flur nach Maya.

Was auch immer das hier war, es war mies.

»Genau.« Es blitzte zufrieden in Tairas Augen auf. »Ich meine, gedacht haben wir das alle. Kein Mensch kann so nervtötend engstirnig sein.«

»Sag es mir!« Ihre Lippen spitzten sich erneut und nun musterte sie mich argwöhnisch. *Wenn ich nicht vorsichtiger war, redete ich mich um Kopf und Kragen.* »Ich muss mir noch einen Kaffee besorgen.«

Taira sah nun deutlich weniger begeistert aus, weil ich ihr den Spaß daran nahm, die Neuigkeiten dramatisch langsam zu verkünden. »Sie hat einen Lover.«

Scheiße.

»Woher weißt du das?«

»Lies deine Nachrichten, Fynn, statt mich hier anzufahren. Es ist nicht meine Schuld, dass du als Letzter Bescheid weißt.« Sie verstand meine Wut falsch. Taira rauschte ab. Ich suchte in der Tasche nach dem Handy und zerrte es heraus. Es verkündete sofort eine erschreckende Anzahl an Nachrichten.

Ich klickte auf die nächstbeste und fand augenblicklich den Grund für dieses Chaos hier.

Scheiße, scheiße, scheiße.

Ein gepresstes Stöhnen drang an mein Ohr und nur am Rande registrierte ich, dass es von mir kam.

Wie um alles in der Welt hatte das passieren können?

Kapitel 12

Raya

Die Bibliothek war einmal mehr mein Schutzraum geworden. Hier verbrachte ich die Pausen ohne Yuppies und ohne Kreisler. Nur ich, mein Frühstück und die Bücher, die mich stumm mahnend ans Essensverbot erinnerten. Doch die hatten keine Ahnung, wie anstrengend das Leben jenseits dieser Regale war. Ich hatte mein Lager bei den Klassikern aufgeschlagen. Hierher kam nie jemand und zwischen den Regalbrettern - gefüllt mit Brontë, Austen und Woolf – kam ich mir ein Stück weniger verloren vor. In meinem Kopf hatten ihre Geschichten schon viele unserer Umzüge überdauert.

»Was zur Hölle tust du?«

Gerade, als ich vom Brot abbeißen wollte, ließ mich eine Stimme zusammenfahren. Mein Blick fuhr hoch in ein Gesicht – ein verdammt wütendes. *Verflucht*. Xander hatte meinen Rückzugsort gefunden. Ich zog die Beine an und schuf so eine winzige Barriere. Gleichzeitig spürte ich die Mauer nun überdeutlich in meinem Rücken. Der Gang zwischen den Regalen war schmal und Xander blockierte ihn. Ich konnte mir tausend Mal sagen, dass er in der Schule nicht zuschlagen würde, aber mein Körper reagierte ganz ohne mein Zutun. Und der Blick, mit dem Xander mich bedachte, brachte jede meiner Alarmglocken zum Schrillen.

»Maya!« Das sich anschließende Knurren verschluckte meinen Namen beinahe. Einen wunderbaren Tag lang hatte Xander nicht mit mir gesprochen – warum konnte er das nicht bis zum Schulende beibehalten? »Du bist zu weit gegangen!« Ich hatte Xander schon oft wütend erlebt, aber das hier übertraf alles – und ich hatte keine Ahnung, was der Grund dafür war.

»Wovon redest du?« Ich hielt es hier unten nicht länger aus und fuhr hoch. Mein Hals war trocken wie die Sahara. Es gab nicht viel, das Xander dermaßen aus der Fassung bringen konnte – so sehr ich auch suchte, ich fand nur Fynn.

Der Raum um mich schwankte bedrohlich.

Das war unmöglich.

Wir waren vorsichtig gewesen.

Xander hob seine Hand und erst jetzt registrierte ich das Papier darin.

»Schau es dir an!« Keine Bitte, ein Befehl. Als wenn es den gebraucht hätte, ich musste wissen, wie groß meine Probleme waren.

Ich riss ihm das Blatt aus der Hand.

Fand ein Foto.

Nein!

Ich, liegend in einem Bett.

Mein Kopf auf einer nackten Männerbrust.

Ein Arm lag über meiner Brust verdeckte nur das Nötigste.

Der Moment, den wir hatten einfangen wollen, weil er perfekt gewesen war.

Der, in dem mir Fynn gesagt hatte, dass er mich liebe.

Warum gerade dieses Foto?

Kapitel 13

Ich starrte auf diese unglaublich glückliche Version von mir. Das, was ich nun fühlte, stand in so heftigem Kontrast zu damals, dass es überall in mir brannte.

Freakschlampe.

Das Wort prangte mitten auf dem Foto und doch brauchte ich einige Sekunden, um es zu verarbeiten, weil der Rest noch schrecklicher war. Von Fynn sah man nur seinen Arm und ein Stück seiner Brust – zu wenig, um auszumachen, wer dort lag. Das sollte mich vielleicht beruhigen, aber in mir war es eisig.

Von mir erkannte man alles.

Selbst das Muttermal unter meinem Arm.

Jedes.

Verdammte.

Detail.

»Wo hast du das her?« Meine Stimme zitterte ähnlich wie der Rest von mir.

»Die Zettel hängen überall an den Radständern, damit wir bloß nicht verpassen, worüber sich die anderen amüsieren.«

Alle hier kannten dieses Foto?

Mein Magen wurde von unsichtbaren Händen zusammengepresst und Säure kroch mir die Speiseröhre entlang, verätzte mir den Hals.

Das war ein einziger Albtraum.

»Du brichst nicht nur die Regeln, sondern lässt zu, dass es Beweise für deine Schuld gibt?«

Darüber hatte ich nie nachgedacht – weil ich Fynn bedingungslos vertraute.

Ich schwieg. Nicht nur, weil ich zwanghaft versuchte, meinen Mageninhalt in mir zu halten – auch weil es nichts gab, mit dem ich mich verteidigen konnte.

Ich war so schuldig, wie man sein konnte.

»Wer war es?«

Ich schüttelte den Kopf. Die einzige Antwort, zu der ich mich imstande fühlte.

»Dieser Typ versucht, uns fertig zu machen.«

»Nein.« Nun war ich gezwungen, Worte zu formen und sie herauszupressen. »Das würde er nie tun.«

»Wie alt ist das Bild?« Eine Frage wie ein Kanonenschlag, der durch die Bibliothek hallte. Jetzt schien er zu ahnen, dass dieses Foto mehr gewesen war als ein verbotener Moment. *Dass es immer noch mehr war.*

Er starrte mich aus aufgerissenen Augen an. Der Schock schien ihm die Stimme geraubt zu haben.

Verständlich.

Manchmal schockierte mich selbst, was aus mir geworden war. Ich schwieg ebenfalls. Schon weil sich mein Kopf in einen Morast verwandelt hatte und mich hinunterzuzerren drohte.

Wie lange es dauern würde, bis mir die Luft ausging?

»Mr Hemskey ist beschäftigt«, kam es in diesem nörgelnden Singsang von der Gottesanbeterin, kaum dass wir den

Vorraum betraten. Xander hatte darauf bestanden, mitzukommen und ich war daran gescheitert, ihn loszuwerden.

»Ich geh allein zu ihm«, sagte ich, ohne die Gottesanbeterin zu beachten.

»Vergiss es!«, protestierte Xander. »Das betrifft Kreisthemen.«

»Nein! Es betrifft mich! Mich allein!«

»Hier wird nicht geschrien!«, fuhr mich die Gottesanbeterin an.

Natürlich.

Ich hatte genug von ihm.

Und Xander.

Und der Verona Hall.

Bevor Xander weitere Einwände erheben konnte, ging ich auf Mr Hemskeys Tür zu. Wie meist war der Vorhang vor die Fensterfront gelegt, doch immerhin wusste ich nun, dass er hier war. Die Gottesanbeterin gab einen hohen Protestschrei von sich und Mr Hemskey sah überrascht von seinen Papieren auf, als ich, ohne zu klopfen, in sein Büro stürzte.

»Mrs McGrey?«

»Sie ist einfach reingegangen!«, rief die Gottesanbeterin anklagend, aber ich beachtete ihn nicht. Es brauchte nur fünf große Schritte, um zu Mr Hemskeys Schreibtisch zu gelangen. Das Bild darauf abzulegen, war so viel härter.

»Die Fahrradständer hängen voll mit diesen Zetteln«, sagte ich und starrte auf die Schreibtischplatte, damit ich nicht in das Gesicht des Mannes vor mir schauen musste. »Es wurde anscheinend auch an alle Handys verschickt.«

Mr Hemskey hob die Hand, offenbar das Zeichen, die Tür zu schließen, denn die Gottesanbeterin machte mit einem Schnauben deutlich, was er davon hielt, mich und meine Unverschämtheit auch noch zu unterstützen.

»Wissen Sie von wem?«

Er nannte zwar keinen Namen, aber es stand außer Frage, an wen er dachte.

»Nicht von Fynn!« Ich wollte schreien, das spürte wohl auch Mr Hemskey, denn er nickte, ließ von ihm ab.

»Was ist mit Ihrem ehemaligen Freund?«

»Xander würde nichts tun, was dem Kreis schadet. Außerdem besitzen wir keine Handys.«

»Wer war es dann?«

Wenn ich das nur wüsste. Taira? Sie war regelmäßig in Fynns Nähe. Vielleicht hatte sie das Foto in einem unaufmerksamen Moment gefunden? Es könnte ihre Rache für meinen Beitritt im Schwimmteam sein. »Ich weiß es nicht«, erwiderte ich dennoch und sperrte den Namen in mir ein. »Ich muss mit Fynn reden.«

»Haben Sie das nicht längst getan?« *Glaubte Mr Hemskey immer noch, er könnte dahinterstecken?*

»Er ist der Einzige, von dem ich weiß, dass er es nicht war! Außerdem kann ich hier nicht mit ihm reden. Alle beobachten mich heute.«

Und lachten mich aus.

Kälte wehte durch mich hindurch.

Es gab nicht viel für mich, das härter war, als um Hilfe zu bitten. Aber jetzt gerade brauchte ich sie. »Das ist zu groß. Ich kann es nicht allein lösen. Wenn sie in der Siedlung davon erfahren … Die Verona Hall ist Ihre Schule. Können Sie die Handys einsammeln lassen und das Bild löschen?«

»Das ist unmöglich.« Obwohl seine Erwiderung sanft daherkam, schlug sie brutal in mich ein.

Er würde mir nicht helfen.

»Die anderen stehen draußen und starren das Foto an. Jetzt gerade! Sie reißen Witze über mich … Erzählen Sie mir nicht, dass Sie nichts tun können!« Meine Stimme zitterte verräterisch. Ich sah auf, fand Mr Hemskeys zerknirschte Miene und wusste, was er erwidern würde.

»Ich gebe mein Bestes, um herauszubekommen, wer dahintersteckt. Doch ich kann nichts dagegen tun, dass die anderen über Sie reden. Das vergeht. In ein paar Tagen kommt etwas Neues, das diesen Vorfall vergessen lässt. Bis dahin müssen Sie es aushalten.«

»Und wie?«, brach es aus mir heraus. Mr Hemskey hatte leicht reden, hier, in der Zurückgezogenheit seines Büros.

»Ich kann Sie beurlauben, wenn Ihnen das hilft.«

Wie sollte das helfen?

»Wenn ich mich vor ihnen verstecke, wird es noch schlimmer. Sie sind wie Hyänen, die nur darauf warten, dass man zusammenbricht.«

»Es sind Ihre Schulkameraden. Wenn Sie mit ihnen reden …«

»Werden sie mich fressen«, beendete ich seinen Satz und es schien so beängstigend wenig Luft in meiner Lunge zu sein. »Sie wissen nicht, wie es ist, ein Freak zu sein.«

Mr Hemskey rief nach mir, während ich aus dem Büro stürmte, aber ich drehte mich nicht um. Für heute hatte ich genug Schwäche gezeigt. Stattdessen hastete ich durchs Vorzimmer, vorbei an der keifenden Gottesanbeterin, hinaus auf den Flur, wo mich Xander erwartete.

Natürlich.

»Was sagt Mr Hemskey?«

»Es tut ihm leid, aber ihm sind die Hände gebunden.« Xander würde keine Ruhe geben, bis er eine Antwort bekam. »Er wünscht mir einen baldigen neuen Skandal, der meinen übertüncht.«

»Das ist nicht akzeptabel.« Wahrscheinlich das einzige Mal heute, dass ich und Xander einer Meinung waren. »Ich bring dich nach Hause und dann rede ich mit ihm.«

»Das wirst du nicht! Nichts davon. Ich gehe jetzt in den Unterricht.«

»Das ist hoffentlich ein Scherz.« Er bekam keine Antwort mehr, denn in dem Augenblick wehte ein Kreischen zu uns herüber, wurde sofort verstärkt von einer Vielzahl von Stimmen. Wir tauschten einen entsetzten Blick aus und rannten zeitgleich los.

Was hatten sie noch gefunden, um mich kleinzukriegen?

Ein weiteres Foto?

Eines, auf dem Fynn zu erkennen war?

Ohrenbetäubendes Kreischen und Jubeln hallte über die Gänge, wies uns den Weg hin zu den Spinden, vor denen sich eine Schülertraube aufgebaut hatte. Der Gedanke an meinen ersten Schultag hier streifte mich. Damals hatte ich an dieser Stelle erfahren, dass eine Zukunft mit Fynn unmöglich war.

Die Erkenntnis hatte mich zerschmettert.

Heute könnte es noch schlimmer werden.

Meine Beine weigerten sich weiterzugehen und so stoppte ich an einer der Marmorsäulen, die ein wenig Deckung versprach. Und Halt. Es fühlte sich an, als würde ich gleich beides brauchen.

»Leute«, rief eine Stimme, die mir dermaßen vertraut war, dass sie wie ein Blitz in meinen Magen einschlug. »Seid ihr bereit?«

Fynn. Nur einen Augenblick später tauchte sein Kopf aus der Masse der Körper auf und …

Ich blinzelte

… Sein nackter Oberkörper.

Rote Buchstaben sprangen mir von dort entgegen, erinnerten mich an andere, die ich vor ein paar Tagen an meiner Spindtür gefunden hatte. *Oberschlampe.*

Weitere Personen schienen auf Stühle oder Tische gestiegen zu sein, denn nun tauchten sie neben Fynn auf. Matt, Stefan und Arthur – alle drei waren Schwimmer seines Teams. Wie Fynn trugen sie nichts anderes als ihre Badehosen, und das in der altehrwürdigen Vorhalle der Verona Hall. Das war dermaßen skurril, dass ich Mühe hatte, es zu fassen. Das Kreischen setzte erneut ein, so hoch, als wollte es mir das Trommelfell zerplatzen lassen, und gleichzeitig knurrte Xander neben mir auf.

Was zur Hölle ging hier vor sich?

Wollte Fynn aufdecken, dass er auf dem Foto war?

Der Gedanke presste mir den Atem aus dem Körper.

Nein.

Nein, nein, nein!

In diesem Augenblick fand Fynn mich.

Ob es an meiner Miene lag?

Oder an der Tatsache, dass ich mich an die Säule hinter mir lehnte, weil meine Beine im Begriff standen, ihren Dienst aufzugeben?

Er schien zu wissen, wie es mir ging und allen voran: was ich dachte, denn er schüttelte den Kopf. Nur eine winzige Bewegung, aber sie sorgte dafür, dass sich wieder Luft in meiner Lunge fand.

Er würde uns nicht verraten.

»Wie ihr alle mitbekommen habt, könnte es sein, dass auch Freaks nur Menschen sind.« Fynn drehte sich von mir ab, wandte sich den Schülern unter sich zu. Hämisches Gelächter ertönte von der Gruppe, die hauptsächlich aus Yuppies zu bestehen schien. Kein Wunder. Der Unterricht hatte längst begonnen und diejenigen von uns, die die Schule ernst nahmen, saßen dort. »Obwohl ich denke, es ist eh nur ein schlechter Fake.«

»Was hat er vor?« Xander presste die Worte geradezu aus sich heraus. *Woher sollte ich das wissen?* »Mir reicht's, ich hole einen Lehrer«, fuhr er fort und drehte ab.

»Warte!« Wen von uns es wohl mehr überraschte, dass ich ihn aufhielt, ausgerechnet als er mich endlich einmal allein lassen wollte? Immerhin blieb er, doch das galt auch für die Falten in seiner Stirn.

»Und selbst wenn einer der Freaks menschliche Regungen zeigen sollte …«, sagte Fynn und verdrehte theatralisch die Augen. Das war die andere Seite an ihm, die, mit der er seine Leute unterhielt und zum Lachen brachte. Der Fynn, der eine Maske aus gleichgültiger Arroganz vor sich hertrug, damit niemand sah, was sich dahinter abspielte.

Aber ich fand die Sorge in seinen Augen.

Das winzige Trommeln seiner Finger, um etwas von seiner Anspannung herauszulassen.

Ich sah ihn.

Immer.

»Arschloch!« So wie Xander ihn ansah, überlegte er, Fynn eigenhändig herunterzuziehen.

Fynn schüttelte derweil entrüstet den Kopf. »Wenn hier irgendjemand eine Schlampe ist, dann ich. Seit Jahren bemühe ich mich in jeder freien Minute um den Titel, wie ihr alle wisst.« Lachen brannte auf und Fynn verteilte ein Dutzend Handküsse in die Menge, bevor er weitersprach. »Jetzt kommt ein Freak vorbei.« Er hob den Zeigefinger seiner linken Hand. »Und macht ein einziges Foto.« Der Zeigefinger der rechten Hand gesellte sich dazu. »Und ihr seid dermaßen gehypt? Was ist los mit euch? Schlimmer Anfall von existenzbedrohender Langeweile?« Sein Blick landete demonstrativ auf mir. »Sorry, Oberfreak, wenn du den Titel willst, musst du uns mehr bieten als diesen Fake. Bis dahin gehört er mir.«

Das Geräusch, das aus mir herausbrach, war ein Lachschluchzen gemischt mit Entgeisterung. Von allem zu viel und doch zu wenig. Das hier war zu abstrus. Ich kam nicht mehr mit.

Fühlte sich so ein Nervenzusammenbruch an?

Fynn sah längst wieder zu der Menge unter sich. »Kommen wir zu euch ... Ihr steht auf Fotos? Dann los, wir machen unsere eigenen und sorgen dafür, dass ihr nicht vor Langeweile zugrunde geht. Jetzt habt ihr die Möglichkeit, gegen eine Spende Bilder mit ausgewählten Mitgliedern des Schwimmteams zu machen. Das Geld packen wir in den Spendentopf des Winterfests. Wetten, wir bekommen ein kleines Vermögen zusammen? Lasst uns den Freaks zeigen, wer an der Verona Hall für den Spaß verantwortlich ist!«

Er ließ sein breites Grinsen sehen und sofort begannen die ersten, in ihren Taschen zu kramen. Niemand beachtete mich. All die Aufmerksamkeit lag allein auf den Schwimmern. Nun tuschelten sie nicht über mein Foto, sondern darüber, mit wem sie fotografiert werden wollten. Fynn hatte es geschafft, die Aufmerksamkeit von mir zu ziehen. Für den Moment schien es zu funktionieren.

»Komm, Oberfreak«, rief er mir zu und ließ mich zusammenfahren. »Wenn du dich traust. Für dich ist das Ganze heute sogar kostenfrei.«

Nun kehrte die gesamte Aufmerksamkeit zurück zu mir wie ein Bumerang, den ich nie hatte auswerfen wollen.

Meine Beine zitterten erneut.

Ich wollte weg.

Und konnte nicht.

Weil sie alle genau beobachteten, wie ich hiermit umging. Ich hatte nicht übertrieben. Die Yuppies waren wie Hyänen. Von meiner Reaktion würde abhängen, wie viel Spott mich traf. Ich atmete durch. *Fynn traute mir zu, das hier gehändelt zu bekommen, sonst hätte er mich nicht zu sich gerufen.*

»Er wird dich vorführen. Geh da nicht hin!« Xander rief entgeistert meinen Namen, als ich mich entgegen seiner Warnung in Bewegung setzte.

Ich konnte das.

Ein Duell mit Fynn war so leicht wie Atmen.

Sogar leichter, denn Atmen fiel mir heute unglaublich schwer.

Diesmal musste ich mir nicht erst einen Weg durch die Menge kämpfen. Sie wichen vor mir zurück, wollten sehen, was hier geschah. Nun erkannte ich, dass das Schwimmteam tatsächlich auf Schultischen stand.

Mr Hemskey würde eine Krise bekommen.

Fynn sprang von seinem, landete vor mir. Einen Moment lang war dieser Drang, mich in seine Arme zu flüchten, so unfassbar groß, doch dann lachte jemand hinter mir und erinnerte mich daran, dass es unmöglich war.

Ich konnte das hier.

»Nette Beschriftung, Fynnigan«, sagte ich und deutete auf seine Brust. »Der Ton passt zu dir. Signalrot. Wie genervt warst du, als du festgestellt hast, dass du heute nicht das Hauptthema bist?«

»Nicht erschrecken, Oberfreak«, gab er zurück. »Es wird nicht wehtun und wenn wir uns beeilen, wird es auch nicht deine Seele fressen.« Theatralisch zog er sein Handy, als würde ich schon bei dessen Anblick flüchten. *Typisch Fynn.* »Bereit?« Er grinste zwar, doch es erreichte seine Augen nicht. Es war für die Menge bestimmt, nicht für uns.

Wir waren eine Show.

Er hob sein Handy und ich fand weitere, die sich aus der Menge auf uns richteten. Es wurden beängstigend schnell mehr. Augenblicklich spannte ich mich bei ihrem Anblick an. Vielleicht hatte Fynn doch recht mit seiner Neckerei. Ich mochte mein eigenes Handy – wegen Fynns Nachrichten. Aber die Vorstellung, dass mich die Yuppies aufnahmen, fühlte sich nach einer abgrundtief miesen Idee an.

»Hey!«, rief Fynn in die Menge. »Jeder, der fotografiert, hat ebenfalls zu spenden. Wehe einer von euch lässt sich dabei lumpen. Das hier wird das spektakulärste Foto, das die Schule je gesehen hat.« Er hob seinen Arm scheinbar prüfend, um den richtigen Winkel zu erwischen, verdeckte damit zeitgleich seinen Mund.

»Pause«, raunte er mir zu, während meine Miene regungslos blieb. Ich nickte nicht. Fynn würde auch so wissen, dass ich in der Pause zum Keller kommen würde. *Vorausgesetzt, ich wurde Xander los.* Er drückte auf sein Handy und ein weiteres Foto von uns erschien auf dem Display. Dieses hier fühlte sich fremder an als die anderen. Selbst die frühen, auf denen wir Abstand gehalten hatten.

Weil das nicht wir waren.

Es waren nur die Rollen, die wir zu spielen hatten.

Mein Kopf war wie leergefegt.

Wortlos ließ ich Fynn stehen.

Ich suchte mir einen Weg durch die Menge, was schwierig war, da nun alle zeitgleich zum Schwimmteam drängten.

Immerhin beachtete mich keiner von ihnen. Abgesehen von Xander, der plötzlich an meiner Seite auftauchte wie ein heimsuchender Geist, um den ich nicht gebeten hatte.

»Was sollte das, Maya?«, fuhr er mich an. »Hast du nicht genug Probleme?«

»Ein oder zwei schaffe ich noch.« Ich ging einfach weiter, hoffte, er würde nicht nachkommen, und wusste es doch besser. Wie erwartet tauchte er an meiner Seite auf.

»Du triffst eine dumme Entscheidung nach der anderen und sie werden immer schlimmer!«

Wurden sie nicht. Fynn hatte mir für den Moment seine Leute vom Hals gehalten. Sie würden ihre Sprüche machen, mich beleidigen und piesacken, aber es würde hoffentlich nicht so schlimm werden, wie es sein könnte. Xander dachte nur daran, was dieses Foto bei den Kreislern für Konsequenzen hatte. Die Yuppies und ihre Sprüche reizten ihn, das war alles. Kaum hatten wir die Verona Hall verlassen, blendete er sie aus, als besäße er einen Schalter.

Ich hatte keinen.

An mir nagten sie.

Ich blieb still, während Xanders Vorwürfe auf mich einprasselten wie ein besonders kalter Herbstguss.

»Wo willst du hin?« Er war langsamer geworden, als wir uns dem Klassenraum näherten, aber als ich an der Tür vorbeiging, kam er mir wieder hinterher.

»Zu Mr Hemskey.«

»Da warst du gerade erst.«

Als wenn ich das vergessen könnte.

»Ja und jetzt gehe ich wieder zu ihm.« Nun stoppte ich doch, sah zu Xander. »Ich ertrage das nicht und ich möchte allein sein.«

»Deine Überheblichkeit kannst du dir gerade nicht leisten, Maya.« *Wie konnte eine so warme Farbe wie Honig in Xanders Augen dermaßen eisig wirken?* »Ich bin der Einzige, der versucht, dir zu helfen, und dennoch schiebst du mich andauernd von dir weg. Ohne mich stehst du allein da.«

Manchmal war es besser, allein zu sein, als die falschen Menschen um sich zu haben.

Als ich diesmal ging, folgte Xander mir nicht.

Der Schreibtisch der Gottesanbeterin war wunderbar leer. Er hätte mich wohl höchstpersönlich hinausgeschafft, wenn er gewusst hätte, dass ich zum zweiten Mal an diesem Morgen die heilige Schwelle zu Mr Hemskeys Büro überquerte. Ohne Erlaubnis.

Immerhin klopfte ich diesmal an. Mr Hemskey klang gereizt, als er mich hineinrief, doch kaum trat ich ein, runzelte sich seine Stirn verblüfft. »Gibt es etwas Neues?«

»Nein«, erwiderte ich und sank ohne Einladung auf einen der Besucherstühle. Ich musste sitzen, dann würden sich meine Beine vielleicht nicht mehr anfühlen, als bestünden sie aus Gummi.

»Was führt Sie sonst hierher?«

»Ich will Sie davon abhalten, Fynn und die Mitglieder seines Schwimmteams zu bestrafen.«

Seine Augen weiteten sich ungläubig. »Warum genau würde ich sie bestrafen wollen?«

»Weil sie in der Vorhalle Fotos mit den anderen Schülern machen - in Badehosen.«

»Wie bitte?« Mr Hemskey stieß einen hohen Laut aus, der mich an das Quietschen erinnerte, mit dem die Züge am

Bahnhof zum Stehen kamen. »Wieso denkt plötzlich jeder, er kann tun und lassen, was er will? Es gibt keine Shootings auf meinen Gängen und überhaupt herrscht Handyverbot. Das sollte Ihnen allen klar sein und auch, dass die Schwimmkleidung lediglich im Badebereich getragen wird. Was sind das hier für Sitten? Die Verona Hall ist eine der angesehensten Schulen dieses Landes. Was glauben Sie, wie auf solche Dinge reagiert wird?« Es klang, als galt zumindest dieser letzte Satz weniger dem Schwimmteam und mehr dem Foto von Fynn und mir.

»Fynn gibt vor, Spenden fürs Winterfest zu sammeln, aber in Wahrheit versucht er, seine Leute von mir abzulenken«, zwang ich mir ab. »Die anderen haben davon keine Ahnung. Bitte bestrafen Sie weder ihn noch den Rest des Teams.«

Unter meinen Worten verlor sich die Härte aus Mr Hemskeys Miene. Er schwieg, schien zu überlegen, bis er schließlich antwortete. »Es ist Ihnen beiden wirklich ernst miteinander.« Das klang nicht wie eine Frage, aber ich nickte dennoch. »Ich nehme an, Sie wissen, mit welchen Konsequenzen Sie zu rechnen haben, wenn Ihr Vater oder Magnus davon erfahren?«

Für gewöhnlich war Mr Hemskey derjenige, der immerzu forderte, dass wir untereinander redeten. Er glaubte daran, dass Worte Grenzen auflösen konnten. Manchmal war selbst ich verblüfft, wie tief dieser Glauben, dieses Vertrauen in die Welt reichte. Offenbar besaß auch sein Vertrauen eine Grenze und die hatte ich gefunden. Er kannte die Kreisler gut genug, um zu wissen, dass sie eine Beziehung zwischen Fynn und mir niemals akzeptieren würden.

Das hatte ich gewusst und doch war es erschütternd zu hören, dass er meine Ansicht teilte.

Der Kreis würde eine Entscheidung von mir fordern.

Meine Familie. Oder Fynn.

Ich konnte nicht beides haben, und das nur, weil Fynn den falschen Nachnamen trug.

In meinem Hals schwoll ein Kloß an und es fühlte sich nicht an, als würden es Worte daran vorbeischaffen, also nickte ich erneut.

Mr Hemskey beugte sich ein Stück vor. »Dann sorgen Sie dafür, dass es geheim bleibt. Sie beide sind klug, das wird helfen, und anscheinend sind Sie bereit, füreinander einiges auf sich zu nehmen. Ich für meinen Teil wünsche Ihnen nur das Beste.«

»Danke«, flüsterte ich. »Damit stehen Sie wohl allein da.«

Ein energisches Klopfen an der Tür unterbrach unser Gespräch. Mr Hemskey atmete aus, sah auf seinen Kalender und wirkte, als würde er diesen gern einige Jahre weiter blättern. Bis zu dem Tag, an dem er in den Ruhestand ging und die Verona Hall für immer hinter sich lassen konnte. »Herein.«

Mrs Bennett erschien in der Tür. »Mr Ferres hat mitten in der Vorhalle ein Shooting in den Badehosen des Schwimmteams abgehalten. Er meint, es sei eine Wette und er nehme die Schuld vollumfänglich auf sich. Sie möchten vermutlich gern mit ihm darüber reden?«

»Ja, schicken Sie ihn rein. Heute komme ich wohl nicht mehr zum Arbeiten.«

Mrs Bennett verschwand und einen Augenblick später kam Fynn herein. Er hielt seine Tasche vor die Brust, als könnte er damit den Umstand verdecken, dass er nur mit einer Badehose bekleidet war. Er fand mich, stockte kurz und peilte dann betont gelassen den Stuhl neben mir an, während Mrs Bennett die Tür schloss.

»Also.« Mr Hemskey räusperte sich. »Heute kommen Sie so davon, Mr Ferres. Ihre Freundin hat mich überzeugt, Milde walten zu lassen.«

Fynn sah entgeistert von Mr Hemskey zu mir und wieder zurück. Ein winziges Lächeln bahnte sich den Weg auf seine Lippen. *Seine Freundin.* Das zu hören, war neu für uns beide.

»Sobald Sie herausbekommen, wer hinter der Veröffentlichung steckt, kümmere ich mich darum. Bis dahin wünsche ich Ihnen gute Nerven. Sie, Mr Ferres, ziehen sich jetzt bitte um. Für heute gab es genug Trubel.«

Der Flur lag menschenleer vor uns und dennoch waren wir gezwungen, Abstand zueinander zu halten. Keine ineinandergelegten Hände, kein Abtauchen in Fynns Arm. Wir gingen nebeneinander her, das war alles, was wir uns trauten.

Wir passierten den Kasten, in dem das Nest von Lampen angestrahlt wurde. Licht brach sich in dem Gold, ließ das filigrane Kunstwerk noch zusätzlich glänzen. Fynn verharrte und ich tat es ihm gleich.

»Ist es nicht sonderbar, wie unwichtig Dinge werden?«, fragte er. »Früher war das hier das Einzige, das mir etwas bedeutet hat.« Er sah zu mir. »Jetzt ist es mir gleichgültig.«

Ich musterte die winzigen, naturgetreu nachempfundenen Äste. Irgendwann einmal hatte mich dieser Anblick angetrieben, mein Bestes zu geben. So viele Nächte, die ich durchgelernt hatte, um dieses Nest verliehen zu bekommen. Doch heute löste es nichts in mir aus. Da war nur Leere und Kälte.

Versteckt hinter dem Ausstellungskasten fanden Fynns Finger meine. »Du bist das Einzige, was hier für mich zählt.«

Meine ungehorsamen Arme schlossen sich um Fynn und ich lehnte meinen Kopf an ihn, spürte die Wärme seiner nackten Haut. Irgendwo da gab ich auf. Sollten die anderen doch über mich reden. »Bring mich weg. Bitte.«

Kapitel 14

Wir gingen ohne ein Wort.

Worte hätten zu Diskussionen geführt.

Uns Erklärungen abverlangt.

Und Aufmerksamkeit auf uns gezogen.

So würden alle denken, dass ich mich verkrochen hatte und Fynn für heute suspendiert war.

Vorhin hatte ich noch gedacht, ich würde den Unterricht schaffen, aber am Nest hatte ich erkannt, dass ich scheitern würde. Wir waren geflüchtet, kaum dass Fynn seine Kleidung übergezerrt hatte.

Unsere Räder landeten an seiner Hauswand und wir huschten lautlos wie Schatten in seine Wohnung. Wahrscheinlich tobte in Fynn ein ähnlich großer Wunsch, den Rest der Welt auszusperren, wie in mir. Kaum war die Tür geschlossen, zog er mich in seinen Arm. »Es tut mir so leid.« Gesprochen hatten wir wenig. Vielleicht weil uns beiden die Worte fehlten für das, was geschehen war. »Ich verstehe nicht, wie das passieren konnte.«

»Jemand weiß also über uns Bescheid?« Ich presste den Kopf tiefer in sein Shirt, atmete seinen Geruch ein und hoffte, er würde meine überreizten Nerven beruhigen. Mich vergessen lassen, dass dieser Tag ein einziger Albtraum war.

»Es wird auf eine Erpressung hinauslaufen, sonst wäre ich mit auf dem Bild gewesen. Irgendjemand hat sich Zugriff auf mein Handy erschlichen und bald wird er mir eine Forderung schicken.«

»Wer?«

»Xander?«

»Der hat keine Ahnung von Technik und kommt nicht in die Nähe deines Handys. Was ist mit Taira?«

»Ich weiß, du kannst sie nicht leiden, aber Taira ist nicht so. Sie ist nett, hilfsbereit und vor allem ist sie ehrlich. Wüsste sie, dass ich auf dem Foto bin, hätte sie mir den Kopf abgerissen.«

»Du hast recht«, gab ich zurück. »Ich kann sie nicht leiden. Und ich glaube weiterhin, dass sie es war.«

»Meine Leute haben genug Geld«, erinnerte mich Fynn und nun schwang etwas mit.

»Also denkst du, es wären meine?« Ich hoffte, dass er es abstritt, aber als ich aufsah, zuckte er mit der Schulter.

»Das ist die logischste Erklärung.«

»Nichts daran ist logisch!« Ich befreite mich aus seinem Arm. Mich an ihn zu drängen, während ich zeitgleich mit ihm stritt, überforderte meine Synapsen. »So sind Kreisler nicht. Wir machen uns nichts aus Geld.«

»Ab und an braucht man trotzdem welches, oder?«

Bilder stürzten auf mich ein.

Ich auf der Liege.

Das grelle Licht.

Die Schuld, in der ich ertrinken wollte.

»Hey.« Fynn legte die Hand auf meine Schulter, eine sanfte Erinnerung daran, dass er bei mir war. Manchmal schien er meine Gedanken zu lesen. »Es ist gleichgültig, wer es war.

Lass uns über etwas anderes reden. Übers Winterfest? Sollen wir Gitarre spielen? Willst du Pizza?«

»Wir haben nicht einmal zehn Uhr, Fynn.«

In seinen Augen blitzte es, als ich auf seine Ablenkungsversuche einging. »Das bedeutet, für einen Drink ist es zu früh?«

»Definitiv.«

»Was willst du dann machen?«

»Nichts?« Für den Augenblick war mir nach überhaupt nichts.

»Klingt perfekt.« Er hauchte einen Kuss auf meine Stirn.

Wir verbrachten viel Zeit aneinandergedrängt auf dem Sofa. Hörten Musik, redeten und diskutierten über die Unis, die Fynn herausgesucht hatte. Irgendwann hatte das nicht mehr ausgereicht und wir waren in sein Bett gewechselt. Die Wärme seines Körpers beruhigte mich so viel besser als jeder Drink. Der Tag war schlimm gewesen, aber in Fynns Armen fühlte sich die Welt weniger bedrohlich an.

»Worüber denkst du nach?«, fragte er, nachdem er mich eine Zeit schweigend beobachtet hatte.

»Darüber, wie sehr ich dich liebe.«

In den vergissmeinnichtblauen Augen funkelte es. »Ich liebe dich mehr, denn ich habe heute wirklich viele Fotos mit unseren Mitschülerinnen gemacht und diese Flure waren eisig.«

»Mit wie vielen von ihnen hattest du etwas?« Die Schrift auf seiner Brust hatte er fast vollständig entfernt. Nur hier und da fand man einen Hauch von Farbe, aber das Wort schwang in mir nach.

Sein Lächeln verblasste. »Mit einigen. Wohin genau wird dieses Gespräch führen?« Eine Falte erschien auf seiner Stirn und wurde schnell tiefer. »Maya?«

»Wenn ich dich damals mit Taira oder den anderen gesehen habe, habe ich mich immer gefragt, ob ich eine von ihnen wäre, wenn ich nicht zum Kreis gehören würde.«

Wie konnte es sein, dass ich das mit ihm teilte?

»Welche Fragen stellst du dir jetzt?«

Ja, Fynn besaß einen merkwürdigen Zugang zu meinen Gedanken.

»Warum sollte ich für dich anders sein als sie?« Meine Finger fuhren über seine Brust, dorthin, wo man noch Teile des Lippenstifts erahnen konnte. Fynn war immer ehrlich zu mir gewesen. Beziehungen zu Menschen machten ihm Angst. Verpflichtungen ließen ihn flüchten. »Vielleicht wachst du morgen auf und erkennst, dass du lieber allein bist. Was ist, wenn ich wie das Nest bin? Jetzt gerade willst du mich. Doch bald gehen wir von hier weg und dieses Versteckspiel endet. Dann führen wir eine stinknormale Beziehung ohne diesen ständigen Nervenkitzel. Was, wenn dir das nicht ausreicht?«

»Maya.« Er strich mir übers Schlüsselbein, fuhr tiefer und verharrte oberhalb meines Herzens. »Das Allerbeste, das ich mir vorstellen kann, ist eine stinknormale Beziehung mit dir. Jeden Abend neben dir einschlafen und morgens an deiner Seite aufwachen, Streitereien über alltäglichen Unsinn … Ich finde, das klingt unglaublich verlockend, du nicht?« Damit rang er mir ein winziges Lächeln ab. »Der Unterschied ist, dass ich dich liebe.« Seine zweite Hand legte sich an meine Wange. »Ich kann dir kein Happy End versprechen, aber ich verspreche dir zumindest, alles dafür zu tun, dass du eines bekommst.«

So schlecht ich darin war, über meine Gefühle zu reden, so gut konnte Fynn darauf eingehen. Ich legte den Kopf auf seine Brust, spürte das Pochen seines Herzschlags, während er gedankenverloren durch mein Haar strich. »Damals im Schrank habe ich begriffen, dass es sich mit dir anders anfühlt. Das hätte ich vielleicht nicht erkannt, wenn mein Liebesleben bis dahin nicht so rasant gewesen wäre.« Ich hob den Kopf und er lachte über das, was er in meinem Gesicht fand – wahrscheinlich übermäßige Begeisterung. Nicht.

»Ernsthaft. Du willst nicht wissen, wie oft ich danach versucht habe, jemanden zu finden, der das Gleiche in mir auslöst.«

Ich legte den Finger auf seine Lippen, stoppte ihn. Er war im Einklang mit seinen Bettgeschichten – gut für ihn. Für mich war es anders. Damals hatte sich jede davon angefühlt wie eine glühend heiße Nadel, die sich in mein Herz versenkte. Ab und an streifte mich der Schmerz von früher. Das hier könnte ein solcher Moment werden. Heute gab es schon genug zu verkraften. »Wo genau führt dieses Gespräch jetzt hin, Fynn?«

Er küsste meine Fingerspitze, bevor er sie sanft von sich schob. »Zu dir«, sagte er leise. »Alles hat mich zu dir gebracht. Du bist der Grund, weshalb ich nichts davon bereue.«

Und einfach so füllte er mich mit Licht und Wärme aus, bis sich jeder Winkel in mir wieder behaglich anfühlte.

»Du bist immer so klar in deinen Gedanken.« Ich drückte mich hoch, um zu ihm hinunterzuschauen. »In meinem Kopf herrscht nur Chaos.«

»Nichts gegen dieses Chaos. Ich liebe dein Chaos.« Fynn schmunzelte. »Das ist immer für eine Überraschung gut.« Ich beugte mich runter, wollte ihn küssen, aber er packte mich und im nächsten Moment war ich es, die sich auf der Matratze fand, und seine Augen funkelten wie Sterne zu mir herab. »Bevor wir zur zweiten Runde ansetzen, muss ich dir etwas gestehen ...«

»Du hast Hunger?«

»Und wie. Wir brauchen Essen. Schere, Stein, Papier – der Verlierer steht auf und ruft bei der Pizzeria an.« Fynn schüttelte seine Faust hin und her und ich konnte überhaupt nicht anders, als mitzumachen. Selbst bei einem Kinderspiel rieb sich unser Ehrgeiz aneinander.

»Drei, zwei, eins«, kommentierte Fynn und grinste, als er den Stein sah, den meine Hand bildete. »Ich liebe dich, obwohl du eine Niete in dem Spiel bist.« Er umschloss meine Hand mit seiner. »Papier gewinnt. Bestell mir das Übliche.«

Ich biss ihn zur Strafe sanft ins Ohr. Seufzend stand ich auf und drehte den Kopf vom Fenster weg. Die einsetzende Dämmerung draußen machte mir bewusst, dass ich zurück musste. Dass es gedankenlos war, hier mit Fynn zu liegen, während die anderen das Foto in der Siedlung verteilten. *Wenn Magnus es sah. Oder Dad davon erfuhr.* Gleichzeitig fühlte es sich nicht an, als könnte ich mich heute von Fynn trennen. Ich wollte in seinen Armen bleiben, die ganze Nacht, den nächsten Tag.

Wenn ich nicht in der Siedlung war, konnte ich noch hoffen, dass das Foto ihre Grenze nicht passiert hatte.

Auf dem Boden fand ich unsere Kleidung ineinanderliegend. Mir blieb die Wahl zwischen Fynns Shirt und meiner Schuluniform. Das Shirt gewann – es roch nach ihm.

Fynn streckte sich unterdessen, kroch tiefer unter die Decke. Ich warf ihm einen Kuss zu und ging in die Küche, wo Fynns Telefon stand. Das war abgesehen von der Kaffeemaschine die einzige Funktion, die diese Küche zu haben schien: Sie diente als Ablageort für seine Sachen. Telefon, Handy, Bücher, sein Schlüssel und diverse andere Dinge tummelten sich dort. Heute fand sich dazwischen die Liste an Universitäten.

Die Mantua-Universität war perfekt für uns. Sie lag am anderen Ende des Landes, war so klein, dass sie wohl hauptsächlich von den Einheimischen in der Nähe besucht wurde, und es gab eine erfolgreiche Schwimmmannschaft, für die jedes Jahr Stipendien verteilt wurden. Fynn hatte sie eingekreist und ich nahm mir den Stift und malte ein Herz dazu.

Wenn wir erst einmal dort waren, konnten wir gemeinsam kochen. Der Gedanke brachte mich zum Lächeln. Ich nahm Fynns Telefon und wollte gerade die Nummer des Flyers am Kühlschrank wählen, als es an der Haustür klingelte.

Ich hasste Türklingeln.

»Nur das Putzteam«, kam es von Fynn, der wahrscheinlich ahnte, dass ich an seinen Vater dachte. »Schickst du sie weg? Ich bin unpässlich.«

»Welch kreative Umschreibung für nackt.« Den Hörer in der Hand öffnete ich die Tür. Nicht mehr als ein Stück, um meine unbedeckten Beine dahinter zu verstecken. Ein Gesicht tauchte auf der anderen Seite auf und das Telefon fiel mir aus meinen plötzlich schockgefrorenen Händen.

Er konnte nicht hier sein.

Und doch starrte er mich aus entgeisterten, honigfarbenen Augen an, als hoffte auch er, dass das nur ein böser Albtraum war.

»Was machst du hier?«, brach es aus mir heraus, woraufhin Xander die Tür weiter aufstieß.

»Das fragst ausgerechnet du? Was zur Hölle tust *du* hier?« Sein geschockter Blick wanderte über meine nackten Beine.

»Maya?«, kam es aus dem Schlafzimmer.

»Xander ist hier.«

Ein Fluch erklang, ein zweiter und nur wenige Augenblicke später hastete Fynn zu uns. Offenbar hatte er das Klingeln doch zum Anlass genommen, sich anzuziehen, für mehr als Shorts hatte es jedoch nicht gereicht. Seine schockierte Miene gesellte sich zu unseren. »Was willst du hier?«

Xander hatte Fynn schon oft wütend angeschaut, aber heute lag unverhohlener Hass in seinem Blick. »Maya abholen, sie hat sich verlaufen.«

»Ich brauche keinen Begleitservice. Du kannst nicht einfach so auftauchen.« Das hier war mein anderes Leben und in dem hatte Xander nichts zu suchen.

»Ich habe gehofft, dass ich mich irre«, sagte er und ging nicht einmal im Ansatz auf meine Forderung ein. »Und diese sonderbaren Kleinigkeiten nichts zu bedeuten haben. Dass du ihn plötzlich Fynn nennst. Dass du ihn im Camp geschützt hast. Zulässt, dass er das Winterfest an sich reißt …«

Ich hätte besser aufpassen müssen.

»Aber ich habe mich die ganze Zeit damit beruhigt, dass du nicht dermaßen dumm sein kannst. Ausgerechnet er?«

»Hey«, fuhr Fynn dazwischen. »Red nicht so mit Maya!«

»Als ob ich von dir Ratschläge annehme.«

»Das war kein Ratschlag«, gab Fynn beängstigend ruhig zurück. »Hör damit auf oder ich lass dich in Mathe durchfallen. Ein paar Klicks, mehr Arbeit ist das für mich nicht.« Es leuchtete drohend in vergissmeinnichtfarbenen Augen.

»Ich habe das im Griff, Fynn.«

Er sah nun zwar zu mir, doch dabei wies er demonstrativ auf Xander und ich musste zugeben, dass er nicht unrecht hatte. Hätte ich das hier im Griff, würde Xander nicht gerade in seiner Wohnung stehen. Sein Blick zuckte zurück. »Was willst du – Geld? Soll ich etwas spenden? Möchtest du positive Publicity für deinen Verein? Was genau darf es sein?«

Xander starrte von ihm zu mir und wieder zu Fynn. »Du denkst, du kannst die ganze Welt kaufen, oder, Fynnigan?« Seine Hände ballten sich zu Fäusten. »Nur weil Maya ihre Moral verloren hat, gilt das nicht für den Rest von uns.«

»Hast du das Bild veröffentlicht?« Vor ein paar Stunden war die Vorstellung absurd gewesen. Doch da hatte ich es für genauso unwahrscheinlich gehalten, dass Xander hier plötzlich vor mir stehen könnte.

»Du bist bei unserem Erzfeind und beschuldigst mich des Verrats?«

»Kannst du mir das verdenken?«

»Wie lange willst du noch darauf herumreiten? Ja, ich habe mich für meine Fehler entschuldigt. Aber nichts davon rechtfertigt das hier.« Er verzog sein Gesicht zu einer angewiderten Miene.

»Ich habe dich nicht um deine Meinung gebeten«, erwiderte ich und versuchte, das Zittern in meiner Stimme hinter Kühle zu verstecken. »Außerdem brauche ich deine Erlaubnis nicht, um mit ihm zusammen zu sein.«

»Aber die deines Vaters«, kam es grausam zurück. »Wir wissen beide, wie er hierauf reagieren würde. Das wäre sein Tod!«

Luft.

Ich bekam keine Luft mehr.

Die Welt taumelte und ich mit ihr.

Nur einen Herzschlag später war Fynn bei mir. Seine Arme umschlossen und stützten mich gleichermaßen, während Xander ungerührt weitermachte. »Du zerstörst ihn!«

»Das reicht!«, stieß Fynn aus und drehte mich von Xander weg, doch dessen Worte konnte er nicht ausblenden. Die hatten sich längst in mir festgesetzt und suhlten sich nun in meiner Schuld.

»Du hast mir nichts zu sagen, Fynnigan. Komm, Maya!«

»Sie bleibt«, erwiderte Fynn. »Und du verschwindest.«

»Du begreifst es nicht! Es geht nicht um mich.« Xanders Stimme schwoll weiter an. »Lass den Unsinn, Maya! Du verschlimmerst nur alles!«

Er versuchte wohl, mich zu packen, denn Fynn riss die Hand hoch und wehrte ihn ab. »Du fasst sie nicht an!«

»Denkst du ernsthaft, sie sei dein Eigentum?« Ein Stoß gegen ihn ließ Fynn und damit auch mich schwanken. Und er brachte die Erkenntnis, dass ich das hier lösen musste.

Es war meine Schuld.

Mein Chaos.

»Ich fahre mit ihm.« Widerwillig zog ich mich aus Fynns stocksteifem Arm und fand Entgeisterung in seinem Blick. *Er hatte gedacht, ich würde bleiben.* »Ich kann nicht. Xander hat recht, ich muss zurück.«

Das schien er anders zu sehen, Sturmwolken verdunkelten seine Miene. Schnell steuerte ich sein Schlafzimmer an. Ich fand unsere Kleidung, die wir achtlos hatten fallen lassen, das zerknautschte Bettlaken und die zur Seite geworfenen Bettdecken, die nur darauf warteten, dass wir wieder hineinkrochen.

Nichts hätte ich lieber getan.

Aber Xander hatte recht.

Wüsste Dad von Fynn, würde mehr als nur sein Herz brechen. Es würde ihn zerbrechen.

Ich liebte Fynn, doch ich liebte auch Dad und den Kreis.

Was wir liebten, mussten wir schützen.

Ich schlüpfte gerade in meine Hose, als Fynn ins Schlafzimmer kam. »Bleib hier.« Er stoppte vor mir, lehnte seine Stirn an meine und brachte mich dazu innezuhalten. »Oder lass uns irgendwohin. Sag mir, wohin du willst, und wir hauen ab. Ein paar Stunden, Tage, für immer.« Sein Atem strich mir über den Hals. In meinem Bauch schienen Millionen Libellen vom Sturm hin und her gerissen zu werden. Weil die Vorstellung, mit Fynn zu verschwinden, genauso reizvoll wie unmöglich war.

»Ich muss zur Siedlung und die Verantwortung für meine Fehler übernehmen.«

»Nein!«, protestierte er und wich zurück. »Das sind keine Fehler – wir sind kein Fehler! Was soll falsch daran sein, dass wir uns lieben? Der Kreis strebt doch nach dem Guten in der Welt. Ist Liebe nicht der Inbegriff alles Guten?«

Der Sturm in mir schwand so schnell, wie er gekommen war. »Niemand von ihnen würde unsere Beziehung auch nur ansatzweise als gut bezeichnen.« Ich drehte mich um und hob meine Bluse auf. Ich spürte Fynns Blick auf mir, doch dieses Mal blieb er still.

Xander hatte die Zeit offenbar genutzt, um Fynns Wohnung zu begutachten. Denn als ich aus dem Schlafzimmer trat, stand er im Wohnzimmer, musterte die durchgestylte Einrichtung, die ganz anders war als unsere. *Ob er Hinweise darauf suchte, wie ernst es zwischen mir und Fynn war?* Die fanden sich überall, nur würde er sie nicht erkennen.

Die smaragdgrüne Gitarre neben Fynns eigener. Der Kapuzenhoodie, den Fynn mir im Camp überlassen hatte und der nun über der Sessellehne lag. Der Fleck auf dem empfindlichen Couchtisch, wo mir mein Glas umgefallen war.

Fynn zog die Schlafzimmertür geräuschvoll hinter sich zu, wohl um Xander deutlich zu machen, dass dessen Schnüffelei ein Ende hatte.

Der kam tatsächlich auf uns zu, die Augen zu missbilligenden Schlitzen verkleinert. »Lass uns endlich gehen.« Ich ahnte, dass der Grund für diese neue Wut war, dass ich mich so ungerührt vor Fynn angezogen hatte. Es lohnte sich nicht, mit ihm zu diskutieren, stattdessen nahm ich meine Tasche und ging Richtung Tür. Fynn tauchte neben mir auf und griff nach seiner Jacke.

»Du bleibst hier!«, polterte es hinter uns.

»Das entscheidet Maya und nicht du.« Er sah zu mir und einen Herzschlag lang fand ich Unsicherheit in seinem Blick. Rasch nickte ich und sie verschwand so schnell, wie sie gekommen war. Xander stieß einen weiteren Fluch aus, ging an uns vorbei nach draußen. Er wollte offenbar dermaßen dringend weg, dass er dafür selbst Fynns Anwesenheit ertrug.

»Denk drüber nach«, raunte mir der zu. »Ein Wort von dir und wir sind weg.«

Weil es nichts gab, das ihn hier hielt.

Bei mir sah es anders aus.

»Gib mir Zeit bis zum Abschluss. Wenn ich nicht mehr in der Siedlung wohne, wird alles leichter.«

Ich presste den Kopf an seine Brust, gegen den weichen Stoff seiner Jacke. Eine Entschuldigung, weil ich nicht die Antwort für ihn hatte, die er hören wollte.

»Ich traue Xander nicht. Meld dich, falls er dir zu nahe kommt, dann bin ich sofort da.« Seine Lippen legten sich auf meine, doch ich war mir der offenen Tür bewusst und wich aus. Verständnislosigkeit sprang mir aus seinem Gesicht entgegen.

»Komm, Maya!«, brachte sich Xander auch schon in Erinnerung. »Wir sind zu spät.«

Ich schloss kurz die Augen, nahm mir zumindest die Zeit, noch einmal auszuatmen, bevor ich hinausging. Es war kalt geworden und ich knöpfte den Blazer zu. Meine Jacke hatte ich im Spind vergessen. Wieder schien es, als wüsste Fynn schon vor mir, was ich brauchte. Ohne ein Wort reichte er mir seine Jacke, aber ich schüttelte den Kopf. Ich wollte nicht, dass er wegen mir fror. Außerdem würde der Regen vielleicht die Taubheit verdrängen, die sich in mir breitmachte.

Wir nahmen unsere Fahrräder und schoben sie an einem Sprinter vorbei, der vorhin noch nicht in Fynns Einfahrt gestanden hatte. Wahrscheinlich stammte er vom Gärtner oder der Putzfirma. Wer immer es war, Fynns grimmigen Blick nach zu urteilen, mit dem er das offen stehende Tor bedachte, würde derjenige Ärger bekommen. Das erklärte, wie Xander überhaupt zur Wohnungstür hatte gelangen können.

Irgendwas hatte dieser Tag gegen mich.

Hoffentlich war der nächste besser.

Xanders Rad fand sich an der Laterne auf der gegenüberliegenden Seite. Genau da hatte ich an Fynns Geburtstag auf ihn gewartet. Jetzt dort dieses vertraute Rad zu sehen, fühlte sich falsch an.

Die beiden Welten, die ich so strikt voneinander trennte, hatten sich getroffen.

Xander sagte nichts, als er sich abwandte und auf sein Rad stieg. Er warf mir nur einen finsteren Blick zu und fuhr los. Wir taten es ihm gleich, folgten ihm widerwillig. Das leise Prasseln des Regens und das Geräusch unserer Reifen auf dem nassen Asphalt war alles, was die bedrückende Stille zwischen uns durchbrach.

Ohne mich mit Fynn absprechen zu müssen, stoppten wir beide in der Auffahrt kurz vor unserer Siedlung. Das verlassene Anwesen war ideal, um sich unbeobachtet zu verabschieden. Selbst dabei mussten wir vorsichtig sein. Prüfend musterte ich die Straße in beide Richtungen, doch die Symphonie aus Grautönen, die sich vor mir auftat, war menschenleer.

Fynn kam näher, bis sein Rad meines berührte. Der Stoff meiner Hose hatte sich vollgesogen mit Regenwasser, aber das registrierte ich erst, als sein Bein sanft dagegendrückte.

Wasser perlte auf seiner schwarzen Jacke und trotz der übergezogenen Kapuze hingen ihm Haarsträhnen nass in die Stirn. Nichts an ihm erinnerte an den unverbesserlichen Anführer der Yuppies, das galt allen voran für seinen besorgten Blick.

»Ich könnte mitkommen?«

»Nein.« Das hatte ich schon so oft zu ihm gesagt, aber Fynn schien nicht zu verstehen. »Gleichgültig, was du sagst, es gibt keinen Weg, wie mein Vater oder der Kreis dich akzeptieren würden. Du könntest schwören, dass du deinen Namen ablegst und dem Kreis beitrittst, niemand würde dich in meine Nähe lassen. Du bist ein Ferres.« Mein Flüstern verlor sich beinahe im prasselnden Geräusch des Regens. »Meine Mutter ist gestorben, weil sie gegen deinen Vater demonstriert hat. Was ich hier tue, ist Hochverrat, Fynn.«

»Maya!«, rief Xander, der keine zwei Meter von uns entfernt gestoppt hatte.

Ich musste gehen. Doch meine Finger waren unwillig, legten sich lieber an Fynns Gesicht als an den Lenker. Er fing sie ab, küsste meine Fingerspitzen, was Xander dazu veranlasste, erneut nach mir zu rufen.

»Noch ein paar Monate«, raunte Fynn mir zu. »Dann lassen wir das hinter uns und streiten uns darüber, wer einkaufen geht. Eine langweilige, normale Beziehung.«

»Ich kann es kaum erwarten.«

Xander schien der Ansicht zu sein, dass seine Forderungen nicht ausreichten, denn er tauchte bei uns auf und sein Vorderrad stieß gegen Fynns.

»Schaffst du es nicht einmal, mir eine Minute einzuräumen, damit ich mich von meiner Freundin verabschieden kann?«, fuhr der ihn daraufhin an.

»Sie ist nicht deine Freundin!«, kam es um einiges gereizter zurück. »Maya ist momentan verwirrt und labil. Du nutzt ihren Zustand aus, das ist alles.«

»Du hast keine Ahnung, wer ich bin oder was ich will …« Ich hatte mehr sagen wollen, doch Xander unterbrach mich harsch.

»Weil ich das nicht ernst nehmen kann. Niemand könnte das.«

»Lass uns einfach gehen.« Das hier war sinnlos. Wenn wir weiterstritten, würde uns früher oder später jemand dabei sehen. »Es tut mir leid«, raunte ich Fynn noch zu, bevor ich mein Rad in Bewegung setzte. Dies war sicher nicht der Abschied, den er sich erhofft hatte. Ich hatte ihn nicht einmal geküsst. Xander war Teil meiner anderen Welt. Einer, in der ein Kuss dem Partner vorbehalten sein sollte, mit dem man sein Leben verbrachte. Einen Kuss gab man nicht leichtfertig heraus. Er war etwas Intimes, das man aufsparte. Etwas, das ich nicht vor Xander tun konnte.

Ich sah nicht zurück zu Fynn. Seit dem Foto fühlte es sich an, als versuchte ich, ein Dutzend Felsbrocken gleichzeitig zu stemmen. Nachdem Xander vor Fynns Tür aufgetaucht war, hatte sich ein ganzes Gebirge dazugesellt. Nun drohte mich das Gewicht unter sich zu zerquetschen.

Fynns Enttäuschung zu sehen, könnte den Ausschlag geben.

Kapitel 15

Der Regen verwandelte die unbefestigten Wege in der Siedlung langsam zu Matsch. Wir schoben die Räder zum Unterstand und das schmatzende Geräusch unserer Schritte erklang im Gleichschritt. Es ließ mich innehalten, betont die Schritte anders setzen, damit sie nicht mit denen von Xander harmonierten. Wahrscheinlich war das albern, aber ich ertrug keinen gemeinsamen Klang mit ihm. Es gab jetzt schon zu viele Dinge, die uns verbanden und die ich nicht aufgelöst bekam.

Die Wohnung von Xanders Familie lag zentraler als unsere und besaß die gleiche Bauweise wie alle. Diese Gleichheit im Kreis war eines der Dinge, die für uns elementar waren. Magnus mochte hier der Wortführer sein, dennoch stand ihm und seiner Familie das Gleiche zu wie uns. Außerhalb dieser Mauern war das anders. Dort häuften die Mächtigen immer mehr Reichtum zu Lasten der Armen an. *Wie Richard Ferres.*

Wir schoben die Räder in den Unterstand. »Denkst du, Magnus weiß Bescheid?«

Xander knallte sein Rad in den Ständer. »Woher soll ich das wissen? Ich habe allen gesagt, sie müssen es für sich behalten. Aber die letzten Stunden habe ich damit zugebracht, dich zu suchen. Keine Ahnung, was nach dem Unterrichtsschluss geschehen ist.«

An der Wohnungstür angekommen, zog Xander sie auf und ich folgte ihm widerwillig hinein. Anspannung umklammerte meinen Magen. Eigentlich hätte ich jetzt mit Fynn zusammen im Bett Pizza essen sollen. Nun bereitete mir allein der Gedanke an Essen Übelkeit.

Wir gingen geradewegs in die offene Wohnküche. Die Ausstattung war ähnlich übersichtlich wie bei uns, wenn auch die Räume größer waren, weil Magnus' Familie aus mehr Personen bestand. Bis zu meinem spontanen Einzug hier hatte mir gefallen, dass die Einrichtung in der Siedlung sich so ähnelte. Auf diese Weise gab es überall ein Stück Zuhause. In der Mitte des Raumes stand der Kiefernholztisch. Wie bei uns üblich fand sich darauf immer ein Tablett mit Wasser und Gläsern – damit sich jeder Besucher willkommen fühlte. Heute fachte der Anblick die Übelkeit in mir weiter an.

Xander drehte sich zu mir um. Seinen durchdringenden Blick musste er nicht mit Worten begleiten, ich wusste, worauf er hinauswollte.

Es war zu ruhig.

Eigentlich hätte seine Familie schon mit dem Abendessen am Tisch sitzen müssen. Doch der Tisch war nicht einmal gedeckt. Von Xanders Schwestern war nichts zu hören. Das alles war ungewöhnlich, besonders bei Magnus, der sonst auf die Einhaltung der Regeln pochte.

Das war nicht gut.

Schritte drangen vom Flur zu uns herüber und Magnus erschien, stoppte vor uns. Seine Miene ließ alle Hoffnungen in sich zusammenfallen.

Er wusste Bescheid.

Die Neuigkeiten hatten es vor mir in die Siedlung geschafft.

Xander atmete schwer aus, als versuchte er, für das, was nun kam, Kraft zu finden.

»Was hast du dazu zu sagen, Maya?« All die Wärme und Herzlichkeit waren aus seiner Stimme verschwunden.

»Es ist eine Fälschung.«

Er bedachte mich mit einem Blick voller Enttäuschung. »Dann hast du nichts dagegen, wenn Agnes das Foto mit dir abgleicht?« Er deutete auf das Muttermal unter meinem Arm, eine Stelle, die keiner der Yuppies kennen sollte. Nur eines von dutzenden Details, die sich darauf fanden.

Die sich auf mir fanden.

»Es tut mir leid«, flüsterte ich.

Das tat es tatsächlich.

Es tat mir leid, dass ich mich hatte erwischen lassen.

Dass ich dem Kreis geschadet hatte.

Aber nicht eine Sekunde lang bereute ich diese Nacht mit Fynn – nicht einmal das Foto.

Doch das behielt ich für mich. Dafür gab es in dieser Welt keinen Platz.

Magnus' Hand schoss vor, klatschte gegen meine Wange und Schmerz dröhnte mir von dort aus wellenartig durch den Kopf. Aber das Entsetzen in mir war schlimmer. Verspätet wich ich nach hinten aus, nur für den Fall, dass er erneut ausholte. Scham und Wut kämpften in mir um die Vorherrschaft.

»Das hier wäre die Aufgabe deines Vaters gewesen«, sagte Magnus und nun klang er tonlos. »Dann wäre es vielleicht nie so weit gekommen.«

Ich konnte gehen.

Zu Fynn.

Das alles hinter mir lassen.

Der Schmerz in meiner Wange schwand bereits – der Schlag war nicht hart gewesen, aber das Brennen in mir, die Wut und die Scham loderten weiter.

Mein Blick fand das Tablett gefüllt mit Krug und Gläsern. Ein Symbol für all das, was ich am Kreis liebte.

Schuld legte sich um die Wut, löschte sie langsam.

Ich hatte gegen so viele Regeln verstoßen.

Vielleicht hatte ich den Schlag verdient?

Magnus schien davon überzeugt zu sein.

Ich wusste nicht mehr, was richtig und was falsch war.

In meinem Kopf wohnte das Chaos.

»Du hast deinen Vater und uns entehrt«, fuhr Magnus fort. »Du fällst tiefer und tiefer, Maya, und irgendwann wirst du bei dem Aufschlag zerbrechen und das gilt auch für deinen Vater. Hast du daran gedacht, was du uns, deiner Familie, damit antust?«

Ich schüttelte den Kopf.

In dieser Nacht mit Fynn hatte ich ausnahmsweise nicht an die Gemeinschaft gedacht. Es war meine Auszeit vom Kreis gewesen. Eine wunderbare Nacht lang hatten nur wir beide gezählt.

Magnus sah aus, als spielte er mit dem Gedanken, mir noch einen weiteren Schlag zu versetzen, aber seine Hand blieb, wo sie war. »Wer war es?«

»Das ist gleichgültig.«

Wenn Magnus herausfand, dass der Mann auf dem Bild ein Ferres war, schlugen wir heute Abend alle auf.

»Das entscheidest nicht du. Entweder sagst du *mir* den Namen oder *deinem Vater*.«

»Du darfst ihm nichts verraten! Das würde er nicht verkraften.«

»Das liegt bei dir, Maya. Wenn du nicht mit mir redest, habe ich keine andere Wahl, als ihn zu verständigen. Mir wäre es auch lieber, wir klären die Angelegenheit ohne ihn, damit er sich ausruhen kann. Doch dafür musst du mir den Namen geben.«

Ich brauchte einen Namen.

Sofort.

Einen, der nicht Fynns war und mit dem Dad leben könnte, wenn er irgendwann doch davon erfuhr. Ich konnte keinen Kreisler nehmen, die würde Magnus befragen. Konnte ich jemanden aus der Schule nennen? Was, wenn Magnus auch mit denen sprach? Sollte ich einen Namen erfinden? So viele Gedanken, so wenig Zeit, um einen Ausweg zu finden.

»Wer war es, Maya?«

»Ich, Dad«, sagte Xander leise. »Ich habe sie dazu überredet und deshalb hat sie mich verlassen.«

»Nein«, protestierte ich, aber Xander beachtete mich nicht, sein Blick lag auf seinem Vater.

»Wir haben miteinander geschlafen. Ich bin ebenfalls schuldig.«

Was zur Hölle ging hier vor sich?

Warum deckte Xander mich?

»Das Foto war eine spontane Idee. Ich hatte einen der Fotoapparate aus der Verona Hall hier, für das Schulprojekt zu den Heilpflanzen. Eigentlich habe ich es direkt gelöscht, aber scheinbar nicht gut genug. Jemand hat es gefunden.«

Sollte ich protestieren?

Dann würde Magnus wissen wollen, warum Xander mich schützte. Spätestens da würde er ahnen, dass die Wahrheit noch um ein Vielfaches schlimmer war als gedacht.

Also presste ich die Lippen aufeinander, sperrte all meine Erwiderungen in mir ein, während Magnus sichtbar um Fassung rang. Aus geweiteten Augen starrte er seinen Sohn an, dann atmete er tief aus und nickte.

Ironischerweise schien ihn Xanders Antwort weniger zu überraschen als mich. Ohne ein Wort wandte sich Magnus ab und verließ den Raum. Ich hatte mit Fragen gerechnet, mit Vorhaltungen und Strafen.

Lag es an mir oder war hier alles sonderbar?

Ich versuchte, Xanders Blick auf mich zu ziehen, doch er sah betont weg. »Was sollte das?« Mehr, als zu flüstern, traute ich mich nicht.

»Ich verschaffe dir eine Möglichkeit, weiter bei uns zu leben.« Die Schritte im Flur klangen, als kämen sie wieder auf uns zu, und Magnus erschien im Esszimmer, doch nun hielt er eine kleine Peitsche aus Lederriemen in der Hand.

Die vertraute Kälte durchwehte jeden Winkel in mir.

Und sie wurde noch beißender, als Xander wie selbstverständlich sein nasses Schuljackett auszog und begann, sein Hemd aufzuknöpfen.

»Nein!« Meine Stimme zitterte wie eine Flamme, die der Wind streifte. Das hier war anders.

Hierbei gab es keine Zerrissenheit.

Keine Schuld.

Kein Chaos.

Es war falsch. Abgrundtief falsch.

Niemals hätte ich gedacht, dass der Tag kommen würde, an dem ich Xander schützen wollte, jetzt trat ich Magnus in den Weg und nötigte ihn zu stoppen.

»Nein, Maya.« Xander schob mich von hinten zur Seite, noch bevor sein Vater mich auffordern konnte, ihm Platz zu machen.

»Hör auf ihn.« Magnus' Miene war beängstigend regungslos. »Ich liebe meine Kinder und ich lasse nicht zu, dass eines von ihnen vom Weg abkommt. Liebe bedeutet, Grenzen zu setzen. Das hätte dein Vater bei dir längst tun sollen.«

Xander drängte sich an mir vorbei, sein Hemd hatte er abgelegt. »Das ist nicht deine Aufgabe, Dad«, erwiderte er leise. »Das ist allein Patricks Entscheidung.«

Erst da registrierte ich, dass mich Magnus so prüfend musterte, als versuchte er, Dads Reaktion abzuschätzen, wenn er mir zur Strafe ebenfalls einige Schläge versetzte. Noch schockierender war, dass ich nicht wusste, wie Dad darauf reagieren würde. *Ob er darauf reagieren würde.*

»Wir sollten anfangen, Dad, bevor die Kleinen wiederkommen.« Xander klang schrecklich gelassen und routiniert. »Du solltest gehen, Maya«, sagte er, während er Magnus den Rücken zudrehte.

»Nein, sie bleibt«, erwiderte er. »Pat mag für ihre Züchtigung zuständig sein, aber das hier ist ihr Anteil an euren gemeinsamen Fehlern.« Xander riss den Kopf herum und sein Gesicht wirkte nun heller, die Augen dunkler. Er schien protestieren zu wollen, doch Magnus holte aus und mit einem widerwärtigen Schmatzen landeten die Lederriemen auf Xanders Rücken. Er keuchte auf. Ein Pfeifen ertönte, zerriss die Luft und ein wütender Schrei mischte sich unter den zweiten Schlag.

Nicht Xanders, sondern meiner.

Bei Xanders Schlägen hatte ich nie geschrien.

Warum tat ich das jetzt?

Die Zweifel, die mich früher in ihrem Klammergriff gehalten hatten, waren zurück. Mein Verstand wusste, wie falsch seine Schläge gewesen waren, wann würde das auch der Rest von mir begreifen?

Ich hasste Xander für das, was er mir angetan hatte.

Und doch tat er mir jetzt leid.

Alles war auf den Kopf gestellt.

»Hör auf, Magnus!«

Mein Protest half Xander nicht. Der nächste Schlag schien nur noch fester ausgeführt zu werden, denn er zuckte zum ersten Mal zusammen. Sein Blick fand meinen, machte mir wortlos klar, dass ich schweigen sollte. Ein weiterer Schlag, ein weiteres Klatschen. Der Inhalt meines Magens kroch mir die Speiseröhre hinauf.

Xanders Blick glitt an mir vorbei.

In mir fand sich kein Triumph.

Nur Übelkeit und Kälte.

Nach dem fünften Schlag begann Xander zu zittern. Er atmete schwerer. Erst nach dem zehnten ließ Magnus endlich die Peitsche sinken. »Das sollte genug sein.«

Xander griff Halt suchend den nächstbesten Stuhl, schwankte leicht. »Ja, Dad.«

»Vor eurer Hochzeit wird es nicht mehr vorkommen, verstanden?«

Wie konnte Magnus denken, dass wir heiraten würden?

»Ja, Dad«, gab Xander erneut zurück und warf mir einen eindringlichen Blick zu. Ich protestierte allein deshalb nicht, weil es sich nicht anfühlte, als hätte ich gerade Kraft dafür.

»Sollte euch jemand auf das Bild ansprechen, behauptet ihr, es sei eine Fälschung.« Für Magnus war diese Sache damit erledigt – für mich nicht.

Ich wollte weg von Magnus.

Fort von Xander und den düsteren Erinnerungen.

»Kann ich gehen?« Ich hob wie in Zeitlupe meine Tasche vom Boden, konnte mich nicht daran erinnern, sie dort fallen gelassen zu haben. »Ich habe noch Hausaufgaben zu machen.«

Magnus musterte mich. »Warst du nicht in der Bibliothek?« Er dachte wohl, daher käme unsere Verspätung. »Nein, ich musste nachsitzen, weil ich zu spät gekommen bin.« Eine weitere Lüge, aber ich fühlte nichts dabei.

Die Eisglocke verschluckte alles.

»Ich rate dir, nicht noch in der Schule einzubrechen. Du hast den Bogen um Welten überspannt.«

Ich nickte und ging in das Zimmer, in dem ich gerade wohnte. Dort angelten meine zitternden Finger das Handy aus der Tasche. Eine neue Nachricht. Ich öffnete sie und fand ein Foto. Ein Bild von Fynns Rad an die Mauer der Einfahrt gelehnt, wo ich ihn zurückgelassen hatte.

Wahrscheinlich stand er noch immer dort und wartete darauf, ob ich ihn brauchen würde.

Ich schob es rasch wieder zurück.

Damit ich nicht darüber nachdachte, wie sehr ich ihn brauchte.

Kapitel 16

Ich hatte vorgegeben zu schlafen, als sich die Tür öffnete und Xanders Schwestern mich zum Abendessen holen wollten. Es klappte, sie schlichen wieder hinaus. Seitdem lag ich hier in meiner Kleidung und wartete, dass die anderen schlafen gingen.

Silbernes Mondlicht schien vom Fenster zu mir herein und beleuchtete zusammen mit dem Flurlicht Xander, der ungerührt ins Zimmer trat. »Ich weiß, dass du nicht schläfst«, sagte er leise, während er die Tür schloss. Er fluchte kurz, als er gegen etwas stieß, vermutlich den Bettpfosten, denn nur wenige Sekunden später erreichte er das Bett und legte sich seitwärts darauf.

Ich setzte mich auf, rutschte ans andere Ende des Bettes. »Warum hast du das getan?« Wie konnte er mich schlagen und gleichzeitig vor den Schlägen anderer schützen wollen?

Es war so dermaßen widersinnig.

»Ich hatte Angst vor deiner Antwort.«

Fynn.

Sein Name schwebte unausgesprochen in dem Raum zwischen uns.

»Es macht ohnehin keinen Unterschied. Ich habe genauso gegen diese Regel verstoßen wie du. Jetzt habe ich meine

Strafe erhalten«, fügte Xander grimmig hinzu und es klang, als wäre das Thema damit für ihn beendet. Er wollte nicht über das reden, was geschehen war. Dieses Gefühl kannte ich zu gut.

Die Scham.

Die Wut.

Und die Ohnmacht.

»Magnus denkt, dass wir heiraten. Was wird er tun, wenn ihm aufgeht, dass ich das nicht vorhabe?«

»Dann bist du doch längst von hier abgehauen, oder? Tu nicht, als würde dich das noch interessieren.« Er wusste also, dass ich verschwinden würde und dass er die Konsequenzen für die geplatzte Hochzeit allein tragen würde.

»Warum er?« Mein Schweigen nahm Xander zum Anlass, Fragen zu stellen. Diese wurde grob herausgepresst.

»Weil ich ihn liebe.« Vielleicht würde er so begreifen, dass Fynn mehr war als eine verwirrte Phase, doch er prustete verächtlich auf.

Ich nahm an, dass Xanders Gesicht ähnlich hart war wie seine Stimme. Hier, im Halbdunkel, blieb mir zumindest das erspart. »Es ist Fynnigan, verdammt. Wie kannst du dich allen Ernstes auf ihn einlassen? Er wird dich zum Gespött machen. Dieses Foto hat er selbst unter die Leute gebracht. Wer sonst hat ein Interesse daran, ausgerechnet ihn unkenntlich zu machen und nur dich bloßzustellen?« Er schien Mühe zu haben, nicht zu schreien. »Was hat er dir erzählt, um dich einzuwickeln? Darin ist er ja ein echter Experte. Wahrscheinlich hat er alle anderen Mädchen des Jahrgangs durch und muss daher auf Kreislerinnen zurückgreifen.«

»Weißt du, was ich nicht begreife?« Er schwieg, hatte wohl nicht mit Gegenfragen gerechnet. »Ich verstehe nicht, wie du es mit mir ausgehalten hast.« Jetzt war ich es, die Mühe hatte, ihre Stimme leise zu halten. »Wenn du mich nicht gerade dumm findest, bin ich dir zu ehrgeizig und zu egoistisch. Nebenbei bin ich verwirrt und planlos, treffe eine schlechte Entscheidung nach der anderen und es ist unvorstellbar, dass mich jemand liebt. Der Gedanke ist sogar so absurd, dass du direkt annimmst, es müsse ein Plan dahinterstecken, um den Kreis zu schädigen. Aber zum Glück zählt deine Meinung hierbei nicht, sondern nur meine, und ich weiß, dass ich recht habe. Fynn liebt mich.«

»Gut, lass uns annehmen, Fynnigan meint es tatsächlich ernst mit dir.« Spott tränkte seine Stimme. »Du könntest deinem Dad niemanden präsentieren, den er mehr hasst als ihn. Patrick würde ihn aus der Wohnung jagen.«

»Fynn war schon bei uns zu Besuch. Die beiden verstanden sich gut.« Ich musste Xanders Arroganz einfach einen Dämpfer versetzen.

»Was?« Ein entgeistertes Schnauben. Er wollte sich aufsetzen, stöhnte dann aber schmerzerfüllt auf und ließ sich wieder zurücksinken. »Wann soll das gewesen sein?«

»Als ich nicht in der Schule war, weil du mich am Tag vorher geschlagen hast. Fynn war besorgt und ist vorbeigekommen.« Ich verschwieg, was ich am Tag zuvor getan hatte. *Davon durfte Xander nie erfahren.*

»Wie lange geht das schon mit euch?« Sein Spott war in sich zusammengefallen. Er hatte wohl angenommen, dass ich mich im Camp auf ihn eingelassen hätte. Das wären ein paar Tage gewesen. Jetzt dämmerte ihm endlich, dass das hier größer und langfristiger war.

»Wahrscheinlich seit dem ersten Schultag.«

Xander gab ein abfälliges Geräusch von sich, schien zu denken, ich wolle ihn provozieren. »Ich meine es ernst, Maya.

Hattest du schon etwas mit ihm, als wir noch zusammen waren?«

»Wir haben uns damals im Schrank geküsst und danach …«

Xander schnaubte entgeistert auf. »Du küsst ihn und dann tust du so, als wäre nichts gewesen?«

»Ja«, gab ich eisig zurück. »Wie du. Du schlägst mich und tust anschließend so, als wäre zwischen uns alles in Ordnung.«

»Hier geht es nicht um mich, sondern um dich und darum, dass du gerade dein Leben zerstörst!« Wut ließ seine Stimme rau klingen und instinktiv spannte ich mich an. Mein Hals trocknete in Sekundenschnelle aus und mein Herz trommelte so panisch wie immer, bevor er zuschlug.

Doch der Moment verging und ich stand auf, schaffte noch mehr Abstand zu ihm. »Erzähl mir nicht, dass Patrick wusste, wer dort vor ihm steht«, fuhr er fort. »Wenn dein Dad wüsste, was du tust, würde er dich von hier fortbringen und dafür sorgen, dass du niemals wieder in die Nähe von Fynnigan kommst!«

Worte, so entlarvend. »Deswegen hast du gelogen. Weil Dad mit mir umziehen würde. Dann wäre ich auch nicht mehr in deiner Nähe.« Xander schwieg und machte damit deutlich, dass ich recht hatte. »Es wird nie wieder etwas zwischen uns sein, begreif das endlich!«

»Er wird dich sitzen lassen. Es ist Fynnigan, der kann überhaupt nicht anders. Er wird dir das Herz brechen.«

War es wirklich erst Stunden her, dass ich mit Fynn darüber geredet hatte? Dieses Gewühl heute Morgen, als ich versucht hatte, mir durch die Menge einen Weg zu bahnen, von denen alle zu Fynn drängten, hatte etwas in mir freigesetzt. Doch erst beim Nest hatte ich dieses Gefühl einordnen können. *Zweifel.* Ich liebte Fynn. Aber er war wie ein Blatt im Herbstwind. Er hielt es nirgends lange aus und war immerzu auf der Suche nach dem nächsten Abenteuer. Verpflichtungen gab es in seinem Leben keine, weil er ihnen davonrannte. Doch Fynn hatte meine Zweifel zum Verstummen gebracht und nun gab es nichts, das Xander befeuern konnte.

»Wenn ich könnte, würde ich alles ungeschehen machen«, sagte er in unsere Stille hinein. »Mir ist zu spät klar geworden, dass ich dich verlieren könnte.«

»Das ändert nichts. Ich würde dir ohnehin nicht glauben, das hast du mir zu oft geschworen.«

»Du hast in den letzten Tagen so viele Regeln gebrochen«, stieß er aus und die Wut war zurück. »Und ich habe dich nicht angerührt!«

Ich lachte auf und gleichzeitig hatte dieses Geräusch, das aus mir herausbrach, nichts Amüsiertes an sich. Es war hart und bitter. »Ich soll dir glauben, weil du mich früher schneller geschlagen hättest?«

»Du hörst immer nur, was du hören willst!«

»Geh einfach, dann musst du es dir nicht anhören!«

»Sicher nicht. Ich weiche nicht von deiner Seite, damit du dir nicht noch mehr Probleme einhandelst. Irgendwann wirst du das verstehen und mir dafür danken.«

»Niemals. Du verschwindest aus meinem Zimmer oder ich schreie.«

»Mach's und ich sage Dad, dass du nachts aus der Wohnung schleichst. Ich weiß, dass du bei Fynnigan warst. Das endet jetzt.«

Ob er bluffte?

Ich wäre gezwungen, mir einen guten Grund auszudenken, und gleichgültig, wie er ausfiel, Magnus würde toben.

Ich wollte schreien.

Weil ich Xander in meiner Nähe nicht ertrug.

Weil er meinen Plan zunichtemachte, mich gleich zu Fynn zu stehlen.

Ich suchte eine Lösung und fand nur wieder diesen Morast in meinem Kopf.

Der Tag war ein einziger Albtraum und offenbar galt das auch für die Nacht.

Er hatte nicht vor, mein Bett zu verlassen.

Das unsichtbare Gewicht auf meiner Brust machte es schwer zu atmen.

Keinesfalls würde ich mich zu ihm legen.

Ich zerrte an der Decke und Xander gab ein entrüstetes Japsen von sich. Mir war es gleichgültig und so legte ich die Decke um mich und setzte mich mit ihr an die Tür, lehnte mich dagegen.

Dann würde ich halt die ganze Nacht hier sitzen.

Ich würde heute ohnehin nicht schlafen können.

Nicht mit all diesen Bildern in meinem Kopf.

Kapitel 17

Der Wecker auf dem Nachttisch schrillte und von Xander kam ein müdes Ächzen. Ob er geschlafen hatte? Es hatte sich nicht so angehört. Zwischendurch war ich zweimal kurz davor gewesen hinauszuschleichen. Doch jedes Mal, wenn ich Anstalten gemacht hatte aufzustehen, war von ihm ein besonders tiefes Ausatmen gekommen, als wüsste er genau, was ich vorhatte, und ich war zurückgesunken.

Jeder Muskel in meinem Körper schmerzte. Ich kannte unbequeme Nächte. Das brachten unsere Großveranstaltungen oft mit sich. Da gab es wenig Platz und häufig nur den blanken Boden. *Doch das hier war die schlimmste Nacht von allen gewesen.*

Ich streckte die starren Glieder, während Xander sich wie selbstverständlich aus meinem Bett erhob, obwohl ich fürs Schwimmtraining früher aufstand. Offenbar würde er persönlich dafür sorgen, dass ich zur Schule fuhr, und nur dorthin. Für den Moment war ich zu müde zum Diskutieren.

Wir redeten nicht miteinander, ich bemühte mich nach Kräften, ihn zu ignorieren, selbst als er mir mein abgepacktes Frühstück reichte. Ich beeilte mich, hoffte, dass ich eine Chance bekam, ihm zu entwischen, doch als ich die Wohnung verlassen wollte, stand Xander schon bereit.

Bei den Rädern angekommen, nahm ich mir das erstbeste und fuhr los. Hinter mir hörte ich Xander meinen Namen rufen, aber das ließ mich nur noch weiter beschleunigen. Für den Moment war mir gleichgültig, dass die Räder hier auf dem Gelände geschoben wurden.

Der kühle Fahrtwind streifte meine Haut, scheuchte Teile der Müdigkeit davon. Die restlichen würde ich heute wohl nicht mehr loswerden. Immerhin hatte der Regen gestoppt und der Schlammboden blieb aus, doch auch sonst zeigte sich der Tag wenig verheißungsvoll. Eine aschgraue Wolkendecke verhing den Himmel. Ob sich heute noch ein Sonnenstrahl hierherverirren würde? Es fühlte sich nicht danach an.

Ich passierte unser Tor, bog nach rechts auf die leere Straße ab und beschleunigte mein Tempo. Ich wollte fliegen, mich im Fahrtwind verlieren, bevor mich die Bilder von gestern einholten und die Probleme von heute.

Einen winzigen Augenblick nichts …

Ich war so in Gedanken, dass ich die zusammengesunkene Gestalt in der verlassenen Auffahrt beinahe übersah. Die Kapuze der schwarzen Jacke tief in die Stirn gezogen, saß er dort auf dem Boden.

Fynn.

Die Libellen in mir schlugen begeistert mit ihren Flügeln, wollten zum Flug ansetzen und stoppten irritiert. Etwas an der Art, wie er dort saß, machte mich argwöhnisch. Wie er den Kopf auf den Knien abstützte. Sie mit den Armen umfasste, als versuchte er, sich warm zu halten.

Wie lange war er schon hier?

»Fynn!« Ich erreichte ihn und legte das Fahrrad ab. Erst jetzt sah er auf, schien mich vorher nicht einmal registriert zu haben. Das miese Gefühl in mir wuchs mit jeder Sekunde, in der Fynn mich aus trüben Augen ansah. Da fand sich nicht das übliche Funkeln, ich bekam gerade Mal den Versuch eines Lächelns, das auf bläulichen Lippen in sich zusammensackte.

»Sag mir nicht, dass du seit gestern Abend hier sitzt.« Ich legte die Finger an seine Wangen, spürte die Kälte darin, fuhr tiefer und fand die klamme Feuchtigkeit im Stoff seiner Jacke.

Verdammt!

»Was macht *er* hier?«, ertönte es so anklagend hinter mir, als hätte ich Fynn höchstpersönlich hier platziert, um Xander den Morgen zu verderben. Dass Fynn sich ausschwieg, statt die Möglichkeit zu nutzen, ihm eine Beleidigung an den Kopf zu werfen, war zutiefst beunruhigend.

Meine Hände wanderten zurück an seine Wangen, in der Hoffnung, ihnen ein wenig zusätzliche Wärme zu verschaffen. »Das war unüberlegt, unklug und ...«

»Süß?«, stieß er mit rauer Stimme aus. Der Hauch eines Funkelns flackerte in seinen Augen auf und brachte mich widerwillig zum Schmunzeln.

Ich hauchte ihm einen winzigen Kuss auf die Lippen, zu flüchtig, um wirklich zu gelten, aber das Funkeln in seinen Augen nahm zu.

»Hör auf damit, Maya!«, rief Xander entgeistert hinter mir.

Ich atmete durch, bevor ich mich ihm zuwandte. »Es gibt eine Planänderung. Fynn geht es nicht gut, ich bring ihn nach Hause und melde mich von da aus krank.«

Xanders Protest ignorierend, wandte ich mich wieder Fynn zu. »Kannst du fahren oder soll ich dir ein Taxi rufen?«

Er zog sich zum Stehen hoch. »Das bekomme ich schon hin.«

»Ich werde so wütend auf dich sein, wenn du jetzt einen auf unerschütterlich machst und gleich vom Rad fällst.«

»Du bist die Einzige, bei der ich nicht auf unerschütterlich mache.«

Dafür bekam er einen weiteren winzigen Kuss und ich einen entrüsteten Aufschrei von Xander. Wir mussten weg – aus verschiedenen Gründen und einer davon starrte mich aus eisigen honigfarbenen Augen an, nachdem ich Fynns Rad aufhob. »Das lasse ich nicht zu!«

»Dann bleiben wir doch hier und diskutieren weiter. Wie lange haben wir, bis die anderen zur Schule aufbrechen?« Xanders Blick spießte mich geradezu auf. »Fynn ist komplett unterkühlt und muss nach Hause. Ich lasse ihn nicht allein fahren. Wenn du uns verfolgst, bekommen wir beide Probleme mit Magnus. Du hast gestern behauptet, dass du mir helfen willst. Beweis es.«

»Nicht auf diese Art!«

Ich drückte Fynn sein Rad in die Hand. »Das ist die einzige Art, auf die ich deine Hilfe brauche!« Rasch hob ich mein eigenes Rad, stieg auf und setzte mich in Bewegung. Hinter mir rief Xander meinen Namen.

Ich pokerte hoch, aber ich verließ mich darauf, dass er zur Schule fuhr. Würden wir beide fehlen, gäbe es Gerede, das bis zu Magnus reichen würde. So konnte Xander behaupten, dass ich mich wegen des Fotos verkroch und meine Wunden leckte.

Ich hasste die Vorstellung.

Doch sie war viel besser, als wenn die Wahrheit herauskam.

Wir erreichten seine Wohnung ohne Schwierigkeiten. Aber als Fynn sein Rad an die Hauswand lehnte, ging sein Atem ungewohnt schnell und Schweißtropfen glänzten auf seiner Stirn.

»Ab ins Bett mit dir«, sagte ich und schob ihn geradewegs ins Schlafzimmer. Dass er nicht mit einem Spruch konterte und es stoisch über sich ergehen ließ, war ebenfalls beunruhigend.

Ich half ihm aus der Jacke und hing sie im Bad zum Trocknen auf, bevor ich sein Telefon holte. Als ich wiederkam, fand ich Fynns Kleidung neben seinen Schuhen auf dem Boden und ihn begraben unter zwei Decken. Mein Blazer und die Schuhe landeten bei seinen und ich schlüpfte zu ihm ins Bett.

Ich reichte Fynn sein Telefon, legte den Kopf an seine Schulter, lauschte dabei, wie er der Gottesanbeterin erklärte, er hätte sich eine fiese Erkältung zugezogen. Im Anschluss rief ich an und meldete mich nur knapp krank. Es würden ohnehin alle denken, ich sei wegen des Fotos nicht da.

»Du bist ein Eiszapfen.« Ich drängte mich enger an Fynn, hoffte, die Körperwärme würde helfen.

»Immerhin bin ich gerade ein glücklicher Eiszapfen.« Er klang wieder mehr wie er selbst. Beruhigend. Seine Lippen stoppten hauchzart vor meinem Hals. »Wie schlimm war es?«

»Schlimm.« Ich wünschte, wir könnten diesen Teil überspringen, aber ich wusste, dass ich chancenlos war. Selbst als Eiszapfen würde Fynn Antworten von mir fordern und die hatte er sich verdient. »Xander hat behauptet, er sei auf dem Bild, und danach wurde es mies.«

»Aber du willst nicht mehr sagen?«

»Es geht dabei um Xander und seinen Vater, nicht um uns. Ich denke, das steht mir nicht zu«, sagte ich leise und sah zu, wie sich sein Blick verfinsterte, er überlegte, wie er die Worte werten sollte.

Fynn atmete tief aus und sein Atem kitzelte meinen Hals. »Sehen wir es positiv, eine weitere Nacht ist vorüber. Ich sollte uns eine Strichliste machen.«

»Das klingt wahnsinnig ermutigend.«

»Das wird ein Klacks. Es sind nur noch ein paar Monate. Wir haben schon ganz andere Sachen durchgehalten. Besser?«

»Sag du es mir«, erwiderte ich und lehnte mich an ihn. »Wie gut klingen ein paar Monate?«

»Ziemlich gut.«

»Dann ist jetzt der richtige Moment, um dir zu sagen, dass Xander vorhat, jede Nacht davon in meinem Bett zu verbringen.«

Fynn setzte sich auf – deutlich schneller, als ich ihm das in seinem Zustand zugetraut hätte. »Das finde ich nicht komisch und gleichzeitig hoffe ich trotzdem, dass das ein Scherz ist.«

»Kein Scherz. Xander will verhindern, dass ich mich nachts heimlich zu dir schleiche.«

»Hat er dir etwas getan?« Fynns Blick fuhr prüfend über mich hinweg. Nach allem, was ich ihm verschwiegen hatte, war es wohl verständlich, dass er direkt an mir nach Spuren suchte. Seine Finger legten sich unter mein Kinn, hoben es an, während er meine Wange musterte. Ich selbst hatte heute Morgen nichts an ihr bemerkt, doch die Art, wie Fynns Augen sich verschmälerten, wie er die Luft einzog, machte mir deutlich, dass er sehr wohl etwas wahrnahm.

Noch ein Thema, über das ich wirklich gern geschwiegen hätte.

»Maya?« Da lag so viel in der Art, in diesem gepressten Raunen, mit dem er meinen Namen aussprach. Schock, die Bitte, mit ihm zu reden, und gleichzeitig der Versuch, nicht vor Wut zu explodieren.

»Das war nicht Xander«, mühte ich mir ab. »Das war sein Vater.«

»Was zur Hölle passiert bei euch?« Fynns Fassungslosigkeit und seine Wut mischten sich zu etwas Tosendem. »Und dennoch denkt der Kreis, dass er für das Gute eintritt?« Er ließ mein Kinn los, schüttelte den Kopf. »Das ist das Letzte! Mein Vater mag kaum zu ertragen sein, aber zumindest kann ich ihm nicht vorwerfen, dass er mich geschlagen hat!«

Jetzt setzte auch ich mich auf.

Richard Ferres war mein persönliches rotes Tuch und Fynn schwenkte es ausgerechnet hier, zwischen uns, hin und her. »Vergleich ihn nicht mit Magnus oder mit meinem Dad!«

»Warum nicht? Mein Vater ist für dich das Böse schlechthin – in Ordnung, aber deine Leute sind schlimmer! Im Gegensatz zu ihnen gibt mein Vater zumindest nicht vor, etwas anderes zu sein als er ist.«

»Weil er ein gefühlskaltes Monster ist, das sich nur für sich interessiert und dafür, wie er die Welt maximal ausbeuten kann. Mag sein, dass er dich nie geschlagen hat, aber das könnte auch daran liegen, dass er dich kaum wahrnimmt, oder?«

Ich war zu hart gewesen, das erkannte ich an Fynns Blick. Er verachtete seinen Vater. Dennoch hatte er sich viele Jahre seines Lebens gewünscht, von ihm beachtet zu werden. *Vielleicht wünschte er sich das insgeheim sogar noch immer.*

Wir hatten uns oft gestritten, doch das hier ging tiefer. Ich wollte die Worte zurücknehmen, aber wie konnte ich das, wenn wir beide wussten, dass sie wahr waren?

»Er hat gesagt, Mom sei selbst schuld an ihrem Tod«, brach es aus mir heraus und dass ich weinte, registrierte ich erst, als Fynn seinen Arm um mich legte. »Er meinte, ihr Tod sei verschmerzbar. Ich hab all seine Presseerklärungen gelesen.«

Fynn schwieg und strich mir tröstend übers Haar. Ich hatte selbst gefordert, dass wir über Richard Ferres sprachen, nun ahnte ich, dass wir diese Tür nicht hätten aufstoßen sollen. Dahinter verbarg sich zu viel. Schmerz, Wut und Schuld. »Eigentlich hätte ich damals mitgehen müssen zur Demonstration. Aber als es Zeit wurde, hatte ich keine Lust, mich fertig zu machen. Ich habe kaum verstanden, worum es ging. Wir haben uns gestritten, weil ich mich weigerte. Dad hat darauf gedrängt, dass Mom mich zu Hause ließ. Mary und er waren krank und blieben zurück. Das Letzte, das ich mit Mom getan habe, war zu streiten.« Fynns Hände fuhren weiter sanft über meinen Kopf, ein beruhigendes Tempo und eine stumme Bitte weiterzureden. »Danach habe ich mich oft gefragt, ob es etwas geändert hätte. Ihre Schritte hätten sich meinen angepasst, wären kürzer gewesen. Sie hätte irgendwo anders gestanden …«

»Oder du wärst getroffen worden.« Fynns Stimme war tonlos. »Er hätte dich umbringen können.« Für einen Augenblick schwiegen wir beide, suchten nach unserer Fassung.

»Sie haben damals vor seinem Büro demonstriert. Dein Vater hat sich ein paar Tage später in ein neues Gebäude abgesetzt. Nicht wegen dem, was geschehen war, sondern weil ihn die Mahnwachen gestört haben, wenn er aus dem Fenster geschaut hat. Er hat versucht, sie verbieten zu lassen.« Fynn zuckte zusammen, nur eine winzige Bewegung, doch ich nahm sie wahr. »Ich hasse deinen Vater und ich habe Gründe dafür. Es fühlt sich nicht an, als wäre ich jemals in der Lage, neutral über ihn zu reden. Aber ich wollte dich nicht verletzen. Es tut mir leid.«

»Das bedeutet, ich plane dich lieber nicht als Begleitung für Familienfeste ein.«

»Definitiv nicht.« Nicht, dass so etwas für uns einmal denkbar wäre. Es war nur ein Scherz und der erreichte seinen Zweck, brachte mich zum Schmunzeln. »Ich würde ihn mit dem Geschirr bewerfen und mit den Gabeln pieken.«

»Das wäre dann doch verlockend.« Fynn küsste meinen Hals. »Du wirst ihn nicht sehen. Daran ändert sich nichts. Ich denke nicht, dass es sinnvoll wäre, Ferres Enterprise zu übernehmen. Wenn ich gezwungen bin, ihm das zu sagen, redet er ohnehin nie wieder mit mir.«

Das war neu.

Auf der Podiumsdiskussion damals hatte er behauptet, er würde Ferres Enterprise an den Meistbietenden verkaufen. Doch das war nur eine Provokation für mich und Show für die anderen gewesen.

Er war ein Ferres.

Jeder erwartete, dass er das Unternehmen übernahm.

Ein Gedanke, der mich lähmte, jedes Mal, wenn er mich streifte. Wir hatten bisher immer nur über die Universität gesprochen. Darüber, dass wir dort zusammen sein konnten. Nicht weiter, weil wir wussten, dass unsere Familien Erwartungen an uns stellten, die es zu erfüllen galt.

»Unseretwegen?«

»Ja«, sagte Fynn und bei ihm klang es, als wäre es das Selbstverständlichste auf der Welt. »Ferres Enterprise würde uns auseinandertreiben.« Er sank zurück in sein Kissen, zog mich mit sich. »Natürlich bist du mein Grund, Maya. Du bist der beste Grund der Welt.«

Die Libellen stoben in mir auf, kitzelten mich mit ihren Flügeln und Fynn lächelte breit. »Aber fühl dich nicht unter Druck gesetzt, weil ich unser Leben durchgeplant habe. Ich hatte letzte Nacht zu viel freie Zeit.«

Gerade noch hatte ich geweint und nun konnte ich nicht anders, als sein Lächeln zu erwidern.

»Lässt du mich an deinen Plänen teilhaben?«

»Ich werde ein talentierter und erfolgloser Musiker.« Seit ich Fynn auf der Bühne erlebt hatte, wusste ich, wie sehr das zu ihm passte. Ich liebte die Vorstellung.

»Und ich?«

»Du bleibst als Dozentin an der Uni. Dort unterrichtest du die nächsten Generationen. Damit bist du weit weg vom Kreis, kannst aber weiterhin die sinnvollen Teile davon lehren.«

»Klingt perfekt.« Ich sah dieses Leben mit Fynn geradezu vor mir. Eine Wunschvorstellung, nicht mehr, dennoch wärmte sie mich von innen heraus. »Im dritten Jahr holen wir uns eine Schildkröte«, fuhr Fynn fort. »Wir benennen sie nach Mr Hemskey und schicken ihm jedes Jahr zu Weihnachten ein Foto.«

»Er wird begeistert sein.« Ich lachte und gleichzeitig war ich erfüllt von wohliger Wärme und dem Flattern unzähliger Libellenflügel.

Wir blieben im Bett und redeten. Fynn sah wieder deutlich besser aus, auch wenn er seine normale Gesichtsfarbe noch nicht ganz zurückhatte. Die Zeit erwies sich einmal mehr als grausam. In der Schule und in den Nächten wollte sie kaum vergehen, doch war ich bei Fynn, verflog sie. Heute konnte ich es mir noch weniger leisten, mich im Kreis zu verspäten.

Gerade als ich mich von Fynn verabschiedete, klingelte es am Tor. Fynn warf einen Blick auf sein Handy und stöhnte so genervt auf, dass ich ahnte, wer dort stand.

»Xander?«

»Sag ihm, er soll aufhören hierherzukommen.«

»Weil er ja immer tut, was ich von ihm verlange.« Bevor einer von uns beiden eine weitere spitze Bemerkung von sich geben konnte, küsste ich Fynn. Xanders Anwesenheit hatte uns gestern schon den Abschied geraubt.

Fynn umfasste mich fester, sein Versuch, mich zu überreden hierzubleiben.

Er wusste, dass ich nach Hause musste, aber wirklich verstehen konnte er es nicht.

Weil er nicht begriff, warum ich mein Leben für ihn nicht aufgeben konnte.

Seit dem Camp war der Kreis für ihn, was sein Vater für mich war. Ein rotes Tuch. Ich konnte Fynn nicht begreiflich machen, wie großartig das Leben in der Gemeinschaft war. Was wir bewirken könnten, wenn wir diese Grundsätze auf die Welt übertrugen. Ich verstand seine Wut auf Xander und auf Magnus - in mir brannte eine ganz ähnlich – aber man konnte nicht den Kreis für das Verhalten zweier Menschen ablehnen.

Es klingelte erneut und ich schlüpfte aus Fynns Armen und schulterte meine Tasche. »Geh wieder ins Bett, ruh dich aus und bleib morgen zu Hause.«

»Dann verpasse ich das Schwimmtraining«, protestierte er.

»Fynn!« Ein erneutes Klingeln ertönte. Offenbar verkürzte Xander seine Pausen. Ich atmete gereizt aus, konnte für den Augenblick nicht einmal sagen, wer von beiden mich gerade mehr reizte: der Mann an der Klingel oder der vor mir. »Ich hab dich heute halb erfroren gefunden. Du bist zu blass und deine Atmung zu schnell. Wenn du morgen ins Becken springst, zieh ich dich höchstpersönlich wieder raus.«

Er grinste, öffnete den Mund, doch was immer er sagen wollte, ging unter in einem Klingelsturm. »Wie ich ihn hasse«, stieß Fynn aus, kaum dass das nervtötende Gebimmel endete.

»Versprich es mir!«

Er verdrehte die Augen, nickte dann aber. »Habe ich dir schon einmal gesagt, dass du ein Kontrollfreak bist?«

»Ähnlich oft, wie ich dir gesagt habe, dass du ein gedankenloser Egozentrikeryuppie bist.«

Sein Grinsen vergrößerte sich und er beugte sich zu mir herab. Seine Lippen streiften meine. »Was für ein Glück, dass ich auf deine Kosenamen stehe.« Sein Kuss dauerte gerade mal ein paar Herzschläge, schon waren seine Lippen fort und hinterließen dennoch ein Lodern in mir. »Raus mit dir, Freak«, raunte er mir zu. »Sonst erwürge ich Xander eigenhändig.«

Ich biss mir auf die Lippe, um mich nicht weiter in diesen spielerischen Diskussionen zu verlieren, die so viel besser waren als die graue Wirklichkeit jenseits der Wände. Widerwillig huschte ich nach draußen. Gerade rechtzeitig, denn Xander schien nun in ein Dauerklingeln überzugehen. Selbst die Tür dämpfte das hohe Geräusch nicht vollständig und es klang verdächtig danach, als schleuderte Fynn aus dem Inneren einige nicht jugendfreie Flüche in Xanders Richtung.

Kapitel 18

Tage ohne Fynn fühlten sich an, als hätte jemand der Verona Hall ihr Leben entzogen.

Kein Sonnenstrahl, der die Tristesse aufbrach.

Nur endlose Stunden ohne Aussicht auf Besserung.

Die Pausen verbrachte ich weiterhin zwischen den Bücherregalen. Die Bücher darin waren mir lieber als die Menschen auf den Gängen. Vorgestern war das Foto verteilt worden. Zu wenig Zeit, um ihre Kommentare zum Verstummen zu bringen.

Ihre Beleidigungen waren wie kleine Nadelstiche in meine Haut. Vierzehn davon hatte ich heute Morgen auf dem Weg in den Klassenraum zu hören bekommen. Neun auf dem Weg in die Bibliothek. Die im Unterricht hatte ich gar nicht erst gezählt.

Wie schlimm konnten Nadelstiche sein?

Wenn ich nicht darauf einging, würden sie irgendwann damit aufhören. Das war immer so gewesen.

Nur ließ mein Skandal alles Vorherige winzig erscheinen.

Die Bibliothekstür fiel ins Schloss und Schritte näherten sich. *Hatten die Yuppies mein Versteck gefunden?* Unwillkürlich spannte ich mich an, rechnete mit einer ihrer Grausamkeiten und fand im nächsten Augenblick Xander vor mir.

»Was willst du hier?« Eine grobe Frage, aber nachdem er mir eine zweite Nacht an der Tür beschert hatte, konnte ich seinen Anblick noch weniger ertragen. Bisher hatte ich keine Lösung gefunden. Vielleicht lag das auch an der Müdigkeit, die sich anfühlte, als wäre mein ganzer Kopf mit Watte gefüllt.

»Komm mit uns nach draußen.«

»Um mich von euch mit stiller Verachtung strafen zu lassen? Nein, danke.«

»Sie verachten dich nicht. Sie sind verletzt, weil sie denken, du möchtest kein Teil mehr von uns sein, und sie verstehen nicht, warum.«

»Ich *bin* Teil des Kreises, ich will nur mein Leben nicht auf ihn allein beschränken.«

Fynn. Sein Name schwebte ungesagt im Raum und verfinsterte Xanders Blick. »Die meisten von uns haben keine guten Erfahrungen mit der Welt außerhalb des Kreises gemacht. Die Verona Hall ist nur ein Vorgeschmack auf das, was uns erwartet. Die Yuppies und ihre Freunde stürzen sich auf jeden Fehler, um uns zu zerbrechen. Komm zu uns, Maya, und lass zu, dass wir dir helfen, ihre Sprüche zu ertragen. Hier geht es nicht um uns beide.«

Xander sah ähnlich müde aus, wie ich mich fühlte.

Wollte ich meine selbstgeschaffene Einsamkeit aufgeben? Zugegeben, es fehlte mir, mit den anderen zu reden. Vielleicht hätte ich auf sie zugehen sollen und ihnen irgendeine Erklärung für mein Verhalten geben müssen. Ich hatte gefühlt, dass sie darauf warteten, genau wie ich darauf wartete, dass sie ihr Schweigen brachen.

»Dein Stolz ist manchmal größer als du, Maya.« Worte fanden sich in meinem Kopf, so unerwartet, weil die sanfte Stimme dazu seit vielen Jahren verklungen war.

Mom.

Das hatte sie früher zu mir gesagt.

Wie hatte ich das vergessen können?

»Ich denk darüber nach.«

Xander nickte, wandte sich wortlos ab und ging. Ich blieb zurück, lauschte in mich hinein und versuchte, ihre Stimme erneut erklingen zu lassen, aber sie war fort.

Dein Stolz ist manchmal größer als du.

Worte, die sie vor über einem Jahrzehnt gesagt haben musste und die gleichzeitig so beängstigend zutreffend waren.

Mom.

Wie sie mir fehlte.

Mist.

»Warte, Xander«, rief ich und die Schritte stoppten. »Ich komme mit.«

Die anderen saßen auf der Treppe. Ich sah ihre Blicke, als ich mich an Xanders Seite näherte, um dann vor ihnen zu stoppen. Stille breitete sich aus und sie fühlte sich unnatürlich an. Für gewöhnlich gab es zwischen uns immer etwas zu bereden und Pläne zu machen. Nun kam ich mir vor wie eine Bittstellerin, die darauf wartete, dass ihr jemand ein paar Brocken zuwarf. Es war ausgerechnet Xander, der das übernahm.

»Wir diskutieren gerade darüber, wie wir Mr Hemskey davon überzeugen, aus der Rasenfläche endlich eine Wildblumenwiese zu machen. Irgendwelche Ideen, Maya?« Er wandte sich mir demonstrativ zu und nun lagen alle Blicke auf mir.

»Wir könnten Poster zum Insektensterben vor seinem Büro aufhängen. Oder wir reden mit dem Gärtner, wenn wir ihn überzeugen können, gibt Mr Hemskey eher nach.«

Zustimmendes Gemurmel erhob sich und die Ersten stiegen darauf ein. So leicht war ich wieder Teil der Gruppe. Es brauchte keine Entschuldigungen, nicht einmal Erklärungen für das Foto. Auch das war der Kreis, er vergab, wenn jemand vom Weg abkam.

Zumindest wenn derjenige sich nicht mit dem Erzfeind verbündete.

Der Gedanke war wie ein Stein in meiner Brust.

Als es zum Unterricht klingelte, stoben wir auseinander, gingen grüppchenweise in die anstehenden Kurse.

»War es schlimm?« Xander tauchte neben mir auf, ein Lächeln auf den Lippen.

»Nein«, erwiderte ich knapp. »Warte nach dem Unterricht nicht auf mich. Ich habe Schwimmtraining.«

Sein Lächeln erlosch.

Gut.

Das gerade mochte sich ein wenig wie früher angefühlt haben.

Aber nichts war mehr wie früher.

Am allerwenigsten ich.

Vorhin hatte es sich gut angefühlt, Xander mit dem Schwimmtraining eine Grenze aufzuzeigen. Jetzt nicht mehr. Training ohne Fynn war schlimmer als gedacht.

Freakschlampe.

Das Wort hallte mir von überall entgegen.

Sie waren wenig kreativ mit ihren Beleidigungen, nur der Ton unterschied sich. Mal war er höhnisch, mal grimmig, provokant oder tonlos.

Auf wie viele Arten konnte man ein Wort aussprechen?

Nach diesem Abend fühlte es sich an, als kannte ich alle davon.

Mrs Bennett hörte, wie Taira es mir hinterherraunte, und schloss sie vom heutigen Training aus. Sie meinte es gut, aber damit brachte sie mir nicht nur Tairas Zorn, sondern auch den vom restlichen Team ein.

Diesmal blieb ich noch lange im Wasser, nachdem die anderen die Halle verließen.

Doch Frieden fand ich hier keinen.

Mein Kopf war wie die Schneekugeln, die Mrs Bennett in ihrem Büro sammelte. Manchmal nahm sie eine davon in die Hand, während sie sprach, schüttelte sie gedankenverloren und die Flöckchen darin wirbelten umher. Genau so fühlte ich mich. Überall waren Gedanken, Stimmen, Wünsche, die sich nicht in Einklang bringen ließen.

Das Wasser zerrte an mir, als ich mich endlich dazu durchringen konnte, die Leiter hochzuklettern. Vielleicht war es auch mein Unwillen, weil ich wusste, was mich im Kreis erwartete. Ein weiteres Abendessen, bei dem Magnus' Fragen auf mich abschoss, als befänden wir uns in einem Kreuzverhör. Eine weitere Nacht an der Tür. Aber demnächst würde die Schule abgeschlossen werden und ich musste zurück. Magnus würde schon jetzt eine gute Erklärung für meine Verspätung einfordern.

Kaum war ich in der Kabine, zog ich meine Tasche aus dem Spind, um auf mein Handy zu schauen. Ich hoffte auf eine Nachricht von Fynn, aber es sprang nicht an.

Der Akku war leer. Auch das noch. Ich warf die Spindtür zu heftig zu und der Knall dröhnte in der Umkleide. Mit Xander im Zimmer blieb mir seit Tagen keine Möglichkeit, das Handy heimlich aufzuladen. Jetzt konnte ich nicht einmal mehr Bilder mit Fynn austauschen.

Der Sturm in meinem Kopf nahm weiter zu.

Ich griff mir die Seife und eines der bereitstehenden Handtücher und ging hinüber in den Duschraum. Die Duschen waren selbst für die Verona Hall beeindruckend. Die weißen Fliesen glänzten immer makellos, von Kalkflecken fand sich keine Spur. Es gab eingezogene Wände, die offene Kabinen bildeten, und diverse Wasserstrahloptionen, die sich per Knopfdruck einstellen ließen. Es war futuristisch, technisch - *und so vollkommen unnötig.*

Ich drückte auf den nächstbesten Knopf, hoffte, dass ich nicht wieder die Variante erwischte, in der grellbunt blinkende Lichter und Musik einsetzten. Die hatten mich bereits zu Tode erschreckt.

Heute prasselte das Wasser sanft auf mich herab und leises Vogelgezwitscher setzte ein. *Offenbar ein Dschungelmodus.* Ich presste die Zähne aufeinander. Es gab Dinge in der Welt, die würde ich niemals verstehen. Tropenvögelgesang in einer Dusche schaffte es definitiv auf diese Liste.

Ich schäumte die Seife auf und begann, mir die Haare zu waschen. Der Geruch nach Lavendel wurde von der feuchtwarmen Luft aufgenommen und breitete sich aus. Er hätte meine Nerven vielleicht beruhigen können, wenn nicht die Vögel permanent schrill dazu geträllert hätten.

Gerade wollte ich den Badeanzug hinunterziehen, da prickelte Kälte in meinem Nacken.

Etwas war nicht so, wie es sein sollte.

»Oberfreak?«

Mein Herz stockte.

Im nächsten Augenblick stand er in der Tür zu den Duschkabinen.

Sid.

Das Handy in seiner Hand auf mich gerichtet.

»Verschwinde!« Obwohl ich den Badeanzug des Schwimmteams trug, fühlte ich mich nackt. Ich verschränkte die Arme, wie zufällig über meiner Brust und Sid lachte auf.

»Seit wann bist du prüde, Oberfreak? Erst die Show auf den Klippen, dann dein Foto – tu nicht so überheblich.«

Überheblich?

In mir war überhaupt kein Platz für Überheblichkeit. Ich suchte verzweifelt eine Möglichkeit, wie ich Sid dazu brachte, die Tür freizugeben.

Das Wasser stoppte und mit ihm der Vogelgesang und die plötzliche Stille machte mir nur bewusster, dass ich mit Sid allein war.

In der Dusche.

Wahrscheinlich sogar in der Schule.

Verdammt!

Mein Herz klopfte mir bis zum Hals.

Ich wollte hier weg, aber Sid würde mich sicher nicht anstandslos passieren lassen.

»Verschwinde oder ich schreie.«

Er grinste und streckte den Arm noch ein Stück weiter aus. »Ich wusste, du stehst auf sonderbaren Kram. Aber mach ruhig, es ist ohnehin niemand mehr da.«

Mein Herz trommelte schneller, setzte schon zum nächsten Schlag an, bevor der letzte verklungen war.

»Was willst du hier?«

Er war nicht ohne Grund hier.

Nicht Sid.

Wenn ich jetzt ruhig blieb, würde er die Lust an diesem Spiel verlieren.

Ich durfte ihn nur nicht provozieren.

»Hat lang gedauert, bis du es begreifst.« Er grinste. »Da kommen Erinnerungen an damals nach der Schulübernachtung auf, oder? Das hier wird ganz ähnlich. Ich hab etwas, das du willst, und dafür gibst du mir eine kleine Gegenleistung.«

Mir fiel nur eine Sache ein, die er haben könnte.

Die Haare an meinen Armen richteten sich auf und gleichzeitig begann ich zu zittern.

»Das Foto?«

»*Die* Fotos«, erwiderte Sid grausam und machte aus meiner Befürchtung eine schreckliche Erkenntnis.

Sid wusste von Fynn und mir.

»Man munkelt, Xander hätte den Kopf für dich hingehalten und behauptet, er sei auf dem Foto.« Sid senkte das Handy, starrte mich aus eisigen Augen an. »Aber wir kennen beide die Wahrheit.«

»Warum hast du ihn dann unkenntlich gemacht?« Ich würde Fynns Namen sicher nicht als Erste in den Mund nehmen.

»Wo bliebe sonst der Spaß?«, fragte Sid und zuckte mit den Schultern. »Jeder weiß doch, dass Fynn nichts anbrennen lässt.«

Fynn.

Sid wusste tatsächlich Bescheid.

Ich schnappte nach Luft und gleichzeitig fand sich keine in der Schwüle. *Wenn Sid bekannt machte, dass Fynn auf dem Foto zu sehen war …*

»Du und Fynn also. Deswegen ist er an die Verona Hall zurückgekehrt. Er hätte fortbleiben sollen.«

»Was willst du, Sid? Mathe?« Fynn hatte richtiggelegen. Bei dem Foto ging es um mehr als darum, mich bloßzustellen. Erst hatte Sid seinen Spaß gehabt, nun folgte die Kür. Weder Fynn noch ich hatten geahnt, in welche Richtung die Erpressung gehen würde. »Soll ich dich durch die Abschlussarbeit bringen?« Ich hatte nicht den Hauch einer Ahnung, wie ich das anstellen sollte. Nicht einmal, ob das überhaupt möglich war. Aber ich wollte hier raus. Nachdenken konnte ich später. Falls Sid die Abschlussprüfung forderte, würde ich sie ihm besorgen. *Wenn er nur endlich den Durchgang freigab.*

»Was soll ich mit Mathe?« Er schüttelte den Kopf, hob sein Handy. »Wir machen ein paar eigene Fotos, Oberfreak. Zu keinem ein Wort.«

Mir zitterten die Beine und der Rest von mir schloss sich an. Mein Kopf musste sich in ein schwarzes Loch verwandelt haben. Es verschlang jeden Gedanken, noch bevor ich ihn zu greifen bekam.

Zurück blieb nichts als Panik.

Eisige, alles ausfüllende Panik.

»Warum?« Ich musste Zeit schinden, um eine Lösung zu finden.

»Das geht dich nichts an.«

»Und wenn ich nicht mitmache?«

»Wird morgen jeder wissen, mit wem du es treibst. Deine Sekte würde dich rauswerfen, oder?«

»Geh mir aus dem Weg.«

Er baute sich im Durchgang auf. »Danach.«

Wie ich sein Lächeln verabscheute.

Wie sehr ich Sid verabscheute.

Ausweg!

Ich. Brauchte. Einen. Ausweg!

Anscheinend wich ich nach hinten aus, denn ich spürte die Fliesen und den Schlauch der Handbrause im Rücken. Sid nahm mein Zurückweichen zum Anlass, näher zu kommen. Sein Handy richtete er erneut auf mich.

Ich könnte versuchen, an ihm vorbeizurennen.

Aber hier gab es zu wenig Platz.

»Geh, Sid.«

»Hör mit dem Gezicke auf. Ich habe keine Lust, die Nacht in der Dusche zu verbringen.« Er kam vor mir zum Stehen, nahm den Träger meines Badeanzugs und ließ ihn auf meine Haut zurückschnipsen. Ich tastete hinter mich, kam gegen die Duschknöpfe und Wasser setzte zusammen mit grellbunten Lichtern und schriller Musik ein. Ich bekam beides nur am Rande mit, umklammerte den Schlauch, während er vor mir stoppte. Ohne sich darum zu kümmern, dass es seine Kleidung durchnässte.

Das schwarze Loch fraß wieder alle Gedanken, bis auf diesen einen, tosenden: *Ich musste hier raus.*

Sid legte die freie Hand an meine Hüfte, schien mich zu sich heranziehen zu wollen.

Er kam nicht mehr dazu.

Ich knallte ihm die Handbrause gegen die Stirn.

Er schrie auf, sank in die Knie und presste die Hände in sein Gesicht. »Du verdammter Freak«, schrie er, als ich an ihm vorbeirannte. »Dafür bringe ich dich um!«

Ich flüchtete durch die Umkleide hinaus auf den Flur. Meine Sachen ließ ich zurück.

Alles, was zählte, war, dass mich Sid nicht erwischte.

Kapitel 19

Ich riss die schwere Glastür vom Schwimmtrakt auf, stürzte auf die verlassenen Schulflure.

Wie viel Zeit würde mir bleiben, bis Sid die Verfolgung aufnahm?

Dass er das würde, bezweifelte ich keinen Augenblick. Mein Herz überschlug sich beinahe, als mich endlich die Kühle des Abends empfing.

Meine Zähne klapperten, während ich über Mr Hemskeys geheiligte Rasenfläche zum Rad rannte. Ich war nass, trug nur einen Badeanzug, nicht einmal für Schuhe hatte es gereicht und doch war ich mir sicher, dass nicht die Kälte für meine klappernden Zähne verantwortlich war.

Kaum erreichte ich das Rad, sprang ich auf und fuhr los. Hinter mir glaubte ich zu hören, wie eine Tür ins Schloss fiel. *Sid.* Doch sicher war ich erst, als er meinen Namen rief.

Er hatte ein Auto, ich nur mein Fahrrad.

Diese verdammte Panik hielt mich in ihrem Klammergriff gefangen, ausgerechnet jetzt, wo ich meinen Verstand dringend brauchte.

Sid würde ebenfalls die Straße nehmen.

Also musste ich abseits davon fahren - durch den Wald, nah genug an der Fahrbahn, um sehen zu können, was vor mir lag. Und so weit weg, dass Sid mich nicht fand.

Scheinwerfer leuchteten links an der Straße auf und ich stoppte hinter einem besonders breiten Baumstamm, warf das Rad auf den Boden. Er konnte mich hier nicht sehen, aber ich wollte kein unnötiges Risiko eingehen. Es piekte unter meinen Füßen, während das Auto betont langsam vorbeifuhr, obwohl auf der Strecke regelmäßig gerast wurde.

Sid?

Er würde nicht aufhören, nach mir zu suchen, und der Abend hatte erst begonnen. Wenn die Dunkelheit richtig einsetzte, war ich verloren. Ich zwang mich wieder aufs Rad.

Über den Waldboden zu fahren, wäre schon tagsüber eine Zumutung gewesen. Der unebene Boden verlangte mir alles ab, während mir Äste Arme und Beine zerkratzten. Mehr als einmal spielte ich mit dem Gedanken, das Rad zurückzulassen und zu rennen, aber ich brauchte es für das Stück, bei dem ich gezwungen war, meine Deckung zu verlassen. Außerdem trug ich keine Schuhe und im Halbdunkel barfuß durch den Wald zu flüchten, kam mir noch mieser vor.

Immer wieder fanden sich auf der Straße Scheinwerfer und jedes Mal blieb mir das Herz stehen, bis ihre Lichter verschwanden.

Erleichtert war ich dennoch nicht, als ich den Wald verließ. Das nächste Stück war das schlimmste. Dafür musste ich meine Deckung aufgeben und auf die Straße wechseln. Hier war ich ungeschützt.

Wenn ich nur wüsste, wo Sid gerade war.

Es gab zwei Möglichkeiten, wohin ich flüchten konnte.

Würde Sid die richtige wählen?

Es war so leer wie üblich. Hier standen nur eine Handvoll protziger Villen in größenwahnsinnigen Abständen. Ich raste die Straße entlang, vorbei an weißen und schwarzen Gittern, die den Besitz einzäunten, und Laternen, die alles in ein skurril friedliches Licht tauchten.

In mir war nichts friedlich.

Die Bebauung wurde unregelmäßiger und ich bog in eine weitere Straße ein. Eine, die sogar noch seltener genutzt wurde, weil es hier nur ein einziges Anwesen gab.

Ich hatte mein Ziel fast erreicht, sah schon das Metalltor von Fynns Eingang aufblitzen, da hörte ich ein Auto näher kommen, und zwar schneller, als es sollte.

Mist, Mist, Mist!

Das einzige Versteck bildete der Baum auf der anderen Straßenseite und der reichte bei Weitem nicht aus. Endlich erreichte ich das Tor und tippte mit zitternden Fingern den Code ein. Das vertraute Surren ertönte und ich riss das Türgitter auf. Ich warf es hinter mir zu und stoppte versteckt an der Mauer. Mehr Zeit blieb mir nicht.

Das Brummen des Autos erklang von der Auffahrt.

Ich presste mich an die Steinwand und hoffte, dass es weiterfuhr. Doch es stoppte. Scheinwerfer fluteten auf, beleuchteten den Weg zu Fynns Wohnung und sein Auto, das dort stand.

Sid.

Er wollte überprüfen, ob ich bei Fynn war.

Der Motor lief, während ich mich an die raue Mauer presste, dabei das Rad umklammerte und betete, dass Sid nicht ausstieg.

Dass er die Kombination vom Tor nicht kannte.

Mit dem Rad wäre ich schneller.

Doch aus Fynns Wohnung drang kein Licht.

Was, wenn Fynn im Haupthaus war?

Wenn er dort trainierte oder sich mit Essen versorgte?

Der Motor dröhnte.

Ich zitterte.

Keine Ahnung, was Sid mit mir anstellen würde, wenn er mich in die Finger bekam. Ich wusste nur, dass es schlimm werden würde.

Die Scheinwerfer beleuchteten weiter die Auffahrt, schienen nur darauf zu warten, dass ich die Beherrschung verlor. Meine Fluchtinstinkte drängten mich, loszurennen und so viel Abstand wie möglich zwischen uns zu bringen. Also presste ich mich fester gegen die Mauer, spürte die Rauheit der Steine an meinem Rücken.

Und dann – endlich – wackelten die Scheinwerfer, um im nächsten Augenblick zu verschwinden.

Trotz des Lichts der Laternen wirkte die Auffahrt nun beinahe dunkel.

Herrlich einladend dunkel.

Ich zwang mich dennoch zu warten, zählte die Sekunden, bis auch die letzten Geräusche des fahrenden Autos verklangen, dann rannte ich los.

Heute kam mir der Weg endlos vor. Kaum erreichte ich die Haustür, drückte ich die Klingel und wartete. Mein Herz trommelte so heftig, als wollte es sich einen Weg aus dem Brustkorb schlagen.

Nichts geschah.

Ich drückte noch einmal und direkt ein drittes Mal. Gestern hatte ich Xander für seinen Klingelsturm verflucht, jetzt war ich es, die nicht aufhören konnte zu klingeln. Aus der Ferne bildete ich mir ein, das Geräusch eines weiteren Autos zu hören.

Oder des gleichen?

Kam Sid zurück?

Bevor ich mich entschied, ob ich wieder zur Mauer rennen sollte, beleuchtete Licht die vor dem Fenster liegenden Vorhänge.

Fynn war da!

Mein Herz zersprang beinahe vor Erleichterung.

Endlich öffnete sich die Tür und ich sprang hinein, knallte sie hinter uns zu.

Geschafft.

Der Gedanke drang nicht richtig zu mir durch.

Die Angst war wie ein zu enger Mantel, der mich umschloss.

Ich bekam sie nicht abgestreift.

»Was ist los?« Fynn tauchte vor mir auf, die Haare so verstrubbelt, dass er wirkte, als hätte ich ihn aus dem Bett geklingelt. Dafür sprach auch sein müder Blick, der nun entgeistert über mich strich und an dem Badeanzug hängenblieb. »Was …?« Er setzte zu einer neuen Frage an und verstummte. Kein Wunder, so wie ich hier vor ihm stand. Zitternd, schmutzig, mit nassen Haaren, nur im Badeanzug, und das mitten im Herbst.

An seiner Stelle würden mir auch die Worte fehlen.

»Maya?«, flüsterte Fynn nun so behutsam, als fürchtete er, ich würde bei lauteren Tönen zerspringen.

Ich konnte nicht reden.

Schon Denken überforderte mich.

Mein Kopf war angefüllt mit Bildern.

Der Dusche.

Sid.

Der Panik, die mich verschluckte.

Ein Summen durchbrach die Stille, in der ich erfolglos versuchte, Worte zu formen. Ich riss den Kopf herum, fand Fynns

Handy an dem üblichen Platz auf der Kücheninsel. Vibrierend lag es dort und wartete auf jemandem, der sich seiner annahm. Doch Fynn rührte sich nicht. Ich aber stürzte nach vorn, riss das Handy an mich und sah, was ich befürchtet hatte.

Sid grinste mir auf dem Display entgegen, prostete mir mit einem Cocktail zu. Neben ihm stand Fynn, zwei oder drei Jahre jünger, ebenfalls grinsend. Ihn dort zu sehen, war noch schlimmer als Sids Gesicht. Das Bild strahlte eine erschütternde Vertrautheit aus.

»Geh ran.« Die zwei Worte schafften es durch den Sumpf, in den sich mein Verstand verwandelt hatte. Ich hielt ihm sein Handy entgegen.

»Was geht hier vor sich?« Fynn klang zwar weiterhin behutsam, aber er würde sich wohl nicht mehr lange mit meinem Schweigen begnügen.

»Das ist Sid«, stieß ich unnötigerweise aus. »Rede mit ihm.«

»Warum?«

»Ich erkläre es dir danach.« Wenn Fynn nicht dranging, würde Sid ahnen, dass ich zu ihm geflüchtet war. Ob er dann hier auftauchen würde? Dieser Mantel aus Angst spannte sich enger um mich und presste meinen Brustkorb ein.

Fynn stieß frustriert den Atem aus, nahm aber das Handy, drückte darauf und Sids Stimme ertönte. »Was machst du?«

»Nichts. Ich hab geschlafen. Du hast mich geweckt.«

Sid lachte rau und ich bildete mir ein, Erleichterung darin zu hören. »Was hältst du davon, wenn wir uns jetzt gleich im OZN treffen? Die haben ein paar neue heiße Kellnerinnen.«

»Keine Ahnung.« Fynns ungläubiger Blick huschte zu mir herüber und seine Augen vergrößerten sich entgeistert angesichts meines Nickens. »Warum nicht?«, erwiderte er mit dem perfekten Maß an Gelassenheit, während er gleichzeitig den Kopf schüttelte, als könne er nicht glauben, was hier geschah. »Klingt gut.«

»Ja, dachte ich mir. Seit dieser Mathesache läuft es ja nicht bei uns und es wird Zeit, das endlich hinter uns zu lassen. Wir haben uns geschworen, dass nie eine Frau zwischen uns stehen wird, oder?«

»*What the fuck?*«, formten Fynns Lippen in meine Richtung, während er gleichzeitig nickte, bis ihm wohl einfiel, dass Sid sein Nicken nicht wahrnehmen konnte. »Klar. Dann fahr ich jetzt los?«

»Mach das und bestell mir was. Ich bin gleich da.« Er legte auf und im nächsten Moment landete das Handy auf der Kücheninsel.

»Ich will Antworten!« Im Gespräch mit Sid hatte er sich kaum eine Regung anmerken lassen, nun stürmte es im Vergissmeinnichtblau und eine tiefe Falte grub sich in seine Stirn. »Jetzt!« Sein Blick blieb erneut an meinem Badeanzug hängen. »Nein«, korrigierte er sich selbst. »In zwei Minuten.« Er verschwand im Schlafzimmer, kam mit einer Decke zurück, die er um mich wickelte, bevor er mich aufs Sofa verfrachtete. »Tee oder Gin?« Die Falte in seiner Stirn vertiefte sich, als ich trotz Decke weiterzitterte. Auf der Flucht hatte ich die Kälte nicht wahrgenommen, jetzt fühlte sich mein Körper an, als bestünde er aus Eis. »Beides«, beschloss er, nachdem ich mich außerstande sah zu reden. All meine Worte hatte ich gerade verbraucht. Fynn verschwand erneut, kehrte mit dem Telefon zurück. »Falls du in der Siedlung anrufen möchtest.«

Verdammt.

Nun blieb mir nichts anderes übrig, als zu reden. Mit zittrigen Fingern tippte ich die Nummer von Magnus' Anschluss ein. Es gab nur wenige Telefone bei uns und eines davon stand bei ihm, damit er schnell die Neuigkeiten von außerhalb erfuhr.

In meinem leeren Kopf suchte ich eine Ausrede und fand keine, bevor sich am anderen Ende jemand meldete.

»Ja?« Nicht Magnus.

»Xander.« Wer hätte gedacht, dass ich einmal erleichtert wäre, ihn zu hören?

»Wo steckst du?« Eisige Wut stieß mir entgegen. »Hast du eine Ahnung, in welche Schwierigkeiten du mich bringst?«

»Ja. Nein.« Zu denken war verdammt anstrengend. »Ich bleibe heute Nacht bei Fynn. Kannst du Magnus irgendetwas sagen, was ihn nicht Dad verständigen lässt?«

»Du erwartest, dass ich für dich lüge? Dass ich deine Regelverstöße auch noch decke?«

»So ist es nicht.«

»Hat Fynnigan dir was getan?« Offenbar hatte Xander bemerkt, dass etwas an mir anders war als sonst.

»Nein!« Zumindest dieses Wort klang noch nach mir. »Bitte. Ich würde nicht fragen, wenn mir eine Wahl bliebe.«

Er schwieg einige Sekunden. »Dafür habe ich was bei dir gut.« Er legte auf und ich atmete tief aus. *Geschafft.*

Fynn kam mit einem Glas Gin und einer dampfenden Tasse Tee zurück, die er auf den Tisch vor mich stellte. Erst dann setzte er sich zu mir und wartete darauf, dass ich redete.

Wie konnte es nur so verdammt schwer sein, Worte zu bilden?

»Sid.« Ich zwängte mir seinen Namen ab, hoffte, der Rest würde sich finden, wenn ich erst einmal einen Anfang machte. »Er hat das Foto - er hat alle.« Meine Stimme zitterte nun ähnlich wie ich und ich sank tiefer unter die Decke.

»Sid? Bist du ...?« Fynn stoppte. »Er kennt meine Spindkombination. Er könnte sich mein Handy genommen haben, während ich trainieren war.« An ihn hatte keiner von uns gedacht. *Weil wir geglaubt hatten, der Täter wolle Fynn erpressen.* Der Gedanke kam wohl auch ihm. Sein Blick hielt meinen fest und gleichzeitig schien er Mühe zu haben, die Frage auszusprechen, denn er setzte zweimal dazu an. »Was wollte er diesmal? Die Abschlussprüfungen?« Das Flackern in seinen Augen, die Anspannung in seinem Körper, beides machte überdeutlich, dass Fynn ahnte, dass die Antwort in eine andere Richtung ging, und er dennoch betete, dass dem nicht so war.

Die Kälte riss an mir.

»Maya?«

Ich schloss die Augen, atmete.

Bildete mir ein, die Fliesen in meinem Rücken zu spüren.

Das Krachen zu hören, mit dem die Handbrause gegen seine Stirn schlug.

»Fotos von mir.«

Fynn sog die Luft ein und schien sie anzuhalten. Stille spannte sich über uns wie ein Zelt und hüllte uns ein. Behutsam legten sich seine Finger neben mich auf das Sofa. Eine kaum wahrnehmbare Bewegung und doch fand ich die Frage darin. Ich zögere einen Moment lang, dann schob ich die linke Hand unter der Decke hervor, nur so weit, dass sich unsere Fingerspitzen berührten.

Das war gerade alles, was ich an Körperkontakt aushielt. Und gleichzeitig das Minimum, was ich brauchte, um nicht zu zersplittern.

»Nachdem die anderen fort waren, war ich duschen und Sid tauchte plötzlich auf, filmte mich.« Es war schwer, die Worte an dem Knoten in meinem Hals vorbeizuschieben. »Ich wollte gehen, aber er hat es nicht zugelassen. Dann ist er näher gekommen. Er versuchte, mich zu berühren und …«

Ich musste nicht zu Fynn schauen, um seine Anspannung wahrzunehmen, sie füllte auch so den ganzen Raum aus. »Ich habe ihm die Handbrause an den Kopf geschmettert und bin losgerannt.«

Fynn schwieg, während er sanft gegen meine Fingerspitzen drückte. Mich wissen ließ, dass er bei mir war, auch wenn ihm für den Moment die Worte fehlten. Als er sie fand, war seine Stimme so rau, als hätte sich in seinem Hals ebenfalls ein Knoten gebildet. »Ich ruf die Polizei.«

»Nein!«

»Das ist gerade nicht der richtige Platz für eure Ablehnung von staatlichen Obrigkeiten!«

»Nein!«

»Maya.« Fynn sah aus, als würde er gern schreien. »Er hat dich unter der Dusche bedrängt!«

»Ja«, erwiderte ich. »Mich! Deswegen entscheide ich. Keine Polizei.«

Fynn stieß ein Seufzen aus, das klang, als wäre dieser Punkt noch nicht abschließend diskutiert. »Dann ruf ich Mr Hemskey an.«

»Ich kann nicht mit ihm darüber reden.« Schon mit Fynn zu sprechen, war ein Kraftakt.

»Er muss davon erfahren.«

»Was ist mit dem Pakt der Verona Hall?« Ich griff nach dem nächstbesten Strohhalm. »Niemand verrät die anderen?«

»Es gibt Grenzen, Maya!« Er deutete auf meine schmutzigen Füße, die aus der Decke hinausschauten, weil ich Fynns Bettwäsche nicht ruinieren wollte. »Wir haben die Grenze dermaßen überschritten«, fuhr er fort und zog ungerührt die Decke über meine eisigen Füße. Dann beugte er sich vor, griff nach dem Teebecher und dem Glas Gin und hielt sie mir hin. Ich wählte den Tee und Fynn nahm einen großen Schluck vom Gin, bevor er beides zurück auf den Tisch stellte.

»Es bringt nichts, mit Mr Hemskey zu reden.«

»Das sehen wir dann. Wenn es nicht hilft, lasse ich mir etwas anderes einfallen. Sid kommt damit nicht davon!«

Ich sah in das Gesicht, das mir so vertraut war, fand zusammengepresste Lippen, das Blau seiner Augen, das heute viel dunkler wirkte, seinen Blick und die Entschlossenheit darin. »Bereit?«, fragte er und griff nach dem Telefon.

Nein.

Ich wollte nicht mit Mr Hemskey reden.

Diese Angst wieder spüren.

Ich schüttelte den Kopf.

Fynn ging vor mir in die Hocke. »Du weißt noch, dieses Team-Ding? Du musst das hier nicht allein durchziehen. Was hältst du davon, wenn ich ihn anrufe? Sollte er Fragen haben, sag ich dir Bescheid. Du redest später mit ihm, sobald du dich besser fühlst. Lass mich in dein Team.« Fynn mühte sich ein Lächeln ab, das verunglückte. Ich nickte, musste nicht einmal darüber nachdenken. Er wollte gerade aufstehen, da hielt ich ihn auf, legte meinen Kopf an seine Schulter. Er schien nur darauf gewartet zu haben, dass ich den ersten Schritt tat, strich mir behutsam übers Haar.

»Kennt Sid den Code vom Tor?« Die Vorstellung, dass er gleich vor der Tür stand, presste mir die Luft ab.

»Nein, den kennst nur du.« Damit entzündete Fynn ein winziges Licht in meiner Finsternis. Er hatte mir den Code gegeben, als wir nebeneinander in meinem Bett gelegen hatten. Lange bevor ich dazu bereit gewesen war, mich auf ihn einzulassen.

Ein weiteres Mal brach Fynn meine Dunkelheit auf.

Kapitel 20

Fynn

Ich fühlte mich wie ein gruseliger Stalker und doch konnte ich nicht aufhören, Maya anzusehen. Es war beruhigend, ihr beim Schlafen zuzuschauen, und ich brauchte dringend Beruhigung.

Zum ersten Mal hatte ich sie im Schulkeller dabei beobachtet. Da war ich vor ihr aufgewacht und nicht bereit gewesen aufzustehen, weil mein Arm um sie geschlungen war - wie beim Einschlafen. Das hatte sich bedeutsam angefühlt und gleichzeitig so verdammt natürlich. Seitdem sah ich ihr hin und wieder dabei zu, wenn ich vor dem Weckerklingeln wach wurde. Es hatte lange gedauert, bis sie eingeschlafen war. Im Schlaf sah man ihr nichts von den düsteren Ereignissen an. Ich baute darauf, dass das ein gutes Zeichen war. Sie schlief wie immer, die Arme unter ihren Kopf geschoben. *Wie konnte das nur ansatzweise bequem sein?* Ich musste sie dringend danach fragen – wenn uns irgendwann einmal Zeit dafür blieb.

Dort im Schulkeller hatte ich gewusst, dass es kompliziert werden würde. Was ich von Maya wollte, unterschied sich drastisch von dem, wonach mir sonst der Sinn stand. Ich hatte das hier gewollt. Mit ihr im Arm einschlafen und sie morgens dabei beobachten, wie sie wach wurde. Damals hatte ich gedacht, wenn Maya uns erst eine Chance gab, würde sich der Rest finden. Gut, ihre Leute würden noch schockierter reagieren als meine, aber sich irgendwann daran gewöhnen.

Jetzt lag ich Monate später hier mit ihr im Arm und wusste, dass meine Überlegungen Bullshit gewesen waren. Eine Katastrophe jagte die nächste und uns blieb kaum Zeit zum Luftholen. Und ich wusste, dass Maya nicht vorhatte, zu uns zu stehen.

Nicht heute.

Nicht nächsten Monat.

Nicht nächstes Jahr.

Das fühlte sich erschreckend mies an.

Das Schlimmste aber war, dass ich deswegen nicht einmal wütend auf sie sein konnte. Sie würde ihre Familie verlieren und im Gegensatz zu mir bedeutete die ihr etwas. Ich liebte Maya zu sehr, um das von ihr zu fordern. Wir würden also ein Leben unter dem Radar des Kreises führen – was sich bereits jetzt unmöglich anfühlte. Doch dafür mussten wir es zuerst gemeinsam von hier fortschaffen. Nun war Maya in dieser Familie untergebracht, die offenbar aus chronischen Schlägern bestand, und ich hatte meinen ehemals besten Freund ans Messer geliefert.

Ja, irgendwann würde ich gern einmal wieder Luft holen. Mein Blick war kurz zum Wecker gehuscht, kehrte aber sofort zu Maya zurück.

Ich war bekannt dafür, kopflose Wagnisse einzugehen.

Es fühlte sich an, als könnten wir beide das Größte von allen werden.

Acht Stunden war es her, dass ich mit Mr Hemskey verhandelt hatte, doch ständig kehrten meine Gedanken dahin zurück. Überlegten, ob wir an alles gedacht hatten – oder vielmehr, ob ich an alles gedacht hatte. Maya hatte nur dagesessen, sich Nicken abgemüht, wann immer ich fragend zu ihr gesehen hatte.

Unser Direktor war sofort nach meinem Anruf losgefahren und hatte Sids Eltern aus dem Schlaf geklingelt. Sid selbst hatte seinen Frust tatsächlich in der Bar weggespült. Als er auftauchte, begleitete ihn laut Mr Hemskey eine Alkoholwolke. Es war wohl eher der Alkohol, der sein Schwanken verursachte, und nicht der geschwollene Stirnbereich, zu dem sich Sid vehement ausschwieg. Es brauchte die scharfe Drohung eines Schulverweises, um ihn dazu zu bringen, Mr Hemskey sein Handy zu überlassen. Und mit dem zusammen hatte der dann vor meiner Tür gestanden. Sid war klug genug gewesen, um die Videos von Maya zu löschen, aber Handys waren ID-Karten nicht unähnlich. Die Wahrheit fand sich darauf, man musste nur wissen, wo man suchen musste. Es brauchte nur meinen Rechner und ein paar Minuten, um die zuletzt gelöschten Dateien wiederherzustellen.

Und dort stand sie.

Unter der Dusche.

Maya.

Die Angst in ihren Augen pulverisierte mein Herz.

Und der Staub setzte sich in mir fest.

Ich hörte sie schreien, Sid solle verschwinden.

Er blieb.

Filmte weiter.

Und dann war da eine Bewegung neben mir. Ich drehte mich um und fand Maya, die sich bis dahin im Schlafzimmer verkrochen hatte. »Nicht, Fynn.«

Ich war mir nicht sicher, wen von uns beiden sie hiervor bewahren wollte. Sie beugte sich vor, stoppte das Video selbst und gab das Handy mit bebenden Fingern an Mr Hemskey zurück. Der räusperte sich. »Falls Sie über das Geschehene mit jemanden reden wollen, ich hätte da …«

Weiter kam er nicht. »Nein«, sagte Maya und so, wie sie das Wort aussprach, klang es endgültig.

Sie wollte nicht reden.

Mit niemandem.

»Wir fordern einen Schulverweis«, sagte ich tonlos. »Sid hat die Schule nicht mehr zu betreten.«

Mayas Augen wirkten so beängstigend leer. Sie schien zu bemerken, dass ich zu ihr sah, und das, was sie sich abzwang, konnte mit viel gutem Willen als Nicken durchgehen. *Vielleicht hatte ich mich bei diesem Team-Ding übernommen. Wie sollte ich wissen, was Maya brauchte?* Gerade dachte ich das, da sank sie neben mich. Sie trug einen meiner Schlafanzüge und ihre Füße versanken in der Hose, als sie die Beine vor sich auf dem Sofa abstellte. Es wirkte wie eine Festung, die sie um sich baute.

»Außerdem verlangen wir eine Schweigeerklärung von ihm. Wenn er darüber redet oder Mayas Namen fallen lässt, zeigen wir ihn an.«

Mr Hemskey betrachtete Maya, die wirkte, als wünschte sie sich eine Decke, um sich darunter zu verstecken. Wir ahnten wohl beide, dass sie sich weigern würde, auch nur ein Wort zu einem Polizisten zu sagen. *Heute war einer dieser Tage, an denen ich mit ihrer Kreis-Zugehörigkeit zutiefst haderte.* »In Ordnung«, sagte er dennoch. »Ich kenne die Direktorin eines renommierten Internats. Das wäre vielleicht für alle Beteiligten eine sinnvolle Option.«

Als ich zu Maya sah, erntete ich ein verspätetes Nicken.

Ich brachte Mr Hemskey noch zur Tür, verabredete, dass er uns für morgen beurlaubte, bevor ich mich wieder zu Maya setzte. Beinahe erwartete ich, dass sie so regungslos blieb, doch ihre Beine rutschten das Sofa hinunter und ihr Kopf fand meine Schulter. Seidiges Haar kitzelte meinen Hals und warmer Atem hüllte mich ein. »Danke«, flüsterte sie und schob diese Unsicherheit in mir langsam fort.

Seit acht Stunden spukte das Gespräch in meinem Kopf herum. Wahrscheinlich würde es dort bleiben.

Es fühlte sich an, als hätte es sich darin festgesetzt.

Zusammen mit den Bildern von Sids Handy.

Mein Blick fuhr einmal mehr Maya entlang, deren Wimpern bereits zuckten. *Sie hatte nicht lange geschlafen und so wie es aussah, würde sie demnächst schon wieder aufwachen.*

In ein paar Stunden würde sie gehen und ich konnte sie nicht beschützen.

Weder vor ihren Leuten noch vor meinen.

Die ganze Welt war aus dem Gleichgewicht geraten und nun schien alles denkbar - weil nichts mehr sicher war.

Sie streckte sich, aber heute zog ich sie nicht wie sonst zu mir. Seit gestern versuchte ich, ihr Raum zu lassen, damit sie selbst entscheiden konnte, ob ihr nach Nähe war. Keine Ahnung, ob das richtig war, doch es fühlte sich danach an.

Maya öffnete die Augen, die nicht strahlten wie sonst.

»Du hast es wieder getan«, stellte sie sanft fest. Immerhin hatte ihre Stimme etwas Farbe angenommen. Die Aussicht, Sid nie mehr wiedersehen zu müssen, schien ihr zu helfen. »Irgendwann stelle ich mich schlafend und erschrecke dich dann.«

»Klingt nach einer interessanten Abwechslung.«

Sie rutschte zu mir, legte ihren Kopf auf meine Brust und ich war erleichtert über die Selbstverständlichkeit, die darin lag. »Außerdem habe ich dich nicht nur beobachtet, ich habe auch Pläne gemacht.«

Ich erntete ein winziges Lächeln. »Du hasst Pläne.«

»Manchmal mache ich dennoch welche. Ich überlege, wie ich dich dazu überredet bekomme, mit mir abzuhauen.« Ich versuchte zu scherzen, wusste nicht, ob mir das gelang. »Magst du Inseln? Ich kauf dir eine.«

Langsam kehrte das Blitzen zurück, diese Lebendigkeit in ihrem Blick. »Interessanter Plan, aber nein. Wenn du mir eine Bibliothek versprochen hättest, wäre ich schwach geworden, nun ist der Überraschungseffekt dahin.« Sie hauchte einen Kuss auf meine Nase. »Ich habe gestern früh die Unterlagen für die Uni rausgeschickt.«

Das sollten wohl gute Nachrichten sein, aber sie erinnerten mich auch daran, dass meine Zeiten nicht gut genug waren und Platzierungen bei den diesjährigen Wettbewerben fehlten, um überhaupt für ein Stipendium infrage zu kommen.

»Wir schaffen es auch ohne«, raunte mir Maya zu und zeigte wieder einmal, dass sie eine sonderbare Standleitung in mein Gehirn besaß. Ich nickte halbherzig.

Würden wir irgendwie.

Ich war ein Ferres. Selbst wenn mein Vater mir die Zahlungen sperrte, würde sich irgendwo jemand finden lassen, der mir Geld lieh, auch auf die Gefahr hin, sich mit ihm anzulegen. Vorausgesetzt, ich nahm meine Würde und polierte damit Türen, die ich sonst nicht einmal berühren wollte, bis sich eine davon öffnete.

Ich war in dieser Welt aufgewachsen und wusste, dass man Gefallen mit Gefallen bezahlte. Man fand sich schneller in diesem Netz aus Abhängigkeiten, als man seine ID-Karte ziehen konnte.

Was waren da schon zwei Wettschwimmen und ein paar zusätzliche Trainingseinheiten?

Ich verscheuchte die dunkle Wolke, die sich um den Gedanken bilden wollte. Eigentlich war ich gut darin, Themen auszublenden, auf die ich keine Lust hatte. Momentan aber schien es, als wäre auch ich aus dem Gleichgewicht geraten - in mehr als einer Hinsicht.

»Ich schwimme morgen wieder. Meine Unterlagen stehen und die Zeiten der Meisterschaft kann ich nachreichen, sobald ich die Titel habe.« Maya zog die Nase kraus und ich wusste, dass sie kurz davorstand, mir ein Dutzend Gründe zu präsentieren, weshalb ich mit dem Training noch warten sollte. »Mir geht es gut. Ich war nur halb erfroren und unterzuckert. Es war eine miese Idee, die ganze Nacht im Regen rumzuhocken.« *Ja, ich war gut darin, Themen zu umgehen, auf die ich keine Lust hatte.* »Jetzt zieh dich an, mein Lieblingsfreak, denn ich sterbe vor Hunger.« Ich setzte mich auf, rechnete beinahe mit Protest, doch Maya blieb ungewöhnlich ruhig. »Was ist?«

»Ich habe keine Kleidung.«

Da war es, das Thema, dem wir beide so gut wie möglich auswichen. Lange war es uns heute nicht gelungen. *Dieser verdammte Abend gestern.* Jetzt wollte ich noch dringender hier weg. Wir brauchten eine Auszeit.

»Ich denke, ich habe eine Idee.«

»Ich mag deine Idee nicht.« Sie zupfte an ihrer kurzen Jeans, als hoffte sie darauf, dass sie sich dadurch wie durch

Zauberhand verlängerte. Es war nur Wochen her, dass Maya in denen vor mir gestanden hatte, in der Nacht meines Auftritts. Heute trug sie zu den Jeansshorts eines meiner Shirts, das kaum über der Hose endete, und darunter schimmerte ihr schwarzer BH hindurch. Am sonderbarsten aber waren meine Schuhe an ihr. Übergroß und klobig hingen sie an ihren Füßen.

»Das ist der schlimmste Boyfriend-Look aller Zeiten.« Ich musste einfach über dieses Potpourri an Kleidungsstücken lachen.

»Will ich wissen, wovon du redest?« Das Zupfen an ihrer Jeans nahm zu.

»Davon, dass wir erst shoppen gehen müssen.«

Das Zupfen stoppte augenblicklich. Gerade hatte sie sich gebückt, wohl um zu überprüfen, wie viel Bein sie zeigte, nun riss sie den Kopf dermaßen abrupt hoch, dass Haarsträhnen in ihr Gesicht fielen. »Ich shoppe nicht!«, protestierte sie so entsetzt, als hätte ich ihr Drogen angeboten.

»Wie kommt ihr dann an Kleidung? Näht ihr sie aus alten Vorhängen? Das erklärt zumindest das eine oder andere Kleidungsstück.«

Dem finsteren Blick nach, den sie mir zuwarf, bewegte ich mich gerade auf hauchdünnem Eis. Dabei hatte ich recht, die Kleidung der Kreisler ließ wahrscheinlich regelmäßig reihenweise Modedesigner in Tränen ausbrechen.

In die himmelblauen Augen vor mir schlich sich diese Art Funkeln, das ich kannte. So hatte mich Maya immer angeschaut, bevor sie mir mit einer ihrer Aktionen zugesetzt hatte. »Nicht ganz«, antwortete sie und der übertrieben harmlose Ton ihrer Stimme machte mich zusätzlich misstrauisch. »Ich zeige es dir.«

Ich hatte keine Ahnung, was Maya plante. Sie schwieg sich aus. Immerhin protestierte sie nicht, als ich darauf bestand, das Auto zu nehmen. Das wohl einzig Gute an diesem kleinen Erschöpfungszusammenbruch.

Wir hatten gerade die Haustür hinter uns geschlossen, als eine Stimme sich in das dumpfe Geräusch unserer Schritte mischte.

»Warum bist du hier?«

Auch das noch.

Mein Vater.

Ich drehte mich um, fand ihn, wie er geradewegs auf mich zukam. Er hatte den Weg durch den Garten genommen und war somit viel zu spät auf meinem Radar aufgetaucht.

»Ausfall«, gab ich zurück. »Ich fehle nicht. Frag bei Mr Hemskey nach, wenn du mir nicht glaubst.« Das würde er eh nicht. Nicht, weil er mir vertraute, sondern weil sein Terminplaner das nicht zuließ.

Er musterte mich mit diesem Blick, der sich jedes Mal anfühlte, als schätzte er ein, wie groß seine heutige Enttäuschung über mich war. Zumindest teilte er mir das Ergebnis nicht mit. Er sprang direkt zu wichtigeren Themen. »Was ist los mit dem Sohn von Ethel und Lexor?«

»Welchen meinst du? Sie haben zwei davon.« Ich spielte auf Zeit, sah zu Maya und fand das Bild, das ich erwartet hatte. Alles an ihr wirkte so angespannt, als würde sie jeden Augenblick unter dem Druck explodieren. Und bisher ahnte sie wohl nicht einmal, in welche Richtung dieses Gespräch gerade ging.

»Einen von denen halt.« Er konnte sich Namen erst merken, wenn sie wichtig für ihn wurden. Die Namen meiner Freunde gehörten bisher nicht dazu.

»Sidney?« Ich änderte meine Taktik. Vielleicht war das hier wie ein Pflaster, wurde es schnell genug abgerissen, ersparte man sich etwas von dem Schmerz. *Oder so ähnlich.* Hinter mir bildete ich mir ein, Maya lautstark aufatmen zu hören. Dieses Gespräch sollte ich möglichst kurz halten.

»Warum ist er von der Verona Hall geflogen? Ihr seid doch befreundet?«

»Sind wir nicht mehr«, erwiderte ich eisig. »Wenn du etwas wissen willst, ruf Mr Hemskey an.«

Seine Miene sprach Bände, offenbar hatte er das bereits probiert, aber der war nicht ans Telefon gegangen. *Klug von ihm.*

»Was interessiert dich das überhaupt?« Das tat es doch sonst nicht.

»Seine Eltern sind Teil meiner neuen Imagekampagne. Es sieht nicht gut aus, wenn ihr Sohn gerade jetzt von der Schule fliegt. Das ist ein gefundenes Fressen für diese Weltverbesserer-Spinner.«

Maya stieß ein entrüstetes Schnauben aus, aber mein Vater schien es nicht einmal wahrzunehmen. Er interessierte sich allein für seine Pläne und daher bohrte sich sein Blick weiter wie ein überdimensionaler Splitter in mich.

»Keine Ahnung, was vorgefallen ist. Ich muss los. Lerngruppe für die Abschlussarbeiten.« Rasch drehte ich mich um, registrierte, dass es höchste Zeit war, denn Maya wirkte, als stünde sie kurz davor, sich auf meinen Vater zu stürzen. *Verständlich.* Aber das würde unsere Probleme gerade ins Unermessliche steigern. Ich legte den Arm um sie, schob sie in Richtung Auto und sie gab nach.

»Die kenn ich doch?« Verspätet hatte mein Vater nun auch Maya wahrgenommen und sich zu allem Übel daran erinnert, dass sie damals im Krankenhaus gewesen war.

Großartig.

Nicht.

Seine Schritte mischten sich unter unsere, offenbar kam er uns nach. »Kenn ich deine Eltern?«

Maya stoppte abrupt, wurde so starr und unbeweglich wie ein Brett.

Ihre Eltern.

Ihre Mutter.

Er stieß in den wunden Punkt, den er mitverschuldet hatte. Ich sah zu ihm, registrierte, wie er Maya musterte, ihre seltsame Kleidung, und herauszufinden versuchte, wo sie in der gesellschaftlichen Ordnung stand.

»Wir müssen los.« Ich zog an ihr und sie stolperte beinahe in den übergroßen Schuhen, als ich sie auf den Beifahrersitz schob und selbst hinters Lenkrad huschte. Mein Vater beobachtete zwar, wie ich den Wagen startete und losfuhr, aber er würde wohl kaum etwas an dem übereilten Abschied sonderbar finden.

Schließlich flüchtete ich andauernd vor ihm.

»Entschuldige«, raunte ich Maya zu, als wir auf die Straße einbogen. Noch so eine Sache, die ich hätte verhindern sollen.

»Es gibt nichts zu entschuldigen.« Ihre Finger legten sich auf mein Bein. »Du bist nicht er.«

Ich hob ihre Hand an meine Lippen und küsste sie, während ich mehr Abstand zu meinem Vater brachte.

Kapitel 21

»Was soll das hier sein?« Ich stand vor diesem … *Etwas* und konnte mir keinen Reim darauf machen. Dass Maya Mühe hatte, nicht in Lachen auszubrechen, verstärkte meine Verwirrung.

»Nenn es Horizonterweiterung, Fynnigan.«

»Abgeranzt trifft es besser.«

Ich starrte das staubige Fenster an, das mit so vielen Flyern beklebt worden war, dass man den dunklen Raum dahinter nur erahnte. Einige der Plakate kündigten Demos an, auf einem stand der Termin für eine offene Fahrradwerkstatt. Die Flyer waren stümperhafter als die unserer Band, dennoch erinnerten sie mich an unsere Auftritte. Es war eine gute Zeit gewesen, doch kaum dachte ich das, schob Maya die Hand in meine und ich wusste, dass das hier besser war. Trotz allem.

»Du verrätst mir also nicht, warum wir mitten im Nichts stehen?«

»Finde es heraus.« Mit der Maya-typischen Begeisterung zerrte sie mich mit sich und das war heute außerordentlich beruhigend. Sie zog an der Tür und zu meiner Verblüffung öffnete die sich sogar. Von außen wirkte es, als stünde der Laden seit Jahren leer.

War das überhaupt ein Laden?

Warum war es darin dann dunkel?

Kaum dachte ich das, drückte Maya auf den Schalter und Licht brannte auf, gerade so weit, dass man sehen konnte, was sich vor uns aufbaute.

Nein.

Das hier war kein Geschäft.

Es war Chaos in seiner reinsten Form.

Bis unter die Decke reichten die vollgestopften Regale. Darin fanden sich Tassen und Teller, neben Büchern, Reitkappen und tausend anderen Dingen. Alles, was man sich nur vorstellen konnte, tummelte sich hier auf Regalböden. Und weil der Platz nicht ausreichte, waren voll beladene Tische aufgebaut. Aus Kisten starrten mich Puppen mit Porzellangesichtern aus toten Augen an.

In den Geschäften, die ich sonst betrat, lagen maximal zwei Anschauungsobjekte auf einem Regalbrett, das mit passivem Licht angestrahlt wurde. Interessierte ich mich für etwas, brachte mir ein Verkäufer das Kleidungsstück in der passenden Größe und gleichzeitig einen Kaffee mit einem dieser winzigen Cookies. Hier kam wohl eher kein Verkäufer mit einem Heißgetränk um die Ecke.

Schade.

Mein Blick streifte die Puppengesichter erneut.

Ich hätte einen Kaffee brauchen können.

Maya zog mich weiter und weil es so verdammt schwer war, ihr etwas abzuschlagen, tauchte ich tiefer mit ihr in dieses Sammelsurium ab. Zielgenau stoppte sie vor einem halben Dutzend Kleiderstangen, an denen Stoffe in allen Farben und Mustern aneinanderdrängten.

Offenbar hatten wir die Ausstattungsquelle der Freaks gefunden.

»Zu viel für dich?« Sie lächelte zwar, als sie zu mir schaute, aber das Flackern in ihrem Blick verriet ihre Nervosität. Dieser Ort war ihr wichtig. Sie hoffte, dass er mir gefiel.

»Die Horrorpuppen haben mich ein wenig aus dem Konzept gebracht. Was ist das hier?« Ich suchte nach einem Schild und stockte an einer gespannten Wäscheleine, über der ein schrill gemustertes Bettlaken hing. »Und wo wir dabei sind, was genau ist das?« Ich ahnte die Antwort und konnte sie dennoch nicht fassen. *War das in ihrer Welt wirklich eine Ankleide?*

»Hier werden Dinge gesammelt, die andere Menschen nicht mehr brauchen. Du kannst dir etwas nehmen oder abgeben.« Maya deutet auf die Kisten, die sich in der Nähe des Eingangs stapelten.

»Wo bezahlt man?« Es gab keine Kasse und offenbar niemanden, der abkassierte.

»So ist das nicht. Du nimmst dir das, was du benötigst. Wenn du es nicht mehr brauchst, bringst du es zurück oder etwas anderes oder auch nichts. Das Prinzip beruht auf Vertrauen, Fynn.« Es funkelte begeistert in ihren Augen. Ich liebte es, sie so zu sehen, so strahlend und entschlossen, dass ich überhaupt nicht anders konnte, als mich darauf einzulassen.

»Dann los«, sagte ich und erwiderte ihr Grinsen. »Erweitere meinen Horizont.«

Sie stellte sich auf die Zehenspitzen und küsste mich, bevor sie sich den ersten Kleiderständer vornahm. Die Bügel quietschten, als sie sie über die Stange zog, manchmal einen davon herausholte, ihn wieder zurücksteckte. »Du kannst mir helfen. Nimm dir den nächsten Ständer vor. Jeder von uns bekommt drei Versuche.«

»Du denkst, ich bin in der Lage, Kleidung für dich auszusuchen?« Einmal hatte mich Taira mit auf ihre Shoppingtour gezwungen, anschließend hatte sie eine Woche nicht mit mir geredet.

»Also gibst du auf?« Dieser unschuldige Ton war eine einzige Provokation.

»Niemals«, gab ich zurück und steuerte den zweiten Ständer an. Ich begann, mich durch Kleidung zu arbeiten, dicke und dünne, grobe und feine. Manchmal zog ich ein Stück raus, musterte es und steckte es meist doch wieder auf die Stange.

Nach einigen Minuten entfernte sie sich, ging durch den Raum und kam kurz darauf mit einem Paar einfacher rosafarbener Sneaker zurück. »Fertig?« Sie versuchte, über meine Schulter auf den kleinen Stapel zu schauen, den ich über die Kleiderstange gelegt hatte.

»Zuerst deine Sachen.«

Sie zog die Nase kraus, schnappte sich aber ihre drei Bügel und verschwand hinter dem Bettlaken, während ich den Raum erkundete. Der erste Blick hatte nicht getäuscht. Dieser Laden schien das Gegenstück eines schwarzen Lochs zu sein. Unzählige Dinge waren hier gehortet, Lampen neben Decken, Bilderrahmen teilten sich ihr Regalbrett mit Regenschirmen und neben der Kiste mit Weihnachtsgirlanden stand eine Holztruhe mit Plastikschwertern und Verkleidungen. Ich bückte mich, kramte darin herum. Das wirkte zu professionell für eine Schulaufführung. Ob das aus dem Fundus eines Theaters stammte? Etwas silbern Funkelndes zog meine Aufmerksamkeit auf sich. Ich zerrte es heraus und hielt die Schulter einer Ritterrüstung in den Händen. Die gefiel mir deutlich besser als die Gruselpuppen am Eingang. Ich wühlte tiefer in der Kiste, fand die zweite.

»Die erste Hose passt nicht, aber die Schuhe«, rief Maya mir aus der provisorischen Kabine zu, während ich dabei war, mir die Schultern umzulegen. Wahrscheinlich sah ich komplett albern damit aus, doch Maya würde lachen und nur das zählte. *Ich würde so ziemlich alles tun, um sie zum Lachen zu bringen.*

»Der Pullover ist in Ordnung.«

»Meiner wird dich umhauen. Gib auf!«, rief ich zurück. Sie lachte auf und machte den Tag damit ein Stück besser.

Die Schultern rutschten zwar, aber sie hielten immerhin an mir, was ausreichend war. Gerade wollte ich wieder aufstehen, da fand ich etwas Weißes am Rand der Kiste stehen. Federn? Ich griff danach und grinste. Die waren perfekt.

»Ich hab noch was für dich.«

»Leg es auf deinen Stapel«, forderte Maya hinter dem Bettlaken und an ihrer Stimme hörte ich, dass das, was immer sie trug, ihr nicht wirklich gefiel. Meine Chancen, unseren kleinen Wettbewerb zu gewinnen, wuchsen.

»Das läuft außer Konkurrenz.« Ich zog ein Stück des Vorhangs auf, reichte ihr meine Beute rein. Einen Moment lang herrschte nur entgeistertes Schweigen auf der anderen Seite.

»Was ist das?« Sie nahm es mir vorsichtig aus der Hand und obwohl ich sie nicht sah, ahnte ich, wie sie die leicht zerknickten Federn anstarrte.

»Meine Art der Horizonterweiterung.«

»Fynn?«, erwiderte sie und zog meinen Namen in die Länge.

»Ja?«

»Wenn du mich zwingst, die anzuziehen, verstecke ich eine der Horrorpuppen in deiner Wohnung.«

Ich grinste so breit, dass es in meinen Wangen schmerzte. Niemand würde je begreifen, wie perfekt Maya und ich harmonierten. »Klingt fair. Jetzt zieh es über und lass es mich sehen.«

»Engelsflügel. Du hast wirklich exotische Vorlieben.« Sie seufzte, aber dem Rascheln nach setzte sie die Flügel tatsächlich auf. Mit einer Handbewegung schob sie den Vorhang fort und stand vor mir.

Sie trug ein weißes Kleid, wie es der Kreis auf seinen Demonstrationen nutzte, und dahinter breiteten sich die Flügel aus. Eigentlich hatten sie nur eine Neckerei sein sollen, aber an Maya wirkten sie, als gehörten sie dahin.

Weil niemand für mich vollkommener war als sie.

Ihr Lachen wehte über uns hinweg, als sie sah, dass auch ich mich an den Verkleidungen bedient hatte. »Ein Ritter?« In ihren Augen tänzelte Begeisterung.

Ich verbeugte mich galant vor ihr, die linke Schulter rutschte und gleichzeitig fiel mir ein, dass das wohl keine standesgemäße Begrüßung war. Ich änderte meinen Plan, griff nach ihrer Hand und hauchte einen Kuss darauf. »Mylady.«

Sie lachte wieder und ich schloss mich an, kam vor ihr zum Stehen. Im Himmelblau ihrer Augen fand sich für den Augenblick keiner der gestrigen Schatten. Sie würden wiederkommen, aber dann würde ich erneut alles dafür geben, um sie zu vertreiben. *Wenigstens das konnte ich für sie tun.*

»Ich liebe dich«, sagte sie und entzündete diese wohlige Wärme hinter meiner Brust.

»Und ich dich.« Keine Ahnung, wer wen zuerst küsste.

Wir waren eine Harmonie ohne Anfang, ohne …

Sie löste sich von mir. »Wir sollten uns beeilen. Nach dem Unterricht schauen manchmal welche von unseren Leuten hier vorbei.«

Und wir waren zurück in der Realität.

»Dann kommen jetzt meine Sachen.« Ich reichte ihr die drei Kleiderhaken, warf einen letzten Blick auf Maya, bevor sie erneut hinter dem Bettlaken verschwand. Aber die Wärme ließ sie in meiner Brust zurück.

Ich gewann. Die Jeans, die ich für sie rausgesucht hatte, passte perfekt und das galt auch für den goldgelben Pullover. Ich hatte gewusst, dass er ihr gefallen würde, er besaß die gleiche Farbe wie der Badeanzug, den sie im Camp angehabt hatte. Den zweiten Pullover und ihre eigenen Bügel hängte sie wieder zurück auf die Kleiderstange. Die Jeansshorts und das knappe Oberteil, das sie damals getragen hatte, ebenfalls.

»Solltest du nicht zur Sicherheit noch etwas davon mitnehmen?«

»Ich brauche es nicht«, erwiderte sie sanft. »Alles, was ich nicht brauche, ist zu viel.«

»Eine Sache hätte ich aber noch.« Mit großer Geste zog ich den Schulrock hinter meinem Rücken hervor, den ich vorhin zwischen zwei Wintermänteln gefunden hatte. Er hatte es nicht in die ursprüngliche Auswahl geschafft, dennoch wollte ich ihn ihr zumindest zeigen. Die Größe müsste passen.

Maya blinzelte.

Sie starrte den Rock an, dann mich und wieder den Rock.

Von außen wirkte es, als kämpften in ihr zwei Seiten miteinander. Sie hatte mir gesagt, wie sehr sie die Hosen der Schuluniform hasste.

»Du könntest ihn mitnehmen und später entscheiden, ob du ihn brauchst. Wenn nicht, bringe ich ihn wieder hierher.« Es war so schwer, mich zurückzuhalten, um nicht auf sie einzuwirken. In meiner Welt trugen wir, was wir wollten. In Mayas würde schon ein knielanger Rock Konsequenzen mit

sich bringen, die ich wahrscheinlich nicht einmal überblicken konnte.

»Magnus würde ausflippen«, sagte sie mehr zu sich als zu mir und ich presste die Lippen aufeinander, um nicht zu sagen, dass mich Magnus kreuzweise konnte. Sie nahm mir den Bügel ab, betrachtete den Rock noch einmal aus der Nähe und nickte dann. Ein Anblick, der mir wirklich gefiel.

»Hier«, rief sie, warf mir Stoff zu und ich fing ihn auf, zog ihn auseinander. Es war eine Art Strickjacke, mit Reißverschluss und Kapuze. Ein helles Eisblau, keine Farbe, die ich für gewöhnlich trug. »Als Ersatz für deine Hoodiejacke. Du hast dir keine andere besorgt«, sagte Maya und erschien neben mir. Das hatte ich tatsächlich nicht, weil ich immer vergaß, zu den Öffnungszeiten das Geschäft aufzusuchen, in dem es unsere Schulkleidung zu kaufen gab. Deswegen fluchte ich momentan regelmäßig nach dem Schwimmen, weil ich nie Lust hatte, mir die Haare zu föhnen, aber keiner meiner anderen Pullover hatte diese praktische Kapuze, die ich sonst einfach über das feuchte Haar zog. »Probier sie an.«

Nicht das Sonderbarste, das Maya bisher von mir gefordert hatte. Es landete nicht einmal auf den vorderen Plätzen. Also zog ich in diesem Raum voller abgelegter Gegenstände meinen Designerpullover aus und tauschte ihn gegen eine alte, getragene Strickjacke.

»Was denkst du?«, fragte sie und zog mich zur Umkleide, in dessen provisorischem Inneren sich ein schmaler Spiegel befand. Es würde eine Katastrophe werden. Das Blau war zu intensiv, ich zog zurückhaltendere Farben vor. Einen meiner Pullover besaß ich gleich viermal in jeweils verschiedenen Grautönen - so sah meine Kleidung aus.

»Ich denke nicht, dass das funktioniert.« Doch dann fand ich mein Spiegelbild und der Protest verpuffte. Die Kapuzenjacke saß lockerer als meine sonstigen Oberteile, ungezwungen, aber auf eine gute Art. Angezogen wirkte die Farbe nicht mehr zu intensiv, sie betonte meine Augen. Unerklärlicherweise gefiel mir, was mir da entgegenblickte.

»Offensichtlich mag ich, was du in mir siehst«, erklärte ich kopfschüttelnd.

»Ich sehe nur dich.« Ihre Hand verschränkte sich mit meiner und ich zog Maya enger zu mir heran, betrachtete uns beide im Spiegel. Ich in der Strickjacke, sie im goldgelben Pullover. Die letzten Monate hatten uns verändert.

»Foto?«, fragte ich vorsichtig. Bisher hatten wir nicht darüber gesprochen, ob wir damit weitermachen sollten.

»Natürlich.«

Ich lächelte, zog mein Handy. Diese Sache hätte mir gefehlt. Ich sah mir oft unsere Fotos an. Manchmal erweiterten wir unsere Sammlung, wenn wir besondere Momente einfangen wollten.

Das hier wurde einer davon.

Kapitel 22

Maya fragte nicht, wohin wir fuhren. Als ich zwischendurch zu ihr schaute, lächelte sie verschwörerisch, während sie das nächste Lied auswählte. Das Blitzen in ihren Augen verriet, warum sie nicht fragte. Sie wusste längst, was ich vorhatte. *Natürlich.* Um Maya zu überraschen, brauchte es mehr.

Der Parkplatz war leer. Diesmal waren wir spät dran. Wir hatten nicht nur das Frühstück, sondern auch beinahe die Mittagszeit verpasst. Wir würden uns beeilen müssen, damit Maya rechtzeitig zurückkam. Es fühlte sich an, als lieferten wir uns einen Dauerwettlauf mit der Zeit.

Im Inneren wirkte alles genau so wie beim letzten Mal. Die Tischdecken, diese sonderbare Deko aus Glitzersteinchen, die Ortsschilder an der Wand, der gleiche gemütliche Geruch nach Kaffee und gebratenem Speck. Sogar die Bedienung, die uns entgegenkam, war dieselbe.

Maya drückte meine Hand und ich erwiderte den Druck, ahnte, woran sie dachte. Bei unserem letzten Besuch hatten wir vorgespielt, ein Paar zu sein. Jetzt waren wir das, was wir damals schon hatten sein wollen. Mayas Augen funkelten und ich versank darin.

»Euch kenn ich doch.« Erst die Kellnerin brachte mich dazu, mich von Maya zu lösen.

»Ja«, sagte sie und deutete auf den Tisch, an dem wir beim letzten Mal gesessen hatten. »Können wir wieder an den?«

»Natürlich, Herzchen.« Auch diesmal zog sie für uns die Stühle vom Tisch. Etwas, das ich aus Restaurants kannte und das mir immer unangenehm war. Bei dieser Frau war es das nicht. Weil es sich nicht nach irgendeiner vorgegebenen Respektsbekundung anfühlte, sondern nur nach überschäumender Herzlichkeit.

»Hast du sie denn überredet bekommen?«, fragte mich die Kellnerin, gerade als ich auf den Platz neben Maya sank. Es dauerte einige Sekunden, bis ich begriff, was sie meinte. *Den Ball*. Maya und ich hatten hier darüber gescherzt oder geflirtet - es war eine sonderbare Mischung aus beidem gewesen.

»Noch hoffe ich auf den nächsten.«

»Das wird nicht passieren«, gab Maya zwinkernd zurück. Die Antwort, mit der ich gerechnet hatte. Damit hatte ich meinen Frieden gemacht. Dann würde uns der Abschlussball nicht gehören, dafür aber alles danach.

Mayas Blick wurde durchdringender, ließ mich ahnen, dass sie genau das Gleiche dachte wie ich. Wir konnten es beide nicht erwarten, dass der Ball vorüber war. Dann kam nur noch die Zeugnisverleihung und wir waren frei. Mein Vater würde mich niemals besuchen und Mayas Kreisler keine Dutzenden von Stunden fahren.

Erst ein Räuspern brachte mir in Erinnerung, dass wir nicht allein waren. »Wisst ihr schon, was ihr trinken wollt?«

»Kaffee. Am besten eine Kanne voll.« Beim letzten Mal hatte ich es noch mit Kaffeevariationen versucht, aber bei jeder davon hatte mich die Kellnerin entgeisterter angeschaut. Das ersparte ich uns heute, weil der Filterkaffee sicher weiterhin der einzige Kaffee war, den man hier bekam. Maya bestellte sich Wasser, aber ich ahnte, dass sie gleich dennoch an meinem Becher nippen würde. Die Nacht war hart gewesen und sie hatte kaum geschlafen.

»Wie kommt es, dass Sie sich noch so gut an uns erinnern?«, fragte ich die Kellnerin. Ihr Gedächtnis war verblüffend. »Das ist doch ewig her?«

»Ich kenne die meisten Leute, die hierherkommen. Ihr gehört nicht dazu und ihr seid nicht unser typisches Publikum. Außerdem hattet ihr schon damals nur Augen füreinander. Das hat sich nicht geändert.« Kleine Lachfalten erschienen in ihrem Gesicht, bevor sie sich abwandte und in Richtung Küche verschwand.

Während wir die Kaffeekanne und unsere Teller leerten, sprachen wir in stiller Eintracht nur über gute Dinge. Wir redeten fast ununterbrochen, weil uns sonst so wenig Zeit dafür blieb. Die Uni, auf die wir wollten, und die anderen, für die wir uns sicherheitshalber bewarben. Ich erzählte Maya vom Schwimmen. Sie mir von dem neuen Holzofen, den sie in der Siedlung bauten. Ich hörte zu und stellte Fragen, aber gleichzeitig bildete sich in mir eine unleugbare Distanz, wenn sie über den Kreis sprach. Wahrscheinlich nahm Maya sie wahr und versuchte deshalb immer wieder, mir zu zeigen, dass die Bilder in meinem Kopf nicht der Realität entsprachen. Es mochte ungerecht sein, aber seit ich von Xanders Schlägen wusste, davon, dass Magnus sie ebenfalls geschlagen hatte, hasste ich den Kreis.

Erst als wir zum Musikinternat wechselten, entspannte ich mich wieder. Maya wollte alles über die Band wissen und ich erzählte ihr diese tausend Kleinigkeiten. Von George, der die Angewohnheit hatte, sämtliche Taschen mit bekritzelten

Zetteln vollzustopfen. Mit Titeln, Liedzeilen und Ideen, und sie anschließend überall suchte. Davon, wie gut seine Lieder waren und wie wir nächtelang zusammengesessen hatten. Wie er mir geholfen hatte, die Worte in meinem Kopf zu Texten zu formen. Dann erzählte ich ihr von Nick und Thore und wie viel Leben und Chaos sie innerhalb von Sekunden mit sich bringen konnten. Mit George tauschte ich jeden Tag Nachrichten aus oder wir telefonierten. Es war sonderbar, dass er bisher nichts von Maya wusste.

Wenn wir erst an der Uni waren, würde Maya sie alle kennenlernen.

Ich konnte es kaum erwarten.

Nach dem Essen gingen wir hinunter zum See. Wir setzten uns an die gleiche Stelle wie bei unserem ersten Besuch. Diesmal küsste ich sie, kaum dass wir saßen.

»Das wollte ich beim letzten Mal schon machen.« Damals hatte ich Maya verraten, dass mein größter Fehler gewesen war, mich nicht mit ihr zu treffen. Als ich anschließend allein nach Hause gefahren war, nachdem sie ausgestiegen war, hatte ich bereut, den Moment nicht genutzt zu haben. Sie nicht gefragt zu haben ob ich sie küssen durfte. Am See war einer dieser perfekten Augenblicke gewesen und zu dem Zeitpunkt hatte die berechtigte Gefahr bestanden, dass niemals wieder einer folgen würde.

»Da war ich hierfür noch nicht bereit, Fynn«, fuhr sie sanft fort. »Es gab nie etwas zu bereuen.«

Wir waren uns so nahe, dass wir oft keine Worte brauchten, um zu begreifen, woran der andere dachte oder was er fühlte

Kapitel 23

Auf der Rückfahrt rief Mr Hemskey an und bat mich, Mayas Sachen in seinem Büro abzuholen. Der Anblick der Verona Hall löste bei uns beiden keine Begeisterungsstürme aus. Ich parkte in der winzigen Seitenstraße, die nicht mehr als ein Trampelpfad war, und joggte zu Mr Hemskey. Maya wartete im Auto, die Kapuze meines neu-alten Pullovers über den Kopf gezogen. Schweigend nahm sie ihre Sachen von mir entgegen. Die Erinnerungen an gestern mischten sich auf der Weiterfahrt mit der Erkenntnis, dass uns die Zeit erneut abgelaufen war.

Ich hasste Trennungen von Maya und dass sie ausgerechnet zu Xander und seinem Vater ging, machte es nicht besser. Aber richtig schlimm wurde es, als ich in meine Einfahrt einbiegen wollte und dort Xander fand.

Ich drückte deutlich fester auf mein Handy als nötig, um das Tor zu öffnen.

Immerhin warf ich es nicht umher.

Oder an Xanders Kopf.

Meine Selbstbeherrschung bekam aber tiefe Risse, als er an Mayas Tür auftauchte und sie aufriss. Eine Überschreitung so ziemlich jeder meiner Grenzen. Ich wollte ihn gerade anbrüllen, doch Gott sei Dank war auf Maya Verlass und sie kam mir zuvor. »Mach das noch einmal und du wirst es bereuen!«

Xander verzog keine Miene. »Wo warst du? Hast du eine Vorstellung davon, was ich mir für Sorgen gemacht habe?«

Das reichte! Ich gab mein Vorhaben, durch das Tor zu fahren, auf und stieg aus.

»Es war eine spontane Idee und ich konnte dir nicht Bescheid geben.« Maya drängte sich an Xander vorbei nach draußen.

»Das ist alles, was ich von dir bekomme?«

»Nein«, erwiderte sie. »Du bekommst auch meinen Dank dafür, dass du mich gedeckt hast. Aber du musst mich nicht andauernd abholen. Ich bin kein Hund und ich kenne den Weg zurück.«

»Maya …«, brachte ich widerwillig heraus. Es gab da diese Sache, die wir klären mussten. »Du solltest momentan nicht allein unterwegs sein.« Sie setzte zum Protest an und stoppte wohl, als sie begriff, was ich meinte. Sid mochte nicht in der Schule sein, aber es würde ein paar Tage dauern, um ihn auf das vereinbarte Internat zu schicken. Tage, in denen Sid vor Wut explodieren würde. Nach allem, was ich auf Mayas Gesicht zu sehen bekam, hielt auch sie das für wahrscheinlich. »Ich hole dich morgens ab, in Ordnung?«

Sie nickte. Xanders Protest ignorierten wir beide. Das Erfreuliche war, dass ich immer besser darin wurde, sein Keifen zu überhören.

»Ich fahr rein, dann holen wir die Räder.«

»Ich bin nicht allein«, erinnerte sie mich. »Und wenn du jetzt mitkommst, frage ich mich die ganze Nacht, ob du nicht wieder in der Auffahrt sitzen geblieben bist.« Sie mühte sich ein Lächeln ab. »Ruh dich aus. Du hast kaum geschlafen.« Liebevoll fuhr sie mir durchs Haar.

»Komm endlich, Maya!« *Na gut. Vielleicht konnte ich Xander doch nicht ausblenden.* Er nervte mich unglaublich. Und es gab nicht einmal einen Anlass. Keine unsittliche Berührung, kein

Kuss. Das hier war im Rahmen von dem, was für den Kreis in Ordnung ging. Dennoch sah er aus, als wäre er eine angezündete Rakete, die jeden Moment in die Luft ging.

Ob es wirklich nur daran lag, dass ich ein Ferres war?

Oder weil ihm diese Kleinigkeiten deutlich machten, wie ernst es zwischen uns war?

»Ich liebe dich«, raunte ich ihr zu und es war mir gleichgültig, ob er es hörte. Die Worte waren für Maya bestimmt. Ich würde nicht darauf verzichten, sie auszusprechen, nur weil er uns nicht in Ruhe ließ.

»Ich liebe dich«, erwiderte sie und das versöhnte mich damit, dass ich wohl wieder keinen Abschiedskuss bekam.

Maya huschte die Auffahrt entlang in meine Wohnung, um sich umzuziehen und ihr Rad zu holen. Xander und ich schwiegen grimmig, bis sie wenige Minuten später mit ihrem Rad zwischen uns hielt.

»Was hattest du da überhaupt an?«, fragte er sie. Dass er diese Veränderungen sofort wahrnahm, hasste ich. Aber Maya ging nicht auf seine Frage ein. Statt zu antworten, warf sie mir einen Luftkuss zu. Das war alles, was ich vor Xander von ihr bekam. Ich sah ihr nach, bis sie aus meinem Blickfeld verschwand.

Entweder mein Vater hatte sich einen Alarm gestellt, sobald sich mein Tor öffnete, oder er besaß das perfekte Timing, um mich zu quälen. Keine fünf Minuten nachdem ich meine Wohnung betreten hatte, stand er vor der Tür.

»Was gibt es?«, fragte ich und hielt Jacke und Autoschlüssel griffbereit, um deutlich zu machen, dass dieses Gespräch nicht lang dauern würde.

»Wo willst du hin? Dir ist klar, dass in wenigen Monaten die Abschlussprüfungen anstehen? Nicht die Zeit für Partynächte.«

Jetzt, wo es auf das Nest zuging, konnte er mich nicht oft genug daran erinnern, was von mir erwartet wurde.

»Ich fahre zum Trainieren in die Schule«, erwiderte ich kühl. »In zwei Wochen finden die Meisterschaften statt.«

Seiner Miene nach überlegte er, ob das einer meiner Scherze war. Verständlich. Bisher hatte ich nie ansatzweise Ehrgeiz im Schwimmen gezeigt. Ich hatte immer nur so viel gegeben, dass ich damit durchkam. Nachdem mir schon als Kind eine Begabung bescheinigt wurde, hatte er alles darangesetzt, das Maximum aus mir herauszuholen. Wahrscheinlich, weil Schwimmen die einzige Gemeinsamkeit von uns beiden war. Er war früher selbst im Schwimmteam der Verona Hall gewesen und wir besaßen erstklassige Sportbecken in unseren Häusern. Es hatte für mich reihenweise Privattrainer gegeben, um ein bestmögliches Ergebnis zu erzielen. Doch jeder von ihnen musste irgendwann bei meinem Vater vorsprechen, um ihm zu sagen, dass ich nicht den Willen besaß, um erfolgreich zu sein. Jetzt fragte er sich zu Recht, warum ich plötzlich diesen Willen zeigen sollte. Das Schwimmbecken im Haus nutzte ich kaum, weil ich lieber in der Schule trainierte statt im Haupthaus, wo ich jederzeit auf ihn treffen konnte.

»Was willst du?«, fragte ich unwirsch, griff nach der Schwimmtasche und zog die Tür hinter mir zu. Er stand sicher nicht hier, um übers Schwimmen zu plaudern.

»Es gibt Neuigkeiten zum Rauswurf deines Freundes …«

»Sid ist nicht mehr mein Freund.«

»Offensichtlich, sonst hättest du ihm wohl geholfen, statt dafür zu sorgen, dass er entlassen wird!«

Scheiße.

Sid war nicht nur ein Vollarsch.

Er war auch ein gottverdammter Verräter.

»Keine Ahnung, wovon du redest.« Ich hatte früh gelernt, nie etwas zuzugeben, bevor ich nicht wusste, was der andere an Informationen besaß.

Er schnaubte auf. »Davon, dass Sidney von der Schule verwiesen wurde, weil er angeblich einer Kreisanhängerin zu nahe gekommen ist.« Seine wegwerfende Handbewegung sollte wohl unterstreichen, dass er kein Wort glaubte. *Oder dass es ihm gleichgültig war.* Ich presste die Zähne aufeinander, bis mein Kiefer schmerzte. »Und davon, dass du offenbar deine Hände im Spiel hattest. Nur warum solltest du so etwas Dummes tun, wo ich kurz davorstehe, als nächster Vize benannt zu werden?«

Hier half nur Gelassenheit. »Sid nervt, und das seit Jahren. Er will mich nur in Schwierigkeiten bringen. Frag Mr Hemskey, wenn du mir nicht glaubst.«

»Das ist nicht das einzig Sonderbare. Mir wurde heute gemeldet, dass der Sohn des Sektenanführers ums Gelände schleicht. Kannst du mir zumindest das erklären?«

Xander. Innerlich knurrte ich auf, während ich mich bemühte, äußerlich keine Miene zu verziehen. Er musste auf der anderen Seite am Haupteingang gewesen sein. Vielleicht dachte er, dass ich mit Maya dort war, nachdem wir nicht geöffnet hatten. Doch da gab es nur das Reich meines Vaters und jede Menge Kameras mit Gesichtserkennung, die filmten, wer vor der Mauer stand.

»Wahrscheinlich wollte er mir auflauern oder mein Auto zerschlagen. Du kennst doch diese Freaks.«

Er nickte langsam. »Die Sektenleute machen mir momentan Ärger«, fuhr er grimmig fort. »Sie haben Unterschriftenaktionen gestartet, um meine Benennung zu verhindern.

Magnus ist einer der Wortführer. Ich könnte etwas gebrauchen, das seinen Ruf zerschlägt.« Seine Augenbrauen hoben sich vielsagend. »Ich weiß, dass du bei Sidney deine Finger im Spiel hattest. Du könntest den Fehler wiedergutmachen, indem du diese Kreisanhängerin, die er angeblich bedrängt hat, ein wenig umschwärmst. Du bist doch gut in diesen Dingen und ihr geht auf die gleiche Schule. Magnus' Sohn hat mich vorhin darauf gebracht. Wenn du das Sektenmädchen umgarnst, besorg mir auch direkt etwas über den. Am wichtigsten ist aber, dass du an sie rankommst – je näher, desto besser.«

»Das ist nicht dein Ernst, oder?«

»Stell dich nicht so an. Selbst wenn sie vom Kreis ist, wen kümmert es? Sieh es als sportliche Herausforderung. Eine kleine Trophäe.«

Wie sehr konnte ich ihn noch verachten?

So gern hätte ich ihm die ganze Wahrheit über Maya ins Gesicht geschleudert. Aber das war unmöglich und es würde mir ohnehin nur einen Augenblick lang Genugtuung einbringen. Er würde es fertigbringen, Maya anschließend öffentlich zu denunzieren, wenn er wusste, dass sie gegen die Regeln des Kreises verstieß.

»Ich habe eine Freundin«, zwängte ich mir darum ab und ging Richtung Auto, aber er kam mir ungerührt nach.

»Wann hat dich das jemals gestört?«

»Ich habe bereits abgelehnt, spar dir deine Puste.« Die Tasche schmetterte ich förmlich in den Kofferraum, doch Beruhigung brachte mir das nicht.

»Wer ist sie überhaupt?« Dass ich wegen meiner Freundin ablehnen könnte, schien er nicht erwartet zu haben. Jetzt weckte sie sein Interesse. Er hoffte, dass Maya ihm profitable

Beziehungen einbrachte. So war das in unserer Welt. *Wie ich das alles verabscheute.*

»Ich will nicht, dass du sie für deine Machenschaften nutzt. Lass sie in Ruhe und das meine ich ernst.«

»Wenn du jemanden gefunden hast, bei dem du es länger als zwei Tage aushältst, sollte ich sie kennenlernen, oder?«

Das reichte.

Er war fällig.

»Gut.« Ich drehte mich zu ihm um. »Wenn du versprichst, uns anschließend in Ruhe zu lassen, kommen wir für ein Abendessen zu dir.« Er nickte triumphierend - zu früh. »Aber vorher schwörst du, dass du nicht auf ihr herumhackst, weil sie ein Stipendium hat. Ich mag sie und mir ist gleichgültig, dass ihre Eltern Hafenarbeiter sind.«

Seine Miene sackte in sich zusammen wie eine Sandburg, die von Wellen davongetragen wurde.

Daran, dass Maya arm sein könnte, hatte er nicht gedacht.

Armsein war in seiner Welt keine Option.

Das Interesse in seinem Blick wurde innerhalb von Sekunden abgelöst von Verachtung. »Das ist lächerlich. Ich bin zu beschäftigt für diesen Unsinn«, kam es wie zum Beweis. »Denk an Verhütung, sonst reiß ich dir den Kopf ab und ihren gleich mit.«

Grimmig mühte ich mir ein Nicken ab, und das auch nur, damit er mich endlich fahren ließ. Ich riss die Tür auf und sank auf den Fahrersitz.

Bevor ich sie schließen konnte, stellte er sich in den Weg. »Nur damit wir uns verstehen. Das mit ihr wird nach der Verona Hall enden. Dann hast du keine Zeit mehr für solchen Pro-Bono-Unsinn. Kümmer dich lieber um das Sektenmädchen. Ich werde großzügig sein.« Endlich trat er aus dem

Weg. Da ich nicht das Gefühl hatte, dass ich reden konnte, ohne zu schreien, knallte ich die Tür zu. Ich nahm mir nicht einmal die Zeit durchzuatmen. Stattdessen drehte ich den Schlüssel und fuhr den Wagen so schnell die Einfahrt rückwärts entlang, dass Maya mich dafür angeschrien hätte.

Ich sah Taira auf der Bank neben dem Becken mit zwei anderen des Frauenteams. Die meisten von uns trainierten nach der Schule, wenn sie das nicht ohnehin zu Hause taten. Doch heute fanden sich hier ungewöhnlich viele Leute. Ich ahnte, weshalb. *Sid.* Mr Hemskey würde sein Wort halten und schweigen, aber Sid traute ich nicht mehr über den Weg. Ich musste erfahren, was die Gerüchteküche der Verona Hall hergab, und steuerte Taira und ihre Freundinnen an.

»Das bekommen die Freaks zurück«, hörte ich schon, kaum dass ich saß. *Großartig.*

»Wieso glaubst du, dass sie was damit zu tun haben?«

Taira hob die linke Augenbraue. Ich hatte nie verstanden, wie sie das anstellte, aber es sah ziemlich lässig aus, wenn sie einen so musterte.

»Wer soll es denn sonst gewesen sein? Bist du jetzt ihr heimlicher Fürsprecher?«

Und schon lagen alle Blicke auf mir. Offenbar reichte dafür eine Nachfrage aus. Tairas zweite Augenbraue hob sich ebenfalls. »Sid sagt, die Freaks haben ihn reingelegt, zum Rest muss er schweigen.«

»Und wenn er lügt?«, warf ich ein und ihre Augenbrauen wanderten nun bis zum Haaransatz.

»Warum sollte er? Alles in Ordnung mit dir, Fynn?«

Natürlich.

Auf der Verona Hall gab es nur Schwarz oder Weiß.

Sid war einer von uns, also galt es, ihn zu rächen.

Es ging nicht um ihn.

Nur darum, die Freaks zu besiegen.

Immerzu.

Ich musste vorsichtiger sein, sonst würde ich mich um Kopf und Kragen reden. »Nimmst du meine Zeiten?«, fragte ich Taira. Das würde sie zumindest kurzzeitig auf andere Gedanken bringen.

Seufzend erhob sie sich und schloss sich mir an. »Ich denke, es war der Oberfreak«, sagte sie auf dem Weg zum Becken und ließ meine Eingeweide zu Eis gefrieren.

»Wie kommst du darauf?« Ich war mir nicht sicher, ob meine Stimme auch nur ansatzweise normal klang, denn in meinen Ohren dröhnte es.

»Wahrscheinlichkeit«, gab sie zurück. »Wäre etwas im Unterricht gewesen oder in den Pausen, hätten wir es mitbekommen.« Sie schien zu mir zu schauen, doch ich hielt meinen Blick stur auf den Boden gerichtet. »Sids Auto stand nach dem Training auf dem Parkplatz, als ich gefahren bin. Der Rest von uns war schon fort, nur der Oberfreak muss noch im Wasser gewesen sein. Ein paar Stunden später fliegt Sid von der Verona Hall. Ich verwette meine Schwimmbrille darauf, dass es der Oberfreak war. Das war ihr Plan, ich wusste, dass da etwas faul ist. Sie taucht in unserem Team auf, erträgt es aber nicht einmal, mit uns zusammen in der Umkleide zu sein. Hast du jemals einen Menschen getroffen, der dermaßen arrogant ist?«

Ich tat das einzig Sinnvolle und rettete mich mit einem Kopfsprung ins Becken. Als ich auftauchte, stieß Taira zwar grimmig meinen Namen aus, aber ihre Wut war nichts verglichen mit all den Fehlern, die ich machen konnte, wenn ich etwas erwiderte.

»Gib mir zwei Runden zum Warmwerden.«

»Du wirst immer egozentrischer«, rief sie mir zu, nickte aber knapp.

»Fünf Sekunden fehlen zu deiner Bestzeit.«

Vernichtende Worte.

Warum hatte ich die letzten Jahre nicht ausreichend trainiert?

Taira setzte sich an den Beckenrand und tauchte ihre Füße ins Wasser. »Was hast du erwartet? Du kommst nach Monaten wieder und stellst neue Rekorde auf?« Sie hatte nie verstehen können, dass ich das Schwimmen nicht ernster nahm, aber sie ersparte mir den Ich-hab-es-dir-immer-gesagt-Vortrag.

»Was hast du diesmal vor, Fynnie?«

»Wie kommst du darauf, dass ich etwas vorhabe?«

»Weil ich diese verbissene Energie kenne. So bist du jedes Mal, wenn du eine deiner Ideen hast. Dann muss alles sofort passieren. Seit du zurück bist, hast du hier mehr Stunden zugebracht als im Klassenzimmer. Das ist definitiv einer deiner spontanen Einfälle. Nur zieht dieser sich beängstigend lange.«

»Danke für die wertschätzenden Worte.« Ich zog mich aus dem Wasser und setzte mich schwer atmend zu ihr.

»Lenk nicht ab, Fynnie.«

»Ich will mir übers Schwimmen die Uni finanzieren.«

Ihre dunklen Augen weiteten sich. »Ein Stipendium? Du?«

»So mies sind meine Zeiten auch wieder nicht.« Ich stieß sie mit der Schulter an und sie grinste.

»Das ist selbst für deine Verhältnisse lächerlich. Dein Vater kann dir wahrscheinlich eine Uni kaufen.«

»Bring ihn nicht auf Ideen.«

»Und du weichst mir erneut aus.« Nun bekam ich einen Stoß gegen die Schulter. »Geht es dabei um ihn? Ist das wieder einer eurer Machtkämpfe?«

»Vielleicht.« Die Antwort war so gut wie jede andere. »Ich will bei der Uniwahl nicht von ihm abhängig sein.«

Sie nickte, schien etwas in der Art erwartet zu haben. »Das packst du nicht, Fynn.« Ich verdrehte die Augen, überlegte, ob ich mich erneut ins Wasser flüchten sollte, doch sie legte die Hand auf meine und fuhr fort. »Vielleicht schaffst du es sogar, das Stipendium zu bekommen, aber du wirst es nicht durchhalten. Die Trainingseinheiten, die ganzen Wettbewerbe - das nervt dich hier schon seit Jahren. Ich geb dir keine sechs Monate, dann gibst du auf.«

»Wow, heute bist du die personifizierte Motivation.« Ich zog meine Hand unter ihrer fort.

»Ich wäre dir eine miese Freundin, wenn ich nicht ehrlich bin. Du verrennst dich in diese Sache, weil du vor etwas anderem davonläufst. Das habe ich schon hundertmal bei dir gesehen. Was hältst du zur Abwechslung mal davon, mit ihm zu reden?«

Irgendwie ironisch, dass ich ausnahmsweise genau das wollte.

Reden.

Mit Taira.

Mit unseren Leuten.

Von mir aus sogar mit den Kreislern.

Ich wollte klare Verhältnisse.

Doch Maya ließ das nicht zu. Ich verstand ihre Gründe, aber diese ganze Sache machte mich fertig. »Ich will einfach nur unabhängig sein, ich kompensiere nichts.«

»Tust du nie«, erwiderte sie trocken und nun verdrehte sie die Augen. »Du bist der unabhängigste Mensch, den ich kenne, Fynn. Du bist krankhaft unabhängig. Genau deshalb wirst du an jedem Stipendium scheitern, weil du jegliche Art von Verpflichtungen hasst. Aber kein guter Rat konnte dich bisher aufhalten, also mach dein Ding. Nächste Woche hast du das Schwimmen eh vergessen.«

»Diesmal ist es anders.« Da war sie wieder, die hochgezogene Augenbraue, doch nun schloss sich eines dieser Seufzen an, das mich wissen ließ, dass sie einmal mehr an mir verzweifelte.

»Themenwechsel. Kommst du gleich mit zu mir?« Ich kannte diesen Ton in ihrer Stimme. Monatelang hatten wir regelmäßig etwas miteinander gehabt. Erst unser katastrophaler Versuch, daraus eine Beziehung zu machen, hatte das beendet. Offenbar wollte Taira die Nächte wieder aufleben lassen.

»Was ist mit deinem Neuen? Diesem Studenten? Mike?«

»Mika.« Sie runzelte die Stirn, wohl weil ich mir seinen Namen immer noch nicht merken konnte. »Er findet plötzlich, dass ich zu jung bin.« Sie machte eine wegwerfende Handbewegung, aber ich ahnte, dass ihre Lässigkeit nur vorgeschoben war.

»Das wird er schnell bereuen.« Ich legte den Arm um Taira und ihr winziges Zusammenfahren erinnerte mich daran, dass der nass war. Eigentlich müsste ich zurück ins Wasser und hatte keine Lust. Ich wollte nur ins Bett und Schlaf nachholen.

»Denkst du?«

»Ja. Wenn er dich nicht zu schätzen weiß, ist er nicht der Richtige.«

Sie lächelte, beugte sich vor und lange bevor mein erschöpfter Verstand begriff, was kommen würde, pressten sich ihre Lippen auf meine.

Ich wich zurück und erntete einen entgeisterten Blick. Kein Wunder. Ich war nicht dafür bekannt, hierbei zurückzuweichen – besonders nicht bei Taira.

»Was soll das, Fynn?«

»Es gibt da jemanden.« Ich brauchte eine Erklärung und alles, was mir einfiel, war dieser winzige Teil der Wahrheit.

»Wen?«

Mit dieser Antwort hätte ich rechnen müssen. Und doch traf sie mich unvorbereitet. Diese nagende Müdigkeit in mir musste Schuld daran sein.

»Fynn?«

Es gab nicht viele Menschen, bei denen es mir schwerfiel, sie anzulügen, leider war Taira einer davon.

»Sie war bei einem Auftritt mit der Band. Es hat sich so ergeben. Wir sind zusammen.«

»Das ist ein Scherz, oder?« Ihr schockierter Blick bohrte sich in meinen, forderte mich auf, die Worte zurückzunehmen, aber ich schüttelte den Kopf. Sie stöhnte auf. »Verdammt, Fynn! Ich dachte, zumindest auf dich kann ich bauen. Hier sind gefühlt alle vergeben oder nervtötend verliebt. Jetzt hast ausgerechnet du eine Beziehung? Warum erzählst du mir nichts davon?«

»Genaugenommen erzähl ich es dir doch gerade.« Ich zuckte mit der Schulter und sie seufzte erneut, tiefer.

»Zumindest der letzte Teil klingt nach dir. Streng dich wenigstens an, ihr nicht das Herz zu brechen.« Sie stand auf, wuschelte durch mein Haar und ich wich ihr grinsend aus.

»Ich geb mein Bestes«, rief ich ihr hinterher, als sie Richtung Tür ging, und blickte hinunter auf das Wasser vor mir.

Vielleicht hatte Taira recht und ich würde einknicken wie so oft und nächste Woche war mir das Training egal. Dennoch sank ich zurück ins Becken. Jetzt gerade fühlte es sich wie das Einzige an, was ich tun konnte, um Maya und mir selbst zu beweisen, wie ernst es mir mit uns war.

Kapitel 24

Maya

»Ich habe behauptet, du seist gestern früh ins Bett gegangen, weil du Kopfschmerzen hast. Sie denken, du bist heute Morgen mit mir zur Schule gefahren.« Der Vorwurf in Xanders Stimme fand sich auch in seinem Blick. Ich nickte, mühte mir eine Entschuldigung ab.

Er hasste Lügen, ähnlich wie ich den Gedanken, dass ausgerechnet er mir geholfen hatte. In der Schuld eines anderen zu stehen, fühlte sich nie gut an. In der von jemandem zu stehen, den man am liebsten nie wieder sehen wollte, war mies.

Xander öffnete die Wohnungstür und der Geruch nach geschmortem Kürbis erfüllte den Flur.

»Da seid ihr ja endlich.« Magnus deckte bereits den Tisch, als wir eintraten. »Geht es dir besser, Maya?« Ich zwang mir ein Nicken ab. Seit seiner Schläge vermied ich es, in seiner Nähe zu sein. *Wie sollte ich ihn anschauen, mit ihm reden, als wäre nichts geschehen?*

Früher war ich gern hier gewesen und Xanders Familie hatte mich mit offenen Armen empfangen. Nach den Abendessen hatten wir oft stundenlang zusammengesessen und geredet. Über die Siedlung, unsere Werte und Ideen. Oft war ich dabei auf Magnus' Seite gewesen. Besonders wenn Xander darauf bestanden hatte, dass wir energischer vorgehen mussten. Magnus und ich hatten dagegen argumentiert, weil wir die Menschen von uns überzeugen wollten, statt ihnen unseren Willen aufzuzwingen. Wenn ich jetzt an diese Abende dachte, mischte sich Xanders Gesicht hinein und ich sah ihn vor mir, wie er darauf wartete, dass sein Vater erneut zuschlug. Und dann wusste ich, dass ich niemals mehr mit Magnus an diesem Tisch reden wollte. Genauso wenig wie mit Xander.

»Wann kommt Dad zurück?«

»Es geht ihm bereits besser, Maya«, erwiderte Magnus und schnitt das Brot in Scheiben.

Danach hatte ich nicht gefragt.

Warum sagte mir niemand, wie lange ich hierbleiben musste? Entweder Magnus wollte oder er konnte mir keine Antwort geben. »Agnes und ich sind gleich bei der Gesprächsgruppe, um Ferres als Vize zu verhindern. Ihr beide übernehmt es bitte nach dem Abendessen, mit Raven und Siri ihre Aufsätze zu beenden. Eine der Katzen hat gestern geworfen und heute waren die zwei nicht aus der Scheune wegzubekommen.« Er lächelte eines dieser Lächeln, die ich vor ein paar Wochen als warm bezeichnet hatte, doch das war *vorher* gewesen.

»Sicher«, erwiderte Xander, während es bei mir nur für ein weiteres Nicken reichte.

»Lässt du uns kurz allein?« Ich wollte mich schon abwenden, aber Magnus wandte sich seinem Sohn zu. »Ich würde gern ein paar Worte mit Maya sprechen.«

Xander starrte zu mir und in seinem Blick flackerte Angst wie eine unruhige Flamme.

Wusste Magnus von der Lüge?

Oder davon, dass nicht Xander auf dem Bild war?

Die Geheimnisse waren zu gewaltig für diese beengten Räume.

Mein Herzschlag beschleunigte sich, während Xander sich langsam entfernte. Gerade hatte ich gehofft, ihn nie wiedersehen zu müssen, jetzt wollte ich ihn am liebsten zurückzerren.

Weil ich den Anblick seines Vaters noch weniger ertrug.

»Du bist wütend auf mich?« Magnus setzte sich, deutete auf den Platz, der hier längst meiner geworden war. Widerwillig sank ich auf den Stuhl. »Ich nehme an, das war auch der Grund für deine Kopfschmerzen.« Er machte eine Pause, wartete wohl darauf, dass ich etwas erwiderte. Da konnte er lange warten. »Ich weiß noch, wie es ist, in eurem Alter zu sein. Daran, wie leicht das Leben außerhalb des Kreises aussieht, wie verlockend es ist. Du erinnerst mich an mich selbst, als ich jung war, Maya.« Er legte die Hände ineinander. »Bei mir begann es mit Notlügen über Kleinigkeiten. Alle glaubten mir und so wurden die Lügen größer und schwerer. Mit jeder davon verlor ich ein Stück mehr Halt. Irgendwann fand ich mich auf einer Party von jemandem wieder, von dem ich dachte, er sei mein Freund. Sie drängten mich dazu, Alkohol zu trinken, und ich trank. In der Nacht fühlte ich mich unverwundbar. Einen winzigen Moment lang glaube ich sogar, das sei Freiheit. Jemand hat sich an die Vorhänge gehängt und sie dabei heruntergerissen und irgendwie war das der Startschuss. Teller wurden auf den Boden geworfen, Seiten aus Büchern gerissen, wir haben uns gegenseitig angestachelt und ich habe mitgemacht. Am nächsten Morgen bin ich aufgewacht und habe sie gesehen, die anderen, die halb tot irgendwo lagen. Das Chaos, das wir angerichtet hatten. Es war schrecklich. Plötzlich stürmten Polizisten das Haus.

Später erfuhr ich, dass nicht mein Freund mit seiner Familie dort wohnte. Du kannst dir vorstellen, wie die Polizisten mit mir umgegangen sind, als sie mitbekamen, dass ich zum Kreis gehörte. Die anderen behaupteten, ich habe sie dazu überredet, ins Haus einzusteigen. Sie hatten Anwälte, ich bekam nicht einmal die Gelegenheit, meine Eltern anzurufen. Aber das war nichts verglichen mit der Schuld, die mich zu verschlingen drohte.

Es gibt Erfahrungen abseits unserer Wege, die sich in uns einbrennen und die ich meinen Kindern ersparen will, weil ich sie liebe.«

»Indem du sie schlägst.«

Seine Miene verhärtete sich. Es ausgesprochen zu hören, schien ihm nicht zu gefallen.

»Indem ich ihnen die Grenzen setze, die ich damals benötigt hätte.«

»Nein.« Meine Stimme zitterte. »Durch Schläge hältst du sie nicht bei dir. So bringst du sie dazu, dich zu hassen.«

Und sich selbst.

Das wusste niemand besser als ich.

Dieses verdammte Brennen hinter meinen Augen setzte ein. Ich wollte hier weg, spürte, wie die Erinnerungen ihre spitzen Krallen in mich bohrten.

»Wenn ihr erst einmal Kinder habt …«

Kinder.

Atmen.

Aber mein Herz setzte aus.

Meine Lunge verweigerte ihre Arbeit.

Erinnerungen fluteten mich.

Fliesen.

Das Klappern von Metall.

Der Geruch von Desinfektionsmitteln.

Schuld. So viel Schuld.

»Maya?« Es klang, als läge ein ganzer Wald zwischen Magnus und mir, so fern hörte sich sein Ruf an. »Geht es dir gut?«

Ich versuchte zu nicken, war mir aber nicht sicher, ob es mir gelang, und so fischte ich nach dem Erstbesten, was ich zu greifen bekam. »Kopfschmerzen.«

»Willst du dich hinlegen?« Diesmal fühlte es sich zumindest an, als bewegte sich mein Kopf bei dem Versuch zu nicken. Ich schob den Stuhl beiseite. »Soll ich Xander holen?«

»Nein«, stieß ich noch aus und hatte Mühe, nicht über meine Füße zu stolpern, als ich mich ins Zimmer rettete.

Es dauerte, bis die Bilder schwanden. Bis ich unter der Bettdecke nicht mehr zitterte. Einmal klopfte es an der Tür - wahrscheinlich Xander. Ich antwortete nicht und tat, als wenn ich schlief. Doch irgendwann forderten die letzten Nächte ihren Tribut und ich fiel tatsächlich in einen traumlosen Schlaf.

Erst ein Rascheln zog mich sanft zurück in die Gegenwart. Es war dunkel geworden und es dauerte einige Augenblicke, bis ich begriff, weshalb Licht vom Flur in das ansonsten dunkle Zimmer fiel. Die Tür stand auf.

Warum?

Ich setzte mich auf, versuchte, die Schläfrigkeit abzuschütteln, da erklang ein weiteres Rascheln.

Xander?

Mein Herz presste sich schon zusammen, bevor ich den Grund fand. Raven stand gebeugt am Schreibtisch, schien in etwas zu wühlen.

»Was machst du da?«

Sie fuhr herum. »Hab ich dich geweckt? Xander hat gesagt, ich soll leise sein, damit du schlafen kannst. Tut dein Kopf noch weh?« Ravens Geplapper glich einer Flutwelle, die meinen schlaftrunkenen Verstand unerwartet heftig traf.

»Was machst du hier?«

»Bei meinem Füller ist die Miene gebrochen.«

Keine Erklärung.

Sie drehte sich wieder um und nun hatten sich meine Augen an die Dunkelheit gewöhnt und sahen, worin Ravens Arm gerade versank.

Meine Tasche!

»Nein!« Ich sprang aus dem Bett. Darin waren der Rock und das Handy. Sie starrte zu mir, die Hand weiterhin in den Tiefen der Tasche vergraben. Ich riss Raven zurück. »Du gehst nie wieder an meine Sachen!« Plötzlich flammte Licht auf und ich sah Ravens schockierte Miene. Ihre vor Schreck geweiteten Augen und fand eine bebende Unterlippe.

»Was ist los?«

Xander.

Auch das noch.

Ich krallte die Hand um den Gurt der Tasche, schwieg mich aus.

»Maya!«

Raven rannte an mir vorbei, klammerte sich an Xander. »Ich wollte nur den Füller holen.«

Mein Herz presste sich bei der bebenden Stimme zusammen. Im Kreis teilten wir, was wir besaßen. Es brauchte keine Bitten. Falls einem etwas fehlte, nahm man es und brachte es wieder zurück, wenn man es nicht mehr benötigte.

Wie einen Füller.

Nicht Raven hatte einen Fehler gemacht, sondern ich.

Weil ich nicht zulassen konnte, dass sie mein Handy fand.

»Es tut mir leid«, mühte ich mir ab. »Ich habe mich nur erschrocken.«

Xander warf mir einen Blick zu, der sich anfühlte wie ein Eisspeer. Er wusste wohl, dass mich nicht Raven erschreckt hatte, sondern die Möglichkeit, dass sie in der Tasche auf etwas anderes stieß. »Nimm meinen Füller, Raven. Ich kann später meine Hausaufgaben beenden.« Sie nickte schniefend und er strich ihr tröstend über das Haar. Das war eine der Seiten an ihm, die nur schwer mit seinen düsteren in Einklang zu bringen war. Er schützte, was er liebte. Sie verschwand und ich hoffte, Xander würde es bei seinem Blick belassen, aber er schloss die Tür hinter ihr.

»Ich will überhaupt nicht wissen, was es ist.« Seine Stimme war rau vor Wut. »Wie kannst du irgendetwas von *ihm* hierherbringen? Unter unser Dach?« Wut funkelte in honigfarbenen Augen und die Haare in meinem Nacken stellten sich auf. Noch war genug Platz zwischen uns und doch erkannte mein Körper die Anzeichen, spannte sich unter ihnen an.

Wie ich es hasste, wenn er das tat.

Wenn mich diese verfluchte Ohnmacht mit sich riss.

Ich würde losrennen, falls er es versuchte.

Und nicht stoppen, bis ich bei Fynn war.

Doch Xander blieb, wo er war.

»Werde es los.« Er legte die Arme ineinander und ich wusste, was folgen würde, noch bevor er es aussprach. »Was war gestern los?« Bisher hatte es für ihn keine Möglichkeit gegeben, die Frage zu stellen, aber jetzt platzte sie aus ihm heraus. *Ob schon erste Gerüchte durch die Verona Hall getragen wurden?* Zumindest Xander ahnte nichts. Während ich ihn mit so wenigen Worten wie möglich beschrieb, was nach dem Schwimmtraining geschehen war, wechselte seine Miene von bodenloser Entgeisterung zu allem ausfüllendem Zorn.

»Dahinter steckt Ferres!« Er warf mir die Worte vor die Füße, kaum dass ich endete. »Sid ist sein bester Freund!« Xander schüttelte den Kopf und es fühlte sich an, als könnte er meine Begriffsstutzigkeit nicht fassen. »Seine Eltern arbeiten für Richard Ferres!«

Das hatte ich heute Morgen erfahren, in Fynns Einfahrt, von seinem Vater höchstpersönlich. Und da war mir klar geworden, warum Sid Fynn auf dem Foto abgeschnitten hatte.

Weil auch er gewusst hatte, dass das Richard Ferres nicht auf sich hätte sitzen lassen.

Sein Sohn und ein Freak.

Sids Eltern hätten wohl die längste Zeit für ihn gearbeitet. *Wahrscheinlich hatte er deshalb die Fotos haben wollen. Weil es seine Möglichkeit gewesen wäre, Fynn und mich zu quälen.*

»Sie sind nicht mehr befreundet.«

»Du drehst dir alles zurecht, wie du es brauchst.«

Mich überkam der brennende Wunsch, den Kopf im Kissen zu versenken, um meinen Frust nicht hinauszuschreien. »Und du willst in Fynn immer nur den Feind sehen. Er hat keine Chance, irgendetwas zu tun, ohne, dass du darin etwas Schlechtes siehst.«

»Weil er das personifizierte Schlechte ist. Er ist ein Ferres. Im Gegensatz zu dir kenne ich ihn seit Jahren. Ich war dabei, als er am ersten Schultag an der Verona Hall jedem Kreisler einen Spitznamen verpasst hat. Er hat eine Show daraus gemacht, auf uns gezeigt, als wären wir welche dieser eingesperrten Tiere in den Zoos. Und seine Fans haben dazu gelacht und mit jedem Lacher hat er mehr aufgedreht - so ist Ferres. Er lebt für die Show. Früher oder später wird er dich vorführen.«

»Ihr wart Kinder.«

»Und schon damals war er grausam.« Xander lehnte sich an die Tür. »Weil du in ihm etwas sehen willst, was er nicht ist, verschließt du die Augen vor der Wirklichkeit.«

»Das tue ich nicht. Aber ich sehe eine Welt, die mehr ist als Licht und Dunkelheit. Es gibt einiges an den Yuppies, das ich verachte. Doch es gibt auch hier einiges, das ich verachte.« Nun war es ausnahmsweise einmal mein Blick, der sich in Xander versenkte. »Ja, Fynn hat Fehler, genau wie ich. Wir sind nicht perfekt, aber wir sind glücklich miteinander. Warum kannst du das nicht akzeptieren?«

»Weil allein der Gedanke lächerlich ist«, erwiderte er, ohne eine Miene zu verziehen.

Kapitel 25

Fynn lehnte an der Ausfahrt, das Rad neben sich, und lächelte, als ich vor ihm zum Stehen kam. »Rasante Begrüßung, Lieblingsfreak.« Im Vergissmeinnicht blitzte es.

»Für so einen frühen Morgen spuckst du große Töne, Fynnigan.«

Er grinste so breit, dass das Weiß seiner Zähne hindurchschimmerte. »Ich nehme an, es gibt eher keinen Begrüßungskuss?« Sein Blick huschte hinter mich und verdüsterte sich, als käme eine Schlechtwetterfront geradewegs auf uns zugerast.

»Ich weiß, dass du was vorhast!«, rief unsere ganz persönliche Regenwolke schon. Ich hatte mich aus der Wohnung geschlichen, als er im Bad gewesen war.

Offenbar hatte das nicht ausgereicht, um ihn abzuschütteln.

»Will ich wissen, was er heute hat?«, fragte Fynn und atmete gereizt auf.

»Abgesehen davon, dass er dich für den leibhaftigen Höllenfürsten hält?«

Sein Grinsen kehrte zurück. »Klingt irgendwie … *heiß*. Daran kann ich mich gewöhnen.«

»Schaffst du es heute mit deinem Ego überhaupt in die Verona Hall? Die Türen sind eng.«

»Ich liebe deine Schmeicheleien.«

Ein Quietschen ertönte und schon stoppte Xander neben mir. »Weißt du, wie lächerlich du mit einem Rad aussiehst?«

»So lächerlich, wie du dich jeden Morgen beim Blick in den Spiegel fühlst?«, erwiderte Fynn trocken. »Verschwinde.« Er sah wieder zu mir. »Bist du sicher, dass du dir das heute antun willst? Sie reden bereits über Sid … und dich.«

Hände aus Eis schienen mein Herz in den Klammergriff zu nehmen.

Fliesen.

Metall traf auf Stein.

Plötzlich zerrte Xander an Fynns Mantelkragen. »Was planst du diesmal, Fynnigan?«

»Lass ihn in Ruhe!« Ich sprang von meinem Rad und es knallte auf Xanders, während ich versuchte, ihn zurückzureißen. »Hör sofort auf, sonst mache ich die ganze Siedlung auf uns aufmerksam!«

Er riss den Kopf herum, schien herausfinden zu wollen, wie ernst ich meine Drohung meinte.

»Was genau stimmt heute nicht mit ihm?« Fynn befreite sich aus Xanders Griff, ohne ihn auch nur zu berühren. Er zog sein Fahrrad von der Hauswand, fand wohl, es wäre Zeit zu verschwinden.

Das war es definitiv.

»Er denkt, du hast alles mit Sid zusammen geplant.«

Fynn erstarrte in seiner Bewegung, dann, ganz langsam, drehte er sich zu Xander um, den ich widerwillig losgelassen hatte, um mein Rad aufzuheben. »Ich bin zu müde für deinen Bullshit.« Er wandte sich zu mir. »Können wir los, Maya? Ich muss hier weg.« Er spie die Worte förmlich aus.

»Lass uns in Frieden, Xander«, raunte ich ihm zu, als Fynn sich in Bewegung setzte. »Wirklich, ich ertrag deine

Überwachung nicht mehr.« Ich begann ebenfalls, wieder auf mein Rad zu steigen, trat heftig in die Pedale und schloss zu Fynn auf. Ich drehte mich nicht um und dennoch wusste ich, dass Xander uns folgte.

Die Schwimmhalle wieder zu betreten, war hart. Ich tat es nur, weil Fynn im Becken auf mich wartete. Kaum war ich im Wasser, durchbrach sein Kopf die Wasseroberfläche und er tauchte vor mir auf. Die Haare hingen ihm nass in der Stirn und wie so oft in letzter Zeit lag Sorge in seinem Blick. »Alles in Ordnung?«

»Ja.« *Wenn ich es oft genug sagte, würde es sich irgendwann danach anfühlen.*

»Ich höre, dass du schwindelst«, erwiderte er grimmig.

»Es ist nicht schlimmer geworden seit gestern. Das ist nicht richtig geschwindelt.« Meinen Protest quittierte er mit einem gereizten Aufatmen.

»Xander war also wieder in deinem Zimmer. Das kann so nicht weitergehen.«

»Das hatten wir schon, Fynn. Sobald mir eine Möglichkeit einfällt, ihn davon abzuhalten, ohne die ganze Siedlung auf den Kopf zu stellen, bist du der Erste, der sie erfährt. Können wir bis dahin die morgendlichen Minuten hier nicht mit Streiten verbringen?«

Ich sah in seiner Miene, dass er weiter diskutieren und Lösungen finden wollte. In Fynns Welt gab es für jedes Problem eine Lösung und die Antwort auf die meisten davon lautete Geld. Doch meine Welt folgte anderen Regeln. »Gut«, erwiderte er.

»Ich höre auch, wenn du schwindelst.« Ich strich über seine Wangen und er schenkte mir zumindest den Ansatz eines Lächelns.

»Du schuldest mir zwei Küsse. Einen für gestern Abend und einen für heute Morgen.«

Ich verschränkte die Arme hinter seinem Hals und ließ mich sanft von ihm in Richtung des Beckenrandes steuern. Unsere Blicke blieben fest aufeinandergerichtet und ich musste daran denken, was die Kellnerin gesagt hatte, dass wir nur Augen füreinander hatten. Wahrscheinlich war das so. Ein kleiner Ausgleich für die Zeit, in der wir gezwungen waren, uns nicht zu beachten.

»Der ist für gestern Abend«, raunte ich ihm zu, kaum dass wir die Beckenwand erreichten. »Und der für heute Morgen«, sagte ich, als ich mich von ihm löste, nur um ihn direkt noch einmal zu küssen.

Fynns Hand rutschte tiefer und legte sich an meine Taille. Ein winziges, frustriertes Knurren entwich ihm. »Du hast mir gefehlt«, schob er sanfter hinterher. »Sehen wir uns in der Pause?«

»Ich weiß es nicht.« Wieder konnte ich ihm nicht die Antwort geben, die er von mir hören wollte. »Xander ist davon überzeugt, dass du einen finsteren Plan schmiedest, um mich gefügig zu machen und den Kreis zu vernichten. Es wäre nicht klug, heute mit dir zu verschwinden.«

Fynn schüttelte so entrüstet den Kopf, dass mich winzige Wassertropfen trafen. »Ich kann ihn nachsitzen lassen. Ein paar Klicks und er leistet nach dem Unterricht Extrastunden ab, wegen bodenloser Nervigkeit.«

»Mr Hemskey wüsste sofort, dass du dahintersteckst.«

Er grinste. »Aber er hätte keine Beweise.«

»Du bringst es fertig, kurz vor dem Abschluss von der Schule geworfen zu werden.«

»Darin bin ich Experte.« Er zog mich enger zu sich. »Wenn ich dich heute nicht sehe, fordere ich mindestens drei weitere Küsse.«

Ich beugte mich zu ihm, streifte mit der Unterlippe über seine. »Schade, ich habe auf mehr gehofft.«

Heute konnte ich mich nicht dazu überwinden, mich unter eine der Duschen zu stellen. Stattdessen trocknete ich mich blitzschnell ab. Das Wissen, dass Fynn in der Schwimmhalle war, beruhigte mich und dennoch schlug mir mein Herz bis zum Hals. Ich musste den Badeanzug loswerden und gleichzeitig schaffte ich es nicht, die Träger über meine Schulter gleiten zu lassen.

Ich wollte hier nicht nackt stehen.

Nicht einmal für Sekunden.

Ein Blick auf die Uhr zeigte, dass es später war als befürchtet. Kurz entschlossen zog ich die Bluse über meinen Badeanzug, die Hose folgte, wenn auch störrischer. Sie war das reinste Folterinstrument und heute wollte ich so rasch wie möglich aus der Umkleide raus. Es dauerte, bis ich den Stoff endlich ansatzweise dort sitzen hatte, wo er hingehörte. Der feuchte Badeanzug hinterließ bereits erste Flecken auf meiner Kleidung.

Das würde ein großartiger Tag werden.

Nicht.

Ich warf das nasse Handtuch in den bereitstehenden Wagen, ergriff meine Tasche und stürmte geradezu aus der

Umkleide. Erst auf dem Flur hatte ich das Gefühl, wieder richtig atmen zu können.

Das war zwar nicht elegant, aber zumindest hatte ich es geschafft.

Das musste für den Moment ausreichen.

Meine Schritte entspannten sich spürbar, als ich den Schwimmbereich verließ. Ich schaffte es sogar in den Klassenraum, bevor die Stunde begann. Xander saß am Nebentisch und beobachtete mich, während ich tat, als registrierte ich es nicht.

Kaum klingelte es zur Pause, baute er sich neben mir auf, wartete darauf, dass ich mich ihm anschloss. Schweigend folgte ich ihm nach draußen, wo sich die Ersten von uns schon an der Treppe versammelten. Zwar gab ich mir Mühe, mich an ihren Gesprächen zu beteiligen, damit es nicht wirkte, als wollte ich nicht Teil der Gruppe sein, aber immer wieder suchte ich nach Fynn.

Ich wäre lieber mit ihm auf unserer Treppe.

»Wir könnten den Yuppies die Reifen zerschneiden.«

Was?

Verständnislos sah ich zu Xander, doch diesmal war er es, der meinem Blick auswich.

»Das ist nicht dein Ernst.« Diese Idee war so schlecht, dass ich sie noch in ihren Anfängen ersticken musste.

»Warum nicht?« Jetzt wandte er sich mir doch zu. »Mr Hemskey weigert sich seit Jahren, den Parkplatz für etwas Sinnvolles einzusetzen. Er behauptet, es gäbe keinen Platz für eine Wildblumenwiese. Gleichzeitig haben die Yuppies eine riesige Fläche, auf der ein paar leblose Gegenstände herumstehen und darauf warten, uns weiter zu vergiften. Ist das etwa in Ordnung, Maya?«

Verflucht.

Ich kannte Xander, wenn er in dieser Stimmung war.

Hier ging es nicht um die Yuppies.

Nicht einmal um die Blumenwiese.

Es ging um Fynn. Und mich.

»Du kannst nicht einfach Dinge zerstören, weil du wütend bist!«

»Wut wäre wohl bei uns allen mal wieder angebracht. Wann haben wir zuletzt etwas erreicht? Die Yuppies machen die Verona Hall zu ihrem Spielplatz und wir schauen tatenlos zu. Sie haben den Abschlussball und das Winterfest an sich gerissen.«

»Das Winterfest gehört genauso uns.« Für den Kommentar bekam ich einen vernichtenden Blick von Xander.

»Wir arbeiten nicht mit ihnen zusammen, Maya«, mischte sich Ara ein, ein Mädchen aus dem Jahrgang unter uns. Zustimmendes Gemurmel erklang. Xander lächelte und nickte, aber nichts an seinem Lächeln wirkte ansatzweise warm.

»Wenn wir ihnen die Reifen zerschneiden, gibt es einen Aufstand. Wir bekommen gigantische Probleme mit Mr Hemskey.«

»Probleme sind nur dornige Chancen«, kam es von Theo, der daraufhin von Xander abgeklatscht wurde. Ich war lang genug dabei, um zu wissen, dass sich innerhalb der Gruppe ein Funken schnell in ein Feuer verwandeln konnte. Begeisterungsfähigkeit war eine unserer größten Stärken, doch manchmal konnte sie auch zu einem Problem werden. *Zum Beispiel dann, wenn der Mistkäfer eines Ex-Freundes sie ausnutzte, um sich zu rächen.*

Ich musste den Funken zertreten.

Sofort.

»Es würde nichts verändern. Mr Hemskey lässt sich nicht erpressen und die Yuppies würden sich neue Autoreifen besorgen. Damit treiben wir sogar noch Verkäufe an.«

»Manchmal muss man ein paar Opfer bringen, um einen echten Sieg einzufahren. Sie werden tagelang ihre Autos nicht bewegen können. Vielleicht trauen sie sich anschließend damit nicht mehr zur Schule.«

»Nein! Das ist Unsinn. Wenn ihr mir nicht glaubt, fragt Magnus.« *Die ultimative Drohung.* Ich sprach momentan nur das Nötigste mit ihm, aber ich ahnte, dass er die Pläne seines Sohnes nicht gutheißen würde. Das war nicht das, was der Kreis wollte. Das wusste Xander ebenfalls, dessen Augenbrauen sich finster zusammenschoben.

»Verräterin!« Das Wort ließ mich zusammenfahren. Mein Herz trommelte und gleichzeitig war ich nicht sicher, ob ich es mir nicht nur eingebildet hatte. Mein Blick streifte umher, suchte die Quelle, aber niemand außer mir schien etwas gehört zu haben. Oder sie waren durch die andauernden Beleidigungen so abgehärtet, dass sie es nicht einmal mehr registrierten. Ich traute mich nicht nachzufragen. Die anderen diskutierten ungerührt weiter. Gruppen gingen an uns vorbei, aber niemand sah zu mir.

Verräterin.

Mein Herz trommelte.

Hätten sie meine Geheimnisse gekannt, wäre ich für jeden auf der Verona Hall genau das.

Es konnte jeder hier gewesen sein.

In der Unterrichtszeit fand ich keine Möglichkeit mehr, Fynn zu sprechen, also warf ich in der letzten Stunde mein Buch hinunter, als er an mir vorbeiging. »Kannst du nicht aufpassen, Fynnigan?«

»Pass du lieber auf deine Bücher auf, Oberfreak. Die scheinen ähnlich gern von Klippen zu springen wie du.« Mit großer Geste hob er das Buch auf und reichte es mir. »Bücherei«, flüsterte ich ihm zu und er reagierte perfekt, indem er überhaupt nicht reagierte. Er wandte sich ab und verschwand.

Die Bibliothek war um diese Zeit spärlich besucht. Dennoch wünschte ich mir, ich könnte mich auf einen der Stühle setzen und darauf warten, dass alle gingen und sie wieder Fynn und mir gehörte. Wie früher. Doch so viel Zeit blieb mir nicht. Xander hatte ich gesagt, ich müsse noch ein Buch ausleihen.

Fynn wartete bereits bei den Klassikern. Er lächelte, als ich vor ihm stoppte und schirmte mich ab, indem er seinen Rücken dem Gang zugewandt hielt, sich ans Regal lehnte. Wir hatten uns diese Kleinigkeiten schon so angeeignet, dass sie uns ins Blut übergegangen waren. »Du lenkst mich die ganze Zeit ab«, raunte er mir zu. »Wie soll ich mich auf die Abschlussprüfungen vorbereiten, wenn du im Unterricht vor mir sitzt? Das ist Folter.« Seine Stirn senkte sich an meine, scheuchte die Libellen in mir auf. Das hier brauchte ich dringend, um den Rest des Tages zu überstehen - *die nächste Nacht.* Doch schon ließen uns Schritte auseinanderfahren, wie eine wortlose Choreografie. Ich drehte mich um, zog eines der Bücher heraus und öffnete es. Fynn schien zu tun, als könnte er das richtige Buch nicht finden, denn Buchrücken wurden hinter mir übers Regalbrett geschoben.

»Bist du fertig, Maya?«

Xander.

Er hatte mich bis hierher verfolgt!

Letztes Schuljahr hatten wir von der Schule aus ein Museum besucht, in dem eine Dampfmaschine stand. Sie hatte gezischt und weiße Dampfwolken gespuckt. Jetzt schien sich mein Körper in diese Dampfmaschine zu verwandeln. Das Geräusch, das ich von mir gab, klang verdächtig wie das Zischen damals.

»Hör auf!«, stieß ich hervor und noch bevor ich wusste, was ich tat, warf ich das Buch nach ihm. Es prallte an ihm ab, knallte traurig auf den Boden, wo es aufgeschlagen liegen blieb. Einen Augenblick lang verharrten wir alle drei.

»Das habe ich nie gemocht«, sagte Fynn dann und hob zum zweiten Mal heute ein Buch für mich auf. Dieses hier drückte er gegen Xanders Brust. »Wenn ich mich richtig erinnere, handelt es von Wahnvorstellungen, also die passende Lektüre für dich.«

»Fynnie?« Eindeutig Tairas Ruf.

Auch das noch.

Fynn setzte sich in Bewegung, doch sie war schneller, tauchte im Gang auf und ihr verständnisloser Blick huschte von Xander zu mir und dann zu Fynn. »Was machst du bei den Freaks?«

»Literaturempfehlungen austauschen«, gab der tonlos zurück. Obwohl ich Tairas Blick auf mir spürte, war es unmöglich, ihm nicht zumindest hinterherzuschauen, als er den Gang anpeilte und hinter den Regalen verschwand. Weil das alles war, was ich heute noch von ihm zu sehen bekam.

Ich liebte es, wie der Funkenflug die Nacht durchbrach. Es hatte etwas Zauberhaftes. Diese Urgewalt, die sich der Dunkelheit entgegenstellte. Kinderlachen mischte sich in das leise Knistern der Flammen, die am Feuerholz nagten. Eigentlich hätte ich mich heute um das Abendessen kümmern müssen, aber Xander hatte kurzfristig seinen Gefallen eingefordert und mit mir seinen Dienst getauscht. Deshalb war ich mit seinen Schwestern hier. Ich hatte das monatliche Lagerfeuer für die Siedlung entzündet und Tee an alle ausgeschenkt, die heute Teil unseres Treffens waren.

Jemand stimmte ein Lied an und es brauchte nur wenige Takte, um aus dutzenden Kehlen begleitet zu werden. Die Wärme, die mich durchströmte, war nicht dem Feuer geschuldet. Grund dafür waren die Menschen hier. Dieses Gefühl zu wissen, wohin man gehörte. *Heimat*. Wie gern hätte ich es für Fynn eingepackt, es ihm gezeigt, damit er verstand, wieso ich den Kreis liebte. *Trotz allem.*

Ich nippte an der Tasse mit der heißen Holunderbowle, von der ich nicht einmal sagen konnte, wer sie mir gegeben hatte. In den letzten Stunden hatte ich mit so vielen Menschen gesprochen. Xanders Schwestern aßen in der Zwischenzeit begeistert einige der Kartoffeln, die wir ins Feuer gelegt hatten.

Viel später als gewollt gingen wir zurück. Die Wangen gerötet von der Hitze, die rauchige Luft hatte sich in Haaren und Kleidung festgesetzt. Die Augen der Mädchen blitzten im Licht der Flurbeleuchtung, wo Agnes uns abpasste. »Ihr müsst ins Bett«, sagte sie knapp und schob die beiden in Richtung des Zimmers, das sie teilten, ohne mich zu beachten. Sie kamen gerade noch dazu, mir eine gute Nacht zu wünschen, schon schloss sich ihre Tür. Sonderbar. Andererseits waren wir später dran als gedacht.

Ohne das muntere Geplapper der beiden fühlte es sich plötzlich zu still an. Ich erwartete Xander und Magnus im Wohnraum anzutreffen, doch der Esszimmertisch lag verlassen vor mir. Das Tablett mit der Karaffe und den Gläsern stand bereit, sonst war er leer. Ungewöhnlich. Hier wurde zwar Wert darauf gelegt, dass die Familie zum Abendessen zusammenkam, aber manchmal ließ das der Dienst in der Siedlung nicht zu. Dann blieb der Teller des Fehlenden stehen, bis er zurückkam, damit er später essen konnte.

Für mich stand heute kein Teller bereit.

Ich hatte ohnehin keinen Hunger. Stattdessen beschloss ich, meine Bücher zu holen, um die Hausaufgaben zu machen. In den letzten Wochen steigerten die Lehrer das Niveau unaufhörlich, damit wir so gut vorbereitet wie möglich in die Prüfungen gingen. Für mich galt es, den Stoff von gestern nachzuholen, und heute war einiges dazugekommen. Ich öffnete die Zimmertür, die sich noch immer fremd anfühlte, als mir Licht entgegendrang.

Ich fand Xander auf dem Bett sitzend, den Blick auf mich gerichtet. »Geh!« Wie oft hatte ich ihn allein heute schon aufgefordert, mich endlich in Ruhe zu lassen? Ein Dutzend Mal? »Hör auf, mir aufzulauern!«

»Er macht sich Sorgen um dich, Maya.« Ich fuhr herum, starrte zum Schreibtisch und fand Magnus, der dagegenlehnte. »Das tu ich ebenfalls.«

Was wollte er hier?

Mein Herz galoppierte gegen meinen Brustkorb, als suchte es nach einem Ausweg.

Wir fanden beide keinen.

Dafür fand ich meine Tasche, die neben Magnus auf dem Schreibtisch lag.

Die Schulbücher, die ich aus der Schule mitgenommen hatte, stapelten sich nun säuberlich dahinter. Darauf lagen meine Hefte, aus einem davon lugte der Zettel mit den Notizen hervor, die ich mir heute in Geschichte gemacht hatte.

Meine Sachen.

»Was tut ihr da?«, brach es aus mir heraus und gleichzeitig sprang mir die Antwort bereits entgegen. »Ihr habt meine Tasche durchsucht?«

»Wir wollen nur dein Bestes …«, begann Magnus, doch ich fiel ihm ins Wort.

»Immer wenn jemand behauptet, er will nur mein Bestes, will er in Wahrheit, dass ich mache, was er für das Beste hält!«

»Maya!« Xander stand auf. »Deine Arroganz ist hier fehl am Platz.«

»Hast du uns nichts zu sagen?«, fragte Magnus mit diesem durchdringenden Blick, der verriet, dass er auf eine bestimmte Antwort wartete.

Er wusste etwas.

Nur was?

Es fühlte sich an, als würde ich unter Eiswasser gerissen werden.

Konnte Xander ihm von Fynn erzählt haben?

Nein.

Dann würde Magnus nicht an meinen Schreibtisch gelehnt stehen. Er würde schreien und wahrscheinlich niemals wieder damit aufhören.

»Maya?«

Jedes Wort konnte meine Schwierigkeiten vertiefen. Es gab so viele Geheimnisse, die ich vor ihnen hatte, und jetzt wusste ich nicht, welches sie aufgedeckt hatten.

Magnus atmete aus, musterte mich mit diesem Blick voller ehrlicher Enttäuschung, bevor er einen Gegenstand hinter sich hervorzog.

Mein Herzschlag stoppte.

Mein Atem gefror.

Ich sank tiefer in das Eiswasser.

Mein Handy.

»Das warst du!« Xander musste meine Tasche durchsucht haben und nachdem er darin nicht gefunden hatte, was er suchte, dieses ganze Zimmer. »Du Mistkröte!«

»Maya!«, fuhr Magnus dazwischen. »Solche Wörter verwenden wir nicht.«

»Es ist das netteste, was ich für ihn habe.«

»Das hier hat nicht Xander zu verantworten, sondern du. Wir haben dich bei uns aufgenommen und du dankst es uns, indem du eines dieser Teile unter unser Dach bringst?« Er hob es zwischen Zeigefinger und Daumen an, als wäre es eine übergroße Kakerlake, die sich jeden Augenblick auf ihn stürzen wollte. Vor ein paar Monaten hätte ich das noch nachvollziehen können, doch jetzt nicht mehr.

Es war nur ein Handy – mein Handy.

»Warum besitzt du so etwas?«

»Wegen der Abschlussprüfungen.« Ich hasste Lügen, aber manchmal gab es keine Alternativen dazu. *Dann brauchte man sie, damit die Welt nicht auseinanderbrach.* »Ich kann mit den anderen nicht mithalten. Für sie sind alle Informationen jederzeit verfügbar. Ich habe hier nicht einmal genug Bücher, um meine Hausaufgaben zu machen, und sie holen sich direkt die neuesten Essays aus dem Internet. Es ist unfair, dass ich doppelt so viel geben muss.« Das waren sogar Teile der Wahrheit. Es war ungerecht, dass sie all das Wissen der Welt besaßen und es nicht einmal nutzten.

»Die Welt ist unfair«, gab Magnus zurück. »Deswegen bringen wir euch bei, euch dagegen aufzulehnen. Aber das gibt dir nicht das Recht, deine Freunde, deine Familie und dich selbst zu betrügen. Wir nehmen keine Abkürzungen, Maya!« Er hob das Handy höher. »Und wir stehen zu unseren Werten. Muss ich dir wirklich erklären, wieso wir diese Dinger nicht in der Siedlung dulden? Wie auffindbar du dich damit machst? Wie sie deine Lebenszeit schlucken. Wie …«

»Nein«, sagte ich und stoppte ihn. »Es war falsch. Entschuldigung. Es kommt nicht wieder vor.« So musste Asche schmecken - so trocken, dass man nicht wusste, wie man sie runterschlucken sollte. Wenn man es dann doch schaffte, zog sich alles im Mund zusammen und dieser bittere Geschmack fühlte sich an, als würde er niemals wieder weichen.

»Das will ich hoffen. Und jetzt mache es an.«

Ich hatte gehofft, das Schlimmste hätten wir hinter uns gebracht, doch offenbar stand es mir noch bevor.

Wenn Magnus die Bilder darauf fand, war es das.

Er würde mich aus der Siedlung werfen.

»Maya.« Die Art, wie er meinen Namen aussprach, spiegelte die Ungeduld in seinem Inneren. Bestimmt hatten sie es bereits versucht, aber sie konnten es nicht entsperren.

Ich griff langsam nach dem Handy. Es fühlte sich an wie all die Monate zuvor, in denen ich mit Fynn auf unsere Art Nachrichten ausgetauscht hatte.

Wie konnte uns ausgerechnet der einzige Gegenstand verraten, den ich besaß?

Es gab keine Geheimnisse, die sich für immer verstecken ließen. Es sei denn, man versteckte sie auch vor sich selbst. Orwells Erkenntnis zupfte an meinem Verstand und mit ihr eine Nummer.

1984.

Die gleiche, mit der sich das Tor an Fynns Einfahrt öffnete. Es war seine Hommage an das Überwachungssystem seines Vaters.

Und hoffentlich meine Rettung.

Mit zitternden Fingern tippte ich den Code ein.

Fynn hatte mir versprochen, dass die Nummer unsere Nachrichten löschen würde.

Nichts geschah.

Sollte etwas geschehen?

Irgendwas?

»Gib es mir.« Magnus riss mir das Handy aus der Hand und alles, was mir blieb, war, darauf zu vertrauen, dass Fynn wusste, was er tat. Xander hatte sich bisher ungewohnt zurückhaltend gezeigt, nun stellte er sich zu Magnus.

»Lass mich schauen, ich denke, ich kann damit umgehen«, sagte er und tatsächlich überließ Magnus es ihm. Durch seinen Verrat an mir schien Xander Extra-Vertrauenspunkte gesammelt zu haben. Erfreut zeigte er sich davon nicht – wenn überhaupt, erleichtert. *Er hatte wohl genauso wenig wie ich darüber nachgedacht, dass Magnus kontrollieren wollte, was ich damit machte.* Wie zufällig wandte er sich ab, schien darauf bedacht, dass Magnus nicht sah, was er dort trieb. Vor heute hatte er bestimmt keines davon in den Händen gehalten. Wusste er überhaupt, wie man die bediente?

»Alles in Ordnung, Dad. Sie sagt die Wahrheit. Hier sind nur Artikel für die Schule gespeichert. Sonst ist da nichts.« Sein Blick landete auf mir, grub sich in mich hinein. »Es sieht nicht aus, als wurde es benutzt.«

Die Wut in seiner Stimme vibrierte. Offenbar hatte Xander zumindest genug Ahnung, um zu registrieren, dass sich nichts mehr auf meinem Handy befand. Erleichterung durchflutete mich. *Fynn hatte es geschafft.*

Magnus nickte, forderte das Telefon ein, Xander reichte es ihm und plötzlich verharrten die Blicke von beiden darauf. »Was ist das für ein Foto?« Magnus riss das Handy hoch, tippte auf dem Display herum und mein Herz machte einen entsetzten Satz.

Foto?

Es gab nur eine Person, die mir Fotos schickte.

»Lass mich das sehen, Dad.« Xander wollte es zurücknehmen, aber diesmal ließ Magnus ihn nicht, wehrte den Versuch, danach zu greifen, ab.

Was war darauf zu sehen?

Mein Herz wusste nicht, ob es seinen Dienst quittieren oder sich überschlagen sollte.

Ich wollte zu Magnus hasten, ihm das Telefon aus der Hand reißen, aber meine Beine schienen vergessen zu haben, wie man sich fortbewegte. Stattdessen wurde ich immer weiter in das Eiswasser gezerrt.

»Pizza?« Die sonderbarste Frage überhaupt, die über Magnus Lippen treten konnte.

»Dad?« Xander klang so verwirrt, wie ich mich fühlte. Pizza gehörte nicht in die Welt des Kreises.

»Hier.« Er hielt mir anklagend das Handy entgegen und ich fand darauf eine Nachricht, erkannte Fynns Nummer und das Bild, das er mir vor nicht einmal einer Minute zugeschickt hatte. Der Flyer der Pizzeria, in der er bestellte, wenn ich über Nacht bei ihm blieb. *Seine Art, mich zu fragen, ob ich vorbeikommen konnte.* All diese Erkenntnisse stürzten gleichzeitig auf mich ein und dazu die, dass es Fynn mies gehen musste, wenn er mich darum bat.

»Wer schickt dir das?« Bei jedem Wort schwoll Magnus' Stimme an. Bis gerade hatte er mir abgenommen, dass das Handy nur dazu diente, meinen Stand als Jahrgangsbeste zu halten. Nun ahnte er, dass es schlimmer kommen konnte.

Nur hatte er keine Ahnung wie schlimm.

»Werbung.« *Ergab das einen Sinn?* So wie Magnus mich anstarrte, eher nicht.

»Lass es uns überprüfen.« Er tippte auf den grünen Hörer und das Zimmer um mich herum schwankte.

Magnus rief Fynn an.

Er drückte auf den Lautsprecher und mit jedem Tuten kroch mir die Magensäure ein Stück höher.

Er würde nicht drangehen.

Weil er wusste, dass ich niemals anrief.

Ein Knacken in der Leitung beendete das gleichmäßige Tuten und Übelkeit füllte mich geradezu aus.

Fynn meldete sich nicht, blieb so still wie wir. *Er ahnte also, dass etwas sonderbar war, und versuchte herauszufinden, was.*

Ich musste etwas tun.

Jetzt!

»Ich möchte eine Pizza mit Salami bestellen.« Eine Begrüßung so sonderbar, dass Fynn sie verstehen würde. Hoffentlich. Ich aß kein Fleisch.

Er würde begreifen.

Er musste einfach!

Entgeisterung und Wut kämpften in Xanders Augen um die Vorherrschaft. *Natürlich wusste er, dass am anderen Ende keine Pizzeria war.*

»Gut«, sagte Fynn mit so tonloser Stimme, dass ich wusste, dass er verstanden hatte. Dennoch presste es mir das Herz ab. »An welche Adresse? Zahlung mit ID-Karte?«

Ja, er wusste, was hier vor sich ging. Sonst hätte er weder die Adresse noch die ID-Karte erwähnt. Beides würde der Kreis niemals freiwillig herausgeben.

»Leg sofort auf«, kam es entsetzt von Magnus und spätestens jetzt schien er zu glauben, dass dies wirklich der Anschluss der Pizzeria war.

»Entschuldigung«, sagte ich leise. »Ich denke, das hat sich erledigt.«

Das mit dem Handy hatte sich erledigt.

Fynn würde die Bedeutung hinter meinen Worten verstehen. Ich zwang mich dazu, ihn ohne weitere Erklärung wegzudrücken, um das Telefon in Magnus' ausgestreckte Hand zu legen.

»Xander wird ab sofort täglich deine Sachen kontrollieren.« Von der Wärme, mit der Magnus mich früher betrachtet hatte, war wenig übrig geblieben. »Von nun an haben wir alle ein Auge auf dich, Maya.«

Kapitel 27

»Ich hasse dich«, raunte ich Xander zu, nachdem Magnus uns endlich allein ließ.

»Glaubst du, mir macht das Spaß?« Er schien ähnliche Schwierigkeiten zu haben, seine Stimme leise zu halten. *Wahrscheinlich hatten sich nie zwei Menschen dringender anschreien wollen.* »Ein Handy? Hast du den Verstand verloren? Was hat dir Ferres noch untergeschoben?«

»Nichts, das hättest du doch gefunden, während du meine Sachen durchwühlt hast.«

»Weil ich mir Sorgen mache!«

»Darum habe ich dich nie gebeten. Also hör auf damit und konzentriere dich auf jemanden, dem du nicht zuwider bist.« Er sank wie selbstverständlich auf das Bett und etwas in mir explodierte.

»Raus!«, schrie ich ihn an. »Raus aus meinem Bett! Raus aus dem Zimmer!«

»Damit du dich zu ihm schleichen kannst? Vergiss es!«

»Gut, dann geh ich.« Ich schnappte mir meine Schulsachen und ging mit ihnen hinüber an den Esstisch. Hinter mir hörte ich Xanders Schritte.

Natürlich kam er mir nach.

Sollte er doch.

Wenn ich die Nacht wieder sitzend verbringen musste, würde er das auch.

Irgendwann verabschiedeten sich seine Eltern ins Bett. Ich jedoch arbeitete weiter. Xanders Blick huschte häufiger in Richtung Flur, aber schließlich schien ihm klar zu werden, dass ich nicht vorhatte, ins Zimmer zurückzugehen, solange er mich verfolgte.

Er ergab sich seinem Schicksal, bettete den Kopf in die Arme, doch jedes Mal, wenn sein Atem gleichmäßig ging, nahm ich mein Mathebuch und ließ es neben seinen Kopf auf die Tischplatte knallen. Es machte mir unerwartet viel Spaß, dabei zuzusehen, wie er aus dem Schlaf hochschreckte. Heute brannte die Wut so heiß in mir, dass sie die Angst vor ihm überlagerte. Jeder weitere Knall, jedes Aufschrecken, jeder seiner Flüche, seine Drohungen erinnerte mich daran, dass es Dinge gab, die ich Xander entgegensetzen konnte.

Kapitel 28

»Was macht ihr?« Raven blickte mich aus großen Augen an. »Schlaft ihr hier?« Neben mir gab Xander ein schmerzerfülltes Stöhnen von sich. »Habt ihr keine Schule?«

Schule.

Ich riss den Kopf herum, fand die Uhr. »Scheiße!«

Raven grinste und entblößte eine Zahnlücke. »Das sagt man nicht.« Sie huschte zurück in ihr Zimmer. Hastig packte ich die Schulsachen zusammen.

Ich musste eingeschlafen sein.

Warum hatte ich den Wecker nicht gehört?

Fürs morgendliche Schwimmen mit Fynn war es zu spät.

Ich würde es nicht einmal pünktlich zur ersten Stunde, in die Verona Hall, schaffen. Im Gegensatz zu mir schien Xander wenig entsetzt zu sein, der streckte sich gelassen. »Hast du meinen Wecker ausgestellt?«

»Und wenn?« Es blitzte frostig in seinen Augen und ich wusste, dass er es getan hatte.

»Das bekommst du zurück!« Mir blieb nicht einmal Zeit, wütend auf ihn zu sein. Ich raffte die Unterlagen zusammen und rannte mit ihnen ins Zimmer. Gleichzeitig fühlte es sich an, als müsste ich Flammen schlagen, so sehr brannte ich vor Wut.

Xander wollte Krieg?

Konnte er haben.

»Was hast du da an?« Honigfarbene Augen weiteten sich entgeistert, als ich zum Unterstand mit den Rädern kam. Ich war später dran als Xander und das hatte einen guten Grund. Er blinzelte müde, hoffte wohl darauf, dass das nur eine erschöpfungsbedingte Halluzination war.

»Du hast nicht alle Verstecke gefunden«, gab ich zurück. »Blöder Fehler.«

»So kannst du nicht zur Schule gehen.« Er deutete auf meinen Rock und die Fassungslosigkeit in seinem Gesicht war der Triumph, den ich nach gestern so dringend brauchte.

»Hör auf, mich zu kontrollieren, und ich geh rein und zieh mir eine Hose an.«

»Ich schütze dich vor dir selbst! Und das hier ist ein weiterer Beweis, wie nötig das ist.«

Da jedes Wort an ihn eine Verschwendung war, nahm ich mir das nächstbeste Rad und fuhr los. An der verlassenen Auffahrt wurde ich instinktiv langsamer, aber Fynn war nicht da. Xander hatte mich davon abgehalten, ihm zu erklären, was gestern geschehen war. Die Wut ließ mich wieder schneller fahren. Immerhin war Sid nun im Internat und ich konnte mich frei durch die Stadt bewegen. Heute gab ich alles in die Fahrt und jeder Meter, den ich Xander davonfuhr, lockerte dieses unsichtbare Gewicht auf meiner Brust ein winziges Stück.

Die Verona Hall lag vor mir, als würde sie noch schlafen. Der Anblick erinnerte mich an meinen ersten Tag hier, auch jetzt rannte ich leere Gänge entlang, und doch war ich nicht mehr die Gleiche wie damals. *Manchmal konnte ich selbst nicht fassen, wie sehr ich mich verändert hatte.* Der Gedanke fraß sich in mich, als ich ins Klassenzimmer trat und mich jeder anstarrte.

In letzter Zeit hatten meine Entscheidungen häufig für Aufregung gesorgt.

Dass ich im Camp zu den Neutralen gezogen war.

Der Sprung von der Klippe.

Die Trennung von Xander.

Mein Eintritt ins Schwimmteam.

So wie sie mich ansahen, könnte dieses Stück Stoff an meinen Beinen den größten Aufruhr auslösen.

Die Kreisler wirkten wie entgeisterte Eisfiguren, der Schock in ihren Mienen schien festgefroren zu sein.

Bei den Yuppies fand ich Wut. Vielleicht, weil sie sich bisher mit den Röcken von uns abgrenzten und ich diese Grenze gerade zerschnitten hatte?

Bei den Neutralen erntete ich Kopfschütteln und Resignation. Sie glaubten, es sei eine neue Provokation, und waren die Kämpfe zwischen unseren Gruppen leid.

Mein Blick blieb an Fynns leerem Tisch hängen, als ich meinen Platz einnahm. Ich hatte gewusst, dass er trainieren würde, und doch hatte ich gehofft, ihn hier zu sehen.

Der Unterricht flog an mir vorbei, ohne dass ich mich konzentrieren konnte. Dabei kamen die Abschlussprüfungen näher und ich musste alles geben. Heute scheiterte ich kläglich.

Kaum klingelte es, sprang ich auf, peilte die Tür an. »Lass uns reden.« Xander hastete hinter mir her. »Du machst uns zum Gespött. Ist dir das klar? Ich hab deine Hose geholt, nimm sie und zieh dich um.«

Das erklärte, warum er so spät nach mir in der Klasse eingetroffen war. Doch ich ging weiter, ignorierte den Beutel, den er mir reichen wollte, und ihn gleich mit. Jedes Mal, wenn er versuchte, zu mir aufzuschließen, wurde ich schneller. Xander aber ließ sich davon nicht entmutigen und abhängen erst recht nicht. Wieder schloss er zu mir auf und mir reichte es, ich rannte los. Nur wenige Schritte später musste ich stoppen. Jemand trat aus einer Gruppe Yuppies, stellte sich uns in den Weg.

Fynn. Mein Herz machte einen Satz.

»Was ist los?«, flüsterte er mir zu, ungeachtet von den anderen. Uns blieben nur ein oder zwei Minuten, in denen wir vorgeben konnten, dass wir miteinander stritten, dann würden sie misstrauisch werden.

»Xander …«

Wie aufs Stichwort tauchte der auch schon zwischen uns auf. »Verzieh dich, Fynnigan!« Im Gegensatz zu Fynns war seine Stimme laut und energisch, schließlich durften alle hören, wie sehr er ihn verachtete. »Lass Maya in Ruhe!«

Der Gipfel der Unverschämtheit. Meine Hände ballten sich zu Fäusten. Er gönnte uns nicht einmal die Minute zum Reden. Stattdessen machte Xander alle auf uns aufmerksam und die würden kommen, weil sie sich eine gute Show erhofften.

Wie sehr konnte man einen Ort hassen?

»Du bist erbärmlich«, raunte Fynn ihm zu und warf mir einen entschuldigenden Blick zu. »Keine Panik«, sagte er nun lauter. »Es geht um das Nest und dabei hast du noch weniger zu melden als sonst. Du verpasst nichts.«

»Geh«, murmelte ich Fynn zu. »Ich komm klar. Er kann mir nicht den ganzen Tag folgen.«

»Und ob ich das kann«, erwiderte Xander, aber wir beachteten ihn beide nicht.

»Ich liebe deine neue Uniform.« Fynn grinste, seine Augen funkelten auf und schon war er fort, doch die Libellen in meinem Bauch ließ er zurück.

Xander machte ernst. In der nächsten Pause flüchtete ich in die Toilettenräume, schloss mich in einer der Kabinen ein. Als ich zum Ende der Pause hinauskam, stand er noch immer davor und der Beutel mit meiner Hose baumelte demonstrativ in seiner Hand hin und her.

In der nächsten Stunde gab ich vor, aufs Klos zu müssen, doch nur Sekunden später öffnete sich die Tür zum Klassenraum erneut. In honigfarbenen Augen leuchtete es triumphierend. »Fynnigan wird nicht kommen.« *Er hatte also gewusst, was ich vorhatte, und diesen Versuch, mit Fynn zu sprechen, ebenfalls zerschlagen.*

»Wie lange willst du das durchziehen?«

»Bis du wieder normal bist.«

»Du bestimmst nicht, wann ich *normal* bin!«

Er deutete auf meinen Rock. »Das bist nicht du!«

»Das versuche ich dir die ganze Zeit zu sagen - du hörst mir nur nicht zu. Das hier bin ich, auch wenn es dir nicht gefällt!«

Kurz flackerte etwas in seinen Augen auf, doch dann waren sie wieder so hart wie der Rest seiner Miene. »Das ist nur eine verwirrte Phase und ich helfe dir da raus.«

Warum versuchte ich überhaupt, mit ihm zu reden?

Da war nicht einmal mehr Wut in mir, nur noch tiefe Erschöpfung. Ich wandte mich ab, ging wieder zurück zum Klassenraum.

Für den Moment hatte Xander gewonnen.

Natürlich hatte Xander Magnus eingeweiht und nachdem ich mich bei meiner Schulkleidung kompromisslos zeigte, drohte er mir damit, Dad anzurufen. Ich erwiderte, das sei die beste Idee überhaupt und dass ich endlich mit ihm sprechen wolle. Das schien der Moment zu sein, in dem Magnus registrierte, dass er kein Druckmittel mehr für mich besaß.

Sollte er Dad doch von dem Foto erzählen.

Von dem Handy und dem Rock.

Mir reichte es.

Dann würde ich Dad halt enttäuschen.

Hauptsache, ich kam hier weg.

Zur Strafe spannte mich Magnus das komplette Wochenende in Arbeit für den Kreis ein. Ich übernahm jede davon, ohne zu protestieren. Weil ich auf diese Weise Xander entkam. Ständig war mein Rock Thema bei den Gesprächen mit den anderen. Sie redeten auf mich ein, immerzu, bis ihre Ermahnungen, ihr Verständnis, ihre Bitten mich nur noch an das pausenlose Summen eines Bienenstocks erinnerten. Irgendwann einmal war mein Kopf so voller Worte gewesen, dass es mir schwergefallen war, sie darinzubehalten. Nun fühlte ich mich leer. Die Farben um mich herum waren gedämpft und die Kälte in mir schneidend.

Ich klammerte mich an den Montag wie eine Ertrinkende.

Am Montag würde ich Fynn sehen.

Sonntagabend bereitete ich mich vor. Ich packte meinen gestellten Wecker in meine Tasche und hing die um. Diesmal bekam Xander keine Möglichkeit, die Weckzeit zu verändern.

Doch als ich am nächsten Morgen aus der Tür stürmen wollte, war die abgeschlossen. Ich hatte bis dahin nicht einmal gewusst, dass es überhaupt einen Schlüssel gab.

Ich explodierte.

In dem Flur.

Ich riss die Tasche auf, warf meine Bücher nach ihm.

Schrie.

Tobte.

Bis Xander widerwillig die Tür aufschloss. Das erste Zeichen dafür, dass auch er nicht sicher war, wie seine Eltern – allen voran Magnus – reagieren würden. Für den Moment blieb mir keine Zeit, darüber nachzudenken. Ich rannte los, ohne mich um das zurückgelassene Chaos zu kümmern, und betete, dass Fynn mit seinem Rad in der Auffahrt noch auf mich wartete. *Wenn er das überhaupt tat.* Sid hatte die Stadt verlassen. Die Straßen waren wieder sicher, es gab keinen Grund für Fynn, diesen Umweg zu fahren.

Wie erwartet fand sich kein Rad an der Mauer, kein Fynn, der mir zuwinkte. *Vernünftig von ihm.* Doch die Enttäuschung fühlte sich an wie ein Stein in meinem Bauch.

»Maya!«

Ich legte eine Vollbremsung ein.

Bildete ich mir Fynns Stimme nur ein?

»Hier.« Die Beifahrertür eines Autos öffnete sich. Es war silberfarben und definitiv nicht Fynns und dennoch winkte er mir daraus zu. Ich dachte noch daran, das Rad an die Steinmauer zu lehnen, schon rannte ich los. Kaum saß ich und knallte die Tür hinter mir zu, fand ich auch schon Xander auf seinem Rad die Straße herunterrasen.

Genau wie damals.

Nach meiner ersten Nacht bei Fynn.

Das hier fühlte sich an wie das erbärmlichste Déjà-vu aller Zeiten.

Immerhin würde ich mich diesmal nicht vor Xander im Fußraum verstecken.

Fynn gab Gas.

»Wessen Auto ist das?«

»Frag mich nicht, dann muss ich nicht lügen.« Er war blass und sah auf die Straße.

»Es ist von Richard, oder?«

»Ich war nicht sicher, was gerade bei euch im Sitz abgeht, deshalb habe ich auf eines seiner Autos gesetzt. Dieses fährt er ohnehin nie. Beruhigt es dich, dass er es hasst, wenn ich mir einen seiner Wagen borge?« Verspätet sah er nun zu mir und mühte sich so etwas wie ein Lächeln ab. »Also, was ist los? Was hatte der Anruf zu bedeuten?«

»Frag mich nicht, dann muss ich nicht lügen.«

»Touché.« Seine Mundwinkel hoben sich ein weiteres Stück, es fehlte nicht mehr viel zu einem echten Lächeln. »Und jetzt bring mich auf den neuesten Stand.«

So knapp wie möglich fasste ich zusammen, was in den letzten Tagen geschehen war. Einige Male atmete er betont aus und ich wusste, dass er mir zu gern seine Meinung zum Kreis gesagt hätte, aber er schwieg, wie ich schwieg, wenn sein Vater plötzlich auftauchte. »Ich mach dir ein neues Handy fertig.« Seine Hand legte sich auf meine. »Wie geht es dir sonst?«

»Die meiste Zeit will ich schreien.« Fynn drückte meine Hand fester. »Wie geht es dir?«

»Anstrengendes Wochenende«, sagte er und seine Hand kehrte zurück ans Lenkrad. »Ich wusste nicht, was bei dir los ist, das hat mich fertiggemacht. Mein Vater hat mir seine Liste mit Universitäten übergeben – sie ist so übertrieben und exklusiv wie er.«

Das erklärte seine Erschöpfung. Ich brauchte etwas, das ihn aufmunterte. Der Gedanke drängte meinen Verstand zurück und mit ihm all die Gründe, weshalb ich nicht schwänzen durfte. »Lass uns eine Auszeit nehmen. Wir fahren irgendwohin, wo es literweise Kaffee für dich gibt und wo uns niemand kennt.«

»Klingt nett«, sagte er und bog links ab.

»Und Pizza?«

»Nun wird es perfekt.«

»Und doch gibst du mir einen Korb«, stellte ich fest.

»Was hat mich verraten?«

»Du bist weiterhin auf dem Weg zur Verona Hall.« Zu jedem anderen Zeitpunkt hätte Fynn das Auto längst gewendet, um so viel Abstand zur Schule zu bekommen wie möglich.

»Sorry.« Er sah wieder zu mir. »Der Trainer bestimmt heute, wer Sids Platz einnimmt.«

»Und du willst ihn.« Er nickte langsam. »Du nimmst das Ganze erschreckend ernst. Dass ausgerechnet du mich einmal daran hinderst, den Unterricht zu schwänzen.«

Diesmal bekam ich ein Lächeln, das seine Augen erreichte. »Gewöhn dich lieber nicht dran, das wird kein Dauerzustand.«

»Dann schwänzen wir morgen?«

»Das macht also mein schlechter Einfluss auf dich.« Er nickte. »Morgen.«

Die Stunde neigte sich zum Ende und von Fynn fand sich keine Spur. Der Tisch hinter mir war verwaist. Sonderbar, wie bewusst mir das die ganze Zeit über war. Ich sollte mich konzentrieren, schließlich ging es Richtung Abschlussprüfungen, aber immer wieder zog es meine Gedanken zurück auf diesen leeren Stuhl hinter mir.

Wo war Fynn?

Schwimmen?

Das wäre neu. Er schwänzte die erste, manchmal auch die ersten beiden Stunden, doch gleich klingelte es bereits zur Mittagspause. Kein Mensch konnte so lange trainieren. Oder?

Eine Viertelstunde vorm Klingeln öffnete sich endlich die Tür und Fynn trat ein. Er nickte kurz der Lehrerin zu und peilte seinen Platz an. Sein Blick blieb an mir hängen und ich bekam den Hauch eines Lächelns, schon war er an mir vorbei. Xander gab eines dieser frustrierten Schnauben ab, die er für Fynn und mich reserviert zu haben schien.

Ich versuchte, sowohl das Schnauben seitlich von mir als auch den Blick von hinten, den ich auf mir spürte, zu ignorieren und mich endlich auf die Interpretation des französischen Gedichts vor mir zu konzentrieren.

Gerade hatte ich es geschafft, mich zumindest in die ersten Zeilen zu vertiefen, da landete ein gefalteter Zettel auf meinem Tisch.

Ich konnte diese zusammengeknüllten Zettel nicht ausstehen. Davon hatte ich an der Verona Hall schon so viele bekommen und keiner war ansatzweise gut gewesen. Wahrscheinlich hätte ich mir aus ihren dahingeschriebenen Beleidigungen ein eigenes Buch binden können. Es gab nur einen Grund, weshalb ich diesen hier nahm.

Er war von Fynn.

Der offenbar eine dieser wahnwitzigen Anwandlungen hatte. Denn anders war das nicht erklärbar.

Ich faltete den Zettel auseinander, erwartete Worte und fand stattdessen einen aufgemalten Kopfhörer.

Wie der, mit dem wir an meinem ersten Tag auf unserer Treppe gesessen hatten. Das fehlende Handy hatte dazu geführt, dass Fynns Kreativität Umwege nahm. Nun malte er mir Bilder. Meine Mundwinkel drängten nach oben, aber ich zwang sie zurück, für den Fall, dass mich jemand beobachtete. Dieser Zettel war schon seltsam genug, also musste ich wirken, als ob sich darauf die üblichen Beleidigungen fanden. Ich knüllte ihn achtlos zusammen, verdrehte die Augen und schob ihn in meine Tasche.

Ein Klopfen ertönte und im nächsten Augenblick stand die Gottesanbeterin in der Tür. Sein grimmiger Blick fuhr über uns, und blieb an Xander hängen. »Sie!«, stieß er aus und sein ausgestreckter Zeigefinger wirkte wie eine Verbildlichung seiner tosenden Empörung. »Mitkommen, sofort!«

Xander starrte ihn aus großen Augen an, bevor er sich verständnislos umsah, herauszufinden versuchte, ob die Gottesanbeterin jemand anderen meinte. Verständlich. Er war noch nie in Mr Hemskeys Büro zitiert worden, anders als ich. Das schien auch ihm einzufallen, denn sein finsterer Blick blieb an mir hängen. Er kam offenbar zu dem Entschluss, dass ich hierbei die Finger im Spiel hatte.

Ich wünschte, ich hätte es.

»Meinen Sie, ich habe den ganzen Tag Zeit?«, erklang es anklagend von der Tür.

»Ich glaube, er meint dich, Xander.« Diesmal ließ ich das Lächeln zu und es wurde breiter, während Wut in seinen Augen funkelte. Das Pausenklingeln setzte ein, noch bevor

Xander die Gottesanbeterin erreichte. Seine Lippen pressten sich zornig aufeinander und ich ahnte, dass wir das Gleiche dachten. *Diese Pause würde ich ohne ihn verbringen.*

»Wie hast du es gemacht?« Fynn wartete bereits vor dem geöffneten Kellerraum, aber die Frage ließ keine Zeit für eine Begrüßung. »Das letzte Mal habe ich die Gottesanbeterin so wütend erlebt, als ich ihn zu Boden geworfen habe.«

»Danke für dieses abstruse Kopfkino.« Fynn grinste und schloss die Tür hinter uns. »Vielleicht hat ihm jemand gerade einen anonymen Tipp gegeben, sich die Schulhomepage mal genauer anzuschauen.« Es funkelte in Vergissmeinnichtblau auf.

»Und was hat er da gefunden?« Die letzten Tage hatte ich gefühlt nicht gelächelt, kaum war Fynn bei mir, schien ich nicht imstande zu sein, damit aufzuhören.

»Seine Entlassung.« Er lachte über das, was er in meinem Gesicht vorfand. Die Gottesanbeterin hasste uns alle, aber er liebte seinen Job. Der gab ihm die Möglichkeit, uns mit seiner einzigartigen Herablassung zu beglücken.

»Ich beginne, seine Wut zu verstehen.« Fynn setzte sich und ich sank zu ihm.

»Noch wütender hat ihn wahrscheinlich gemacht, dass Xander dort als Mr Hemskeys neuer Assistent vorgestellt wird. Jetzt hat er einen gewissen Redebedarf.«

Den hatte er sicher.

Mein Lachen war so laut, dass es den Raum erfüllte. So hatte ich lange nicht mehr gelacht, weil ständig dieses unsichtbare Gewicht auf meiner Brust zu liegen schien.

»Und das alles für eine xanderfreie Pause? Das ist selbst für dich gewagt.«

»Ich liebe Wagnisse – wenn das einer wissen sollte, dann du.« Mit nur einem Blick konnte Fynn Horden an Libellen in mir freisetzen.

Ich rutschte näher zu ihm, küsste ihn. »Und ich liebe deine Wagnisse«, flüsterte ich ihm zu, als ich mich von ihm löste.

»Du siehst müde aus.«

Das war ich.

Ich war schrecklich müde, aber darüber zu reden, würde nichts ändern. Fynn seufzte auf, schien zu ahnen, was in mir vorging.

»Du schuldest mir noch ein Pizzadate«, stellte er fest und stand auf. Er ging zur Tafel, bückte sich und zog darunter einen Pizzakarton hervor. Erst jetzt registrierte ich den Geruch nach warmem Käse und augenblicklich meldete sich mein Magen.

»Wie hast du das gemacht?«

Fynn setzte sich zurück auf unsere Stufe, öffnete den Karton und präsentierte mir eine perfekt geschnittene Brokkolipizza. »Es gibt da diese praktischen kleinen Dinger, die sich Handys nennen.« Das Blitzen in seinen Augen schien Funken zu sprühen.

»Du bist sooo lustig, Fynnigan.«

»Oder? Ich bin auch jedes Mal aufs Neue überrascht.« Er grinste ähnlich breit, wie sich mein Grinsen anfühlte.

Das hier hatte ich gebraucht.

Ich hatte nicht einmal geahnt, wie dringend ich es gebraucht hatte.

»Danke.« Meine Finger fanden seine, verschränkten sich mit ihnen. »Fynn?« Er sah mich fragend an. »Schwänzt du mit mir die nächste Stunde?«

Seine Augenbrauen zogen sich dieses winzige Stück zusammen. *Weil ich nicht schwänzen würde, wenn es nicht dringend wäre.*

»Natürlich.« Er legte den Arm um mich. »Wir bleiben hier, solange du willst.«

Kapitel 29

Ich konnte das Training nicht ausstehen. Die Blicke der anderen, die sich in mich brannten. Ihr Tuscheln, das mich verfolgte. Die Bilder von Sid, die in mir aufstiegen, sobald ich einen Fuß in die Umkleide setzte. Das einzig Gute daran war, dass ich so Xander loswurde. Der hatte sich wenig begeistert gezeigt, als ich erst heute Nachmittag wieder im Unterricht aufgetaucht war. Doch die Schwimmhalle war für ihn tabu, weder seine Drohungen noch er schafften es hier herein.

Unser Training dauerte länger als das der Männer, weil wir die Startaufstellung für die anstehende Meisterschaft durchgingen. Während die schon zur Umkleide drängten, saßen wir mit der Trainerin zusammen. Ich versuchte, einen Blick auf Fynn zu erhaschen, um herauszufinden, ob er der neue Team-Leader war. Die anderen versperrten mir den Blick auf ihn und ich schnaubte so frustriert auf, dass Taira die Augen verdrehte. So etwas tat sie andauernd, wenn sie in meiner Nähe war. Fairerweise war ich ähnlich begeistert von ihr. Ich hatte nicht den Hauch einer Ahnung, was Fynn an ihr fand. Oder gefunden hatte.

Sie beugte sich vor, flüsterte ihrer Nachbarin etwas ins Ohr und beide lachten. Vielleicht dachten sie, ich hätte irgendwelche absonderlichen Erwartungen, in der Startaufstellung zu stehen. Hatte ich definitiv nicht. Die anderen waren mir heillos überlegen, ganz besonders Taira. Außerdem besaß selbst mein Ehrgeiz Grenzen.

Keinesfalls würde ich bei den Meisterschaften mitschwimmen.

Als ich heute in die leere Umkleide trat, fand ich eine neue Botschaft an meinem Spind.

Verräterin.

Das Wort fühlte sich an wie Eis, das langsam meine Kehle hinunter rann.

Sie wussten, dass ich Sid verraten hatte.

Und sie würden sich rächen.

Ich atmete schwer aus, wischte die Schrift mit dem Handtuch ab, bis die dunkelroten Lippenstiftreste auf den weißen Stoff übergingen. *Es sah aus wie Blut.*

Nicht die beste meiner Ideen. Schnell schlüpfte ich in Bluse und Rock, packte das nasse Handtuch zu den anderen und schulterte meine Tasche.

Erst auf dem Flur ließ dieses eisige Gefühl wieder nach.

Geschafft.

Doch dann registrierte ich, dass die Beleuchtung schon gedimmt worden war. *Sonderbar.* Es kribbelte in meinem Nacken und Angst zupfte an meinem Magen. Sie ließ mich schneller werden. Ich erreichte die Glastür, wollte sie aufziehen, aber sie bewegte sich nicht.

Ich war eingesperrt.

Verdammt.

Das musste ihre Rache für Sid sein.

Im Kreis würden sie ausflippen, wenn ich ohne Erklärung fortblieb. Gab es hier irgendwo ein Telefon? Vielleicht in der Trainerumkleide? *Ich musste Fynn anrufen.* Gerade wollte ich zurücklaufen, da öffnete sich die Tür der Männerumkleide. Bis jetzt hatte ich gedacht, ich sei allein – *ein fataler Irrtum.*

Mein Herz presste sich zusammen als ich sah, wer dort heraustrat. Fünf Gestalten in weiße Gewänder gehüllt kamen langsam auf mich zu. Dunkelrote Schlieren zierten ihre Kleidung. Ich wusste, dass es kein Blut sein konnte, und doch begann ich bei dem Anblick zu zittern. Sie wollten mich an Mom erinnern und es gelang ihnen. Ihre Gesichter lagen unter Jutebeuteln, nur für die Augen hatten sie Löcher hineingeschnitten. Bei der Beleuchtung war es unmöglich zu sagen, wer dort stand.

»Öffnet die Tür!«

Niemand antwortete mir, stattdessen schritten sie im Gleichschritt geradewegs auf mich zu. Ich gab jede Zurückhaltung auf, trat so fest, wie ich konnte, gegen das Glas, doch als sie mich von hinten packten, war die Scheibe so makellos wie zuvor.

Ich schrie und schon presste sich eine kalte Hand auf meinen Mund. Ich riss den Kopf umher, wollte sie loswerden, aber sie blieb, wo sie war, und die Gestalten schleiften mich mit sich, ohne auch nur einen Ton von sich zu geben. Meine Versuche zu treten, wurden mit Leichtigkeit abgewehrt. Sie verständigten sich wortlos, damit ich sie nicht an ihren Stimmen erkannte.

Im stillen Einvernehmen zerrten sie mich ausgerechnet in die Dusche. Ich stemmte mich ihnen entgegen, aber sie schienen es kaum zu bemerken. Plötzlich zog einer ein Seil und der Anblick peitschte meine Angst auf ganz neue Weise an. Es näherte sich gefährlich meinen Armen. Ich versuchte, sie fortzuziehen, aber ich blieb chancenlos. Ungerührt schlangen sie das Seil erst um meine Arme und dann hinter den Leitungsrohren der Dusche entlang.

Eine weitere Welle der Panik überrollte mich, als sie das Seil um meine Beine wickelten.

Ich wusste nicht, was an ihrer Verkleidung schlimmer war: ihre blutige Protestkleidung, die mich an Mom erinnerte, oder die Beutel, die mich durch ihre Vertrautheit schockierten.

Atmen.

Keine Schwäche zeigen.

Sie konnten mir nichts tun.

Das wusste ich.

Gleichzeitig fühlte sich hier nichts ansatzweise nach einem Spiel an. Jemand drehte das Wasser an. Es war so kalt, dass ich zusammenfuhr. Meine Kleidung saugte sich voll, zog an mir. Noch immer redete niemand ein Wort, sie verständigten sich allein über Gesten.

Ein Schrei bahnte sich seinen Weg aus mir heraus, als plötzlich ein Messer aufblitzte. Wasser perlte auf der glatten Oberfläche und das Licht der Deckenlampe leuchtete unheilvoll auf der Klinge.

Ich war nicht in der Lage wegzuschauen.

Es kam näher.

Mein Herz überschlug sich.

Nun schien es keine Grenzen mehr zu geben.

Alles war möglich.

Eine Hand riss an meinem Haar, zog daran und im nächsten Augenblick fraß sich die Klinge hindurch.

Sie schnitten es ab.

Lange, bronzefarbene Strähnen landeten auf dem Boden, wurden vom Wasser umhergescheucht, stießen gegen meine Füße. Nur am Rande bemerkte ich, dass die Gestalten zurücktraten. Ihre Schritte entfernten sich. Die Tür knallte hinter ihnen ins Schloss und das Geräusch hallte in der Stille, die sie hinterlassen hatten, nach.

Ich war allein.

Kapitel 30

Fynn

Wo blieb Maya?

Es machte keinen Sinn. Hatte Xander ihr Fahrrad zur Schule gebracht und sie war damit losgefahren? Zuzutrauen wäre es ihm. Wir hatten nicht darüber geredet, dass ich sie zurückfuhr, weil ich dafür keine Notwendigkeit gesehen hatte. Es war dunkel, es war kalt und es war spät und sie – soweit ich wusste – fahrradlos.

Nein.

Irgendwas war hier sonderbar.

Jetzt aktivierte sich auch noch das Schließsystem der Schule.

Großartig.

Nicht.

Mir reichte es – ich wendete in der abgelegenen Seitenstraße. Maya und ich hatten mittlerweile unseren eigenen Treffpunkt, wenn ich sie mitnahm. Jetzt fuhr ich auf den verwaisten Schulparkplatz. Zum gefühlt hundertsten Mal an diesem Abend zog ich mein Handy, um zu schauen, ob Maya sich gemeldet hatte. Dass sie momentan keine Möglichkeit dafür besaß, kam immer erst zwei oder drei Sekunden verzögert in meinem Gehirn an. Und wieder fiel die Hoffnung in sich zusammen wie ein Kartenhaus. Gefühlt tat sie das ziemlich oft in den letzten Wochen.

Mein Blick zuckte vom Handy hin zu dem verlassenen Schulgebäude und mein Seufzen erfüllte das Auto.

Offenbar würde ich heute in die Verona Hall einsteigen.

Auf dem Weg zum Eingang gab es einiges zu tun. Ich konnte mir keinen Einbruch in die Schule leisten oder vielmehr: Ich konnte es mir nicht leisten, dabei erwischt zu werden. Dafür musste ich die Kameras unterbrechen – damit ich ungesehen hineinkam – und im Anschluss den aktuellen Sicherheitscode eingeben. Den gab es jede Woche neu und ausgeteilt wurde er nur an die Lehrkraft, der die Ehre zufiel, die Schule aufzuschließen. Mr Hemskey und der Hausmeister besaßen eine Universalkarte. Die zu fälschen, traute ich mir nicht zu aber an den Code kam ich problemlos. Manchmal fragte ich mich, ob mein Vater Mr Hemskey absichtlich nicht darauf hinwies, wie veraltet das Sicherheitssystem der Verona Hall war, damit er es ebenfalls beliebig unterwandern konnte.

Die Tür schnappte auf und ich zog sie rasch hinter mir zu. Wieder einmal war ich in eine Schule eingestiegen, dabei hatte ich mir geschworen, das zu lassen.

Der Schwimmtrakt lag abgelegen, was mich gerade zunehmend reizte, weil ich unnötige Zeit verlor. Es war nicht ausgeschlossen, dass Maya irgendwo saß, weil sie sich nicht überwinden konnte, durch die Umkleiden zu gehen. *Sie versuchte, es nicht zu zeigen, aber Sids Angriff auf sie hatte Spuren hinterlassen.*

Ich ging schneller, zog die Glastür auf und schon drang mir der vertraute Chlorgeruch entgegen.

Dennoch, irgendetwas war anders als erwartet.

Es dauerte eine Sekunde, bis mein erschöpfter Verstand registrierte, dass eine der Duschen lief. Dabei dürfte niemand mehr hier sein. Ich widerstand dem Drang, nach Maya zu rufen. Für den unwahrscheinlichen Fall, dass da jemand anderes stand, würde ich mir eine Menge Fragen anhören müssen, auf die ich keine Antworten geben konnte.

Nein.

Es war besser, mich bedeckt zu halten.

Leise ging ich durch den Flur. Das Rauschen kam tatsächlich aus der Damenumkleide. Da konnte ich nicht einfach hineingehen. Jetzt blieb mir nichts anderes übrig, als zumindest zuzugeben, dass ich hier war. Ich schickte ein Stoßgebet Richtung Himmel. Wenn Mr Hemskey erfuhr, dass ich in die Verona Hall eingestiegen war, würde er mich aus dem Schwimmteam werfen.

Oder sogar von der Schule.

Scheiße.

»Hallo?«, rief ich. »Ist alles in Ordnung?«

Nichts geschah.

Vielleicht war die Dusche defekt?

»Fynn?«

Maya hatte schon tausend Mal meinen Namen gerufen, aber niemals hatte sie dabei so zersplittert geklungen wie jetzt. Ich stürzte in die Umkleide hinein in die Duschen und das, was ich sah, ließ nun mich zersplittern.

Sie stand in ihrer Schulkleidung unter der Dusche.

Gefesselt mit einem Seil.

Wasser lief aus ihrer triefend nassen Kleidung und lange, bronzefarbene Strähnen schwammen im stetigen Strahl des Wassers umher.

Ich stürzte ihr entgegen, begann, das Seil aufzuknoten, das sich so schrecklich langsam löste. Schuld daran waren vermutlich meine zitternden Finger, die ich genauso wenig unter Kontrolle bekam wie mein Entsetzen. Ich öffnete den Mund, versuchte, Worte zu formen, um Maya wissen zu lassen, dass alles gut war. Aber der Schrecken brüllte jeden Versuch nieder. Das Einzige, was ich tun konnte, war, sie so schnell zu befreien, wie meine zitternden Finger es zuließen. Endlich bekam ich ihre Arme frei. Sie sackten hinunter und Maya stieß ein schmerzerfülltes Stöhnen aus, das sich anfühlte, als würde ein Stück meines Herzens abbrechen.

Der untere Teil des Seils löste sich besser. Sie gab ein gepresstes Schluchzen von sich, als sie über das Seil und die Strähnen ihres Haares stieg.

»Es ist vorbei«, flüsterte ich ihr zu. Ich wollte sie in den Arm nehmen, festhalten, am besten für immer, und gleichzeitig hatte ich keine Ahnung, ob ich das durfte.

Sie schien unter Schock zu stehen.

Scheiße.

Scheiße!

Scheiße!!!

Warum war niemand hier, der wusste, was man da tat?

Ihre Zähne klapperten aufeinander und dieses Geräusch drang irgendwie zu mir durch.

Ich konnte es mir nicht leisten, den Kopf zu verlieren.

Maya brauchte mich.

»Moment«, raunte ich ihr zu und stürzte auf den Wagen mit den Handtüchern zu. Ich zerrte ein Dutzend davon heraus und wickelte Maya darin ein.

»Besser?«, fragte ich und einen Augenblick lang fand sich pure Verständnislosigkeit in ihrem Blick.

Wie sollte hier irgendetwas besser werden?

Doch dann nickte sie langsam. Auch wenn es sich anfühlte, als täte sie das nur mir zuliebe, beruhigte es mich, dass sie überhaupt reagierte.

Sie war so erschreckend still.

Weiß wie ein Geist und die Handtücher verstärkten das Bild.

»Soll ich Mr Hemskey anrufen?«

Sie schüttelte den Kopf.

»Die Polizei?«

Das Kopfschütteln wurde heftiger.

»Was willst du dann?«

Zum ersten Mal hatte ich das Gefühl, dass sie mich wieder richtig ansah statt nur durch mich hindurch. »Bringst du mich von hier weg?«

Kapitel 31

Wir schwiegen, nur das leichte Brummen des Motors war zu hören. Mein Schweigen hatte pragmatische Gründe. Ich war so voller Wut, dass die Gefahr bestand, dass ich daran erstickte, wenn ich damit begann, sie in Worte zu packen. Maya hatte nicht mehr gesprochen, seit sie mich gebeten hatte, sie fortzubringen. Die Beine auf den Beifahrersitz gezogen, den Kopf ans Fenster gelehnt, saß sie dort und starrte hinaus. Erst als wir in die Einfahrt fuhren, sah sie zu mir hinüber. Wir hatten nicht darüber geredet, wohin ich sie bringen würde.

»Keine Siedlung«, brachte ich irgendwie heraus. »Wenn du darauf bestehst, fahr ich dich, aber ich komme mit. Gleichgültig, was geschieht, ich weiche heute Nacht nicht von deiner Seite.«

Es dauerte nur einen Augenblick, dann nickte Maya. Etwas anderes blieb ihr auch nicht übrig. Nicht nach dem, was geschehen war. Ihre Hand legte sich kurz an meine, doch noch bevor ich sie zu greifen bekam, war sie fort.

Kaum hatte ich die Haustür aufgeschlossen, huschte sie hinein und verschwand im Schlafzimmer.

Was sollte ich tun?

Die Frage hämmerte in meinem Kopf, seit ich Maya gefunden hatte.

Was zur Hölle sollte ich tun?

»Brauchst du etwas?« Maya hatte die Tür nicht zugezogen, aber ich blieb in der Öffnung stehen, war mir nicht sicher, ob das zu wenig oder zu viel war.

Sie hatte mir den Rücken zugewandt, gab so den Blick frei, auf ihr Haar und die darin gekürzten Haarsträhnen, die uneben geschnitten waren und nicht einmal mehr ihre Schulter bedeckten. Die Welle aus Zorn drohte mich erneut mit sich zu reißen.

Sie schüttelte den Kopf und begann, sich aus den Handtüchern zu befreien. Traurig sackten die auf dem Boden zusammen. Ihre Bluse gesellte sich dazu und ich registrierte, dass sie den Badeanzug darunter angelassen hatte, trotz der herbstlichen Temperaturen.

Weil sie Angst gehabt hatte, sich dort umzuziehen, nach allem, was mit Sid gewesen war.

Der Gedanke stach mich mitten ins Herz.

Ich hatte Maya nicht vor ihm schützen können.

Und nicht hiervor.

Erst als ich bemerkte, dass sie zitterte, löste mich das aus der Starre. Wie betäubt machte ich mich auf den Weg zur Küche, setzte Teewasser auf und goss Gin in zwei Gläser. Meines leerte ich sofort, mit dem zweiten ging ich zurück ins Schlafzimmer. Maya hatte sich zwischenzeitlich ins Bett geflüchtet. Noch immer zitternd nahm sie das Glas zwar entgegen, stellte es aber auf den Nachttisch. Es machte nicht den Anschein, als könnte ich ihr damit helfen.

Sie hob die Hand in meine Richtung als Zeichen, mich zu ihr zu legen. Ich hob die Bettdecke und folgte ihrer Bitte. Gleichzeitig ließ ich Platz zwischen uns, um ihr Raum zu geben, falls sie den brauchte. Sie durchbrach ihn, rutschte schon im nächsten Augenblick an mich und nun hielt es auch mich nicht mehr zurück. Ich umarmte sie so fest, wie ich konnte, ohne dass es schmerzte, und zugleich war es nicht genug.

Irgendwo da brach sich ein Schluchzen seinen Weg aus ihr heraus und versank im Stoff meines Shirts. Meine Hände hatten sich zu ihrem Haar vorgearbeitet, strichen hinüber und jedes Mal, wenn ich die kurzen Strähnen darin spürte, presste sich mein Herz zusammen. »Es tut mir so leid«, flüsterte ich in ihr nasses Haar, küsste ihre Stirn. »So leid.«

Niemals hätte ich geahnt, dass meine Leute zu so etwas in der Lage waren.

»Hast du Namen für mich?« Die Nacht hatte schon vor einer Ewigkeit begonnen, aber erst jetzt fühlte es sich an, als könnten wir reden. Mayas Schluchzen war längst verklungen, dennoch konnte ich nicht damit aufhören, über ihren Kopf zu streichen. Nur diese monotone Bewegung hielt mich davon ab, hinauszustürmen und meine Wut in die Nacht zu schreien.

»Ich will nicht darüber reden.« Die ersten wirklichen Worte, die wieder aus ihr herauskamen, und nicht die, die ich hören wollte.

Ich brauchte Namen, damit ich wusste, wen ich hierfür bezahlen lassen würde.

»Wir *müssen* darüber reden.« Ich spürte, wie sie sich unter meinen Fingerspitzen abschottete, an einen Platz flüchtete, zu dem ich ihr nicht folgen konnte. »Wir können das nicht totschweigen. Das muss Konsequenzen haben. Wer war es?«

Ihre Augen, die mich sonst an den Sommerhimmel erinnerten, wirkten nun so kühl wie eine Eisfläche.

»Du weißt, wer es war.«

Yuppies.

Ich hatte Schwierigkeiten zu schlucken. Wie konnten Menschen, mit denen ich mich abgab, vielleicht sogar befreundet war, so grausame Dinge tun?

»Das reicht nicht. Sag mir, was genau geschehen ist.« Ich hatte dazu angesetzt, erneut über ihren Kopf zu streichen, aber Maya rutschte von mir weg und dort, wo sie gerade noch gelegen hatte, war nun nichts als Luft. Die Botschaft las sich so deutlich, dass ich knurrte. »Du wirst nicht mit mir darüber reden?«

Sie wich meinem Blick aus, nickte und ich verspürte wieder dieses drängende Bedürfnis zu schreien. Nur Maya war trotz ihres Schweigens nicht der richtige Empfänger dafür. Das Letzte, das ich wollte, war Maya anbrüllen. Also stand ich auf.

»Wohin gehst du?«

»Du willst schweigen, von mir aus. Aber ich muss reden, sonst platze ich. Ich telefoniere jetzt.«

»Fynn!« Sie setzte sich. »Der Kreis wird nichts davon erfahren!«

Dass ausgerechnet der Kreis ihr wieder Leben einhauchte, traf mich. »Deine Siedlung sollte es erfahren! Sie hätten längst alles erfahren sollen, dann wäre nichts davon geschehen!«

Maya starrte mich an und das Wenige an Farbe, das ihre Wangen zurückgewonnen hatten, schien wie weggewischt. »Du gibst mir die Schuld daran?«

Gott, ich wollte etwas zerschmettern. Alles, was ich hier fand, war ein Berg nasser Handtücher. Sie bekamen einen Tritt, aber der reichte nicht aus. »Ich gebe diesen verdammten Geheimnissen die Schuld daran! Sie hätten es nie gewagt, dir ein Haar zu krümmen, hätten sie gewusst, dass wir zusammen sind. Sid hätte keine Möglichkeit gehabt, dich zu erpressen. Xander würde nicht an dir kleben wie ein Schatten – weil es unnütz wäre. All das, was schlecht in unserem Leben läuft, liegt daran, dass wir nicht eingestehen, was wir sind.«

»Dass ich nicht dazu stehe, meinst du.« Maya blinzelte. »Denn du würdest es sofort tun. Also ist es meine Schuld.«

»Darum geht es überhaupt nicht!« Der Handtuchberg bekam einen zweiten Tritt und zur Sicherheit einen dritten, bevor ich mich ihr zuwandte. »Ich kann dich nicht schützen, Maya, weil ich nicht einmal in deiner Nähe sein darf. Was kommt nächste Woche? Was nächsten Monat?«

Sie schlang die Arme um die Knie. »Ich will deinen Schutz nicht. Den wollte ich nie. Aber ich will, dass du meine Entscheidung respektierst.«

»Warum zählt hierbei nur dein Wille? Es ist auch meine Beziehung. Was, wenn ich nicht länger bereit bin zu schweigen?«

»Zwing mich nicht, eine Entscheidung zu treffen«, sagte sie leise und ihre Stimme zitterte wie eine Flamme unter einem Luftzug. »Das ist meine Familie, mein Zuhause, und du forderst, dass ich sie gegen deine Leute eintausche. Menschen, die das getan haben?« Sie zog eine der kurzen Strähnen anklagend in die Höhe. »Das waren deine Freunde, Fynn! Verlang lieber keine Entscheidung von mir, wenn du nicht mit der Antwort leben kannst.«

Mein Innerstes zog sich so schmerzhaft zusammen, dass ich nicht in der Lage war, den nächsten Atemzug zu nehmen.

Maya war bereit für ein Leben mit mir.

Aber nur, wenn es ihr gleichzeitig nicht ihr altes Leben nahm. Doch das eine schloss das andere aus.

Sie würde sich niemals zu mir bekennen.

»Ich hatte nicht vor, deine Siedlung zu informieren«, gab ich tonlos zu. »Ich wollte mit Mr Hemskey reden. Gut, dass ich jetzt weiß, wo wir stehen.«

Ein letzter Versuch, sie dazu zu bringen, zu protestieren. Doch sie schwieg demonstrativ und machte damit alles noch schlimmer.

Ich wandte mich ab, ging in die Küche und füllte mir ein weiteres Glas mit Gin. Er brannte ein wenig in meiner Kehle, aber er konnte nicht ansatzweise mit dem Brennen hinter meiner Brust mithalten. Erst als das Glas erneut geleert war, brachte ich es über mich, Mr Hemskey zu verständigen.

Es war sonderbar, ich kannte ihn seit neun Jahren, doch wirklich zu schätzen gelernt hatte ich ihn erst in den letzten Monaten. Manchmal fragte ich mich, ob er gewusst hatte, was geschehen würde, wenn er mich und Maya dazu drängte, Zeit miteinander zu verbringen. Hatte er geahnt, dass aus uns ein Paar werden könnte? Er hatte uns zuvor in dem Schrank gefunden, in der sonderbarsten Situation, die man sich zwischen uns nur denken konnte. Und er war dabei gewesen, als ich durch die Glasscheibe hindurch Mayas Namen eingefordert hatte. *Ja, wahrscheinlich hatte er gehofft, dass wir uns mehr als nur annäherten.* Doch auch er konnte nicht geahnt haben, was er damit in Gang setzte.

Mein später Anruf stieß bei unserem Direktor auf wenig Begeisterung, er schwieg aber schnell, als ich zu erzählen begann.

Nebenbei schenkte ich mir nach. Trank den ein oder anderen Schluck in den Pausen. Es war schwer, ihm verständlich zu machen, dass Maya nicht bereit war, darüber zu reden, und dass ich sie nicht ans Telefon holen würde. *Ich verstand sie ja selbst nicht.* Aber schließlich schien er sich ähnlich damit abzufinden wie ich. Ich versicherte ihm, ihn zu informieren, falls ich mehr aus Maya herausbekam. Er versprach mir im Gegenzug, mich sofort anzurufen, sobald ihm die Überwachungsvideos vorlagen. Wir waren schon dabei, uns voneinander zu verabschieden, als er mich fragte, wie es Maya ging – *wirklich ging*. Und damit riss er irgendeine Mauer in mir ein. Vielleicht lag es am Gin, oder am Schock, aber nun setzte sich das Brennen in mir hinter meinen Augen fest.

»Nicht gut«, gab ich zu und wusste selbst nicht, warum ich antwortete. »Und ich habe keine Ahnung, wie ich ihr helfen kann.« Dieser eine Satz löste eine Lawine aus und es brach aus mir heraus.

Alles.

Dass Maya sich immer mehr von mir zurückzog, sich weigerte, mit mir über Gedanken zu reden, die sie quälten. Dass es sich oft so anfühlte, als würde sie die Welt aussperren. Und dass ich fürchtete, dass sie damit begann, mich ebenfalls auszusperren. *Dass ich Angst hatte, sie zu verlieren.*

Es war merkwürdig.

Seit einem Jahrzehnt war ich gefühlter Dauergast bei Psychologen und hatte bei jedem eisern geschwiegen. Niemals hätte ich mit einem von ihnen über meine Gefühle gesprochen. Aber ein Glas Gin und ein Telefonat mit meinem Schulleiter reichten für ein ganzes Dutzend an emotionalen Zusammenbrüchen.

Es war zutiefst peinlich.

Ich würde es morgen so etwas von bereuen.

Doch für den Moment tat es unglaublich gut, dass es jemanden gab, der zuhörte.

Mit dem ich über Maya sprechen konnte und über uns.

Mitternacht war längst vorbei, als sich die Tür zum Schlafzimmer endlich öffnete. Mayas Schritte waren langsam. Sie tauchte in meinem Blickfeld auf wie ein Reh im Scheinwerferlicht, das kurz davorstand zu flüchten. In jeder ihrer Bewegungen nahm ich die gleiche Unsicherheit wahr, die in mir tobte. Wir hatten beide Angst vor dem, was der andere sagen würde – *welche Konsequenzen er zog.*

Maya stoppte vor mir, sah mich aus rot geränderten Augen an.

Hatte sie wegen unseres Streits geweint?

Oder wegen dem, was geschehen war?

Wobei, machte es einen Unterschied?

Sie stellte sich auf die Zehenspitzen, legte ihre Stirn an meine. Eine wortlose Entschuldigung, weil ihre Wahl nicht so ausfallen würde, wie ich gehofft hatte. Sie schlang die Arme um mich, hielt mich fest, während meine Finger in ihrem Haar abtauchten.

Langsam ließ der Druck auf meiner Brust nach.

Wurde das Brennen in mir weniger nagend.

Ich wusste nicht, wie es mit uns weitergehen würde.

Für den Moment musste es ausreichen, dass Maya bei mir war.

Kapitel 32

»Ich schwanke zwischen Bewunderung und Entgeisterung«, sagte ich und schob ihr meinen Kaffeebecher in die Hand.

»Findest du es zu gewagt?« Sie strich sich durch das Haar, das sie demonstrativ offen trug, damit jeder die abgeschnittenen Strähnen sah. »Sie tuscheln sonst nur noch mehr.«

»Oder du nimmst Mr Hemskeys Angebot an und gönnst dir ein paar Tage Pause.«

»Damit sie denken, sie hätten mich eingeschüchtert?«

»Sie haben selbst mich eingeschüchtert und ich hab die Aufnahmen nicht einmal gesehen.«

Maya biss sich auf die Unterlippe. Vor Stunden hatte Mr Hemskey zurückgerufen und wir einen Kompromiss gefunden, darüber zu reden, mit dem wir scheinbar alle leben konnten. Er berichtete mir, was eine der Kameras aufgezeichnet hatte, und ich hatte es für Maya wiederholt.

Oder es versucht.

Ohne das Handy gegen die nächste Wand zu schmettern.

Offenbar war Maya von einer Gruppe Spinnern angegriffen worden, die sich in weiße Demonstrationskleidung geworfen hatten. Damit nicht genug, hatten sie sich mit Kunstblut – zumindest hoffte ich das – bespritzt und diese Jute-Beutel auf den Köpfen getragen, die die Kreisler manchmal nutzten. Seitdem kam ich mir vor wie in einem drittklassigen Horrorfilm. Zum ersten Mal seit Monaten brauchte ich morgens kein Koffein, um wachzuwerden, mein Herz pochte unangenehm schnell und alles an mir war so angespannt wie eine Bogensehne.

»Ich schaffe das, Fynn.« Für gewöhnlich nippte sie nur an meinem Kaffee, heute stürzte sie ihn hinunter. Ich betrachtete sie dabei, musterte die Blässe auf ihren Wangen, die dunklen Schatten unter ihren Augen und wünschte mir einmal mehr, dass ich heute an ihrer Seite bleiben könnte. Dann blieb mein Blick an einer der krumm geschnittenen kurzen Haarsträhnen hängen und ich atmete durch, erinnerte mich daran, wie stark sie war. Sie würde das packen. Maya konnte alles packen.

Sie stellte die leere Tasse ab und ich nutzte diese letzten Minuten, um Maya noch einmal in meinen Arm zu ziehen. Ihr Kopf fand den üblichen Platz an meiner Schulter, während meine Lippen über ihre Stirn wanderten und dort winzige Küsse hinterließen.

»Ich liebe dich, Fynn, sonst wäre ich jetzt nicht hier«, sagte sie leise. Noch immer hingen die Worte von letzter Nacht über uns wie dunkle Wolken, die sich nicht vertreiben lassen wollten. Sie sah zu mir hoch. »Ich habe keine Ahnung, wie, aber irgendwie schaffen wir das.«

Früher hatte ich gedacht, dass Liebe grenzenlos sein musste. Dass sie eine Naturgewalt war, so heftig, dass sie alles mit sich riss. Große Worte, noch größere Gesten … Maya hatte mir gezeigt, dass es so viel mehr gab. Liebe konnte tosend und überwältigend sein. Aber sie bestand auch aus Augenblicken wie diesem, sanften, leisen und manchmal schmerzhaften.

Ich nickte langsam.

So erleichtert, wie Maya ausatmete, schien sie die Bedeutung dahinter zu verstehen. Mir war eine Grenze aufgezeigt worden und ich liebte Maya zu sehr, um die Grenze nicht zu respektieren.

»Ich zwinge dich nicht zu einer Entscheidung.«

Kapitel 33

Raya

Ich kam zu spät.

Dabei hasste ich es, zu spät zu kommen.

Heute noch mehr als sonst.

Schnell huschte ich ins Klassenzimmer und setzte mich auf meinen Platz. Ich sah nicht auf, zog stattdessen die Unterlagen aus der Tasche und wünschte mir, unsichtbar zu werden.

»Wie geht es dir?«

So war das mit Wünschen – sie erfüllten sich nie. Honigfarbene Augen blitzten und Xander schob einige Strähnen seines hellen Haares aus der Stirn. Den Unterricht ignorierend, beugte er sich über meinen Tisch und durchbrach ungerührt den Abstand, den ich normalerweise zu ihm hielt. »Mr Hemskey sagt, die Yuppies haben dich überfallen?«

Dann hatte er wohl heute Morgen noch Magnus verständigt. Wahrscheinlich hatte er es gut gemeint, aber jetzt gerade, mit den Blicken der anderen auf mir, fühlte es sich nicht gut an. Hilfe suchend sah ich nach vorn, doch Mr March schien ebenfalls von Mr Hemskey informiert worden zu sein, denn er ging kommentarlos darüber hinweg, dass Xander seinen Platz verlassen hatte.

»Also, wie geht es dir?«, flüsterte mir der zu, während er mich prüfend musterte. Sein Blick blieb in meinem Haar hängen und verfinsterte sich.

»Wunderbar«, mühte ich mir ab. »Setz dich.« Aufmerksamkeit war das Letzte, wonach ich strebte. Mein Plan war gewesen, einfach zu existieren und nicht aufzufallen. Doch mit jeder Sekunde, die Xander hier saß, zog er mehr Blicke auf uns. Ich war sicher, dass einige der Yuppies von gestern Abend hier saßen und mich beobachteten wie die Hyänen, die sie waren.

Keine.

Schwäche.

Zeigen.

»Geh!«

Xander schüttelte den Kopf. »Lass uns rausgehen, dann kannst du mir alles erzählen.«

Als wenn ich das tun würde. Ich kam nicht mehr dazu, ihm zu sagen, was genau ich von seinem Plan hielt, denn die Tür öffnete sich und der Eintretende zog dankenswerterweise all die Aufmerksamkeit im Raum auf sich.

Ich hatte mit Fynn gerechnet, doch statt ihm stand dort die Gottesanbeterin und in dessen Miene spiegelte sich seine Verachtung. Zumindest konnte man ihm nicht vorwerfen, nur uns Freaks zu hassen. Er schien alles und jeden zu hassen. Sein Blick blieb an mir hängen, verfinsterte sich weiter. Gut. *Mich hasste er wohl am meisten.*

»Ms McGrey.« Er seufzte die Worte geradezu, machte uns deutlich, dass das hier weit unter seiner Würde war. »Der Direktor erwartet Sie.«

So viel zu meinem Plan, nicht aufzufallen.

Ich folgte der Gottesanbeterin mit gebührendem Abstand über die Flure – schon um zu verhindern, dass ich in ihn hineinlief. Das letzte Mal nahm er mir immer noch übel.

Ich konnte nur hoffen, dass Mr Hemskey nicht auch noch auf Antworten bestand. Wieso begriff niemand, dass es nichts brachte, darüber zu reden? Ich wusste nicht, wer sie gewesen waren. Alles, was ich wollte, war, gestern Abend aus meinem Gedächtnis auszulöschen. *Unwiderruflich.*

Reden würde die Bilder zurückzerren.

Die Angst.

Diese gottverdammte Ohnmacht.

Warum konnten sie mich nicht in Ruhe lassen?

Wir erreichten das Büro. Die Gottesanbeterin zog die Tür auf, ging hinein und ich folgte ihr.

»Kleines!« Dads Stimme ließ mich zusammenfahren. *Was …?* Schon war er da und umarmte mich. »Mr Hemskey hat mich gestern Nacht verständigt und ich bin sofort aufgebrochen. Geht es dir gut?«

Tränen brannten hinter meinen Augen. Ich zwang sie zurück. Jede Träne, die es aus mir herausschaffte, war ein Triumph für die Yuppies. Ich hatte mir geschworen, keine mehr zu weinen, aber Dads Arme schienen die Zeit zurückzudrehen. Es fühlte sich an wie früher, als er mich so festgehalten hatte, wenn ich geweint hatte.

»Sie können hineingehen«, kam es gereizt von der Gottesanbeterin und ich ahnte, dass er gerade dabei war, die Augen zu verdrehen angesichts der emotionalen Begrüßung.

Er hasst Menschen.

Fynns Botschaft war damals so wahr gewesen wie heute. Der Vorhang zu Mr Hemskeys Büro war wie meist zugezogen und so klopfte ich kurz an, bevor ich die Tür öffnete.

Und erstarrte.

Wir waren nicht der einzige Besuch.

Mr Hemskey lächelte, deutete auf die beiden freien Stühle, während mir vom dritten Fynn entgegensah.

Mein Herz setzte aus.

»Maya.« Dad schob mich weiter in den Raum, schloss die Tür hinter uns. Ich dagegen war nicht imstande, meinen Blick von Fynn zu lösen. Er hatte mir versprochen, dass er mir keine Entscheidung abverlangte. *Aber was sollte das sonst sein?* Teilte Mr Hemskey Fynns Einschätzung? Wollte er Dad die Wahrheit erzählen?

Zumindest Fynns Blick zuckte so entsetzt von mir zu Dad und wieder zurück, dass ich ahnte, dass auch er keine Ahnung hatte, was kommen würde.

»Setzen Sie sich bitte«, sagte Mr Hemskey. Dad drängte mich weiter und in meinem Kopf herrschte nichts als Leere. Da fand sich kein Ausweg. Dad peilte den mittleren Stuhl an und diese Erkenntnis führte dazu, dass ich ihm zuvorkam, geradezu auf den mittleren Stuhl sprang. *Keinesfalls würde ich zulassen, dass Dad neben Fynn saß*. Ich spürte seine Verwirrung über mein sonderbares Benehmen und hoffte, er würde es mit den Ereignissen der letzten Nacht entschuldigen.

Ich spürte, dass Fynn zu mir sah, aber ich hielt meinen Blick fest auf Mr Hemskey gerichtet. »Danke, dass Sie es so schnell eingerichtet haben, Mr McGrey«, begann der und sah zu mir. »Es tut mir schrecklich leid, was Ihnen widerfahren ist.« Ich zwängte mir etwas ab, was sich anfühlte wie ein winziges Nicken. »Natürlich setze ich alles daran herauszufinden, wer die Täter sind, doch für den Moment möchte ich mit Ihnen besprechen, wie wir weitere Übergriffe verhindern.«

»Was hat der junge Mann hier zu suchen?« Spätestens jetzt fand Dad zu Recht, dass etwas sonderbar lief. Mein Herz trommelte schmerzhaft gegen meine Rippen, während Dad an mir vorbei zu Fynn sah. »Ich kenn dich«, brach es überrascht aus ihm heraus. »Du warst bei uns für das Referat.«

Ich fluchte lautlos auf und glaubte zu hören, wie Fynn ein winziges Stöhnen von sich gab. Mr Hemskeys graue Augenbrauen hoben sich ungläubig.

»Ja«, erwiderte Fynn und klang, als wünschte er sich weit weg von hier. »Es ist wunderbar geworden. Vielen Dank für Ihre Unterstützung.«

»Er ist ein herausragender Schüler«, erklärte Mr Hemskey schmunzelnd in Richtung Fynn. »Unglaublich kreativer Kopf und überaus intelligent.« Sein Schmunzeln deutete darauf hin, dass er bei der Kreativität an Fynns zahlreiche Ausreden dachte und daran, wie es ihm immer wieder gelang, die Regeln zu biegen. Wie er es offenbar auch bei Dad getan hatte.

»Stand er nicht kurz davor durchzufallen?« Eine eindrucksvolle Falte grub sich in Dads Stirn.

»Ich neige zu Prüfungshysterie.« Fynn setzte sein charmantestes Lächeln auf. »Ich glaube immer, dass ich durchfalle. Eigentlich werde ich gerade im Unterricht erwartet.«

Er begann aufzustehen, doch Mr Hemskey schüttelte den Kopf. »Bitte geben Sie mir noch einen Moment.« Widerwillig sank Fynn zurück auf den Stuhl. »Mr McGrey«, setzte unser Direktor erneut an. »Ihre Tochter ist wiederholt Opfer von Attacken geworden und uns allen ist daran gelegen, dass sie die letzten Monate frei und ungestört auf der Verona Hall zubringen kann. Dieser junge Mann hier«, er wies auf Fynn, »hat Ihre Tochter gestern gefunden und sie in Sicherheit gebracht. Er ist einer meiner vertrauensvollsten Schüler und ich lege persönlich die Hand dafür ins Feuer, dass er alles daransetzt, um sie ausreichend zu schützen.«

Dad schüttelte den Kopf, schien protestieren zu wollen, doch Mr Hemskey sprach ungerührt weiter. »Er ist Mitglied des Schwimmteams, kann Ihre Tochter überallhin begleiten und sie abends zurück nach Hause bringen.« Dad schüttelte heftiger den Kopf. »Ich weiß, dass das schwer mit der Philosophie des Kreises in Einklang zu bringen ist, aber die Sicherheit Ihrer Tochter sollte an erster Stelle stehen.« Zum Ende hin wurde seine Stimme schneidender.

»Wir haben unsere eigenen Leute«, gab Dad zurück.

»Keiner von ihnen ist im Schwimmteam«, erwiderte Mr Hemskey. »Also erhält auch niemand der Kreisler Zugang zu den Schwimmräumen.«

»Maya ist ebenfalls nicht im Schwimmteam.« Dad schien nicht überall auf den neuesten Stand gebracht worden zu sein.

»Bin ich wohl, Dad«, sagte ich langsam und seine Augen weiteten sich entgeistert. »Ich bin nur der Ersatz. Bei den Wettkämpfen starte ich ohnehin nicht. Es macht mir Spaß.«

»Das endet sofort.«

»Nein. Dann denken sie, dass sie mich kleinbekommen haben.«

»Maya!« Er prustete meinen Namen förmlich aus. »Das ist nicht verhandelbar!«

»Genau, Dad«, erwiderte ich. »Diese Sache ist nicht verhandelbar.«

»Du wirst nicht im Badeanzug vor der ganzen Schule auftreten. Das ist absurd.« Sein Blick fuhr wieder zu mir und erst jetzt schien er den Rock wirklich zu registrieren. »Was trägst du da?«

»Meine Schuluniform.« Warum fühlte ich mich auf einmal so schuldig?

»Ich kenne deine Schuluniform und dieses Stück gehört nicht dazu. Wo ist deine Hose?«

»Hoffentlich im Müll«, murmelte ich halblaut, mehr für mich als für ihn.

»Rede nicht in diesem Ton mit mir!«

»Dann behandel mich nicht wie ein Kind!« Ich legte die Finger an die Schläfen, begann, sie mit kreisenden Bewegungen zu massieren. *Das hier war zu viel.* Ich war nicht darauf eingestellt, mit Dad zu streiten, und das auch noch vor Mr Hemskey und Fynn. »Können wir die Diskussion auf später verschieben?«

»Nein, es wird keine Diskussion geben. Xander passt auf dich auf.«

»Welch Überraschung!« Natürlich würde es Xander sein. In Dads Augen war der ein verkappter Heiliger, der aus irgendeinem unerklärlichen Grund weiter an mir festhielt, während ich alle Erwartungen permanent enttäuschte.

»Nein.« Das, was ich dachte, doch es war Mr Hemskey, der das Wort entschlossen aussprach. »Mir wurde zugetragen, dass er Ms McGrey gegen ihren Willen verfolgt. Erst gestern musste er von mehreren Mitgliedern des Schwimmteams aus der Umkleide geschafft werden, weil er sie in die Schwimmhalle verfolgen wollte.«

Warum wusste ich nichts von der Schwimmhalle?

Das hatte Fynn mir nicht erzählt.

Und wieso wusste Mr Hemskey von all diesen Dingen?

»Ich rede gleich mit ihm darüber und mache ihm deutlich, dass ich dieses Verhalten nicht länger dulde.«

»Das klingt nicht nach Xander.« Die Kühle in Dads Stimme wurde begleitet von Wachsamkeit.

»Es gibt ausreichend Beweise dafür. Aber fragen Sie doch Ihre Tochter.«

Dad sah zu mir. Eis legte sich um mein Herz, erinnerte mich daran, dass er mir beim letzten Mal nicht geglaubt hatte. *Warum sollte er das diesmal tun?*

»Beginnen Sie, Ms McGrey«, drängte mich Mr Hemskey sanft, aber nachdrücklich.

»Es stimmt.« Ich starrte auf die dunkle Tischplatte vor mir, fuhr mit dem Blick die sanfte Musterung darin nach, um nicht zu Dad sehen zu müssen. »Xander lässt mich nicht in Ruhe, nicht in der Schule und nicht in der Siedlung. Obwohl ich ihm andauernd sage, er soll damit aufhören. Wenn wir zurück sind, kontrolliert er meine Taschen.« An der Art, wie Dad die Luft einzog, ahnte ich, dass Magnus ihm bereits vom Handy erzählt hatte.

Er würde mir nicht glauben.

Das hier würde nichts bringen.

Wieder brannte es hinter meinen Augen. Ich spürte ihre Blicke auf mir, wollte mich unter die Eisglocke und in die Leere flüchten. Fynn wechselte die Position, legte sein Bein auf das andere und sein Arm streifte meinen. Nur einen winzigen Augenblick drang seine Wärme zu mir durch. Erinnerte mich die Härte des Bernsteins daran, dass ich alles schaffen konnte.

»Danke …« Mr Hemskey wollte erneut übernehmen. Er war auf meiner Seite, doch es fühlte sich nicht so an, als galt das auch für Dad.

»Das ist nicht alles.«

Wieso war es so schwer, über das zu reden, was uns ängstigte?

Über diese Momente, die einem die Luft abpressten, bis man glaubte, keinen weiteren Atemzug mehr nehmen zu können?

»Er schleicht jede Nacht in mein Bett, weil er denkt, ich könnte mich davonstehlen. Ich ertrage seine Nähe nicht.« Meine Stimme schwankte. »Also sitze ich an der Tür und warte darauf, dass die Sonne aufgeht, um ihm zu entkommen, und dann beginnt alles wieder von vorn.« Eine Träne ließ sich nicht zurückhalten, fand ihren Weg über meine Wange, während ein Kloß in meinem Hals mich zu ersticken drohte. »Ich hab Angst vor ihm, Dad.«

»Kleines.« Nur ein Wort, aber es klang erschüttert. Seine warme Hand landete auf meiner, drückte sie unbeholfen. »Es tut mir leid.« Als ich mich jetzt traute, zu ihm zu schauen, schimmerte es feucht in seinen Augen.

Er glaubte mir.

Dad glaubte mir tatsächlich.

Ich biss mir auf die Lippe, versuchte, die anderen Tränen in mir zu halten, aber ein winziges Schluchzen schaffte es über meine Lippen.

Mr Hemskey räusperte sich und als er weitersprach, klang seine Stimme rau. »Danke, Ms McGrey. Ihr Vater und ich führen dieses Gespräch gleich unter vier Augen fort. Nur vorher sollten wir klären, wie wir Sie fortan schützen können.« Er wandte sich Dad zu. »Sind Sie bereit, die Grundsätze des Kreises ein wenig zu dehnen, um Ihre Tochter zu schützen?« Er wies auf Fynn und Dad schien heillos überfordert. Sein Blick zuckte zwischen uns dreien hin und her, blieb schließlich auf mir liegen.

»Vertraust du ihm?«

»Ja.« Niemandem vertraute ich mehr als Fynn.

»Er kennt die Regeln?«

»Die kenne ich«, erwiderte Fynn.

Und wie er die kannte – wie er sie allesamt verabscheute.

»Gut.« Dad atmete auf. »Es gibt keine Verabredungen zwischen euch, keine Berührungen, nichts. Ich verlasse mich auf Ihr Urteil, Mr Hemskey.«

Fynn und ich wurden entlassen. Wie benommen erhob ich mich und folgte ihm aus dem Büro hinaus. Die Tür fiel ins Schloss und wir fanden uns allein auf dem Flur wieder.

»Was ist da passiert?«, fragte ich und fühlte mich wie betäubt. *Mein Verstand kam nicht mehr mit. War das gerade wirklich geschehen?* »Woher wusste Mr Hemskey von all diesen Dingen?«

Fynn drehte sich zu mir um und Zerknirschung fand sich in seiner Miene. »Zu viel Gin, zu viel Streit und viel zu viele Sorgen«, sagte er. »Miese Kombination. Ich habe ihm vielleicht das ein oder andere verraten.«

Vielleicht?

Das ein oder andere?

Das hier war wohl nicht der richtige Ort, um nachzufragen. »Komm mit.« Ich setzte mich in Bewegung, nahm die Abzweigung, die fort von den Schulräumen führte.

»Und wieder zwingst du mich zum Schwänzen«, sagte Fynn und lachte leise, als wir unser Ziel erreichten. »Das ist mein Job.«

»Dein Job ist es, diese Tür zu öffnen«, gab ich zurück und Fynn zog sein Handy, entriegelte die Kellertür innerhalb von Sekunden. Wir drängten hinein, sperrten die Welt da draußen einmal mehr aus.

»Irgendwann wird uns der Hausmeister erwischen.« Ich sank auf unsere Stufe und rutschte zu Fynn, der die Arme um mich legte.

»Dann kauf ich ihm den Raum ab. Was kann der schon kosten?«

»Du kannst so überheblich sein.«

»Aber ich bin auch amüsant.« Damit brachte er mich zum Lachen. Er küsste die Stelle hinter meinem Ohr, die alles in mir kribbeln ließ. »Gibt es einen Grund, weshalb wir hier sind?«

»Atmen.«

Ich musste dringend Luft holen.

»Ein großartiger Grund zum Schwänzen.« Er zog seine Kopfhörer aus der Innentasche seiner Jacke. »Wie wäre es mit Musik dazu?«

Lächelnd nahm ich den Ohrstöpsel, den er mir hinhielt. »Klingt perfekt«, sagte ich und legte den Kopf auf seine Schulter.

Kapitel 34

»Das wird in einer Katastrophe enden!« Magnus' Worte erfüllten die Wohnung. Doch außer uns dreien war niemand sonst hier. Dad hatte mich meine Sachen holen geschickt. Meine Tasche war längst gepackt und nun stand ich hier im Flur verborgen und wartete. »Du weißt, wie gern wir Maya haben, aber sie überschreitet andauernd neue Regeln. Das hört nicht auf, wenn du ihre Grenzen weiter steckst. Sie wird nur mehr davon übertreten. Du musst ihr Härte entgegensetzen, Pat.«

»Mr Hemskey ist da anderer Ansicht. Und ich bin mir gerade nicht sicher, was richtig ist. Wir haben es auf deine Art probiert und sei mir nicht böse, aber was mir zu Ohren gekommen ist, gefällt mir nicht.«

»Ich rede mit Xander. Das muss ein Missverständnis sein. Wir hätten etwas davon mitbekommen.«

»Das hoffe ich«, erwiderte Dad und jetzt klang er erschöpft. »Maya sagte mir nach der Abschlussfahrt, dass Xander sie geschlagen habe. Ich dachte, sie wollte nur ablenken von …« Seine Stimme schwankte bedrohlich. »Weißt du etwas darüber?«

»Nein!« Magnus klang ehrlich entgeistert. »Xander vergöttert Maya. Du kennst ihn, wie kannst du so von ihm denken?«

»Ich kenne auch meine Tochter«, gab Dad zurück. »Früher hat sie nie gelogen oder Regeln gebrochen. Jetzt bin ich mir nicht sicher, ob nicht vielleicht Xander der Grund dafür ist.«

»Ich rede mit ihm.« Der Ton in seiner Stimme ließ mich ahnen, wie versteinert Magnus' Miene gerade aussah. Er sprach es nicht aus, aber auch so war offensichtlich, wie wenig er mir glaubte.

»Und falls du erneut zusammenbrichst? Du brauchst Ruhe, um gesund zu werden.«

»Ich finde keine Ruhe, wenn es einer meiner Töchter schlecht geht.« Was auch immer Mr Hemskey zu ihm gesagt hatte, schien Früchte zu tragen. So energisch hatte ich Dad noch nie mit Magnus reden hören. »Es ist an der Zeit zurückzukommen und Maya nehme ich wieder zu mir.«

»Jeder hier will das Beste für sie. Wenn du Hilfe brauchst, ich bin jederzeit für dich da.« Magnus' Stimme veränderte sich. »Du weißt, dass die beiden nach dem Foto keine andere Wahl haben, als zu heiraten?«

»Dad?«, rief ich und hastete um die Ecke.

Weil ich dieses Gespräch unterbinden musste.

Weil ich nicht ertragen könnte, wenn Dad die falsche Antwort gab.

»Können wir los?« Er nickte. Ich spürte Magnus' Blick auf mir, als wir Richtung Tür gingen.

Er traute mir nicht.

Nach einer wunderbar ungestörten Nacht in meinem eigenen Bett verließ ich noch früher als sonst die Siedlung. In der verwitterten Auffahrt stand ein Auto, das ich nicht kannte, doch schon glitt das Fahrerfenster hinunter und Fynn begrüßte mich grinsend.

»Wie viele Autos hat dein Vater genau?«, fragte ich, während ich auf den Beifahrersitz sank. »Ich will nur wissen, was mich erwartet.«

»Soll das eine Begrüßung sein?«, konterte er und beugte sich zu mir, stoppte hauchzart vor mir. »Guten Morgen, meine Schönste.« Ich bekam einen winzigen Kuss und Libellen, die durch mich hindurchflatterten. So gut wie heute hatte lang kein Tag mehr begonnen.

»Du bist besser darin«, gab ich zu. »Aber ich bin hartnäckiger. Wie viele hat er? 3? 30?« Alles über einem klang für mich wahnwitzig.

Fynn lachte, setzte das Auto in Bewegung. »Keine Ahnung. Ich habe sie nie gezählt. Meinst du nur die hier oder auch in den anderen Häusern?«

»Ihr habt mehr als ein Haus?«

»Ja?« Fynns Lachen wurde lauter und klang nicht, als lautete die Antwort darauf zwei oder drei. Er sah zu mir und seine Erheiterung erlosch beim Anblick meiner Miene. »Das wusstest du nicht?«

Nein.

Ich wusste, dass Fynns Familie reich war.

Manchmal neckte ich ihn damit.

Aber hin und wieder bekam ich einen Blick darauf, dass es wohl verschiedene Stufen von *reich* gab. Dann erschreckte mich, wie groß der Unterschied zwischen uns war.

Wie groß er einmal werden würde.

»Es ist meins«, sagte Fynn gelassen. Sein Versuch, dieses Thema zu beenden. »Ich habe das alte Auto eingetauscht.«

»Warum?«

»Weil ich dich von nun an jeden Tag fahre, also dachte ich mir, ich wechsel auf ein Modell, das dir nicht ganz so zuwider ist.« Er klopfte auf das Lenkrad. »Das hier war das am wenigsten schädliche Auto, das der Händler hatte.«

»Du hast es für mich ausgetauscht?«

»Ja«, gab er zurück. »Mach dafür meine Horizonterweiterung verantwortlich.«

»Ich liebe es, dass du deinen Horizont erweiterst.« Ich beugte mich vor, küsste ihn auf die Wange.

»Und ich liebe es, dass du verhindert hast, dass dein Vater den Rock verbrennt.«

»Es war knapp. Ich glaube, Mr Hemskey hat etwas nachgeholfen.«

Fynn nickte. »Wenn das so weitergeht, müssen wir noch die Enkel unserer Schildkröte nach ihm benennen.«

Kapitel 35

Zwei Wochen waren vergangen, seit Dad zurück war.

Zwei Wochen, in denen ich Fynn jeden Morgen und jeden Abend sah. Und in mindestens einer der Pausen.

Manchmal schlich ich mich schon vor dem Morgengrauen in die Einfahrt, wo Fynn auf mich wartete. Offenbar behielt Magnus recht. Ich hatte nichts Besseres zu tun, als die neu gezogenen Grenzen mit Anlauf zu überspringen. Aber mein schlechtes Gewissen hielt mich nicht davon ab, Fynn entgegenzurennen. Solange ich glaubte, nicht erwischt zu werden, nutzte ich jede Chance, um bei ihm zu sein.

Wenn er mir beibrachte auf Moms Gitarre zu spielen, wir gemeinsam Pizza aßen, ineinander verschlungen auf dem Sofa lagen und redeten oder ich in seinem Arm einschlief, fühlte es sich an wie eine echte Beziehung. Endlich blieb uns Zeit, wirklich zusammen zu sein, und es war erschütternd, wie gut es sich anfühlte. Nur manchmal, wenn Fynn wieder zu einem Training hetzte, auf die Uhr sah und ich wusste, dass er abschätzte, wie viele Stunden ihm zum Schwimmen blieben, flackerte Sorge in mir. Er lud sich zu viel auf. Seit er Sids Posten übernommen hatte, war es noch schlimmer geworden. Doch wann immer ich das Thema ansprach, winkte er ab, erklärte, nach der Meisterschaft kehre Ruhe ein.

Vielleicht.

Aber irgendwie fühlte es sich nicht danach an.

Als er mich um Mitternacht in der Auffahrt einsammelte, schimmerten seine Haare feucht im Licht der Wagenbeleuchtung. Ein Zeichen dafür, dass er noch geduscht hatte – *weil er schwimmen gewesen war.*

»Wie viele Stunden hast du heute trainiert?« Mindestens zwei Schulstunden hatte er geschwänzt. Fynn hatte mir nicht gesagt, was genau er Mr Hemskey alles anvertraut hatte. Aber da sowohl unser Direktor als auch die Lehrer nun kommentarlos darüber hinweggingen, wenn Fynn schwänzte, ahnte ich, dass er den wahren Grund für seine Ambitionen verraten hatte.

»Ein paar.« Die ausweichende Antwort hatte ich kommen sehen.

»Wir schaffen es auch anders. Es gibt so viele Möglichkeiten.«

»Welche?« Sein Blick blieb auf die Straße gerichtet.

»Wir suchen uns Jobs.«

»Dafür müssten wir unsere ID-Karten vorzeigen. Jeder dort wüsste dann, wer wir sind. Je mehr Menschen wir einweihen, desto größer ist die Wahrscheinlichkeit, dass wir auffliegen.« Er schnaubte auf. »Sollte ich irgendwo Kaffee ausschenken, wird innerhalb kürzester Zeit ein Kamerateam auftauchen, um Bilder zu schießen. Ich kann es vor mir sehen: Der Ferres-Erbe verdient sein Geld mit Tassenausspülen.«

»Du bist zynisch.«

»Ich bin realistisch«, gab er ungewohnt grob zurück und beschleunigte die Geschwindigkeit. Dabei achtete er mittlerweile darauf, sich an die Straßenregeln zu halten. »Mein Vater wird wahrscheinlich der nächste Vize-Präsident. Es ist ein Wunder, wenn wir es schaffen, unter ihrem Radar durchzufliegen.«

»Dein Name wird bei den Wettkämpfen genannt werden.«

»Dann trete ich unter meinem zweiten Vornamen an.«

Frustriert stieß ich die Luft aus. Mit Fynn über das Schwimmen zu reden, war so kompromisslos. Für ihn gab es nur diese eine Option und ich begriff nicht, wieso er keine andere zulassen wollte. Ich war davon überzeugt, dass wir Möglichkeiten finden würden, um ungestört zu leben. Alles würde sich geben, wenn wir erst einmal dort waren. Normalerweise war Fynn der Optimist von uns beiden, ich die Verbissene mit den Plänen, doch bei diesem Thema waren unsere Plätze seltsam vertauscht.

»Gut. Dann such ich mir einen Job.«

»Du?« Ich bekam einen winzigen Blick, der sich nicht anfühlte, als läge das für Fynn auch nur im Bereich einer sinnvollen Möglichkeit.

»Erzähl mir nicht, dass du ein Problem damit hättest, wenn ich für unser Einkommen sorge.«

»Leben wir im letzten Jahrhundert?« Er verdrehte die Augen. »In Ordnung. Nenn mir eine einzige Arbeit, mit der du Geld verdienen könntest, ohne dich schlecht zu fühlen.«

»Da gibt es viele.« Ich versuchte, mir Zeit zu verschaffen. *Was zur Hölle gab es an Jobs?*

Keine der Tätigkeiten, die ich kannte, brachte Geld ein.

»Nenn mir eine«, erwiderte der Mann, den ich zwar liebte, aber der heute offenbar vorhatte, mir wirklich auf die Nerven zu gehen. »Ja«, fuhr er nach meinem Schweigen fort. »Dann helfe ich dir. Bei jedem Coffee-Store werfen sie dich nach einem Tag raus, weil du dich weigerst, Einwegverpackungen an die Kunden herauszugeben.«

»Weißt du, wie viele davon jeden Tag allein in unserer Stadt weggeworfen werden? Die sind Gift!«

Fynn hob demonstrativ die Augenbrauen. »Damit wären auch alle anderen Restaurants, Lieferdienste und Fast-Food-Ketten raus. Bekleidungsgeschäfte ebenfalls, weil du ständig Kunden darauf aufmerksam machen würdest, dass die Kleidung zu unwürdigen Bedingungen hergestellt wird.« Fynn atmete aus. »Nehmen wir lieber alles raus, wo man etwas verkauft oder herstellt. Bleibt nicht mehr viel Auswahl.«

»Warum bist du heute so?« Das hier war anders als unsere sonstigen Neckereien. Ich versuchte ernsthaft, eine Lösung zu finden. Dann würde ich halt einen Job annehmen, der sich nicht mit meinen Überzeugungen deckte. Ich hatte oft genug bewiesen, dass ich in der Lage war, die Regeln zu brechen. Das würde ich wieder tun, wenn ich Fynn damit diesen Druck nehmen könnte. Aber stattdessen machte er sich über mich lustig.

Dank Fynns übertriebener Geschwindigkeit bogen wir bereits in seine Einfahrt ein. Für den Moment war ich sogar erleichtert darüber, dieser Enge hier zu entkommen. Von Fynns Seite kam nur Schweigen.

Erst als wir an seiner Haustür standen, legte er den Arm um mich. »Tut mir leid«, raunte er mir zu. »Ich war ein Arsch. Meine Zeiten waren heute mies und ich bin müde.«

»Dann lass uns endlich über andere Optionen sprechen.«

»Etwas, für das du dich verbiegen musst, ist keine Option für mich, Maya. Ich will, dass du glücklich bist.«

»Ich bin glücklich, wenn ich bei dir bin.«

Es dauerte einige Sekunden, bis Fynn nickte. Er küsste erst meine Stirn, dann meine Lippen. »Du hast recht«, raunte er mir zu. »Lass uns reingehen. Ich will dir etwas zeigen.«

Er schloss die Tür auf und ich folgte ihm hinein. Kaum hatten wir Jacken und Schuhe ausgezogen und uns auf sein Sofa sinken lassen, zog Fynn die Ausdrucke vom Tisch, die ich vorher nur am Rande registriert hatte.

»Die Mantua-Universität öffnet nächstes Wochenende den Campus für Interessierte. Es gibt Führungen, Vorlesungen, kulturelle Veranstaltungen.«

»Mit kulturell meinst du den Bar-Abend, oder?«, fragte ich mit Blick auf das Programm und Fynn grinste.

»Wir sollten dorthin.«

»Das ist unmöglich.« Es gab einen Grund, weshalb wir an diese Uni wollten, sie lag mitten im Nirgendwo. »Mit der Bahn sind wir über zwölf Stunden unterwegs, und das, wenn es wirklich gut läuft. Mit dem Auto wäre es sogar noch länger. Wir würden nichts vom Programm mitbekommen.«

»Wir könnten fliegen.«

»Nein.« Das konnte er nicht ernst meinen. »Nein, nein, nein!«

»Bitte.« Er zog mich auf seinen Schoß. »Wir wollen dort Jahre unseres Lebens verbringen. Findest du nicht, wir sollten den Ort vorher gesehen haben? Was, wenn er uns nicht gefällt? Lass es uns testen.« Jetzt klang er genauso wie damals, als er mich dazu gebracht hatte, mich durch all die Süßigkeiten zu probieren.

Aber damals war es um Schokoriegel gegangen.

Das hier war unendlich viel schlimmer.

»Wir schwänzen am Freitag die letzten Stunden, dann sind wir abends da und können am nächsten Morgen pünktlich zur Begrüßung zum Campus.« Ich schüttelte den Kopf, doch Fynn stoppte mich, indem er meinen Hals mit winzigen Küssen bedeckte. »Das Flugzeug ist halb leer«, flüsterte er mir dann zu. »Es wird fliegen, ob wir an Bord sind oder nicht. Du schädigst nicht aktiv die Umwelt.« Ich wollte protestieren, doch Fynn ahnte, was ich vorhatte, legte seinen Finger auf meine Lippen. »Wir sind Sonntagnachmittag zurück. Niemand wird davon erfahren. Du erfindest einen Kurs irgendwo und wir beide brechen ein ganzes herrliches Wochenende lang aus.«

Es war so schwer, der Begeisterung zu widerstehen, die ich in seinem Gesicht fand. Ich wollte sie nicht zerstören.

Ein ganzes Wochenende nur für uns hatten wir noch nie gehabt …

»Komm schon, Maya«, flüsterte Fynn grinsend und zog an einer verschnittenen Strähne meines Haares. »Lass uns wild sein.«

»Du hast alles gut durchdacht, aber …« Ich suchte einen Weg, Fynn schonend beizubringen, dass ich ablehnen musste, ohne ihn zu enttäuschen. Doch von Enttäuschung fand sich nichts in seinem Blick. Genau genommen wirkte der verdächtig schuldbewusst. Verspätet meldete sich mein Argwohn. *Ich kannte diesen Blick.* »Was hast du getan?«

»Ich habe alles schon gebucht.« Mein Mund klappte auf, doch kein Ton schaffte es hinaus. »Ich hatte jede Menge Guthaben, das sonst verfällt.« Fynn warf betont Hilfe suchend die Arme in die Luft. Gleichzeitig funkelte es in seinen Augen, meine Fassungslosigkeit schien ihn zu amüsieren. »Du kannst doch nicht zulassen, dass ich den Fluggesellschaften Geld überlasse, Maya? Ausgerechnet du?«

Sein provokanter Tonfall brachte mich widerwillig zum Lächeln. »Du kämpfst gut.«

Fynn strich über meinen Nacken, ließ es dort wohlig kribbeln. »Es geht darum, ein Wochenende mit dir zu verbringen. Ich habe mich den ganzen Tag hierauf vorbereitet, du bist chancenlos. Als Nächstes sage ich dir, dass ich mir dieses Wochenende von dir zum Geburtstag wünsche.«

»Der ist erst im Sommer.«

»Ein sehr verfrühtes Geburtstagsgeschenk. Geburtstagswünsche muss man erfüllen. Die sind heilig.« Gerade als ich den Mund öffnete, um ihm all die Gründe zu nennen, weshalb ich das nicht tun konnte, legte Fynn erneut den Finger auf meine Lippen.

»Du hast recht«, sagte er und überraschte mich erneut. »Momentan bin ich unglaublich müde. Ich war in meinem Leben noch nicht so gestresst wie jetzt und ich finde mich gerade selbst zum Kotzen. Kennst du dieses Gefühl, dass du den Kopf nicht mehr frei bekommst? Ich muss hier raus und das kann ich nicht ohne dich.«

Und einfach so verpufften die Gründe.

Zerbröckelte mein Widerstand.

»Werden die Flüge auf meiner ID-Karte hinterlegt?«, fragte ich, kaum dass sein Finger verschwand.

»Nein«, erwiderte Fynn und lächelte so breit und befreit wie lang nicht mehr. »Die Tickets sind bei mir gespeichert. Ich hab an alles gedacht.«

»Dann wird das ein interessantes Wochenende.«

Kapitel 36

Was zu Hölle tat ich hier?

Ich würde gleich fliegen.

Wenn das die anderen wüssten.

Wenn Dad wüsste, dass ich nicht auf der Demonstration für grünere Lebensräume war, sondern kurz davorstand, mich in ein Flugzeug zu setzen …

»Alles gut?« Fynn drückte meine Hand.

Nein, nichts war gut.

Dad versuchte, diese Sache mit dem Vertrauen hinzubekommen, und ich belog ihn. Mein schlechtes Gewissen war übergroß, als ich Fynn tiefer ins Innere des Flugzeugs folgte. Er zeigte seine ID-Karte dem Flugpersonal und augenblicklich wurde nach unserem Gepäck verlangt. Selbst meine Tasche musste ich abgeben, obwohl das Paar vor uns sein Gepäck behalten durfte. Doch Fynn schien nichts daran seltsam zu finden. Ein Steward in schwarzer Uniform begrüßte uns überschwänglich, als wären wir alte Bekannte. Dabei hatte ich ihn ganz sicher nie zuvor gesehen. Das gefiel mir ähnlich wenig wie seine Uniform, an der die goldenen Knöpfe und Verzierungen mit seinem übertriebenen Lächeln um die Wette blitzten. Als Kreislerin hatte ich früh gelernt, Uniformen mit Misstrauen zu begegnen.

Der Mann setzte sich in Bewegung, um uns höchstpersönlich den Weg zu zeigen, und jetzt war ich mir sicher, dass es bei den Reisenden vor uns anders gewesen war.

»Wie viel Guthaben musstest du loswerden?«, raunte ich Fynn zu, während wir dem Steward durch das Innere des Flugzeugs folgten.

Fynn wirkte, als könnte er sich nur mit Mühe ein Lachen verkneifen. »Eine Menge.« In dem Moment stoppte der Mann vor einer Tür, ließ sie zur Seite fahren und bat uns mit einer einladenden Bewegung einzutreten.

Mittlerweile rechnete ich mit etwas Überzogenem, doch das, was uns hinter der Tür erwartete, war so viel schlimmer als gedacht. Ein kreisrunder, mit cremefarbenem Leder überzogener Raum tat sich vor uns auf. Wären die futuristisch anmutenden Flugsitze und die charakteristischen Fenster nicht gewesen, wäre ich niemals darauf gekommen, dass sich das im Inneren eines Flugzeugs verstecken konnte. So stellte ich mir die Clubs vor, in denen Fynn und seine Leute feierten. Es gab sogar eine Sitzecke mit Sofa und zwei Beistelltischchen davor und auf einem davon war eine kleine Vase eingelassen. Eine rote Blume steckte darin.

Die war hier so falsch wie ich.

Ich fand unser Gepäck, ließ meinen Blick höher wandern und starrte den übergroßen Bildschirm an, auf dem Mr Ferres und seiner Begleitung ein angenehmer Flug gewünscht wurde.

Mir entwischte ein Stöhnen.

Keines von der guten Sorte.

»Ist alles zu Ihrer Zufriedenheit?«, fragte der Mann.

Nein.

Kein bisschen.

Ich war nicht zufrieden.

Ich war bis in meine Haarwurzeln hinein entsetzt.

Fynn nickte ihm dennoch zu. »Es ist alles wunderbar, vielen Dank.« Er klang verdächtig amüsiert. »Es gibt diesmal sogar eine Blume, wie nett.« Er drehte sich zu mir. »Du magst doch Blumen?« Ja, Fynn kämpfte mit einem Lachen, aber erst als der Steward uns allein ließ, brach es richtig aus ihm heraus. »Wie furchtbar findest du es?«

Ich suchte nach Worten, deutete auf die cremefarbenen Lederwände, den Bildschirm, das Sofa. »Warum?« Meine Bestürzung ließ Fynns Erheiterung einen Hauch abflauen – nur nicht genug.

»Die Suite war frei, ich hatte tatsächlich noch massig Guthaben und es ist besser, wenn wir beide uns abschotten. Es gibt Leute, die mich erkennen, und das Personal hat meinen Namen. Ich will nicht, dass sie dich permanent vor der Nase haben.« Fynn legte seine Arme um mich. »Beim nächsten Mal sitze ich mit dir und unseren gepackten Koffern fünfzehn Stunden in der Bahn, in Ordnung?« Ich nickte halbherzig. »Geh ans Fenster. Jetzt bist du dran mit der Horizonterweiterung.«

Was auch immer er damit meinte. Ich rutschte auf den Platz und Fynn setzte sich zu mir, beugte sich vor, kam aber nicht mehr dazu, mich zu küssen, weil es an der Tür klopfte. Nur Augenblicke später erschien der Steward erneut, diesmal mit einem silbernen Tablett, auf denen zwei Stielgläser neben einer geöffneten Flasche standen. »Champagner, bevor wir starten?«

Champagner?

Was …?

Fynn bekam einen winzigen Tritt, während der Mann uns die sprudelnde Flüssigkeit in die Gläser schenkte.

Ungefähr so musste sich Alice gefühlt haben, als sie im Wunderland gelandet war.

Ich würde lieber einem Kaninchen hinterherrennen.

»Fynn«, stieß ich Hilfe suchend aus, als die Tür erneut aufging und eine Frau in der gleichen Uniform und einem weiteren Tablett eintrat. Auf diesem hier befand sich zumindest kein Alkohol, sondern eine winzige Schüssel mit Obst. *Oder so ähnlich.* Mein entgeisterter Blick blieb an den schokolierten Trauben hängen, die so aussahen, als hätte jemand Blattgold darauf gestreuselt.

War das ein schlechter Scherz?

Während ich mit meiner Fassungslosigkeit kämpfte, gesellte sich das zweite gefüllte Glas auf die silberne Platte.

»Dürfen wir Ihnen den Gruß unseres Kochs servieren?«

»Nein«, entfuhr es mir. Wahrscheinlich war ich unhöflich, aber das hier entwickelte sich zunehmend zu meinem persönlichen Albtraum.

»Möchten Sie etwas anderes? Wir haben ein ganz vorzügliches Steak.«

Fynn rettete mich. »Wir hätten gerne unsere Ruhe bis zur Ankunft.«

»Selbstverständlich.« In den Augen des Stewards funkelte es verschwörerisch auf und er deutete ein Nicken an.

»Können Sie den Champagner wieder mitnehmen und ihn an andere Gäste verteilen?«

Jetzt war er ohnehin offen.

Ich war gegen Champagner.

Aber noch mehr gegen Verschwendung jeglicher Art.

Der Mann sah mich mit dieser Art Blick an, der mir ganz ohne Worte klarmachte, dass ich mich sonderbar verhielt. *Das war mir gleichgültig. So wurde ich andauernd angesehen.*

Immerhin nahm er alles mit und sie verschwanden, ließen uns endlich in Ruhe.

Fynn lächelte, was mich darin bestärkte, dass ich gerade irgendwelche ungeschriebenen Regeln gebrochen hatte. »Ich bin hierfür nicht gemacht.«

Sein Lächeln wurde größer. »Ich hatte Zeit, mich an den Gedanken zu gewöhnen, dass du dieses Leben verabscheust, also bin ich eher mäßig schockiert.«

»Findest du das hier normal?«

Fynn zuckte mit den Schultern. »Ja, wahrscheinlich. Ich kenn es nicht anders. Wenn wir geflogen sind, immer auf diese Weise. Meist hat eine Nanny mit mir gespielt und mein Vater hat auf so etwas gesessen und gearbeitet.« Er deutete auf das Sofa. »Ich habe viel Zeit in solchen Räumen verbracht.«

»Das klingt traurig.« Ich hatte den Kopf ans Fenster gelehnt und Fynn gemustert. Nun legte sich seiner unmittelbar vor meinen und ich versank in dem Vergissmeinnichtblau seiner Augen.

»Die meisten würden darin ein ziemlich perfektes Leben sehen.«

»War es das?«

»Nein.« Er strich mit dem Daumen über meine Wange. »Es war einsam. Die Nannys wechselten andauernd und ich musste sowieso immer still sein, damit mein Vater arbeiten konnte. Später bin ich weniger mitgeflogen.«

Ein Surren schien durch die Maschine zu gehen und Fynn fuhr mit dem Daumen über meine Lippe. »Was macht deine Höhenangst?«

»Noch sind wir am Boden.« Ich beugte mich vor, durchbrach den winzigen Abstand zwischen uns, weil mir die Libellen keine Wahl ließen. Seine Hand fand meinen

Hinterkopf, drängte mich enger zu sich, während wir uns tiefer in dem Kuss verirrten. Und im nächsten. Und in dem darauf. Bis ich nicht mehr wusste, wo er aufhörte und ich begann. Erst ein Zerren in meinem Magen ließ mich innehalten und Schuld daran waren diesmal keine Libellenflügel.

»Es geht los«, raunte Fynn mir zu und strich mit den Fingerspitzen meine überhitzten Lippen entlang. »Sieh hinaus«, flüsterte er und drehte mich sanft Richtung Fenster.

»Und wenn ich Angst bekomme?«

»Bin ich hier.« Er legte den Kopf auf meine Schulter und ich gab nach, sah, wie wir die Landebahn verließen. Das Zerren in meinem Bauch nahm zusammen mit der Geschwindigkeit zu und plötzlich flogen wir. Das hatte ich gewusst, aber gleichzeitig erhob sich pure Fassungslosigkeit in mir, als wir den Boden unter uns ließen. Ich hatte schon so viele Flugzeuge am Himmel gesehen, sie allesamt verachtet. Fliegen war ein Privileg, das sich wenige Menschen auf der Welt leisten konnten. Ich wusste genau, wie katastrophal es für die Natur war. Ich kannte all die Zahlen, die Statistiken, konnte nachts einen Vortrag darüber halten, wie schädlich diese Art zu reisen war. Aber nichts hatte mich auf die Faszination vorbereitet, die ich empfand, als wir die Wolkendecken durchbrachen und eintauchten in das Blau. Wo uns die vollkommene Abgeschiedenheit des Himmels begrüßte.

Fynn hatte den Kopf mittlerweile angehoben und ich ahnte, dass er nicht die Aussicht betrachtete, sondern mich. Er schien genau zu wissen, was in mir vorging, und gleichzeitig schwieg er, ließ mich in diesen Moment abtauchen.

Nach dem Flugzeug ahnte ich Schlimmes. Der Flug hatte mir vor Augen geführt, dass unsere Leben nicht unterschiedlicher sein konnten. *Wusste Fynn, wie sehr sie sich unterschieden?*

Ich wurde angespannter, als wir den Flughafen verließen. Zuvor hatte ich mir keine Gedanken zu der Unterkunft gemacht, die Fynn gebucht hatte. Jetzt, wo ich wusste, wie normal diese Art von Leben für ihn war, schon.

Gab es in Mantua Sternehotels mit Luxussuiten?

Mein Herz presste sich bei dem Gedanken zusammen wie ein nasser Schwamm.

Zumindest fuhren wir mit dem Bus. Überall waren Menschen, Arme und Gepäckstücke – beruhigend. Das war meine Art zu reisen, aber Fynn sah zutiefst genervt aus. »Du bist so still«, stellte er argwöhnisch fest. Ich zuckte mit den Schultern, weil ich nicht vorgeben wollte, dass in mir alles normal war, doch dann wurden wir von aussteigenden Personen auseinandergedrängt und damit ersparte ich mir die Antwort.

Irgendwann zeigte Fynn mir an, dass wir rausmussten. Wir kämpften uns durch das Getümmel und draußen zog Fynn sein Handy und begann, uns zu navigieren.

Die Straße sah erstaunlich nett aus. Sie war gesäumt von Bäumen. Häuser in viktorianischem Stil standen dicht an dicht. Ihre pastellfarbenen Töne brachen die Straße fröhlich auf und die spitzen Dachgiebel verliehen diesen Hauch von Verspieltheit. Hier und da fand sich eine Holzterrasse in Richtung Straße gerichtet, geschmückt mit Blumenkübeln und mit Sitzmöbeln ausgestattet. Es war nicht das, was ich nach dem Flug befürchtet hatte. Kein Sternehotel weit und breit.

Vor dem kleinsten der Häuser stoppte Fynn. Offenbar waren wir angekommen. An dem Geländer der Veranda war die Farbe an manchen Stellen abgesplittert, die Rasenfläche wurde von ein paar wilden Blumen und Kräutern durchbrochen. Es war zauberhaft.

Fynn hob einen der Blumentöpfe und präsentierte mir lächelnd den Schlüssel. Im Inneren war es ähnlich schön wie draußen. Kleine Macken in den alten Dielen erzählten von all dem Leben, das hier schon geherrscht hatte. Es gab eine überschaubare Anzahl an Holzmöbeln und ein großes Bücherregal, in dessen Auswahl ich mich gleich vertiefte.

»Keine Kaffeemaschine«, stieß Fynn gespielt verzweifelt aus, als er die kleine Kochnische sah. »Aber sonst ist es in Ordnung, oder? Ich fand, das wäre ein guter Kompromiss. Es gibt jede Menge Kompromisse, mit denen wir uns beide gut fühlen, Maya.« Das ließ mich lächeln. *Fynn hatte also längst geahnt, womit ich gehadert hatte.*

Nachdem wir unser Gepäck abgelegt hatten, ging es sofort weiter. Wir wollten die Stadt erkunden und zum ersten Mal seit Ewigkeiten hatten wir Zeit. Wir ließen uns treiben. Es war ungewohnt, so öffentlich neben Fynn zu laufen. Immer wieder musste ich mich daran erinnern, dass uns niemand in dieser Stadt kannte. Hier war es uns problemlos möglich, die Hände ineinanderzulegen, ohne dass es jemand beachtete.

Vor einem Regenschauer flüchteten wir in ein Restaurant. Wir waren früh dran fürs Abendessen und die meisten Tische unbesetzt. Das Essen war fantastisch, aber noch besser war, dass uns heute einmal keine Zeit im Nacken saß. *Der Abend gehörte uns. Und der morgige Tag auch.* Die Erkenntnis ließ mich immer wieder lächeln.

Der Regen hatte aufgehört und der Abend war eingekehrt, als wir das Restaurant verließen. Unzählige alt anmutende

Straßenlaternen brachen die Dunkelheit auf. Kurz zog Fynn sein Handy heraus, um nachzuschauen, was es im Umkreis gab, doch ich nahm es ihm sanft ab, schob es wieder zurück in seine Manteltasche. Ich wollte diese Atmosphäre ungefiltert aufnehmen. Er setzte zum Protest an, aber ich stoppte ihn, indem ich ihn küsste. Hier, mitten auf dem Weg, trotz der Menschen um uns herum.

Ich küsste ihn.

Weil ich es wollte.

Einen Augenblick lang spürte ich seine Überraschung, dann zog er mich eng an sich heran. Nur am Rande vernahm ich das Pochen von Schritten, die sich einen Weg an uns vorbeisuchten, weil wir unwillig waren, uns voneinander zu trennen. Niemanden kümmerte, was wir taten.

Das hier war Freiheit.

Heute Nacht waren wir frei.

Manchmal schaute ich zu Fynn, während wir weiterliefen, und jedes Mal lag ein Lächeln auf seinen Lippen. Er kannte den Kreis gut genug, um zu wissen, welche Bedeutung ein Kuss bei uns hatte. Dass ich ihn einfach so in der Öffentlichkeit geküsst hatte, war für uns beide etwas Besonderes.

Nach einiger Zeit des ziellosen Herumziehens fanden wir uns in einer belebteren Ecke wieder. Aus geöffneten Türen drangen Musik oder Stimmen zu uns, manchmal auch beides. Einmal hatte Fynn zu mir geschaut, die Augenbrauen fragend erhoben, aber ich hatte den Kopf geschüttelt und wir waren weitergegangen.

Beim nächsten Objekt, das sein Interesse weckte, machte er sich nicht erst die Mühe, mein Einverständnis einzuholen. In seinen Augen blitzte es begeistert auf und schon zog er mich hinter sich her ins Innere. Vielleicht weil er gewusst hatte, dass ich abgelehnt hätte. So kam es, dass ich mich heute nicht nur zum ersten Mal in einem Flugzeug befunden hatte, sondern auch das erste Mal in einem Kino stand.

Es wirkte wie ein Relikt aus einer vergangenen Zeit. Der weinrote Teppich war übersät mit Flecken und das Sternenmuster darin so abgewetzt, dass es kaum noch zu erkennen war. Die einst wohl gold glänzenden Geländer waren stumpf und dort, wo der Lack abgeblättert war, schimmerte es schwarz. Zwei der Glühbirnen im Kronleuchter waren defekt und eine flackerte, würde offenbar die nächste sein, die den Dienst quittierte. Über allem hing der Geruch nach gebranntem Zucker und heißem Öl. Obwohl wir hier im Vorraum die Einzigen waren, ahnte ich, wie sich dieser Raum einst angefühlt hatte. Durchdrungen von den gut gelaunten Gesprächen unzähliger Menschen und der Erwartung eines schönen Abends. Wenn man hinsah, erkannte man den Glanz von früher, fand den Zauber. Es fühlte sich an, als würde es nicht in die Welt draußen passen.

Genau wie ich.

»Überzeugt?«, fragte Fynn und ich nickte, woraufhin er an der Kasse zwei Tickets, Getränke und eine gigantische Tüte Popcorn orderte.

Neben dem einzigen Kinosaal fand sich eine Wochenübersicht, aber keiner der Titel darauf sagte mir etwas. Wenig verwunderlich. Im Kreis gab es keine Filme. Wir hätten nicht einmal Geräte zum Abspielen besessen. Sie waren überflüssig und daher gehörten sie nicht in unser Leben. Die Filme, die ich kannte, stammten aus dem Unterricht und waren – zumindest auf der Verona Hall – von Kreislern zuvor auf ihre Inhalte überprüft worden.

Der Saal war leer und Fynn steuerte eine der Reihen im hinteren Drittel an. Laut ihm waren das die besten. Wir fanden einen Doppelsitz ohne Armlehne, den Fynn als perfekt bezeichnete. Ich versank regelrecht in den unglaublich weichen Polstern. Natürlich machten wir ein Foto, mitsamt der Popcorntüte, deren Inhalt sich bei unserem ungelenken Versuch beinahe auf den Boden ergoss. Auf dem Foto versuchten wir lachend, es zu verhindern.

»Popcorn?« Fynn schob mir die Tüte entgegen. »Dank mir später.«

»Du hast übertrieben. Das schaffen wir nie.«

»Bei Popcorn gibt es keine Übertreibung.«

Ich nahm eine Handvoll und schob es mir in den Mund. Ich hatte gedacht, es würde ähnlich schmecken wie Mais – den kannte ich.

Tat es nicht.

Es war klebrig.

Und zuckrig.

Und … *Gottverdammt, war es gut.*

»So etwas existiert und du erzählst mir nichts davon?« Ich griff erneut zu und diesmal füllte ich meine Hand bis zum Anschlag.

Fynns Lachen wehte über mich hinweg. »Über jede andere Antwort wäre ich enttäuscht gewesen.« Der Film setzte ein und ich lehnte mich an Fynn. Wir schwiegen, aßen Popcorn, schauten dem alten Film zu. Ein Schwarz-Weiß-Krimi aus den Fünfzigern. Das hier war so viel besser als die Filme, die ich im Klassenraum gesehen hatte. Den letzten hatte es kurz nach meinem Umzug an die Verona Hall gegeben. Fynn hatte an dem einen Ende des Klassenraums gesessen und ich an dem anderen. Damals hatten wir nicht genug Platz zwischen uns haben können. Jetzt war das Gegenteil der Fall. Wir strebten beide nach der Nähe des anderen, unwillig, uns nicht zu berühren. Manchmal strichen Fynns Lippen über meinen Hals, hinterließen flüchtige Küsse, pausierten dann, um mich nicht zu sehr abzulenken. Einmal stoppte sein Mund unmittelbar vor meinem Ohr. »Das hier ist perfekt«, raunte er mir zu und ich konnte nichts anderes, als zu ihm zu schauen.

»Ja«, flüsterte ich zurück und Fynns Augen funkelten auf, als er sah, was sich in meinem Gesicht abspielte.

Bis heute hatte ich nicht gewusst, wie vollkommen das Leben sein konnte.

Kapitel 37

Fynn

Dieses Wochenende war eine meiner besten Ideen überhaupt. In der letzten Zeit hatte ich mich ausgebrannt gefühlt. Jetzt kehrte das Leben zurück. Es war nur ein kleiner Vorgeschmack auf das, was kam, wenn wir die Verona Hall endlich hinter uns ließen, und doch versprach alles daran großartig zu werden.

Abgesehen von dieser einen winzigen Sache, die ich gern ändern würde.

»Fynn?«, rief Maya von unten. »Bist du fertig?«

Wer plante eine Campusführung so früh an einem Samstag?

»Gleich.« Noch gestern Nacht hatte ich versucht, Maya zu überreden, die Führung zu schwänzen. Und ich hatte es wieder versucht, als der Wecker gnadenlos früh geklingelt hatte.

Aber es war Maya und ich war chancenlos gewesen – beide Male. Sie wollte diese Sache richtig machen, wie sie immer alles richtig machen wollte. Es waren Augenblicke wie diese, die mir brutal in Erinnerung riefen, dass ich eine Kreislerin liebte. Noch bevor ich es überhaupt geschafft hatte, den Kopf vom Kissen zu heben, hatte Maya bereits geduscht. Die gelbe Bluse und eine Jeans angezogen und ihre Haare zu einem Zopf gebunden, damit man die schiefen Enden nicht sah. *Hier schien es sich für sie anders anzufühlen als an der Verona Hall, wo ihre Angreifer diese Winzigkeiten als Schwäche auslegten.*

»Unauffällig genug?«, hatte sie mich gefragt und ich daraufhin den Kopf geschüttelt.

»Du wirst niemals unauffällig sein.« Maya würde in keiner Menge untergehen, dafür war sie nicht gemacht. Sie würde immer herausstechen, ob sie wollte oder nicht.

»Bitte sag mir, dass du nicht noch im Bett liegst«, rief Maya nun zu mir herauf.

»Tu ich nicht«, gab ich zurück und verfluchte erneut, dass es keine Kaffeemaschine gab. Ich war es nicht gewöhnt, auf solche Details zu achten. Maya wäre das nie passiert.

Die Schlafzimmertür öffnete sich und sie stand vor mir. »Fynn«, stieß sie augenrollend aus und wies auf mich und dann auf das Bett.

»Du hast nur gefragt, ob ich liege. Mittlerweile sitze ich«, gab ich zurück. »Das ist ein Anfang.«

»Bitte mach dich fertig.« Sie schwankte zwischen Fassungslosigkeit und einem Lachen. »Ich will nicht am ersten Tag zu spät kommen.«

»Wirst du nicht. Bis zum ersten Tag sind es noch Monate. Das hier ist nur eine überflüssige Promo-Veranstaltung, damit wir uns nicht für eine andere Uni entscheiden. Es spricht nichts dagegen, wenn du dich wieder zu mir legst.« Ich knipste mein breitestes Lächeln an, fing sie ab, als sie lachend versuchte, mich aus dem Bett zu ziehen.

»Wir gehen zur Führung«, sagte sie mit dieser Stimme, die keinen Raum für Protest ließ, aber immerhin bekam ich einen

Kuss. Leider war der viel zu kurz, schon huschte Maya aus meinem Arm.

»Du bist hartherzig. Da draußen ist es kalt, es ist zu früh und ich bin müde«, murrte ich. »Wir hatten nicht einmal Frühstück. Wenn du mich unbedingt rauszerren musst, lass uns essen gehen.«

»Fynn.« Sie grinste zwar, aber ihr Ton wurde strenger. »Das liegt daran, dass du nicht rechtzeitig aufgestanden bist. Ich gehe in fünf Minuten los. Allein wird es hier für dich ziemlich langweilig.«

»Zehn Minuten.« So schnell wie Maya nickte, hatte sie nicht nur mit dem Einwand gerechnet, sondern ihn schon vorher in ihre ursprüngliche Zeitplanung eingerechnet.

Verdammt.

Nächstes Mal würde ich die doppelte Zeit fordern.

Es dauerte fast zwanzig Minuten, bis wir schließlich aus der Tür traten, und das auch nur, weil Maya mich permanent antrieb. In ihrem Kopf gab es einen genauen Plan, wann wir wo sein mussten. Ich hatte keinen Plan und wenig Interesse daran. Meine Schritte beschleunigte ich allein deshalb, weil ihr zuzutrauen war, dass sie mich sonst zurückließ. Mir gefiel ihr Ehrgeiz zu sehr, um mich daran zu stören.

Fünf Minuten vor Beginn erreichten wir das Universitätsgelände, was Maya sichtlich entspannte. Mich weniger. Eigentlich hatte ich darauf gehofft, auf dem Weg hierher einen Kaffee zu bekommen, nur war da kein einziger Laden gewesen. Ich brauchte definitiv Koffein, um nicht im Stehen einzuschlafen.

Maya führte uns zielstrebig zu einer Gruppe von Leuten in unserem Alter, die verstohlen an einer Statue standen und deren abwartende Haltung sie als Besucher auswies. Diejenigen, die weniger verloren aussahen, trugen allesamt Jacken in dem dunkelblau der Uni, fünf an der Zahl. Offenbar die eingeteilten Studenten und sie studierten Listen, überschlugen immer mal wieder die Gruppengröße.

Wir Besucher standen einzeln oder in Kleinstgruppen beisammen, hielten im stummen Einvernehmen Abstand zu den Klemmbrettleuten. Jeder musterte jeden und versuchte gleichzeitig, nicht danach auszusehen. Ich betrachtete ebenfalls prüfend die Menschen. Wie erwartet war kein bekanntes Gesicht dabei – erleichternd.

Unvermittelt blieb mein Blick an einer attraktiven Blondine hängen, deren rechte Hand sich um das klammerte, was ich so dringend brauchte. Einen dieser Einwegbecher, die Maya hasste, und ich war mir sicher, dass er Kaffee enthielt.

»Bin sofort zurück«, raunte ich Maya zu, aber sie hörte mich wohl nicht einmal, weil sie bereits in die Schrift der Infotafel vertieft war. *Typisch Maya.*

Schmunzelnd bahnte ich mir einen Weg zu der Blondine und ihrer Freundin, umschiffte dabei den ein oder anderen Besucher. Die beiden registrierten mich erst, als ich sie beinahe erreichte, und stoppten ihr Gespräch. Wahrscheinlich versuchten sie abzuwägen, ob ich ein passabler Gesprächspartner sein könnte. Das Ergebnis fiel offenbar zu meinen Gunsten aus, denn beide lächelten.

»Hi«, sagte ich und das Lächeln der Blondine vergrößerte sich, als ich mich ihr zuwandte. »Ich habe eine Frage an dich.« Sie nickte eine Spur zu schnell und erst das machte mir bewusst, dass sie meinen Besuch vielleicht falsch einschätzte. Das hier war sonderbar und neu. »Kaffee?«

Ihre Augen weiteten sich überrascht, allerdings musste ich auch zugeben, dass das eine herausgestoßene Wort wohl kaum eine adäquate Frage war. Doch dann nickte sie, strahlte mich an. Und innerlich stöhnte ich auf.

Dachte sie, ich wollte mit ihr einen Kaffee trinken?

Früher hätte ich die Gelegenheit ergriffen und wäre mit ihr verschwunden – jetzt fand ich das hier anstrengend. »Ich suche dringend Kaffee, kannst du mir sagen, woher du deinen hast?« Ein ziemlich unmissverständlicher Satz, ich wollte Kaffee und kein Date.

Ihr Lächeln verschwand und ihre Wegbeschreibung fiel knapp und eisig aus. Ich bedankte mich überschwänglich, schon um meinen unbedachten Einstieg wiedergutzumachen, dann flüchtete ich.

Maya atmete gereizt auf, als ich vor ihr stoppte, und Blitze tobten in ihren Augen. »Ist das dein Ernst?«

Warum war sie auf einmal wütend?

Sie schüttelte den Kopf und ihr Zopf peitschte hin und her. »Du lässt mich hier stehen?«

War sie etwa eifersüchtig?

Offenbar stand ich heute Morgen beachtenswert neben mir, denn ich hatte keine Ahnung, was gerade geschah. Und dann, ganz plötzlich, verschwanden die Blitze in ihren Augen und der Sommerhimmel kehrte zurück. »Für Kaffee«, stieß sie grinsend aus und endlich begriff ich. Sie hatte mich auflaufen lassen.

»Gut gespielt, Lieblingsfreak«, raunte ich ihr zu. »Wenn ich darauf reinfalle, zeigt das nur, wie dringend ich einen brauche. Ich habe mir gerade schon versehentlich ein Date eingehandelt.«

»Du hast dir ein Date eingehandelt?« Maya zog sich grinsend auf die Zehenspitzen, um die beiden Frauen über meine Schulter hinweg zu mustern – *so viel zur Eifersucht*. Ich für meinen Teil versuchte, das zu verhindern, indem ich ihr die Sicht versperrte. Die zwei beobachteten uns sicher.

»Das war weniger lustig, als es klingt. Genaugenommen war es peinlich, also hör auf, dorthin zu schauen.« Auch ich musste längst grinsen. »Ich bin gleich wieder da. Die rechnen hier eh nicht damit, dass alle pünktlich sind.«

»Du wirst dermaßen zu spät kommen, Fynnigan«, raunte sie mir zu und präsentierte mir eines dieser Lächeln, die aus einem mittelprächtigen Tag einen verdammt guten machen konnten.

»Glaub ja nicht, dass du für deine Unverschämtheit etwas von mir abbekommst.«

»Ich trinke doch ohnehin nicht aus diesem Einwegmist«, erinnerte sie mich zwinkernd und ich ging auf die Suche nach dem Kaffeeladen.

Kurz befürchtete ich, dass die Blondine mir den falschen Weg gesagt hatte, als kleine Rache. Doch dann fand ich mein Ziel. Eines dieser vintage-mäßig angehauchten Lädchen mit jeder Menge Kreidetafeln, auf denen kunstvoll verschnörkelt verschiedenste Kaffeesorten beworben wurden. Ich ließ mir die stärkste Sorte und den größten Becher geben, hoffte, dass diese Kombination meine Müdigkeit vertrieb. Während der Kaffee aufgebrüht wurde, betrachtete ich die Auslage. Jede Menge süßes Gebäck. Zum Frühstücken waren wir nicht gekommen, weil ich nicht daran gedacht hatte, für Nahrung zu sorgen. Ich war es nicht gewohnt, mich um diese Dinge zu kümmern. Zeit, das wiedergutzumachen. Und diesmal richtig.

»Sind die Zutaten bei einem davon aus der Region?«, fragte ich den Mann hinter dem Tresen, der nicht viel älter war als ich. Offenbar wurde er das nicht oft gefragt, denn sein Mund öffnete sich zwar, aber es dauerte einige Sekunden, bis er entgeistert verneinte.

»Saisonal?«

Er starrte mich irritiert an, schüttelte dann den Kopf.

Immerhin hatte ich es probiert. Wahllos wählte ich Gebäckstücke aus. »Stopp«, entfuhr es mir, gerade als er Anstalten machte, nach einer Folie mit goldenen Emblemen zu greifen. »Habt ihr Papiertüten?« Wieder sah er mich aus großen Augen an und huschte dann Hilfe suchend zu einem der anderen Verkäufer. So wie die beiden zu mir schauten, hatten sie mir gerade den Titel »Anstrengendster Kunde der Woche« verliehen.

Mittlerweile hatte ich hin und wieder diese Art von Blicken abbekommen. Immer dann, wenn ich versuchte, die Welt ein wenig mehr durch Mayas Augen zu sehen, das Schützenswerte daran. In solchen Momenten bewunderte ich Maya und selbst die Mitglieder des Kreises. Sie waren andauernd dieser Irritation und schlimmeren Dingen ausgesetzt. Dennoch hielten sie ungerührt an dem fest, was für sie richtig war.

Es dauerte lange, zähe Minuten, bis der Mann tatsächlich mit einer braunen Papiertüte aus dem Lager zurückkam. Er warf mir unsichere Blicke zu, als er begann, die Gebäckstücke in gefühlter Zeitlupe einzupacken.

Maya hatte recht.

Ich würde so was von zu spät kommen.

Maya war fort. Und mit ihr so ziemlich alle anderen. Nur noch eine Handvoll Leute standen verloren herum.

»Gehörst du zu uns?« Ein Typ baute sich vor mir auf. Braune, gegelte Haare, eher unscheinbares Gesicht - er trug einen dieser grauen Kaschmirpullunder über seinem Hemd. Eine Kombination, die ich noch nie hatte ausstehen können. Alles an ihm wirkte, als würde er einmal einen Führungsposten in einem Großunternehmen übernehmen.

Nein, dachte ich.

»Vermutlich«, hörte ich mich sagen.

»Wir haben hier noch einen Zu-spät-Kommer«, rief er einer Frau zu und die kam mit ihrem Klemmbrett geradewegs auf mich zu. »Wie ist dein Name?« Sie zückte den Stift »Fynn Ferres«, stieß ich widerwillig aus. Zeit zu prüfen, ob ich mit meinem Namen durchkam. Wie erwartet sah sie auf. »Ferres Enterprise?«

»Nein«, erwiderte ich so gelangweilt, wie ich konnte. »Dann würde ich wohl an einer dieser unverschämt exklusiven Universitäten landen. Aber du hast keine Ahnung, wie oft ich mir das anhören muss.«

»Kann ich mir vorstellen.« Sie schmunzelte und es fühlte sich an wie ein kleiner Triumph. »Ich bin Elena und du hast jetzt eine Führung für die Zu-spät-Kommer gewonnen. Zumindest die ist hier sehr exklusiv.«

Elena führte uns über den Campus. Sie zeigte uns die verschiedenen Bereiche und verknüpfte sie mit der ein oder anderen Anekdote, um das Ganze aufzulockern. Ich war durchaus zufrieden mit meiner Gruppe, auch wenn ich den Typen mit dem Pullunder und seine unzähligen Nachfragen nervtötend fand. Elena nahm sich geduldig viel Zeit, um jede davon zu beantworten. Während einer dieser Antworten, in denen ich mich gedanklich abmeldete, erspähte ich Maya mit ihren Leuten im Park. Sie schien sich mit dem Gruppenleiter zu unterhalten, denn er trug eine dieser dunkelblauen Jacken. Kurz überlegte ich, zu ihrer Gruppe zu wechseln, aber dann waren sie schon fort und Elena zog mit uns weiter. Wir würden uns eh gleich alle wiedersehen, bevor der nächste Programmpunkt begann.

Wir hatten Glück, die Sonne fand ihren Weg zu uns, als die Führung endete. Es versprach, einer der letzten guten Herbsttage zu werden.

Die Verantwortlichen hatten sich nicht lumpen lassen und drinnen eine Art Getränkebuffet aufgebaut. Wasser, Saft, sogar Sektflöten standen dort bereit. Aber ich interessierte mich vor allem für die silberne Maschine, vor der sich schon eine beachtliche Schlange gebildet hatte. Der Kaffee vorhin hatte geholfen, doch ich spürte, wie die Müdigkeit erneut einsetzte.

Weil es nur langsam voranging, blieb mir ausreichend Zeit, die Leute draußen zu beobachten. Die letzte Truppe, die ankam, war Mayas. Sonderbar, sie waren vor uns gestartet und hatten nicht diesen nervtötenden Fragesteller dabeigehabt. Natürlich fand ich Maya sofort. *Ich würde sie immer finden.* Sie unterhielt sich wieder mit dem Studenten, fuchtelte dabei mit den Händen, wie sie es nur tat, wenn sie für ein Thema brannte. Sie war so vertieft in das Gespräch, dass sie nicht einmal herschaute. *Damit würde ich sie später so was von aufziehen.* Die beiden gingen weiter, während der Rest der Gruppe hereinkam. Besonders gut kam mir die Stimmung bei ihnen nicht vor. Mein Blick fand Maya und den Fremden, die vor einem der Fenster stoppten. Von hier gab es wenig von seinem Gesicht zu erkennen, aber immerhin konnte ich seine zugewandte Körperhaltung deuten. Sie gab mir eine

Ahnung, woher die eher verhaltene Laune bei dem Rest der Truppe stammte. Ihr Gruppenleiter war wohl weniger aufmerksam gewesen als Elena.

Mit zwei Kaffeetassen und der Gebäcktüte bewaffnet machte ich mich auf den Weg zu ihnen. Ich musterte den Mann, während ich auf ihn zuging. Er war älter als wir, vielleicht drei Jahre? Seine kastanienbraunen Haare fielen ihm in die Stirn und darunter fanden sich seegrüne Augen, die Maya anstrahlten. Die beiden zusammen zu sehen, fühlte sich verwirrend an. Weil es so anders war als früher, wenn ich Maya mit Xander gesehen hatte.

Warum war ich nicht eifersüchtig, obwohl ein gut aussehender Mann Maya unverhohlen anschmachtete?

Doch nichts von dem, was ich sah, brachte dieses brennende Nagen von damals zurück.

Weil ich wusste, dass Maya mich liebte.

Dieses Wissen machte den Unterschied.

Der Student registrierte mich vor Maya, die mit dem Rücken zu mir stand. Kurz schien es, als versuchte er einzuschätzen, ob ich zu seiner Gruppe gehörte. *Entweder hatte er ein schlechtes Gesichtsgedächtnis oder er war die letzte Stunde tatsächlich zu abgelenkt gewesen, um sich auf die anderen Gesichter zu konzentrieren.*

Er lächelte Maya entschuldigend an, wandte sich mir zu. »Kann ich dir helfen?« Obwohl ich die beiden gestört hatte, fand sich keine Spur von Gereiztheit an ihm.

»Eigentlich bin ich hier, um Kaffee vorbeizubringen.« Ich musste lächeln, weil Maya sich schon begeistert zu mir gedreht hatte, kaum dass ich anfing zu sprechen.

»Ist der wirklich für mich? Ich dachte, ich habe es mir mit dir verscherzt.« Sonnenstrahlen brachen das Himmelblau ihrer Augen auf, als sie mir den Becher aus der Hand nahm und mich dabei wie zufällig diese Sekunde zu lange berührte. Darin hatten wir Erfahrung.

»Offenbar bin ich nicht besonders nachtragend.« Ich sah zu dem Studenten hinüber. »Dir hätte ich auch eine Tasse mitgebracht, aber dann hätten die Wartenden hinter mir mich wohl vom Campus gejagt.«

»Das hätten sie bestimmt. Letztes Jahr gab es fast einen Aufstand, weil wir koffeinfreien Kaffee genommen haben.«

»Verständlich. Wie kann man das einem Kaffee antun?« Misstrauisch starrte ich auf die tiefschwarze Flüssigkeit in meinem Becher.

»Keine Sorge.« Er schmunzelte. »Ich habe darauf bestanden, dass es dieses Jahr wieder richtigen Kaffee gibt.«

»Dann bist du ab sofort mein Held.«

Maya setzte ihre Tasse ab. »Das ist Fynn – mein Freund. Er ist ein Kaffeejunkie.« Sie lächelte mich an, begeistert darüber, die Worte aussprechen zu können. *Mein Freund*. Die Möglichkeit hatten wir sonst nie. In ihrer Begeisterung entging ihr die schockierte Miene des Mannes. Sein entgeisterter Blick huschte zwischen uns beiden hin und her. Maya hatte mich sicher nicht erwähnt. Für uns war es so viel schwieriger, darüber zu sprechen, weil jedes Wort Probleme mit sich ziehen konnte. Dass sie bereit war, ihm zu erzählen, dass wir zusammen waren, bedeutete, dass sie ihn für vertrauenswürdig hielt. Nur wirkte er gerade nicht, als ob ihn ihr Urteil freute. Eher als hätte sie ihm eine kalte Dusche verpasst.

»Ich brauche Wasser«, stellte Maya derweil fest und verschwand, ohne zu registrieren, welches Chaos sie zurückließ. Der Mann starrte ihr hinterher, erst verspätet schien er sich zu zwingen, wieder zu mir zu schauen.

»Ihr seid zusammen?« Noch hoffte er wohl darauf, dass ich nur ein Freund war. Ein guter Freund. Kein fester Freund.

»Ja.« Es gab keine Möglichkeit, ihm das schonend beizubringen. Er nickte, doch gleichzeitig wanderte sein Blick Maya erneut hinterher. Dann registrierte er offenbar, dass er sich mehr als verräterisch benahm, sah hastig wieder zu mir.

»Kommt ihr später in den Pub? Dort gibt es einen mürrischen Barkeeper, aber gutes Bier.« Er zwängte sich ein Lächeln ab. Es war ein krampfhafter Versuch, ein anderes Thema einzuwerfen.

»Vermutlich.« Jetzt war ich es, der nach Maya sah – nur Hilfe suchend. Dieses Gespräch hier war nun so zäh und unangenehm wie ein Kaugummi unter der Schuhsohle. Es würde für uns beide noch unangenehmer werden, wenn ich mich unter einem Vorwand zurückzog, bis sie zurückkam. Das würde ihm deutlich machen, dass ich wusste, dass er auf meine Freundin stand.

»Ihr seid schon länger zusammen?« Wollte er seine Aussichten abschätzen? Oder war es nur ein Versuch, dieses unangenehme Gespräch lockerer zu machen, indem er bewusst lässig über unsere Beziehung sprach? Kurz flackerte da doch etwas in mir auf, dieser Wunsch, zumindest die Grenzen abzustecken.

»Lang genug.« Seine Miene wurde starrer. »Ich habe gelesen, dass die Uni Apartments für verheiratete Paare vergibt. Weißt du, an wen ich mich wenden muss, wenn ich Informationen darüber möchte?«

»Das kann ich in Erfahrung bringen.« Die Worte kamen so gepresst aus ihm heraus, dass er mir fast leidtat. Ich wusste besser als jeder andere, wie mies es sich anfühlte, keine Chancen bei Maya zu haben.

»Das wäre großartig. Aber sag ihr nichts davon. Sie weiß noch nichts.«

»Wovon nicht?« Schon tauchte Maya zwischen uns auf.

Das war knapp gewesen.

Wenn Maya mitbekommen hätte, dass ich hier gerade den eifersüchtigen Freund spielte, würde sie mich die nächsten Jahre damit aufziehen.

Ich zwang mir ein Lächeln ab, hob schnell die Papiertüte. »Davon, dass ich Essen besorgt habe.«

»Ich habe gehofft, dass du das sagst.« Sie lächelte verschwörerisch und setzte sich ungerührt auf den Boden. »Pizza?«

»Nein. Es ist süß und klebrig und so ziemlich das Einzige, das ich im Laden bekommen habe.«

Maya öffnete die Tüte, sah hinein und zog etwas davon heraus. »Es sieht aus wie Kuchen und es kommt nicht aus dem Automaten – das ist vielversprechend.«

»Der Kuchen im Automaten ist übrigens verschwunden«, sagte ich und setzte mich zu ihr. Das wollte ich sie längst fragen. »Stattdessen sind da Äpfel drin. Hast du deine Finger im Spiel gehabt?«

Maya lachte, biss aber schnell in das Stück Schokoladenkuchen, um mir nicht antworten zu müssen. Sie hatte Mr Hemskey also wirklich zu dem Austausch angestiftet.

»Das Zeug war ekelhaft«, erwiderte sie schließlich verspätet. »Aber das hier ist gut.« Sie sah hoch zu dem Studenten, registrierte erst jetzt, dass er noch immer stand. »Setz dich doch zu uns. Wir haben jede Menge davon.«

Er schien kurz zu zögern, dann sah er hinüber zu dem Getümmel. »Ich muss mich mal bei den anderen sehen lassen. Wir treffen uns bestimmt später noch«, erwiderte er und verschwand. Maya starrte ihm hinterher, kräuselte dabei zauberhaft verwirrt die Nase. Es war erstaunlich, wie klug sie war und wie wenig sie von diesem Thema verstand.

»Er mag dich.«

Das Kräuseln vertiefte sich. »Ich mag ihn auch.« Sie zuckte mit den Schultern, so herrlich ungekünstelt, dass ich nicht anders konnte, als zu grinsen.

»Damit meine ich, dass er auf dich steht.«

Sie starrte mich entgeistert an. »Unsinn«, widersprach sie, aber gleichzeitig fuhr ihr Blick verunsichert zurück. Jetzt gerade war sie sicher dabei, das Gespräch mit ihm zu analysieren, um herauszufinden, ob etwas mitgeschwungen war. Doch Maya würde es nicht erkennen.

»Ich fürchte, das ist eines der Gebiete, auf denen ich ein Experte bin und du eine Niete. Glaube mir, er steht auf dich, und bis du ihm deinen Freund vorgestellt hast, hat er gehofft, dass du heute mit ihm zusammen in den Pub gehst.«

»Das hätte ich gemerkt.«

»Ich liebe dich, aber von dem Thema hast du keine Ahnung.« Sie atmete entrüstet auf. Dann würde ich es ihr halt beweisen. »Wann hast du gewusst, dass ich auf dich stehe?«

»Am See«, erwiderte sie zögernd. Die Antwort war sogar schockierender als gedacht. »Am See habe ich quasi mit Leuchtschildern darauf hingewiesen, dass ich mehr von dir will. Es gab so viele Situationen davor.« Und wie es die gegeben hatte.

Maya schwieg einige Sekunden lang, blinzelte. »Wann hast du es bei mir gemerkt?«

»Sicher war ich mir, als du im Büro deinen Namen für mich aufgeschrieben hast.«

Ihr Mund klappte entgeistert auf, aber kein Protest drang heraus – wir wussten beide, dass ich damit richtiglag. Wieder fuhr ihr Blick prüfend zu dem Studenten, der sich zu einer der Gruppen gestellt hatte. Sie musterte ihn einige Sekunden, dann schüttelte sie den Kopf. »Ich bleib dabei, du bildest dir das ein.« Sie biss in ihren Kuchen und ich musste widerwillig schmunzeln. Maya war auf diesem Gebiet unbelehrbar.

»Wie heißt er eigentlich? Ich sollte zumindest die Namen meiner Nebenbuhler kennen.«

Sie verdrehte die Augen. »Ich bin nicht diejenige von uns, die heute ein Date ausgemacht hat.« Damit hatte sie zweifellos recht. »Aber da du so charmant fragst.« Sie deutete hinter sich. »Das ist Hank.«

Kapitel 38

Im Anschluss an die Pause gab es einige Vorträge in einem der Hörsäle. Das hatte den unleugbaren Vorteil, dass Maya und ich die restliche Zeit wieder zusammen verbringen konnten. »Sie legen sich mächtig ins Zeug, damit wir herkommen«, raunte ich Maya zu, gerade als der Dekan auf die Bühne trat. Maya grinste, legte aber dennoch einen Finger an ihre Lippen, um mich zur Ordnung zu rufen. Kurzerhand schnappte ich mir nicht nur den Finger, sondern gleich die ganze Hand, küsste sie und ließ sie anschließend in meine gleiten. So saßen wir da und lauschten dem Vortrag, während unsere Finger unablässig übereinanderstrichen.

Ich behielt recht. Der Pub war Teil des Programms, also wollte Maya hin und ich hoffte, dort ein wenig wacher zu werden. Musik war immer gut und falls es zu lange dauerte, würde ich darauf bestehen zu gehen. Ich wollte unseren letzten echten Abend nicht mit Unbekannten teilen. Da ich mich nicht besonders gesellig fühlte, peilte ich den am weitesten entfernten Tisch an. Maya folgte mir zwar, aber ich wusste, dass sie lieber mittendrin gesessen hätte. Sie wollte Teil des Ganzen sein, doch sie akzeptierte, dass mir heute nicht danach war.

»Hast du letzte Nacht geschlafen?«

»Nicht besonders gut«, gab ich zu. »Wahrscheinlich bettele ich dich in einer Stunde an zurückzugehen.«

»Das habe ich mir gedacht. Dafür bemühst du dich zumindest, mit jemand anderem als mit mir zu reden, während ich weg bin.« Bevor ich nur dazu kam, nachzufragen, wohin sie wollte, war sie fort.

Ich hatte nie weniger Lust gehabt, mit Fremden zu reden. Kaum dachte ich das, wurde der Stuhl an meiner Seite fortgeschoben und Hank setzte sich darauf. Er hielt mir eine Bierflasche hin.

»Womit habe ich die verdient?«

»Sie ist eine Entschuldigung, weil es heute unangenehm war. Ich will mich nicht zwischen euch drängen. Du bist aufgetaucht, als ich Maya fragen wollte, ob sie nach dem Pub mit mir ausgeht, und das hat mich aus der Bahn geworfen.«

»Du bist erschreckend ehrlich.« Ich nahm einen großen Schluck, obwohl ich Bier wenig abgewinnen konnte. Es war würziger als die Sorten, die ich kannte, hatte aber durchaus einen gewissen Charme.

»Ja, ich habe darüber nachgedacht, dir eine Ausrede zu präsentieren, doch ich glaube, du hast die Wahrheit eh geahnt, und ich bin ein miserabler Lügner. Also dachte ich, ich probiere es mit der Wahrheit und dem besten Bier des Ladens.« Er schmunzelte. »Für gewöhnlich versuche ich nicht, mich in die Beziehungen unserer Neuen einzumischen.«

»Wo wolltest du mit Maya hin?«

Die Frage brachte ihn sichtlich aus dem Konzept. Er betrachtete mich einige Sekunden irritiert, bevor er antwortete. »In der Stadtmitte gibt es einen netten Club mit guter Musik.«

»Dann hätte sie dir auch ohne mich einen Korb gegeben, das macht es vielleicht ein wenig leichter. Maya hasst Clubs.«

Das Schmunzeln ging über in ein Lächeln. »Also war das Schicksal auf meiner Seite.« Hank griff in seine Jackentasche, zog einen Zettel heraus. »Hier ist die Telefonnummer von demjenigen, der die Wohnungen verwaltet. Es gibt wohl nur wenige, aber auch nicht viele verheiratete Paare, also könntet ihr Glück haben.« Er sah zu Maya, die am Tresen stand und in ein Gespräch mit dem Barkeeper vertieft war. »Hast du schon einen Plan, wie du sie fragst?«

»Eigentlich bin ich nicht der Typ für Pläne. Ich entscheide aus dem Bauch heraus.« Das stimmte zwar, aber es war nur Teil der Wahrheit. Den Zettel steckte ich in die Hosentasche. Ich würde ihn eh nie brauchen. Weil Mayas Antwort in fünf oder zehn Jahren die gleiche wäre wie jetzt.

Ich sah hinüber zu der Bar, um sicherzugehen, dass sie nicht wieder plötzlich hinter mir stand, doch sie redete weiter auf den Barkeeper ein. Hank folgte meinem Blick. »Was macht sie so lange bei Louis? Der spricht normalerweise kaum ein Dutzend Worte pro Abend.«

Louis hatte mittlerweile die Arme ineinander verschränkt und schüttelte den Kopf zu dem, was immer Maya verlangte. Es war nicht zu übersehen, dass er sie loswerden wollte. Er war zwei Köpfe größer als sie und schien so alt zu sein wie das Inventar hier. Doch müsste ich wetten, würde ich all mein Geld auf Maya setzen, die bereits dazu überging, energisch mit den Händen zu fuchteln.

»Die Frage ist eher, wann wird er begreifen, dass er chancenlos ist?«

Hank grinste. »Zehn Minuten?«

»Drei«, gab ich selbstsicher zurück. Schließlich war es Maya. »Der Verlierer zahlt die nächste Runde.«

Wie gebannt beobachteten wir die beiden und sahen dabei zu, wie Louis sich einfach umdrehte und Maya am Tresen stehen ließ.

»Das war es dann wohl«, kommentierte Hank, aber ich schüttelte den Kopf.

»Warte.« Er sah verständnislos von ihr zu mir und wieder zurück und lachte auf, als Maya Louis ungerührt in die Küche folgte.

»Keine zwei Minuten«, erwiderte ich mit Blick auf die Uhr. »Damit geht die nächste Runde ebenfalls auf dich.«

Er nickte, gestand seine Niederlage ein. »Zu schade, dass sie mir einen Korb gegeben hätte.«

Die Worte lösten auch noch die Reste unseres schlechten Starts. Wir lachten und begannen, über das Leben hier zu reden, die Uni, die Professoren.

Als meine Flasche halb geleert war, tauchte Maya auf und stellte eine Tasse daneben. Der Inhalt erinnerte an einen Cocktail, den irgendwann einmal jemand auf einer Party vergessen hatte. Die gelbliche Farbe war beinahe trüb und darin schwammen Pflanzen, Zitronenscheiben und allerlei nicht identifizierbare Dinge. »Was ist das?«, fragte ich so entgeistert, dass Hank, den Maya gerade überschwänglich begrüßte, auflachte.

»Das pusht dich besser als das ständige Koffein.«

»Es steht definitiv nicht auf der Getränkekarte«, stellte Hank fest, und begann ebenfalls, die Flüssigkeit zu analysieren. »Ist das Pfefferminze? Wo hast du die gefunden? Hätte nicht gedacht, dass Louis die hat.« Ich beugte mich ebenfalls vor, hatte aber keine Ahnung, welches von den grünen Blättern er meinte. In der Brühe sahen sie alle gleich aus.

»Im Blumenkasten.«

Natürlich.

Immer wenn ich dachte, Maya könnte mich nicht mehr überraschen, tat sie so etwas. »Hank studiert Medizin«, erklärte sie in meine Richtung. Auch wenn ich nicht wusste, was das mit dem Becher vor mir zu tun haben könnte. »Trink, Fynn. Du bist den ganzen Tag müde und ich musste ewig auf diesen stoffeligen Barkeeper einreden, bis er bereit war, mich in der Küche nach Zutaten suchen zu lassen.«

Ein Blick in Mayas Gesicht reichte aus, um mich geschlagen zu geben. Sie machte sich Sorgen. Wenn es ihr half, würde ich dieses Zeug herunterwürgen.

Ich hatte schon Schlimmeres zu mir genommen.

Ich hob die Tasse, starrte auf die Blätter.

Vielleicht.

Ich setzte es an, schloss die Augen, hätte Gleiches gern mit meinen Geschmacksknospen gemacht und trank. Es schmeckte nach Dingen, die ich kannte und von denen ich nicht geahnt hatte, dass es sie in dieser Zusammensetzung geben konnte. Honig und Pfefferminze gingen in Ordnung. Der Zimt gemischt mit Salbei erwies sich als gewöhnungsbedürftig. Und etwas in der Brühe erinnerte verdächtig an ein Gewürz, das ich gestern in meiner Pasta gehabt hatte. Außerdem gab es einen seifigen Nachgeschmack und Ingwer brannte scharf auf meiner Zunge. *Ich hasste Ingwer.* »Sind da Nelken drin?«, stieß ich aus, als ich alles heruntergewürgt hatte.

»Eine zerriebene. Die Sachen waren nicht optimal«, verteidigte sich Maya und weil mittlerweile alle Stühle belegt waren, sank sie auf meinen Schoß. Allein dafür würde ich hundert dieser Becher trinken. Für diese Selbstverständlichkeit, mit der sie deutlich machte, dass wir zusammengehörten.

Mayas Auftauchen änderte nichts an der entspannten Stimmung zwischen Hank und mir. Manchmal gab es Menschen, mit denen man wenig Berührungspunkte hatte und die dennoch irgendwie auf einer ähnlichen Frequenz funkten. Ich verstand, was Maya an ihm fand. Wir tauschten sogar unsere Nummern aus und verabredeten uns für die erste Woche nach unserem Umzug. Eigentlich hatte ich vorgehabt, früh zu gehen, und nun war es Maya, die irgendwann lachend darauf bestand. Ich hätte sogar noch weiter dort sitzen können, mit ihr in meinem Arm.

Als wir diesmal in das Flugzeug stiegen, wusste Maya, was ihr blühte, und das nahm sie zum Anlass, mir bereits im Vorfeld finstere Blicke zuzuwerfen. Der finsterste davon traf mich, nachdem ihr die Tasche voller Elan aus den Händen genommen wurde. Diesmal stoppte ich den Steward, der uns zur Suite begleitete, sofort. »Wir brauchen nichts und wären gerne während des Fluges ungestört.«

Er nickte und verschwand umgehend, allerdings entging Maya der verschwörerische Blick nicht, den er mir zuwarf. »Warum tun sie das?«

»Was genau?« Ich versuchte auszuweichen, während ich mich gleichzeitig neben sie setzte. Es würde nicht lange dauern, bis die Maschine abhob.

»Dich *so* ansehen.« Maya zog demonstrativ die Augenbrauen hoch.

»Vielleicht weil sie sich wundern, dass ich uns kein vergoldetes blutiges Steak mit getrüffeltem Kartoffelpüree und Veilchenmousse servieren lasse?«

»Das ist hoffentlich ein Scherz.« Ihre Augen weiteten sich entgeistert. Sie schwieg lange, sah hinaus, doch gerade als ich dachte, wir hätten das Thema umschifft, blickten mich tiefblaue Augen prüfend an. »Warum versuchst du mich abzulenken?«

Früher war ich ein guter Lügner gewesen, doch diese praktische Fähigkeit hatte sich unter Mayas Blicken offenbar in Nichts aufgelöst. Ich ersparte uns beiden den Protest. »Der Steward dachte, es gäbe einen Grund, weshalb wir nicht gestört werden wollen.«

Mayas Aufmerksamkeit wurde auf das Fenster gelenkt, weil wir starteten. Wenn ich Glück hatte, würde der Anblick sie vergessen lassen, weiterzubohren. Gebannt beobachtete sie, wie wir uns in die Luft absetzten. Erst als wir die Wolkendecke durchbrochen hatten, drehte sie sich zu mir um. »Ist das wie die Schranksache, nur für Yuppies?« Sie wusste Bescheid und auch, dass es bei unserer Version nicht um Küsse ging. »Du hast mitgespielt.« Das klang nicht wie eine Frage.

»Das war vor uns.«

»Wann hat das zwischen uns angefangen?«, fragte sie leise und es fühlte sich an, als stürzte ich kopfüber in den Sommerhimmel, so intensiv war ihr Blick.

»Auf der Treppe? Im Schrank? An deinem Geburtstag? Im Internat?«

»Überall.«

Sie nickte. »Das macht es schwierig. Wir hatten nicht einen Beginn, wir hatten so viele.«

»Damit sind wir durch«, gab ich zurück und schob eine der kurzen Strähnen hinter ihr Ohr. »Ich habe an der Art von Spielen kein Interesse mehr.«

Sie beugte sich vor, strich mit ihrer Unterlippe über meine. »Ich aber vielleicht«, gab sie zurück und die paar Worte reichten aus, um ein wildes Zerren in mir zu wecken. Im nächsten Moment legten sich ihre Lippen auf meine.

Kapitel 39

Maya

Montage sollten optional sein.

Und dieser hier ganz besonders.

Ich nahm ihm übel, dass er auf dieses großartige Wochenende folgte.

»Tee, Liebes?«, fragte Dad und goss mir etwas von seiner Brennnessel-Waldmeistermischung ein, die diesen leicht bitteren Nachgeschmack hatte. Da wir uns das ganze Wochenende nicht gesehen hatten, bestand Dad darauf, mit mir zusammen zu frühstücken. Jetzt saß er schweigend vor mir und jedes Mal, wenn ich Anstalten machte, aufzustehen, goss er mir Tee nach. Mit jeder Tasse davon wuchs die Ungeduld in mir.

Nur mein schlechtes Gewissen wegen des Wochenendes hielt mich hier. Aber auch das hatte Grenzen.

Fynn musste mittlerweile seit einer halben Stunde im Auto warten. Uns blieb nicht mehr viel Zeit, bis der Unterricht begann.

»Wie geht es dir?«, fragte er und nestelte an seinen Fingern herum.

»Gut. Aber ich muss …«

»Nur einen Moment.« Er schob mir die Tasse erneut zu und ich schob sie zurück. Noch mehr Tee und er käme mir zu den Ohren wieder raus. »Xander möchte mit dir reden.«

Die Tasse kippte.

Der Tee ergoss sich über den Tisch.

Dad nahm sich ein Tuch, wischte die Flüssigkeit auf, doch ich war zu erstarrt, um zu helfen.

Plötzlich fühlte sich das hier nicht mehr wie ein Vater-Tochter-Frühstück an.

»Ich will ihn nicht sehen.«

Dad sank zurück auf seinen Stuhl und seufzte. »Magnus hat mit ihm gesprochen. Er macht sich große Vorwürfe, weil er es mit deinem Schutz übertrieben hat.«

Schutz?

Übertrieben?

»Ich habe keinen Schutz von ihm gewollt, sondern *vor* ihm.«

»Ich weiß, Kleines. Die letzten Monate waren anstrengend, ich war zu eingespannt mit dem Kreis und du mit der Schule und den ganzen Problemen dort. Wir sollten wieder mehr Zeit miteinander verbringen.«

Dieses Gespräch nahm eine unerwartete Wendung. Dad hob die Kanne, goss weiteren trüben Kräutertee in meine Tasse. Ich war zu beschäftigt damit herauszufinden, was das hier wurde, um zu protestieren. Er stellte die Kanne ab, sank zurück auf seinen Stuhl, legte erneut die Hände ineinander und konnte sie doch nicht stillhalten. »Wir denken darüber nach, dich von der Schule zu nehmen.«

Worte wie Kanonenschläge.

Sie ließen das explodieren, was ein nervtötender, langweiliger

Montag hätte sein sollen.

Nein.

Ich schüttelte den Kopf, war unfähig, mein Entsetzen in so etwas Banales wie Worte zu packen.

»Das wäre das Beste. Du wärst in Sicherheit vor diesen Leuten. Es gäbe keine weiteren Übergriffe mehr und du könntest wieder zu dir selbst finden.«

»Ich bin ich selbst!« Irgendwie schaffte es dieser kratzige Protest aus mir heraus.

»Du bist anders als sonst.«

War ich.

Ich war glücklicher.

Verzweifelter.

Mutiger.

Beharrlicher.

Lebendiger.

Aber ich war immer noch ich.

Warum konnte das hier niemand sehen?

»Ich habe mit meinen Hosen nicht meine Persönlichkeit abgelegt. Ein Rock ändert nicht, wer ich bin.«

»Das ist es nicht«, erwiderte Dad lahm, aber er konnte mich nicht täuschen. Ich hatte den Blick gesehen, der gerade meine Schulkleidung entlanggehuscht war – *und die Missbilligung darin.*

»Ich verlasse die Verona Hall nicht!«

»Deine Klassenkameraden haben dich überfallen.« Nun wurde er lauter. »Sie haben dich gefesselt und dir Haarsträhnen abgeschnitten. Das ist kein Kinderstreich, über den wir hinwegsehen können. Das ist ernst, Maya.«

»Der Überfall ist Wochen her. Warum jetzt?«

»Du weißt, dass manche Entscheidungen nicht übers Knie gebrochen werden können. Es gab einige Gespräche.«

»Mit Magnus?« *Natürlich.*

»Mit ihm und anderen«, gab er ausweichend zurück, dabei wussten wir beide, dass die Idee von ihm stammte. Ich war lang genug hier, um Magnus' Worte in Dads zu erkennen. Dad war wie eine Fahne im Wind und am Wochenende war der Wind offenbar aus Magnus' und Xanders Richtung geweht. *Wie hatte ich darauf vertrauen können, dass er diesmal an seiner Entscheidung festhielt?*

Weil ich es so dringend hatte glauben wollen.

Weil er Magnus zum ersten Mal etwas entgegengesetzt hatte.

Weil ich gehofft hatte, Mr Hemskeys Worte würden einen bleibenden Eindruck bei ihm hinterlassen.

Und weil er mir geglaubt hatte.

Jetzt war ich mir nicht einmal sicher, ob er das noch tat.

»Sag ihm, dass ich bleibe.«

»Das ist keine Entscheidung, die du treffen kannst. Die Siedlung kommt für das Schulgeld auf.«

»Dann überzeuge Magnus. Die anderen hören auf ihn.«

Dad schüttelte den Kopf. »Sieh es als Chance, Kleines.«

»Welche Chance? Keinen Abschluss zu machen?«

»Wir wollen dir nur helfen. Es ist besser, wenn du deine Studienpläne verschiebst, vielleicht sogar ganz hierbleibst.« Er griff nach meiner Hand, aber ich entzog sie ihm.

»Weißt du, was mir helfen würde?«

Dad hob fragend die Schultern, erleichtert, dass ich mich endlich einsichtig zeigte. »Was, Kleines?«

»Mom«, stieß ich aus und dieses Wort entzog Dads Haut jeden Anflug von Farbe. Seine Augen weiteten sich entsetzt. Dabei war es nichts als die Wahrheit. Ich brauchte Verlässlichkeit und jetzt gerade begriff ich brutal, dass ich die von ihm niemals bekommen würde. »Warum dürfen wir nie darüber reden, wie sie war?«

»Weil es besser so ist.« Seine Stimme klang, als läge ein Felsen auf seiner Brust.

»Sie ist tot, Dad. Wir können das nicht weiter ausschweigen, nicht davor fliehen. Du hast mich mit deinen Umzügen oft genug entwurzelt, aber jetzt bin ich alt genug, um eigene Entscheidungen zu treffen. Ich mache meinen Abschluss auf der Verona Hall und dann studiere ich, und das weit weg von hier.«

»Maya.« Dad war weiß wie ein Geist. Er sah auf seine Finger, die in ihrer Bewegung erstarrt waren. »Das kannst du nicht tun. Nicht ohne Xander.« Sein Kopf sackte tiefer und unsichtbare Gewichte schienen seine Schultern hinunterzuziehen. »Es ist durchgesickert, dass das Bild keine Fälschung war. Alle in der Siedlung wissen von eurem Regelbruch.«

Ich wusste, wem ich das zu verdanken hatte.

Xander.

Wut setzte mich von innen heraus in Flammen, nagte an allem, was sie fand.

Ich hatte genug von ihren Plänen, die alle nur mein Bestes wollten.

Genug davon, dass mir niemand zuhörte.

Und ich hatte so dermaßen genug von Xander.

»Der Mann auf dem Foto ist nicht Xander.«

Dad wirkte wie eine Marionette, an deren Schnüren ein unsichtbarer Puppenspieler zerrte. Sein Kopf fuhr nach oben, während der Rest von ihm ein trauriges, ineinandergesunkenes Bündel bildete. »Das stimmt nicht.« Er starrte mich aus offenem Mund an und forderte mich auf, die Worte zurückzunehmen. Vergebens.

»Ich habe nie behauptet, dass es Xander sei, er hat euch belogen. Wenn du mir nicht glaubst, überprüfe das Foto und vergleich es mit Xander, ich bin sicher, du wirst Unterschiede sehen. Und wenn nicht, sieh dir mich auf dem Bild an. Hast du mich in Xanders Nähe jemals so glücklich gesehen?«

Dad verschlug der Schock wohl die Sprache und das nutzte ich, um aus der Küche zu hasten. Ich dachte im letzten Augenblick daran, mir meine Tasche zu schnappen, dann rannte ich los.

Tiefgraue Wolken begrüßten mich und Regen prasselte auf mich ein. In der Ferne erklang ein Donnergrollen. Ich trug weder Jacke noch Schulblazer, beide hatte ich in der Wohnung vergessen, aber zurückgehen war unmöglich. Für den Augenblick musste ich der Siedlung entfliehen, weil es sich anfühlte, als würde mir ihre Enge den Atem rauben. Ich rannte. Der Regen hatte die Wege bereits in lehmigen Matsch verwandelt und ich schlitterte durch Pfützen, war aber außerstande, langsamer zu werden. Ich hastete durch das immer offen stehende Tor und ließ die Siedlung zurück. Und Dad. Und diese bodenlose Enttäuschung, mit der er mich angesehen hatte.

Der einzige Lichtblick fand sich in dem Auto, das in der Auffahrt stand. Ich riss die Tür auf und sank auf den Beifahrersitz.

»Hey, Schönste.« Fynn wollte gerade einen Kuss einfordern, doch er stoppte bei dem, was er in meinem Gesicht vorfand. Er drehte den Schlüssel, ließ den Motor an. »Vor wem flüchten wir heute?«

»Dad.« Tonlos stieß ich das Wort hervor und Fynns Miene verfinsterte sich weiter. Wir hatten beide gehofft, dass Dad dieses Mal nicht einknickte. »Er will mich von der Verona Hall nehmen, mit Xander verheiraten und anschließend in der Siedlung einsperren. Also habe ich ihm gesagt, dass nicht Xander auf dem Foto ist.«

Fynn stieß ein Stöhnen aus, lenkte den Wagen die Straße hinunter, während die Fensterwischer im Sekundentakt die unzähligen Regentropfen fortwischten. »Willkommen zurück im täglichen Drama.«

Kapitel 40

Erst zum Nachmittag lichtete sich der Himmel und der Regen stoppte damit, die Wege der Siedlung in Morastlöcher zu verwandeln. *Vielleicht würden die Planungsgruppen doch noch einmal über Befestigungen diskutieren,* dachte ich, während ich versuchte, den Pfützen auszuweichen.

Heute hätte ich mich zu gern zu Fynn geflüchtet, nur hatte der Schwimmtraining und so kurz vor den Wettkämpfen war es unmöglich zu schwänzen.

Zumindest wenn man nicht ich war.

Seit dem Überfall betrat ich die Schwimmhalle nicht mehr. Die meiste Zeit gelang es mir, keine Schwäche zu zeigen, doch an der Tür zur Umkleide scheiterte ich.

Fynn hatte vorgeschlagen, mich in seine Wohnung zu bringen, aber ich hatte abgelehnt. Ohne ihn war die nur ein durchgestylter Ort, der mir permanent in Erinnerung rief, dass ich ein Fremdkörper in seiner Welt war.

Also hatte ich mich zurück zur Siedlung bringen lassen und nun stand ich hier, wusste nicht, wohin. Dad würde wohl zu Hause sein und auf mich warten, Antworten einfordern, die ich ihm nicht geben konnte, und mich wieder auf diese Art ansehen.

»Maya.« Ich fuhr herum, fand Mary, die geradewegs auf mich zukam. »Du bist spät dran.«

»Ich war noch in der Bibliothek.«

Eine Lüge. Fynn und ich hatten uns einen einsamen Parkplatz gesucht. »Lass uns einfach atmen«, hatte er mir zugeraunt, den Arm um mich gelegt und dann hatten wir den prasselnden Tropfen zugehört. Ich wünschte, wir hätten dort die ganze Nacht bleiben können.

»Ich muss noch die Ziegen füttern, komm mit, dann können wir uns unterhalten.«

Wir unterhielten uns nie.

»Dad hat dich auf mich angesetzt?«

»Wundert dich das? Wir machen uns …«

»Sorgen?«, fuhr ich grob dazwischen. »Und lass mich raten: Ihr wollt nur mein Bestes?«

»Also reden wir hier?« Sie spitzte die Lippen, schien sich bereitzumachen, aber ich schüttelte den Kopf. Blieben wir hier, bestand die berechtigte Gefahr, dass sich noch der ein oder andere einfand, der Mary dabei helfen wollte, mich wieder auf den richtigen Weg zu zerren. Ich zog die Ziegen vor – schon weil die offenbar die Einzigen hier waren, die nicht behaupteten, mein Bestes zu wollen.

»Stall«, sagte ich knapp und ging mit schnellen Schritten zu dem Holzhaus mit der angrenzenden Wiese. Der Geruch nach Heu drang mir entgegen, kaum dass ich die Tür öffnete. Das war einer der Orte, die ich liebte, aber erst als ich eintrat, registrierte ich, dass ich zu lange nicht mehr hier gewesen war. Ich setzte mich in das Heu, während Mary routiniert das Dutzend Ziegen versorgte. Jedem anderen wäre ich zur Hand gegangen, aber Mary hasste es, wenn ich ihre Reihenfolge durchbrach. Also wartete ich, kraulte die schwarze Ziege, die mich mit dem Kopf anstieß und meine Aufmerksamkeit einforderte, und fragte mich, wie schlimm es werden würde.

»Dads Anfälle sind zurück«, begann sie endlich und lehnte sich an die Holzwand. Nicht die Eröffnung, mit der ich gerechnet hatte. Ich nickte langsam, spannte mich an. Wir wussten beide, dass ich der Auslöser für den letzten gewesen war.

Hatte es heute einen neuen gegeben?

»In seiner Auszeit war ich mit ihm beim Arzt.«

…

…

»Was?«

»Es kann so nicht weitergehen.« Sie hob abwehrend die Hände, als rechnete sie mit Entrüstung. »Er braucht Hilfe. Wenn es schlimmer wird, muss er vielleicht länger untersucht werden.«

Das klang nicht, als redete sie von ein paar Stunden.

»Magnus wird damit nicht einverstanden sein.« Sonderbar, dass ausgerechnet das das Erste war, was aus mir herauskam. Schließlich haderte ich selbst mit Magnus. Aber zeitgleich stürmte so viel auf mich ein. Dad war für mich immer nur Dad gewesen. Mit den Jahren waren die Anfälle weniger geworden, hatten hier in der Siedlung sogar ganz gestoppt, bis ich sie wieder ausgelöst hatte.

Und jetzt behauptete Mary, er sei krank?

Ich hatte keine Ahnung, wie ich mich damit fühlte.

Erleichtert?

Schuldig?

Heillos überfordert?

Alles?

»Deswegen soll Magnus davon nichts wissen. Manchmal gibt es Gründe, die Regeln zu brechen. Dad braucht die Tabletten. So wie er heute wirkte, bin ich mir aber nicht sicher, ob er sie noch regelmäßig nimmt. Also musst du ein Auge darauf haben.« Mein Kopf hob und senkte sich, ohne dass mein Verstand wirklich mitkam. »Und reg ihn nicht weiter auf!« Jetzt nahm das Gespräch die Richtung, mit der ich gerechnet hatte.

Mary fischte einen Apfel aus ihrer Tasche. »Stimmt es, was er sagt? Es war nicht Xander auf dem Bild?« Sie sah nicht zu mir, kramte stattdessen in ihrer Tasche nach etwas. Vielleicht, weil sie mich bei dem Thema nicht anschauen konnte.

»Nein, war er nicht.«

Nun sah sie langsam wieder auf, musterte mich, als wägte sie ihre Worte ab. »Gut«, sagte sie. Einen Augenblick lang rang ich mit mir, ob ich wissen wollte, was sich dahinter befand. *Hatte ihr Dad von den Schlägen erzählt?*

»Du kannst nicht gegen solche Regeln verstoßen«, fuhr sie fort und beendete mein Ringen. »Erst recht nicht in dem Ausmaß. Die Leute reden über dich, Maya, und das fällt auf uns alle zurück.«

»Du verstößt auch gegen Regeln.«

Sie zog ein Messer aus der Tasche, begann, den Apfel zu schneiden. »Weil ich Gründe habe.« Sie hielt mir ein Stück davon hin mit einer solchen Selbstverständlichkeit, dass es mich an früher erinnerte. An Tage, in denen Dad erstarrt war. Vielleicht war das einer der Gründe, weshalb diese unüberbrückbare Fremdheit zwischen uns herrschte.

Weil uns der andere an diese Abgründe mit Dad erinnerte.

An die Angst, dass er irgendwann nicht mehr aus dieser Starre erwachen würde.

Ich schüttelte den Kopf und sie aß es selbst, aber schon näherten sich die Ziegen und forderten ihren Anteil ein.

»Und wenn ich auch Gründe habe?« Sie bedachte mich mit einem Blick, der mir sagte, dass es für ein solches Bild – eine solche Regelübertretung – keine geben konnte. »Ich liebe ihn.«

Sie schnitt den Apfel in gleichgroße Stücke, die sie an die Ziegen verfütterte. »Dann sorg dafür, dass Dad dir seinen Segen gibt.«

Das wäre die Lösung.

Wenn Fynn zum Kreis gehört hätte.

Und wenn er kein Ferres wäre.

»Er gehört doch zu uns?« Etwas in meinem Gesicht schien sie nun argwöhnisch zu machen. »Das ist nicht dein Ernst? Du brichst die Regeln nicht nur – du brichst sie mit jemandem außerhalb des Kreises?« Aus ihrer Kehle kämpfte sich ein frustriertes hohes Geräusch und ließ die Ziegen irritiert die Köpfe heben. »Nein. Davon will ich überhaupt nichts wissen. Wenn du klug bist, beendest du es, bevor irgendjemand davon erfährt.«

Ich nickte einfach, weil es sich so anfühlte, als würde sie das von mir erwarten.

Warum hatte ich überhaupt versucht, mit ihr zu reden?

»Ich versteh nicht, warum du nicht die Möglichkeit ergreifst, von der Schule zu gehen. Früher wärst du längst geflüchtet.«

»Geflüchtet?«

»Nenn es, wie du willst.« Sie zuckte die Schultern. »Wenn dich etwas belastet, kapselst du dich ab, sperrst alles und jeden aus und wenn das nicht reicht, flüchtest du.«

»Tu ich nicht.«

Sie bedachte mich mit diesem überlegenen Große-Schwester-Blick, den ich noch nie hatte ausstehen können. »Du bist sogar auf Moms Beerdigung fortgelaufen. Wir mussten dich alle suchen.«

Das war ewig her und trotzdem wuchs dieser Knoten in meinem Hals. Ich erinnerte mich daran, wie ich in dem Baum gesessen hatte, an den groben Stamm gepresst, in der Hoffnung, dass die Menschen, die unten nach mir riefen, mich nicht fanden.

Damit sie Mom nicht in dieses Loch versenkten.

»Das war einmal.«

»Im Monat darauf bist du weggerannt, weil ich Moms Lieblingsgericht gekocht habe.«

»Zweimal ... das ist nicht ...«

»Das Mohnfeld? Der Wald? Wie oft musste ich die Klippen hochklettern? Gott, Maya. Sind dir die Parallelen zu Dad nie aufgefallen? Ihr flüchtet beide, andauernd, und ich bin so müde, euch einzufangen.« Und tatsächlich schien Mary eine Tür in meinem Kopf zu öffnen und Bilder überfluteten mich.

Wie ich im Mohnfeld gehockt hatte.

Wie ich in den nahegelegenen Wald gerannt war.

Wie oft ich auf den Klippen gesessen hatte, wenn Dad wieder erstarrt war ...

Das war mir nie aufgefallen.

Gedankenverloren kraulte ich die kleinste der Ziegen hinter den Ohren, hörte Marys Schritte im Heu.

»Behandelt er dich gut?«, fragte sie leise und so wie sie die Frage aussprach, klang es, als hätte sie wahrgenommen, dass Xander das nicht getan hatte.

»Ja.«

Ihre Schritte entfernten sich, stoppten kurz vor der Tür. »Ich sag Magnus die Wahrheit über das Bild. Danach geben er und Xander wohl Ruhe und ich denke, dann ist auch diese Schulgeschichte vom Tisch.« *Weil sie anschließend nicht mehr wollen würden, dass ich Teil ihrer Familie war.*

Mary war fort, lange bevor sich dieser Knoten in meinem Hals auflöste. Lange bevor ich ihr danken konnte.

Kapitel 41

Die Meisterschaften waren eines der größten gesellschaftlichen Ereignisse, nicht nur an der Verona Hall, sondern in der gesamten Region. Und dieses Jahr fand sie bei uns statt. Überall schlängelten sich Wimpelketten in unseren Farben durch die ehrwürdigen Gänge. Schilder fanden sich in der Schwimmhalle und den zentralen Orten der Schule und wünschten mehr oder weniger wortgewandt unseren Teams die bestmöglichen Plätze. Auf einem davon war sogar ein Foto abgedruckt, auf dem Fynn und die drei anderen Schwimmer in ihren Schwimmhosen auf den Fluren posierten. Das Plakat hatte Mr Hemskey sofort entfernen lassen, aber seitdem tauchten immer wieder identische Kopien davon an irgendwelchen Plätzen auf.

Die Tage vor den Meisterschaften schien die ganze Schule unter kribbeliger Erwartung zu stehen. Einige Male sah ich, wie Fynn mit jüngeren Schülern für deren Fotos posierte. Den Daumen hochgestreckt oder breit grinsend in typischer Fynn-Pose. Für unseren Jahrgang war er nun die größte Hoffnung im Männerteam.

Nur die Freaks ließ das ganze Getöse kalt. Einmal hatte Xander diese Woche versucht, mich nach der Schule abzufangen, wohl wegen des Gesprächs zwischen Magnus und

Mary. Ich war weitergegangen, bis zur kleinen Seitenstraße, wo Fynn mich immer einsammelte, und Xander hatte von mir abgelassen, als er sein Auto sah. Der Rest der Woche war wunderbar frei von Magnus und Xander gewesen und sogar Dad drohte nicht erneut zu vereisen. Doch wir gingen uns aus dem Weg, so gut wie möglich.

Der Tag des Wettkampfs war ein Samstag. Das hatte den unleugbaren Vorteil, dass mir so ein Tag in der Siedlung entging. Noch hatte sich hier die Entgeisterung über das Foto nicht gelegt und es fühlte sich an, als würde das auch nicht geschehen, bis ich meinen Abschluss hatte.

Fynn war blass, als ich zu ihm ins Auto stieg. Dass er mich heute nicht einmal begrüßte, war ebenfalls kein gutes Zeichen. »Hey, Schönster«, sagte ich provokant und brach damit tatsächlich seine angespannte Miene auf. Ein winziges Lächeln stahl sich auf seine Lippen.

»Hey, Schönste.« Er beugte sich vor, gab mir einen Kuss, dann startete er das Auto. »Ich bin froh, wenn dieser Unsinn ein Ende hat«, sagte er, eher zu sich selbst als zu mir. Was er damit wohl meinte? Unser Versteckspiel oder sein Schwimmprogramm? Ich fragte nicht nach, weil es keinen Unterschied machte. Momentan war beides eine Zumutung.

»Was hältst du von Pizza nach dem Wettkampf?«

Ein begeistertes Funkeln schlich sich in seine Augen. »Bittest du mich um ein Date?«

»Natürlich, du bist der gefragteste Typ an der Schule. Ich habe uns zwei Stunden erschlichen, indem ich behauptet habe, dass es anschließend eine Nachbesprechung gebe.«

»Das ist alles?« Seine Begeisterung bekam spürbare Risse.

»Nur für heute. Aber genau in acht Monaten halten wir

unsere Zeugnisse in den Händen. Klingt das besser?«

»Acht Monate?« Er zog die Worte, schien ihren Geschmack zu testen. »Und danach sind wir weg?«

»Ja. Wir setzen uns in den nächsten Zug und fahren los. Und dann gibt es keine Stunden mehr zu zählen.«

Er fuhr mit dem Daumen über meinen Handrücken. »Ich kann es kaum erwarten.«

Als wir in der Seitenstraße hielten, war sein Kiefer wieder so angespannt, dass er damit wohl Nüsse aufbrechen konnte. Unruhig trommelten seine Daumen dazu auf dem Lenkrad herum. »Es ist gleichgültig, wie du abschneidest, Fynn. Wir bekommen das hin. Wichtig ist nur, dass wir in acht Monaten hier weg sind.« Er nickte zwar, aber es fühlte sich an, als wäre er mit seinen Gedanken bereits im Wasser.

Ohne darüber nachzudenken löste ich den Gurt und kletterte zu ihm. Das war schwieriger als gedacht. Ich stieß mir den Kopf am Wagendach und das Lenkrad bohrte sich mir unsanft in den Rücken, bis Fynn seinen Sitz nach hinten fahren ließ. »Was wird das?«, fragte er und in seinen Augen tanzte nun Erheiterung. Meine Aktion mochte nicht elegant gewesen sein, aber dafür hatte ich nun seine ungeteilte Aufmerksamkeit.

»Jetzt lenke ich dich ein paar Minuten ab, damit du heute noch an etwas anderes als ans Schwimmen denkst.« Ich küsste seinen Hals. Fynn schien zu lächeln, denn warmer Atem fuhr über meinen Nacken.

»Wir müssen los.« Worte, so fremd aus seinem Mund, dass ich meinen Finger auf seine Lippen legte.

»Atme«, flüsterte ich in sein Ohr. Es dauerte zwei, drei Sekunden, dann spürte ich, wie er nachgab. Wie die

Anspannung langsam aus seinem Körper wich. Seine Arme legten sich um mich und sein Kopf an meine Schulter. So blieben wir einige verschwenderische Minuten einfach sitzen.

Noch bevor ich auf den Schulhof trat, registrierte ich, dass sich das Chaos anders anfühlte als gedacht. Auf den Parkstreifen der Straße tummelten sich die Busse der anderen Teams. Schon jetzt waren die meisten Parkmöglichkeiten besetzt, dabei würden die Besucher erst in einer halben Stunde eingelassen werden. Ich bog ein, auf das Gelände der Verona Hall, um die Abkürzung über den Parkplatz zu nehmen. Der war nur für die Schüler bestimmt und ich hatte angenommen, dass niemand hier war. Die Schwimmer mussten längst in der Halle sein und die Besucher kamen erst noch. Ich hatte mich geirrt, denn auf dem Parkplatz war das pure Chaos ausgebrochen. Yuppies standen herum, telefonierten, redeten wild aufeinander ein. Ich wusste, wie wichtig die Meisterschaften für den Rest der Schule waren, aber das hier war sonderbar übertrieben. *Andererseits kam mir viel von dem, was sie taten, übertrieben vor.*

Ich wollte gerade den Parkplatz betreten, da hielt jemand meinen Arm fest. Ich fuhr herum und fand Fynn. »Nimm den Hintereingang.« Er ließ mich los. »Irgendwer hat hier Reifen zerstochen. Es hat einige Autos unserer Schwimmer erwischt.«

Gottverdammt.

»Xander?« Fynn antwortete nicht, aber sein Blick machte deutlich, dass wir beide glaubten, die Antwort zu kennen. Das fühlte sich an wie eine Racheaktion auf den Angriff der

Yuppies. Wahrscheinlich hätte ich das kommen sehen sollen und hatte es doch nicht. Weil ich diesen ganzen Unsinn nicht mehr verstand.

Wieso mussten wir uns andauernd das Leben zur Hölle machen?

Und das so kurz vor den Meisterschaften.

Xander hatte es geschafft, den absolut ungünstigsten Zeitpunkt überhaupt zu finden.

»Acht Monate«, raunte er mir zu. »Jetzt geh lieber, bevor sie dich sehen. Die Yuppies sind gerade nicht gut auf euch zu sprechen.«

Kapitel 42

Den Blicken nach, die Taira und die anderen mir zuwarfen, hatte ihre Begeisterung für uns einen neuen Tiefpunkt erreicht. Ich versuchte derweil, im Bademantel zu versinken, um so wenig Angriffsfläche wie möglich zu bieten. Es gab nur einen Grund, weshalb ich überhaupt hier saß, und der stand keine vier Meter entfernt. Fynn trug ebenfalls einen Bademantel, die Badekappe hatte er bereits aufgesetzt und die Schwimmbrille schwang in seiner Hand unruhig hin und her, während er mit Matt diskutierte.

Es hatte sich gelohnt, Mrs Bennett zu bitten, auf ihre Umkleide ausweichen zu dürfen. So konnte ich in Fynns Nähe sein.

Fynn sah nicht einmal auf, als die Platzierungen des gerade beendeten Wettkampfs verkündet wurden. Erst als die Sprecherin unseren Jahrgang aufrief, ließ er von Matt ab und suchte kurz meinen Blick.

Es ging los.

Mein Herz flatterte.

Nicht nur wegen des Stipendiums.

Allen voran Fynns wegen.

Weil er das hier so dringend zu brauchen schien.

Erst als Mrs Bennett nach mir rief, wurde mir klar, dass ich mich ebenfalls mit den anderen ans Becken setzen musste. Weil auch ich Teil des Teams war.

Kein Wunder, dass ich das andauernd vergaß, so wenig wie es sich danach anfühlte.

Die Bank mit unseren Plätzen stand keinen Meter vom Becken entfernt und ich nutzte ihre Länge, um mir zusätzlichen Abstand zu den anderen zu schaffen. Ich saß nicht wegen ihnen hier und sie wollten mich nicht dabeihaben.

Aufgeregtes Gemurmel erfüllte die Halle, als das Männerteam ans Becken trat. Der Abschlussjahrgang war am spannendsten – sie hatten alle nur noch diese eine Chance, sich zu beweisen.

Zuerst standen die Staffeln an. Hinter den acht Startblöcken sammelten sich jeweils vier Schwimmer der verschiedenen Schulen. Fynn war der Letzte in unserer Staffel. Den Bademantel hatte er wie die anderen auch auf der Bank zurückgelassen. Die momentane Verehrung für ihn war wohl nicht nur seinen Schwimmkünsten zuzurechnen. Er war mit Abstand der Attraktivste im Team. Mit Fynn konnte keiner mithalten.

Wer nächstes Jahr seinen Platz einnehmen würde?

Es war sonderbar, sich vorzustellen, dass das Leben hier ohne uns weiterging. Dafür war die Zeit zu intensiv gewesen.

Der Startschuss ertönte. Die Schwimmer waren bereits im Wasser, bevor es mir gelang, den Blick von Fynn zu lösen. Ich hatte Mühe, nicht wie die anderen aufzuspringen. Sie begleiteten den Wettkampf mit wilden Anfeuerungsrufen. Ich zwang mich, sitzen zu bleiben. Matt kam als Erstes zurück, was ihm einen begeisterten Applaus des Frauenteams einbrachte. Unser nächster Schwimmer konnte den Vorsprung nicht halten, er fiel zurück und von unserer Bank kamen energische Rufe. Dafür brandete Applaus auf der anderen Seite des Beckens auf. Unser dritter Schwimmer kämpfte sichtlich und schaffte es zumindest, nicht ganz zurückzufallen.

Jetzt lag alles an Fynn.

Und es sah mies aus.

Zwei der Teams hatten uns deutlich überholt.

Fynn sprang ins Wasser, tauchte auf. Seine Züge waren lang, seine Bewegungen dynamisch, er kämpfte, doch ihm fehlten bestimmt zwei Meter, um zu den anderen aufzuschließen. Gerade schwamm er an mir vorbei, die zwei vor ihm wendeten bereits und nun hielt es mich nicht mehr auf dem Platz. Ich sprang auf, rief seinen Namen und er mischte sich in das Anfeuerungsgebrüll. Fynn erreichte die Wand, stieß sich ab und schien den Abstand zu seinen Rivalen zu verkleinern. Mein Herz flatterte wild in der Brust umher, während ich Fynns Namen brüllte.

Er holte weiter auf.

Nur noch ein Meter.

Ein halber …

Und …

Drei Schwimmer erreichten nahezu zeitgleich das Ziel.

Es war so knapp, dass nicht einmal der übliche Jubel von der Tribüne ertönte. Niemand wusste, wer gewonnen hatte. Ein dritter Platz für die Verona Hall wäre eine Demütigung – für Fynn eine Katastrophe.

Ich presste die Zähne aufeinander und mein Herz setzte einen Schlag aus. Einen Zweiten.

Auch die anderen Schwimmer erreichten ihr Ziel, doch beinahe alle hatten nur Augen für die Anzeigetafel, warteten auf die Platzierungen. Nur ich konnte mich nicht überwinden, dorthin zu schauen. Nicht einmal zu Fynn. Mein Blick fuhr ziellos umher und dann setzte Applaus ein. Im nächsten Augenblick hörte ich Tairas schrillen Schrei.

Fynn hatte es geschafft!

Ich klatschte. Jubelte mit den anderen. Suchte ihn in dem begeisterten Knoten aus Armen und Körpern, zu dem seine Mannschaft geworden war. Er hatte die Schwimmbrille hochgezogen, grinste mich an mit diesem Lächeln, das es in mir flattern ließ. Dann hob er einen Finger und das Flattern stoppte.

Ich verstand die Botschaft darin.

Ein Sieg von zweien, die er benötigte.

Er konnte seinen Erfolg nicht einmal genießen, weil die Anspannung in ihm keinen Raum dafür ließ.

Mein Klatschen erstarb.

Jetzt waren die Frauen dran. Als sich Taira und die anderen erhoben und zum Becken gingen, betete ich stumm.

Nicht um einen Sieg. Sondern darum, dass keine von ihnen ausrutschte und sich das ein oder andere Körperteil brach.

Vielleicht lag Mary nicht ganz falsch, denn mein Blick zuckte vorsorglich in Richtung Tür, suchte zur Sicherheit nach einem Ausweg. Ich war bereit zu flüchten, sollte jemand fordern, dass ich vor all den Menschen hier ins Wasser stieg.

Doch offenbar hatte der Tag sein Soll an Drama schon erfüllt, denn das Team kam wohlbehalten am Startpunkt an. Sie gewannen nur den zweiten Platz und so, wie sie mich anschließend ansahen, schienen sie sicher zu sein, dass sie das mir und den anderen verdankten.

Ich atmete tief durch und tat, als würde ich nicht bemerken, dass sie mich förmlich mit ihren Blicken aufspießten.

Acht Monate noch.

Offenbar würden es acht lange und anstrengende Monate werden.

Die Einzelschwimmen waren die Highlights. Für unser Team qualifizierten sich Fynn und Matt. Beide schafften es problemlos durch die Vorrunden und Fynn ging schließlich als einer von acht an den Start.

Die Sekunden, die er in Wartestellung verbrachte, zogen sich elendig lang. Endlich ertönte das Startzeichen. Fynn kam als einer der Ersten ins Wasser und ich musste mich zurückhalten, um nicht laut zu jubeln.

Er würde es tatsächlich schaffen.

Doch plötzlich verlor er an Tempo und der erste Schwimmer überholte ihn.

Warum?

Ich konnte nicht ausmachen, woran es lag – Fynns Bewegungen fühlten sich anders an. Das Gefühl nahm zu, je näher er mir kam. Weitere Schwimmer überholten ihn.

Ich rief Fynns Namen, doch mein Ruf ging unter in den Anfeuerungsrufen.

Mittlerweile war er komplett zurückgefallen.

Irgendwas stimmte nicht.

Erneut fand ich mich stehend wieder, gerade als Fynn an der Wand ankam. Die ersten Schwimmer mussten uneinholbar weit vorn sein und dennoch war er nicht in der Lage aufzugeben.

Er stieß sich am Beckenrand ab und …

…

… nichts geschah.

Er tauchte nicht auf.

Eine Sekunde verging.

Eine zweite.

Und dann durchbrach ich die Wasseroberfläche.

Ich tauchte ein.

Fand ihn.

Er sah aus wie eine Puppe, die jemand im Wasser vergessen hatte. Drei Züge und ich war bei ihm, presste den rechten Arm um seinen Rücken. Mit dem linken versuchte ich, schnell nach oben zu gelangen, während Fynns Gewicht uns beide nach unten zerrte. Endlich durchbrachen wir die Wasseroberfläche. Ich schrie um Hilfe, doch der Schrei wurde vom Jubel verschluckt. Der Geschmack von Chlorwasser füllte meinen Mund aus. Fynns Kopf tauchte wieder ins Wasser. Ich zog ihn hoch, versuchte, uns oben zu halten und gleichzeitig zum Beckenrand zu kommen. Aber Fynn drohte mir aus den Armen zu rutschen. Ich schrie erneut um Hilfe, gab alles, was ich hatte, in den Schrei.

Mit einem Platschen landete jemand neben mir im Wasser und einen Augenblick später war Taira da. Ohne dass es Worte gebraucht hätte, griff sie Fynn von hinten, während ich ihn von vorn hielt. Gemeinsam schafften wir es zum Beckenrand.

Hände nahmen Fynn in Empfang.

Lösten ihn von mir.

Sie legten ihn auf den Boden und sein Trainer erschien, scheuchte die Umstehenden beiseite und begann eine Herzdruckmassage.

Bei Fynn.

Der so schrecklich regungslos dalag.

Seine Schwimmbrille war verrutscht, hing nun in den Haaren. Die Badekappe war fort.

Fynn, der sonst so voller Leben war, rührte sich nicht mehr.

Fynn!

Kapitel 43

Über zehn Jahre war es her, dass ein Klingeln mein Leben zerschmetterte.

Bis dahin hatte ich das Geräusch gemocht, weil es Aufregung versprach. Die Menschen, die wir kannten, klopften alle an unsere Tür. Mom sagte immer, dass Klingeln für Fremde seien. Ich erinnerte mich an dieses erwartungsvolle Ziehen in meinem Bauch, als ich die Tür öffnete.

Drei Menschen standen davor und starrten mich an.

Das erwartungsvolle Ziehen schwand und ließ Kälte zurück angesichts der Uniformen.

Polizisten.

Ich wusste, dass sie nichts Gutes für den Kreis bedeuteten. Doch ihre Mienen fühlten sich nach Schlimmerem an.

»Geh zu Mary, Maya«, hörte ich Dad sagen, der plötzlich neben mir stand, aber ich konnte mich nicht rühren. Mein Körper schien vergessen zu haben, wie Laufen funktionierte.

Oder atmen.

»Es geht um Ihre Frau …«

»Maya!« Dads Stimme zitterte. »Geh!« Er gab mir einen winzigen Stoß und der setzte mich in Bewegung.

Nicht zu Mary.

Ich drängte mich an den Fremden vorbei und lief los.

Ließ den geparkten Polizeiwagen hinter mir.

Unser Haus.

Die Straße.

Weil ich so schreckliche Angst vor dem hatte, was zu Hause auf mich wartete.

Wenn sie mich nicht fanden, würde ich es nie erfahren.

Dann würde alles bleiben wie bisher.

Sie durften mich nur nicht finden.

Über zehn Jahre später stand ich hier, wieder nicht in der Lage, mich zu rühren oder zu denken.

Weil ich fürchtete, dass es erneut geschah.

Dass mir der Mensch genommen wurde, den ich am meisten liebte.

»Holt sie aus dem Wasser. Sie hat einen Schock.« Erst als mich Arme griffen, wurde mir bewusst, dass ich gemeint war. Ich protestierte nicht, als sie mich aus dem Becken hievten. Als sie mich auf eine Bank setzten und mir Handtücher umlegten. Ich starrte Fynns Gesicht an, die verrutschte Schwimmbrille, seine blassen Wangen. Die geschlossenen Augen, die ihn wirken ließen, als würde er schlafen. Doch die Atemmaske, die sie auf seinen Mund gepresst hatten, machte brutal klar, dass Fynn nicht schlief.

Aus den Augenwinkeln sah ich den Notarzt über Fynn gebeugt. Wann genau er eingetroffen war, wusste ich nicht.

Die Zeit hatte sich aufgelöst.

War es Sekunden her, dass ich Fynn im Becken gefunden hatte?

Minuten?

Stunden?

Es fühlte sich an wie eine Ewigkeit.

Und dann hoben sie Fynn hoch.
Sie brachten ihn weg.
Der Gedanke war mein Stoß.
Er brach meine Taubheit auf.
Erinnerte meine Beine daran, wie Laufen ging.
Ich rannte los.
Zu Fynn.

Plötzlich stürzte alles auf einmal auf mich ein. Die geöffneten Türen des Notausgangs. Das Surren von Rotorblättern. Menschen, die in Trauben zusammenstanden. Mr Hemskey und Taira, die mit einem weiteren Mann in Arztkluft redeten. Ich verlagerte die Richtung auf Mr Hemskey zu. »Ich muss mit«, brach es atemlos aus mir heraus.

»Ms McGrey ...« Weiter kam er nicht.

»Sicher nicht«, stieß Taira aus. »Ich begleite Fynn.« Sie wandte sich an den Arzt. »Ich bin seine engste Freundin.«

»Nein.«

Ungläubig sah sie wieder zu mir, schien nicht fassen zu können, was ich hier tat.

»Sind Sie sicher, dass Sie das wollen?« Mr Hemskeys Blick machte mir eindringlich klar, was dann geschehen würde.

Ich wollte diese Wahl nicht treffen.

Mich nicht zwischen Fynn und meiner Familie entscheiden müssen.

»Los«, rief jemand.

Meine Familie oder Fynn?

Rollen klapperten auf Fliesen.

»Ich muss bei ihm sein«.

Und ich wählte Fynn.

Weil ich ihn immer wählen würde.

Überraschung fand sich keine in Mr Hemskeys Miene. »Ms McGrey fliegt mit«, sagte er dem Arzt und wies auf mich. »Sie muss unbedingt bei ihm sein.«

»Was soll das? Fynn ist mit mir befreundet.« Taira griff meinen Arm, um zu verhindern, dass ich Mr Hemskey und dem Arzt folgte.

Sie begriff einfach nicht.

»Aber ich bin mit ihm zusammen«, sagte ich. Die Entgeisterung in ihrem Blick traf mich wie ein Hammerschlag. Ich zog meinen Arm aus ihrem Griff und rannte den anderen hinterher nach draußen.

Die Wahrheit war nicht länger ein Geheimnis.

Kapitel 44

Die Welt bestand nur noch aus Momentaufnahmen und dazwischen war nichts als Dunkelheit.

Fynn auf der Bahre, die Sauerstoffmaske übers Gesicht gezogen. Die sich beratschlagenden Ärzte. Sie nannten ihn stabil nach der Defibrillation. Was auch immer das bedeutete – es fühlte sich nicht danach an.

Anscheinend weinte ich, denn irgendwann fand ich ein Taschentuch zwischen meinen Fingern, aber ich wusste nicht, woher es kam.

Erst als die Tür aufgerissen wurde, drang zu mir durch, dass wir gelandet waren. Die Bahre wurde hastig herausgehoben und sie rannten wieder. Und ich ihnen hinterher. Sie fuhren Fynn in einen Raum, doch ich durfte nicht mit hinein. Vielleicht protestierte ich, denn auf einmal führte mich ein Pfleger, zu einer Reihe mit drei Stühlen, nur wenige Meter entfernt.

Seitdem starrte ich auf die Tür.

Hoffte, sie würde sich öffnen.

Hoffte, sie würde geschlossen bleiben.

Weil ich so viel Angst vor dem hatte, was dahinter geschah.

Wenn sie mich nicht fanden, würde alles bleiben wie bisher.

Es kribbelte in meinen Beinen, aber ich konnte ihrem Drängen nicht nachgeben. Nicht von hier flüchten.

Weil hinter der Tür Fynn lag.

Jemand schlang eine Decke um mich.

Warum glaubten sie, dass so etwas half?

Es gab nur eine Sache, die mir helfen konnte.

Dass Fynn aufwachte.

Dass es ihm wieder gut ging.

»Ich will sofort einen Arzt sprechen«, donnerte Richard Ferres, lange bevor er vor dem Raum ankam. Tatsächlich huschte jemand hinter die Tür, die ich seit Stunden in Grund und Boden starrte. Offenbar konnte der Name Ferres auch Krankenhaustüren öffnen.

Nur wenige Augenblicke später kam eine Ärztin heraus. Ich versuchte, an ihr vorbeizuschauen, konnte aber nur die Umrisse eines Krankenhausbettes erkennen, schon schloss sich die Tür wieder.

»Mr Ferres.« Sie wollte ihm die Hand reichen, doch er ergriff sie nicht.

»Lassen Sie das«, blaffte er sie an. »Wie geht es meinem Sohn? Kann ich mit ihm reden?«

»Es geht ihm besser. Anscheinend haben wir es mit einem Kammerflimmern zu tun. Glücklicherweise hat sein Trainer einen Defibrillator eingesetzt. Durch die Sedativa ist er noch nicht ansprechbar. Das wird frühestens morgen der Fall sein.«

Besser.

Morgen.

Etwas in mir riss. Ich versenkte den Kopf in meinen Armen und weinte, schluchzte in den feuchten Stoff des Bademantels.

Fynn lebte.

Die Welt durfte sich weiterdrehen.

Fynn lebte!

Er lebte. Wie oft musste ich mir das sagen, damit sich dieses Gebirge auf meinem Brustkorb auflöste? Mein Zittern stoppte? Diese verfluchte verschluckende Panik mich aus ihren eisigen Klauen entließ?

Richard hatte sich irgendwann gesetzt, aber den Sitz zwischen uns freigelassen. *Ob er so zeigen wollte, dass dieses heulende Elend im nassen Bademantel und ihn nichts verband?* Dabei lag der Beweis nur wenige Meter entfernt. Wir saßen beide wegen Fynn hier.

Manchmal sprach er in sein Handy, kurze abgehackte Sätze, von denen jeder wie ein Befehl klang. Gestern noch hätte ich mich beherrschen müssen, mich nicht auf ihn zu stürzen. Doch gestern war Ewigkeiten her.

Irgendwann erschien offenbar sein Assistent, setzte sich auf den verbliebenen Platz in unsere Mitte. Die leisen Stimmen der Männer waren alles, was die Ruhe hier durchbrach.

Als der Assistent verschwand und den Platz zwischen uns freigab, unternahm niemand von uns den Versuch, mit dem anderen zu reden. Mit drei Einwegbechern kehrte der Assistent schließlich zurück.

»Kaffee?«, fragte er und reichte mir wie selbstverständlich einen davon.

»Danke«, flüsterte ich ihm zu und klammerte meine Finger Halt suchend um den Becher.

Das Warten wurde endlos.

Irgendwann kam die Ärztin erneut, stellte Richard Fragen zu Fynns Zustand.

»Klagte Ihr Sohn in letzter Zeit über Übelkeit oder Erschöpfung?«

»Woher soll ich das wissen?« Unwirsch schüttelte er den Kopf.

»Ja«, sagte ich. Wenn diese Fragen für Fynn wichtig waren, sollte sie jemand beantworten. »Er war in letzter Zeit ständig müde.«

Sie nickte, notierte etwas. »Was noch?«

»Seine Gesichtsfarbe war heller und er fror schneller. Außerdem hat er wenig geschlafen. Letzten Monat war er krank, da verfärbten sich seine Lippen bläulich und er hatte Kreislaufprobleme.«

Sie schrieb auf ihrem Tablett mit und sah dann zu mir auf. »Hier steht, er hätte vor einem halben Jahr das Bewusstsein verloren?«

»Ja, auch in der Schwimmhalle. Damals ist er vorher nicht geschwommen.«

»Danke.« Sie wollte sich abwenden. »Wenn Ihnen noch etwas ein…«

»Wann kann ich zu ihm?«

»Sie sind seine Freundin?« Richard gab ein verächtliches Prusten von sich, doch ich nickte. »Ich schau, was ich machen kann. Seien Sie nicht zu erschrocken, er ist an einige Geräte angeschlossen.«

»Aber er wird aufwachen?«

Ich hätte alles für ein *Ja* gegeben.

»Die Chancen stehen gut«, antwortete sie und drückte meine Hand, bevor sie sich abwandte und wieder zu Fynn ging.

Jemand hatte ihm die Schwimmbrille abgenommen.

Sonderbar, dass mir ausgerechnet dieses Detail als Erstes auffiel. Nicht das Dutzend Schläuche, das an ihm befestigt war, nicht die Geräte und die Bildschirme, die Werte anzeigten, die mir allesamt nichts sagten. Manche davon änderten sich sogar sekündlich.

War das normal?

War das ein schlechtes Zeichen?

Und in alldem lag Fynn – mein Fynn, noch immer so brutal regungslos. Dabei war er nie still. Er brauchte das letzte Wort in einer Diskussion wie die Luft zum Atmen. Wenn es ihm zu ruhig wurde, scherzte er, bis Lachen den Raum erfüllte.

Fynn war Lachen.

Und Wärme.

Er war Farbe.

Und Musik.

Er war so viel mehr als diese Stille.

Ich bemühte mich, weder Zugang noch Schlauch an seiner Hand zu berühren, als ich meine Fingerspitzen auf seine legte. Sie waren kalt, aber sonst fühlten sie sich an wie immer. Diese Vertrautheit war gerade alles, was mich davon abhielt, in die Panik abzugleiten, die mich umkrallt hielt.

»Hey, Schönster«, raunte ich ihm zu. Es war sonderbar, mit ihm zu reden und zu wissen, dass keine Antwort kommen würde. Aber die Ärztin meinte, es könne helfen, und ich war verzweifelt genug, um nach jedem Strohhalm zu greifen. »Du würdest jetzt sagen, dass ich mir Zeit gelassen habe, oder? Und ich würde antworten, dass die Gesellschaft draußen zu nett war.«

Ich strich über seine Stirn. »Wenn du zurückkommst, lache ich über jeden deiner Scherze – auch die miesen. Und ich zwinge dich nie wieder dazu, meine Tee-Mischungen zu trinken. Ich weiß, dass du sie widerlich fandest. Wach einfach auf. Bitte.«

Kapitel 45

Menschen kamen, überprüften Werte und gingen.

Manche fragten mich, ob ich etwas brauchte.

Doch es gab nur eines, was ich brauchte.

Die Stunden vergingen und auf der anderen Seite des Fensters löste Licht die Dunkelheit ab, um irgendwann wieder in Dunkelheit überzugehen.

Hier drinnen leuchteten die Lampen ungerührt weiter. Fynn störten sie wohl nicht und ich würde nicht schlafen. Manchmal, wenn die Erschöpfung zu sehr an mir zog, legte ich meinen Kopf auf sein Bett und schloss die Augen. Atmete zum Rhythmus des leisen Piepens des Überwachungsgeräts, wie jetzt. Doch nun plötzlich – so sanft wie der Schlag eines Libellenflügels – spürte ich die Bewegung seines Fingers.

»Fynn!«

All die Erschöpfung war dahin.

Ich rief seinen Namen, spürte die Bewegung erneut, diesmal fester. Sein Arm schloss sich an. Jedes Zucken, jede Regung war wie eine Welle der Erleichterung, die die Panik davon spülte.

Und dann öffneten sich endlich seine Augen.

Und die Farbe kehrte in die Welt zurück.

Kapitel 46

Kaum war Fynn wach geworden, fand ich mich auf dem Gang wieder. Richard dagegen durfte eintreten, sich die Einschätzungen der Ärzte anhören und die ersten Worte mit Fynn wechseln.

Erneut saß ich stundenlang auf dem Stuhl und irgendwann tauchte Richards Assistent vor mir auf. Er reichte mir einen Kaffee und ein belegtes Brötchen und war schon verschwunden, bevor ich mich ausreichend bedanken konnte.

»Mr Ferres fragt nach Ihnen.« Die Ärztin tauchte lächelnd vor mir auf. »Oder vielmehr drohte er, uns alle zu verklagen, wenn wir Sie nicht umgehend zu ihm bringen.«

Fynn.

Nur Fynn konnte mich lachen lassen, wenn alles an mir weinen wollte.

»Er ist gut darin, sich Freunde zu machen.«

Die Mundwinkel der Ärztin zuckten hoch. »Hat er wohl von seinem Vater. Kommen Sie, bevor uns einer der beiden tatsächlich verklagt.«

Richard trat gerade aus dem Krankenzimmer, das Handy bereits griffbereit beachtete er weder mich noch die Ärztin. Die sah zu mir, verdrehte die Augen und ließ mich eintreten.

Da lag er.

Das Kopfteil seines Bettes war angehoben worden und jetzt wirkte sein Blick klar und auf mich gerichtet. Die Schläuche an ihm waren weniger geworden, aber der Bildschirm an der Wand zeigte weiterhin sekündlich die neuesten Werte an.

»Hey, Schönste«, begrüßte er mich mit rauer Stimme, während ich auf ihn zuhastete. »Du kommst spät, aber dafür ist dein Outfit spektakulär.«

Meine Stirn sank an seine, meine Hände legten sich an seine Wangen, strichen hinüber. »Das Gleiche könnte ich über dich sagen«, flüsterte ich zurück.

»Ich lass Sie dann mal allein«, erklärte die Ärztin. »Wenn irgendwas …«

»Wann kann ich nach Hause?«, unterbrach Fynn sie.

»Was?«, stieß ich entgeistert aus.

»Was?«, kam es wie ein Echo von der Ärztin. »Sie sind heute erst aufgewacht, Mr Ferres. Wir machen noch einige Untersuchungen.«

»Die können Sie sich sparen. Es war Stress. Ich hatte anstrengende Wochen, Lernen für die Abschlussprüfungen, Unibewerbungen, die Schwimmmeisterschaft. Es war einfach zu viel.«

»Sie müssen durchgecheckt werden, Mr Ferres. Damit ist nicht zu spaßen. Diesmal hatten Sie Glück, das könnte beim nächsten Mal anders aussehen.«

»Was ist los?« Richard war zurück.

»Ihr Sohn möchte schnellstmöglich nach Hause, aber es ist viel zu früh, um über eine Entlassung zu reden.«

»Dann bleibt er hier.« Richard erstickte jegliche Diskussion. »Wie fühlst du dich?« Er sah zu Fynn.

»Fremdbestimmt«, murrte der. »Aber daran bin ich ja dank dir gewöhnt.«

»Er sollte dringend einen Spezialisten aufsuchen. Wir haben hier nicht genug Möglichkeiten, um eine ausreichend umfassende Diagnose vorzunehmen. Ich habe die Adresse von einem Experten, mit dem wir zusammenarbeiten. Mr Ferres sollte dort schnellstmöglich untersucht werden.«

»Wir haben unsere eigenen Experten.«

Die Ärztin nickte, ließ sich nicht anmerken, dass Richard sie erneut brüskiert hatte, und verabschiedete sich.

»Kommst du kurz allein klar?«, raunte ich Fynn zu und erhob mich.

»Nein«, erwiderte er finster und sah demonstrativ in Richtung seines Vaters.

»Bin sofort zurück«, versprach ich und schlüpfte durch die Tür. Auf dem Flur hastete ich der Ärztin hinterher.

»Warten Sie«, rief ich. »Könnten Sie mir die Adresse des Experten geben? Ich sorge dafür, dass er hingeht.«

»Natürlich.« Sie griff in ihre Tasche, suchte nach der passenden Visitenkarte und gab sie mir. Ihr Blick fuhr meinen Bademantel entlang. »Ich besorge Ihnen ein paar Kleidungsstücke aus unserer Kleiderkammer.« Ich konnte ihr gerade noch danken, dann verschwand sie unerwartet schnell, doch erst als ich mich umdrehte und Richard vor mir fand, ahnte ich den Grund dafür.

»Ich weiß, wer deine Eltern sind und was du dir erhoffst.«

Der Boden unter mir schwankte.

Wieso wusste er von Mom?

»Und ich weiß von dem Balg, das du abgetrieben hast.« Das Schwanken nahm zu, übertrug sich in mein Inneres und Kälte krallte sich um mein Herz.

»Du versuchst, dich an sein Erbe zu binden. Doch damit verschwendest du nur deine Zeit. Ich lasse nicht zu, dass eine

Tochter von Hafenarbeitern sich in unserer Familie breitmacht.« *Hafenarbeiter?* »Ich denke, wir haben uns verstanden?«

Ich zwängte mir ein Nicken ab. Wollte zurück zu Fynn.

Es war nicht einmal gelogen, schließlich waren meine Eltern keine Hafenarbeiter. Warum auch immer ihn das brüskierte.

Er würde sich wünschen, dass meine Eltern das wären, sollte er je die Wahrheit erfahren.

»Was ist los?« Fynn durchschaute mich schon, bevor ich sein Bett erreichte. »Mein Vater«, fuhr er grimmig fort und ersparte mir, es aussprechen zu müssen. »Komm.« Er machte mir Platz und ich suchte mir einen Weg durch die Schläuche zu ihm hindurch, bis wir dicht beieinanderlagen.

»Woher weiß er von der Klinik?«, flüsterte ich und spürte diesen ganz eigenen Schmerz, der für immer damit verstrickt sein würde, in mir nachhallen.

Fynn fuhr zusammen, wohl weil er ahnte, was für eine Art Gespräch das dort draußen gewesen war. »Er lässt in regelmäßigen Abständen meine ID-Karte auslesen. Es tut mir leid. Das hätte nie passieren dürfen.«

»Er hat mich nur unerwartet erwischt.« Ich versuchte, mir ein Lächeln abzuringen, und es fühlte sich an, als scheiterte ich grandios. »Es geht schon wieder. Nach den letzten beiden Tagen kann mich nichts so schnell aus der Fassung bringen. Ich hatte schreckliche Angst um dich.«

»Es geht mir gut«, raunte er mir zu und strich über mein Haar. Ich wünschte wirklich, dass ich Fynn glauben konnte, aber das Fiepen des Überwachungsgeräts machte es so verdammt schwer.

»Mach die Untersuchungen. Alle.« Eigentlich hatte ich warten wollen, bis wir zurück waren. »Ich will Gewissheit.« Fynns Blick glitt an mir vorbei, Zeichen, dass uns eine lange Diskussion bevorstand. »Dein Herz hat aufgehört zu schlagen, Fynn, mitten im Becken. Du hättest sterben können.«

»Du bist ins Wasser gesprungen, oder?«

»Natürlich.«

»Mein Vater meinte, sie haben mich in einem Rettungshubschrauber transportiert?« Ich nickte langsam, ahnte, worauf er hinauswollte. Ich saß seit über zwei Tagen hier, in Badeanzug und Bademantel. Sein Blick wurde eindringlicher, aber Fynn haderte einige Augenblicke damit, die Frage zu stellen. »Bist du mitgeflogen?«

»Natürlich.«

»Wie hast du das angestellt?«, raunte er mir zu, nun drängender. Er wollte wissen, was uns erwartete.

»Ich habe die Wahrheit gesagt.« Ein Keuchen entfuhr Fynn und seine Hand schlang sich fest um meine.

Ich hatte meine Entscheidung getroffen.

Und ihn gewählt.

»Hast du seitdem mit jemandem von deinen Leuten geredet?«

»Nein.« Ich hätte Dad anrufen können, aber ich hatte es nicht über mich gebracht. Ich sah zum Fenster, noch war die Nacht nicht vorüber.

Entweder Dad war wach, weil er sich um mich sorgte.

Oder er war wach, weil die Wahrheit bereits ihren Weg in die Siedlung gefunden hatte.

Ich wusste nicht, was ihn wach hielt.

Nur, dass er wach war.

Kapitel 47

Ich war nicht sicher, wer erleichterter über Fynns Entlassung war, die Krankenhausmitarbeiter oder Fynn.

Am Anfang hatte sich das Personal noch für Richard überschlagen. Ab dem vierten Tag waren regelmäßig alle verschwunden, wenn er auftauchte. Sein Assistent musste dann auf die Suche nach demjenigen gehen, der sich am wenigsten gut versteckte, um Richard eine Einschätzung zu geben.

»Du könntest einfach mich fragen«, sagte Fynn dann jedes Mal und verdrehte die Augen.

»Das mache ich, sobald du ein anerkannter Facharzt bist«, gab Richard zurück und verdrehte die Augen auf die gleiche Weise wie sein Sohn zuvor. *Manchmal waren sie sich erschreckend ähnlich.*

»Bist du dir sicher, dass du das tun willst?«, fragte Fynn und griff meine Hand noch fester, als das Taxi vor dem Tor hielt.

»Ich will es nicht«, erwiderte ich und die Vertrautheit der Siedlung presste mir die Luft aus der Lunge. »Aber ich muss es.« Es gab Gespräche, die führte man nicht über das Telefon, und das hier war eines davon.

Vielleicht irrte ich mich und ich konnte Dad erreichen, ihm begreiflich machen, dass Fynn nicht unser Feind war. Er hatte ihn bereits gemocht. Wenn wir nur daran anknüpfen könnten …

»Darf ich mitkommen?« Sein Blick lag fest auf mir.

»Ich habe gehofft, dass du fragst.«

An Fynns Seite über das Gelände der Siedlung zu gehen, fühlte sich sonderbar fremd an. Blicke trafen uns, aber niemand grüßte wie sonst. Sie wirkten wie Gespenster, blass und abwartend.

Sie wussten Bescheid.

Ich suchte und fand Fynns Hand, brauchte diesen Halt, auch wenn ich den Zorn der anderen damit weiter heraufbeschwor. Darauf kam es nicht mehr an.

Unsere Tür zu öffnen, war schwer.

Unglaublich schwer.

Fynn drängte mich nicht. Tat, als wäre es ganz normal, minutenlang Türen in Grund und Boden zu starren. Dann endlich konnte ich mich dazu aufraffen, sie aufzuschließen. Unser Flur tat sich vor uns auf und Stille begrüßte uns.

»Dad?«

Die Frage verklang ohne eine Antwort.

War er bei Magnus?

Oder bei Mary?

Ein Geräusch drang aus der Küche zu uns herüber. So klang eine Teetasse, die auf unserem Holztisch abgestellt wurde.

Dad war doch da.

Ich atmete tief aus.

Und da zupfte er an mir, dieser Drang, umzudrehen und zu fliehen. Aber ich hatte nicht vor, ihm nachzugeben. Nicht diesmal.

»Warte in meinem Zimmer«, flüsterte ich Fynn zu. »Ich muss ihn erst vorbereiten.«

Er nickte, öffnete meine Tür, während ich in die Küche ging.

Welche Schwere in Schritten liegen konnte.

Dad saß am Tisch, den Blick auf die Tasse in seinen Händen gerichtet. Ich hatte sie erst vor einigen Monaten getöpfert, damals, als Fynn gegangen war und ich versucht hatte, meine Zeit so zu füllen, dass mir keine Zeit blieb, ihn zu vermissen.

Wie ich ihn dennoch vermisst hatte.

Immerzu.

»Dad?«

Er hob den Kopf nicht.

Ein schlechtes Zeichen.

»Wir müssen reden.«

Nun sah er auf und Tränen glitzerten in seinen Augen. »Wie konntest du nur? Ausgerechnet sein Sohn? Du verrätst nicht nur uns alle, du verrätst auch deine Mutter.« Eine Träne lief über seine Wange.

»Fynn hat nichts mit ihrem Tod zu tun.«

»Sein Vater hat deine Mutter auf dem Gewissen!«

»Nein«, protestierte ich leise. »Der Mann mit dem Gewehr hat Mom auf dem Gewissen. Nicht Fynn hat geschossen, nicht einmal Richard. Es war jemand anderes, Dad.«

»Und der hat es wegen Ferres Enterprise getan. Richard Ferres hetzt seit Jahrzehnten die Menschen gegen uns auf, weil wir es wagen, ihn zu kritisieren. Er ist das Böse in Reinform und du hurst mit seinem Sohn rum?«

Worte wie Schläge.

»Ich liebe Fynn!« Kälte legte sich um mein Herz. Ich hatte gewusst, was Dad davon hielt, aber es um die Ohren geschlagen zu bekommen, war noch viel härter.

»Natürlich tust du das, du dummes Ding!«, fuhr er mich an. »Denn anders ist dein Verhalten nicht erklärbar. Vor lauter Liebe bist du nicht mehr in der Lage zu sehen, was um dich herum geschieht.« Dads Stimme wurde einen Hauch milder. »Hat er dich dazu gezwungen?«

»Wozu?«

»Zu dem Foto. Die Regeln zu brechen und uns zu verraten? Hat er dich unter Druck gesetzt? Dir irgendwelche Versprechungen gemacht?«

»Nein! So etwas würde Fynn nie tun. Du kennst ihn überhaupt nicht.«

»Er ist ein Ferres, das muss ich nicht«, rief Dad. »Aber dich kenne ich auch nicht. Ich habe keine Ahnung, wer du bist. Offenbar nicht mehr meine Tochter.«

Seine Worte schlugen eine tiefe Kerbe mitten in mein Herz.

»Maya, alles in Ordnung?« Fynn erschien im Durchgang und seine Miene wirkte wie versteinert.

Er musste Dad gehört haben.

»Du?«, keuchte Dad entsetzt. Dieses letzte Detail begriff er offenbar erst jetzt. »Ihr habt alle gelogen. Selbst dein Direktor?«

»Es tut mir leid, dass ich mich nicht früher vorgestellt habe, Mr McGrey.« Ich ahnte, dass es in Fynn ähnlich stürmte wie in mir, aber er zwang sich, ruhig zu bleiben. »Angesichts der Umstände hielten wir es für das Beste. Wir wollten Sie nicht hintergehen, doch wir wollten auch verhindern, dass Maya Probleme bekommt.«

»Verschwinde, sofort!«

Fynn blieb, wo er war. »Ich verstehe Ihre Wut. Aber gleichgültig, was Sie denken oder was Sie bisher über mich gehört haben: Ich liebe Ihre Tochter. Maya bedeutet mir alles. Aber Maya liebt auch ihre Familie und den Kreis. Ich will nicht, dass sie sich zwischen uns entscheiden muss. Wenn es irgendeine Möglichkeit gibt, wie Sie uns Ihren Segen geben könnten, wäre ich bereit, alles dafür zu tun. Ich möchte mit Ihrer Tochter zusammen sein.«

Fynn tat es.

Er bat meinen Vater um seine Zustimmung.

Weil er wusste, dass das Teil meines Lebens war. Einer, den er ablehnte, und dennoch war er bereit dazu. Mir zuliebe.

Nichts daran fühlte sich ansatzweise richtig an.

Das war keine Entscheidung, die ich Dad überlassen würde – nicht mehr.

»Nein«, schrie Dad und plötzlich ertönte ein Klirren. Fynn wich aus und auf der Höhe, wo gerade noch sein Kopf gewesen war, lief nun Tee die Wand entlang und die Scherben meiner Tasse bedeckten den Boden. »Niemals gebe ich euch mein Einverständnis!«

Geräusche drangen durch den Flur zu uns herüber. Fynn wich vor dem, was dort auf uns zukam, zurück, hin zu mir. Keinen Herzschlag später, hastete Xander in die Küche, gefolgt von Magnus, Mary und einigen anderen.

»Geh von ihr weg«, fuhr Xander ihn an und ich griff nach Fynns Arm. Daraufhin stieß Dad meinen Namen wie eine unheilvolle Drohung aus.

»Mary.« *Sie hatte mir bei dem Foto geholfen. Vielleicht konnte ich wenigstens sie erreichen.* »Das ist Fynn.«

»Ich weiß, wer er ist«, sagte sie und ihre Stimme hatte jegliche Farbe verloren. »Ein Ferres.«

»Er ist mehr als das. Du wolltest wissen, warum ich nicht mehr flüchte? Fynn ist der Grund. Seit ich ihn kenne, flüchte ich zu ihm. Keine Klippen, keine Wälder. Bei ihm brauche ich mich nicht zu verstecken.«

»Was hätte Mom dazu gesagt?«, fragte Mary ohne auf meine Worte einzugehen. Sie nickte, als ich schwieg. »Genau, sie hätte das hier niemals erlaubt. Sag ihm, dass es vorbei ist.«

»Nein!«

»Komm zur Besinnung, Maya!« Magnus machte einen Schritt auf uns zu, was mich zurückweichen ließ.

»Ihr könnt uns nicht trennen.« Fynns Finger strichen über meine Handfläche, gaben mir Halt, den ich gerade so dringend brauchte.

»Wir wollen nur dein Bestes.« Magnus klang beinahe sanft und doch war nichts an dieser Situation auch nur ansatzweise sanft. Das hier weckte eine ganz neue Art von Angst in mir.

»Lass uns gehen«, raunte ich Fynn zu und der schien den gleichen Gedanken gehabt zu haben, preschte vor, aber Magnus erwischte mein Handgelenk, krallte seine Finger darum.

»Du bleibst hier, Maya.« Plötzlich geschah alles auf einmal. Fynn war da, versuchte, mich zu befreien. Im nächsten Moment zerrten ihn gleich mehrere Personen gleichzeitig von mir fort. Wir krallten uns aneinander.

»Nein«, schrie ich. »Hört auf! Er kommt gerade aus dem Krankenhaus!« Ein Ellbogen wurde gegen Fynns Brustkorb gerammt, ein Faustschlag traf seinen Hinterkopf.

»Das liegt nicht in unserer Macht, sondern in deiner, Maya«, erwiderte Magnus. »Lass ihn gehen.«

Je mehr ich mich weigerte, desto mehr würden sie ihm zusetzen, um ihn von mir fortzuschaffen.

Ich ließ seine Hand los.

Fynn riss den Kopf herum, rief entsetzt meinen Namen, doch ohne meinen Widerstand gelang es den anderen, ihn zurückzureißen. Er rief erneut nach mir, dann verschwand er aus meinem Blickfeld.

Xander schälte sich aus der Gruppe, die Fynn unter Kontrolle brachte. Er blieb, während der Lärm auf dem Flur abflaute. »Damit kommt ihr nicht durch. Ihr könnt mir nicht vorschreiben, wie ich zu leben habe!«

»Doch, Maya«, sagte Magnus und nun schwang Erschöpfung in seinen Worten mit. »Wir haben schon damit begonnen. Du bist von der Verona Hall abgemeldet.«

Dann hatte ich keinen Abschluss.

Und kein Stipendium.

»Du brauchst eine räumliche Veränderung, um wieder zu Verstand zu kommen. Wir haben eine Siedlung gefunden, die bereit ist, dich aufzunehmen. Xander wird dich begleiten. Dann habt ihr die Möglichkeit, neu anzufangen. Hier hast du zu viele Erwartungen enttäuscht.«

»Und ihr denkt, *ich* habe den Verstand verloren? Ich gehe nicht mit.«

»Doch, Maya«, sagte Dad. »Das ist deine Chance, deine Fehler wiedergutzumachen. Magnus bietet uns allen die Möglichkeit weiterzumachen, als wäre nichts geschehen.«

»Es sind keine Fehler gewesen!«, schrie ich ihn an, damit er endlich begriff. »Meine Beziehung zu Fynn ist kein Fehler. Ihr seid nur zu gefangen in euren Vorstellungen von Gut und Böse, um das zu begreifen.« Ich sah zu Dad, versuchte, ihn ein letztes Mal zu erreichen. »Er ist meine Sonne, Dad.«

Seine Lippe bebte. So hatte er Mom immer genannt – seine Sonne. »Sag das nie wieder!« Er spie die Worte geradezu aus.

»Geh packen, ihr werdet gleich abgeholt. Du kannst freiwillig mitgehen oder wir helfen dir dabei«, kam es von Magnus. Und ich wollte überhaupt nicht wissen, was er damit meinte.

»Dann flüchte ich, sobald ich angekommen bin.«

»Xander passt auf dich auf, bis du dich eingelebt hast, und ohne Geld und ID-Karte kommst du nicht weit.« Zumindest jetzt flackerte ein winziger Anflug von Schuld in Dads Gesicht.

»Du hast meine ID-Karte gestohlen?« Ich hasste die Karte, aber ich brauchte sie gleichzeitig. Sie war unerlässlich. Ohne die Karte konnte ich an keine Schule, erst recht an keine Uni. Ich konnte nicht einmal einen Zug oder den Bus nehmen, weil ich bei Kontrollen festgesetzt werden würde. Ein Leben ohne ID-Karte war nicht möglich, das wussten wir alle, und deswegen hassten wir sie so leidenschaftlich.

»Geh deine Sachen packen. Wenn du noch etwas mitnehmen willst, solltest du dich lieber beeilen.«

Xander baute sich neben mir auf und erst das veranlasste Magnus dazu, mich loszulassen. Ich setzte mich in Bewegung, und genauso selbstverständlich tat das auch Xander und machte meinen Plan zunichte, durchs Fenster zu entwischen. »Du kämst nicht weit«, sagte er und schob mich in mein Zimmer. »Vor der Wohnungstür stehen Freunde bereit.« Er war so gelassen, dass ich keinen Augenblick an der Wahrheit seiner Worte zweifelte. Er schloss die Tür.

»Pack lieber.«

Mein Blick fiel auf die leere weiße Schale auf meinem Schreibtisch. Ich hatte sie nie dort weggenommen, weil sie eine Erinnerung war an das, was fehlte. »Du hättest es immer erkennen können. Du hast nur nicht hingesehen.« Xander schwieg, schien nicht zu wissen, wovon ich sprach. »Du gehst hier ein und aus und du hast mich nie gefragt, woher ich diesen Stein habe, der mir wichtig genug war, um ihn aufzubewahren.« Ich deutete auf die Schale. »Du hattest so viele Monate Zeit, um herauszufinden, dass dieser Stein fort ist und sich seitdem an Fynns Handgelenk befindet.«

Honigfarbene Augen weiteten sich entgeistert und Wut machte sich darin breit. »Für dich zählte noch nie, was ich dachte, wenn es nicht mit deinen eigenen Gedanken übereinstimmte.

Was für mich wichtig war, hast du nicht beachtet, es sei denn, das war es für dich ebenfalls. Deswegen wusste ich, dass du nie begreifen würdest, dass Fynn von mir den Gegenstand bekommen hat, der mir am meisten bedeutet. Aber Fynn hat das registriert. Er hat immer alles registriert. Ihm ist wichtig, was ich denke und fühle. Er drängt mich nicht in die Richtung, von der er glaubt, dass sie die richtige ist. So sollte eine Beziehung aussehen«, fuhr ich eindringlich fort. »Sie sollte mehr sein als nur eine perfekte Fassade. Wir lieben uns nicht, Xander. Selbst wenn es Fynn nicht gäbe, würden wir niemals glücklich miteinander werden. Unterstütze diesen Plan nicht und hilf mir hier raus. Da draußen gibt es jemanden für dich, der das sein wird, was Fynn für mich ist. Hör auf, dich an etwas zu klammern, das wir niemals hatten.«

»Das ist Unsinn!« Damit trat er auch diesen letzten Hoffnungsschimmer aus. »Wir waren glücklich. Fynnigan hat alles kaputt gemacht. Jetzt löschen wir die Erinnerung an ihn und beginnen neu.« Er machte einen Schritt auf mich zu, versuchte, nach meiner Hand zu greifen, aber ich zog sie zurück.

»Genau das meine ich. Du hörst mir nicht zu. Ich war nicht glücklich mit dir. Das war schon so, bevor ich angefangen habe, Zeit mit Fynn zu verbringen.«

Xanders Kopf schüttelte sich hin und her.

»Ich war schwanger von dir.« Sein Gesicht verlor alles an Farbe. Sein Mund klappte auf und wieder zu. »Ich war heimlich in einer Klinik«, brach es aus mir heraus. Überall in mir loderten Schmerz und Schuld, beides würde nie vergehen und dennoch bereute ich es nicht.

Ich bereute nur Xander.

So sehr.

Hinter meinen Augen brannte es. Ich wich seinem Blick aus, weil ich es nicht ertrug, ihn anzuschauen.

»Das war vor Fynn«, flüsterte ich. »Ich hatte Angst vor dir. Angst davor, was du dem Kind angetan hättest. Und ich habe immer noch schreckliche Angst vor einem Leben an deiner Seite.«

Xanders Schlag traf mich diesmal mitten ins Gesicht. Er war zu schnell oder ich einfach zu erschöpft, um rechtzeitig zu reagieren. Aber vor dem zweiten stieß ich ihn mit aller Kraft zurück. Er geriet ins Schwanken und ich nutzte die Möglichkeit, an ihm vorbeizugelangen. Er griff in meine Haare, gerade als ich die Türklinke erreichte.

»Hör auf!«, brüllte ich ihn an. Sie mussten mich bis in die Küche hören und dennoch kam niemand.

Ich hatte nichts anderes erwartet.

Und dann – ein Klingeln.

Freunde klopften.

Fremde klingelten.

Es konnte nicht Fynn sein.

Den würden sie nicht mehr aufs Gelände lassen.

Es musste jemand sein, den sie nicht aufhalten konnten.

Hatte Fynn die Polizei verständigt?

Schon der Gedanke war aberwitzig.

»Hilfe!«, rief ich. Xander presste die Hand auf meine Lippen und wir lauschten beide auf das, was vor der Tür vor sich ging.

Stille breitete sich aus.

Ich versuchte, seine Hand loszuwerden, um erneut zu rufen. Dann ertönte ein Knallen, so heftig, dass es klang, als hätten sie die Haustür eingetreten.

Ich nutzte Xanders Entgeisterung, riss den Kopf herum und befreite mich von seiner Hand. »Hier!«, rief ich und nur Sekunden später hörte ich Stimmen und dann wurde meine Zimmertür aufgestoßen.

Polizisten drängten zu uns herein und Xander ließ von mir ab, wich zurück.

Zwei von ihnen hielten ihre Pistolen gezückt.

Waffen in der Siedlung.

Selbst mich ließ das Bild entgeistert nach Luft schnappen.

»Geht es Ihnen gut?«, fragte mich eine Polizistin.

»Nein«, flüsterte ich und trotz allem kam ich mir vor wie eine Verräterin. »Sie halten mich gegen meinen Willen fest und sie haben meine ID-Karte gestohlen.« Ich drehte mich zu Xander um. »Gib sie mir, Xander.« Unsere Gesellschaft war zu abhängig von den Karten. Wenn sie mich von hier wegbrachten, mussten sie das Gleiche mit meiner Karte tun. Es blieb nur diese eine Möglichkeit und die betrachtete mich aus zornigen, honigfarbenen Augen. »Jetzt!«

»Und Ihre eigene ID-Karte geben Sie uns ebenfalls«, befahl die Polizistin knapp, als Xander sich nicht bewegte. »Oder wir nehmen Sie direkt mit und führen diese Unterhaltung bei uns fort.« Erneut sah sie zu mir. »Erstatten Sie Anzeige?«

»Das werde ich«, sagte ich und ein Zittern zog mir wellenartig von den Fingerspitzen durch den Körper. »Wenn er mir nicht innerhalb der nächsten Minute meine Karte gibt.« Ich hielt Xander die Hand hin, aber seine blieben, wo sie waren.

»Wenn du mit ihnen gehst, kannst du nicht mehr zurück, Maya. Das wird der Kreis dir niemals verzeihen.«

Das Zittern verstärkte sich. Wir wussten beide, dass ich gerade dabei war, alle Brücken zum Kreis in Flammen aufgehen zu lassen.

»Eine halbe Minute, Xander«, sagte ich und brannte diese letzte Verbindung nieder.

Er schüttelte den Kopf, schien unfähig zu begreifen, wie ich das tun konnte. Die Polizistin gab ihren Kollegen ein

Zeichen und die kamen auf Xander zu. Er starrte von mir zu ihnen und endlich begriff er, dass das hier ausweglos war. Widerwillig bückte er sich, zog seinen Schuh ab und reichte ihn der Polizistin. »In der Schuhlasche eingenäht.«

Vielleicht hätte es mich entsetzen sollen, wie viel Mühe sie in ihren Plan gesteckt hatten, aber ich fühlte mich, als wäre mein Innerstes feinsäuberlich ausgekratzt worden und in mir war nur noch Platz für Leere.

Einer der Polizisten nahm ihn an und das leise Reißen einer Naht erklang, während ein anderer Xanders ID-Karte in Empfang nahm. »Ist gesichert.«

»Übernimm ihn. Ich bring sie raus.« Die Polizistin berührte meinen Arm, forderte meine Aufmerksamkeit ein. »Brauchen Sie noch etwas?«

»Nein«, sagte ich und wandte mich von Xander und seinem durchdringenden Blick ab. »Ich will nichts mehr von hier.«

Im Leben gab es Wege, auf denen wir uns bewegten. Manchmal waren sie so matschig wie die Pfade in der Siedlung nach dem Regenfall. Ein anderes Mal dornig oder übersät mit spitzen Steinen, die sich in einen bohrten, wenn man auf sie trat. Und dann waren da noch die Gabelungen, an denen wir uns entscheiden mussten, in welche Richtung wir weitergingen. Ich hatte immer gewusst, wie mein Weg aussehen sollte, und Dutzende von Plänen gemacht. Bis Fynn in mein Leben gestolpert war. Ich hatte meine Pläne zurückgelassen, um ihm zu folgen, fernab aller Wege.

Jetzt stand ich hier, mitten im Nirgendwo.

Orientierungslos.

Ich hatte meinen Weg nicht nur verlassen.

Ich brannte ihn nieder.

Die Blicke der Kreisler bohrten sich wie Scherben in mich, als ich an der Seite der Polizistin das Tor anpeilte.

Ich zwang mich, den Rücken gerade zu halten.

Mein Kinn zu strecken.

Um nicht den Hauch von Schwäche zu zeigen.

Epilog

Fynn

Die zwei abgestellten Polizisten sollten wohl verhindern, dass die Kreisler auf mich losgingen. Sinnvoll, so wie sie mich von der anderen Seite des Tors anstarrten. Die ersten waren nach meinem Rauswurf dortgeblieben, damit ich nicht zurück zu Maya gelangte. Seitdem kamen sie von überall, stellten sich dazu. Sie erinnerten mich an den Hitchcock-Film mit den Vögeln, den ich mit Maya im Kino gesehen hatte. Die waren auch unaufhörlich mehr geworden und verbreiteten die gleichen miesen Vibes.

Der Kreis war eine eingeschworene Gemeinde – eine abgeschottete Welt.

Aber auch diese Welt musste sich an Regeln halten.

Nachdem sie mich vor dem Tor abgeladen hatten, wie den Sack Müll, der ich in ihren Augen war, ließ ich es aussehen, als hätten sie gewonnen. Ich schleppte mich zu unserer Auffahrt und zog dort mein Handy.

Irgendwie ironisch, dass ich den Gegenstand, den der Kreis hasste, nutzte, um die Hilfe von Leuten einzufordern, die er noch mehr hasste.

Es war wohl meinem Namen zu verdanken, dass nicht nur ein oder zwei Polizeiautos vorgefahren kamen, sondern gleich ein Dutzend. Ein Ferres, der behauptete, dass die Kreisler seine Freundin gefangen hielten, war wahrscheinlich die größte Sensation der letzten Jahre in diesem Kaff. Und es sorgte dafür, dass ich sofort überprüft wurde, weil sie nicht sicher schienen, ob ich mir einen Spaß erlaubte.

Im Anschluss hatte ich mich zurück zum Tor geschleppt, um ihnen den Weg zu Maya zu erklären. Seitdem lehnte ich an der Mauer, um nicht umzufallen, und wartete darauf, dass sie zurückkamen – mit Maya.

Endlich fand ich den Kupferton ihres Haares. Er passte zu den wenigen verbliebenen Blättern an den Bäumen hinter ihr.

Farbe in all dem Dunkel um sie herum.

Sie hielt den Kopf hoch, sah so starr geradeaus, dass ich wusste, dass es ihr Versuch war, nicht vor den Menschen zusammenzubrechen, die vor Kurzem noch ihre Familie gewesen waren.

Überall auf der Welt öffnete mein Name Türen.

Nur hier sorgte er dafür, dass sich eine für immer schloss.

Maya hatte sich für mich entschieden.

Konnte man in Schuld ertrinken?

Es fühlte sich verdammt danach an.

Sie schlüpfte durch das Tor und im nächsten Augenblick in meine ausgebreiteten Arme.

»Es tut mir so leid«, flüsterte ich in ihr seidiges Haar. »So sehr.« An der stockenden Art, wie sie ausatmete, ahnte ich, wie kurz sie davorstand, auseinanderzubrechen. »Soll ich dich wegbringen?«

»Ja.« Nur ein winziges Wort, aber es klang wie zersplitterndes Glas.

TW: Mobbing, sexualisierte Gewalt, sektenähnliche Strukturen, häusliche Gewalt

FORTSETZUNG
FOLGT

Ewig & Wir - Band 3
erscheint im Winter 2023.

Nachwort

Vielleicht habt ihr schon gemerkt, dass es bei der Ewig-Reihe eine Besonderheit gibt – das Nachwort. Normalerweise schreibe ich selten eines, aber die Geschichte von Maya und Fynn ist von Anfang an eine besondere für mich gewesen. Für gewöhnlich versuche ich, meine Figuren so zu schreiben, dass es wenig Ähnlichkeiten zu mir gibt. Bei Maya ist mir das nicht gelungen. Wir teilen einige Überzeugungen, den ein oder anderen Charakterzug und wir beide lieben Fynn. Vielleicht findet die Ewig-Reihe auch deshalb einen ganz besonderen Platz in meinem Herzen.

Die Geschichte von Maya und Fynn ist eine über Vertrauen. Über das Vertrauen in andere und das in sich selbst. Über Wege, die enden, und neue, die sich eröffnen.

Über die Angst, eine falsche Wahl zu treffen und Erwartungen zu enttäuschen.

Aber allen voran, geht es um Vertrauen – ganz besonders in diesem Band.

Viele von euch haben mich gefragt, ob es den Kreis tatsächlich gibt. Nein, ich habe im Vorfeld der Geschichte viel recherchiert und mich dagegen entschieden, eine bestehende Gruppierung auszuwählen. Stattdessen habe ich eine eigene geschaffen und sie mit Themen ausgestattet, die mir wichtig sind. (Hier sind wir wieder bei den Parallelen zu Maya.)

Gleichzeitig hat der Kreis überaus problematische Strukturen, die sich in diesem Band in kriminellen Handlungen entladen. Diese Strukturen erscheinen weit weg, aber es gibt sie auch in unserer Welt in vielen möglichen Facetten.

In den letzten beiden Jahren kam es bei Sekten-Info NRW zu einem enormen Zuwachs Hilfesuchender. Wenn ihr euch oder Menschen, die euch nahestehen, in ähnlichen Strukturen wiederfindet wie Maya, habe ich hier Anlaufstellen für euch.

Ich wünsche uns allen ein wenig mehr Vertrauen in uns selbst.

Alles Liebe

Jella

»Häusliche Gewalt hat viele Formen: Tritte, Schläge oder unfreiwillige sexuelle Handlungen. Aber auch Nötigungen, Beleidigungen oder Demütigungen gehören dazu. Das heimtückische an dieser Gewalt: sie findet hinter verschlossenen Türen statt, im privaten Raum, und ist für andere meist unsichtbar.«

(Quelle: https://weisser-ring.de/haeuslichegewalt)

Bundesamt für Familie und zivilgesellschaftliche Aufgaben
https://www.hilfetelefon.de/gewalt-gegen-frauen/haeusliche-gewalt.html
(Beratung per Telefon, Sofort-Chat und Onlineberatung)

Weißer Ring:
https://weisser-ring.de/haeuslichegewalt
Opfer-Telefon 116 006 Bundesweit. Kostenfrei. Anonym. Ein Hilfsangebot des WEISSEN RINGS: 7 Tage die Woche von 7 bis 22 Uhr.

GESINE Frauenberatung.EN
https://www.gesine-intervention.de/gesine-frauenberatungen/

Das Handzeichen als Notsignal bei Häuslicher Gewalt

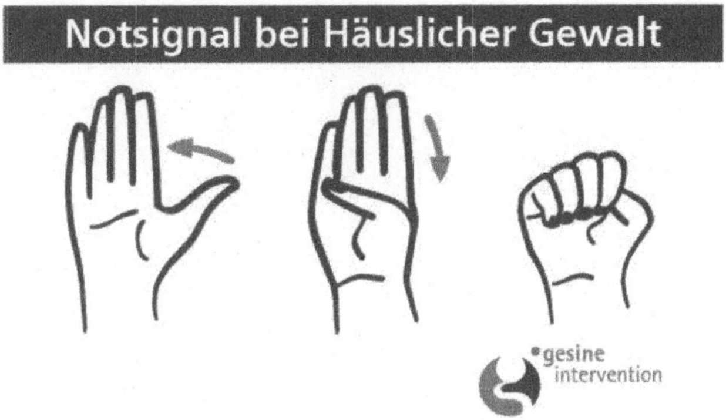

Was soll ich tun, wenn mir
jemand dieses Notsignal zeigt?

Ruhe bewahren!
Handeln!

Durch ja/nein Fragen oder nonverbale Gesten herausfinden, welche Hilfe gebraucht wird:

Polizei rufen?
Krankenwagen rufen?
Täter ablenken, um Flucht zu ermöglichen?

Das Zeichen kann Leben retten – wenn es alle kennen.

Danke

Und wieder ist es Zeit für eine Danksagung. Ich dachte, nach der ersten könnte es nicht schwieriger werden – offenbar habe ich mich geirrt, denn mittlerweile fühlt es sich an, als hätte ich bereits alles schon geschrieben und könnte hier niemanden mehr überraschen. Versuchen wir es trotzdem. :-)

Danke

An meine Testleserinnen: **Janina**, **Danny**, **Maja**, **Sandra**, **Maya**, **Lena** und **Verena**. Eure Kommentare sind unglaublich hilfreich und eure Begeisterung für die Fortsetzung der Geschichte ist beflügelnd. Danke für beides.

An meine Fehlerfüchsinnen **Chiara** und **Patrizia**, **Stefania**, **Caroline**: Danke für diesen letzten Probelauf. Ihr beruhigt meine gereizten Autorinnennerven und schürt die Vorfreude auf ein weiteres Release.

An meinen Lektor **Christian**: Danke für deine wunderbare Arbeit.

An meine Korrektorin **Caro**: Danke für jeden einzelnen gefundenen Fehler, für deine Flexibilität und dein Verständnis, wenn ich kurzfristig doch wieder mit Terminen jongliere.

An meine **Eltern**: Danke, dass ihr dafür gesorgt habt, dass mir der Lesestoff nie ausging und ihr eure Begeisterung für Bücher mit mir geteilt habt.

An **Francis**: Meine liebste Autorinnenkollegin, meine Illustrationskünstlerin, meine Coverfee, meine Schwester im Geiste. Du gibst meinen Figuren und ihren Geschichten Gesichter und ich liebe jedes davon unendlich.

An meinen **Mann**: Deine Ruhe erdet mein Chaos <3

An **Jannis** und **Lerke**: Nur euer Chaos kann mit meinem mithalten und ich liebe alles daran.

An **dich**: Danke, dass du die Fortsetzung von Mayas und Fynns Geschichte bei dir hast einziehen lassen. Ich hoffe, wir sehen uns im großen Finale.

Instagram: @jella_benks
Homepage: www.jellabenks.de

Tausend Dank

Jella

Mehr von Jella Benks:

Die Goldene - Dystopische Liebesgeschichte (4 Bände)

Das System kennt deinen Platz. Doch was, wenn du dich an der Seite des falschen Mannes wiederfindest?

Anziehung ist gefährlich, Liebe nur Illusion und einzig das System weiß, wer zusammengehört. Darauf vertraut auch Liah, bis sie ausgerechnet Arjan – dem zukünftigen Präsidenten – als Partnerin zugeteilt wird, einem Mann, den sie verachtet.

Während sie sich in ihre vorbestimmte Rolle zwingt, zieht sie der geheimnisvolle Zayne in seinen Bann und bringt ihre Loyalität ins Schwanken. Gefangen in einem Strudel aus Rache, Verrat und düsteren Geheimnissen, muss Liah herausfinden, wer sich irrt.

Das unfehlbare System oder ihr Herz?

Leseprobe: Die Goldene - Gefangen im System

Kapitel 1

Sie wollten mich umbringen.

Blicke wie Kugeln bohrten sich in mich hinein. Hinter mir krachte eine Tür ins Schloss. Ihr Knallen ließ mich zusammenfahren. Hoffentlich hatte niemand der Versammelten meine Unsicherheit bemerkt. Rasch straffte ich die Schultern, reckte das Kinn in die Höhe. Angst konnte ich mir nicht erlauben. Nicht hier.

Schritte. Sie kamen auf mich zu. Einen Ausweg gab es nicht. Tief sog ich die Luft ein, stieß sie wieder aus, darauf bedacht, dass sich meine Brust nicht zu hastig hob und senkte. *Mittlerweile hatten mich alle bemerkt.* Gemurmel drang an mich heran, zu leise, um die Wörter zu verstehen, zu laut, um sie nicht zu registrieren. Neben mir klirrten Gläser aneinander und das Licht der Kronleuchter spiegelte sich in ihrem Kristall. Musiker fuhren voller Hingabe mit ihren Bögen über Streichinstrumente. Dabei hörte ihnen doch niemand zu. Heute waren wir nicht zum Tanzen hier.

Die Schritte stoppten neben mir.

»Zauberhafte Nacht«, säuselte meine Mutter.

Was sollte an dieser Nacht zauberhaft sein? Immerhin brauchte ich mir keine Antwort abzuringen, Mutter setzte ihren Weg bereits in Richtung einer Gruppe Frauen fort, die sie in der Öffentlichkeit als Freundinnen bezeichnete. Morgen früh, in der Sicherheit unseres Hauses, würde sie jede von ihnen mit einer Auswahl an Beleidigungen überziehen. Zu hören bekamen das immer nur die Dienstboten und ich.

Mutter erreichte die Gruppe und die Münder der übrigen Frauen verzogen sich zu breiten Lächeln. *Eines verlogener als das andere.* Zumindest erinnerten sie mich daran, dass auch ich Erwartungen zu erfüllen hatte.

Ich wandte mich von ihnen ab, nickte in verschiedene Richtungen, um die anderen Gäste zu begrüßen. Genug, damit sich niemand beschwerte, ich sei unhöflich, zu wenig, um mir Heuchelei zu unterstellen. Dabei war es exakt das. Unsere gegenseitige Verachtung war gleichgültig, wenn es galt, die Form zu wahren.

Die anderen Goldenen erwiderten die Grüße mit ähnlichem Elan. Hin und wieder erwischte ich jemanden, der erstarrt war in seiner Wut, dann ließ ich den Blick herausfordernd an ihm hängen und zwang dem Gegenüber ein widerwilliges Nicken ab. Meine Blicke waren gefährlicher als ihre. *Das könnte heute Nacht enden.*

»Liah, Schätzchen.«

Marianne trat vor mich und augenblicklich setzte ich mein bezauberndstes Lächeln auf. Jahrelang hatte ich es vor dem Spiegel perfektioniert. Es war breit und ließ genau das richtige Stück der Zähne dahinter durchschimmern. Ihr Kleid war in einem schlichten Grünton gehalten, ihre Zier bestand aus Schmuck, passenden Edelsteinen, die im Licht aufblitzten. Mehr brauchte es nicht, nicht bei der Partnerin des Präsidenten. Marianne war die höchstangesehenste Frau im Reich – das war ihr eigentlicher Schmuck.

In ihrer Miene flackerte Missbilligung auf, als ihr Blick

mein Kleid entlangwanderte. Wohl kaum wegen des enganliegenden Schnitts oder des gewagten Vorderteils, das dafür sorgte, dass mir der Rücken frei lag. *Es war die Farbe.* Golden waren bei uns nur die Armreifen, die wir am Handgelenk trugen. Goldene Kleidung war der Familie des Präsidenten vorbehalten. Ob ich zu der zählen würde, entschied sich erst heute Nacht.

»Du bist sicher aufgeregt, Liebes?«, fragte sie. Nach all den Jahren war Marianne geübt genug, um ihr Lächeln zu halten, doch es erreichte ihre Augen nicht. Anders als meines, das ich erneut für sie aufstrahlen ließ.

»Alles geschieht, wie es zu unserem Besten ist«, erwiderte ich. »Das System trifft die richtige Wahl.« Aufgrund meiner gewagten Kleiderauswahl war Demut angebracht, besonders vor ihr. Ich senkte die Stimme, um zögerlicher weiterzusprechen, als würde ich ihr ein Geheimnis anvertrauen. »Ich hoffe jedenfalls darauf.«

Marianne liebte Geheimnisse, oder das, was sie dafür hielt. Es klappte, der Funken Missbilligung in ihrer Miene erlosch augenblicklich. »Wie wir.« Sie fuhr kurz herum, wie um sich zu vergewissern, dass niemand etwas mitbekommen hatte, dabei wusste es ohnehin jeder. Ich war die Favoritin der Präsidentenfamilie und das Kleid, das Mutter für mich ausgewählt hatte, unterstrich diesen Status.

Ein letzter aufmunternder Blick, dann setzte Marianne sich in Bewegung und wurde von einer Gruppe von Männern verschluckt, die allesamt die gleichen dunklen Anzüge trugen. Abgesehen von den Gesichtern gab es nur ein Detail, an dem sie sich unterschieden: Die Knöpfe aus Perlmutt und Horn, die mit Edelsteinen verziert waren. Für die Männer aus den anderen Ringen unerschwinglich und genau deshalb wurden sie hier von den Goldenen mit Lässigkeit zur Schau gestellt, während sie sich sonst zurückhaltend gaben.

Uns Frauen war Zurückhaltung fremd. Wir waren abgestellt zu schmücken und dieser Pflicht kamen wir geflissentlich nach. Diamanten bestückten unsere Finger und Hälse, manchmal sogar Gesichter, wie bei der Anwärterin, die an mir vorbeischwebte und deren Wangen rosafarbene Edelsteine zierten. Wir waren wie die Knöpfe an den Jacken der Männer. Schmuck, der zur Schau gestellt wurde. Die kunstvollen Frisuren, die Puder, mit denen wir Lippen und Augenlider färbten, selbst unsere Kleider, Wellen aus Farben, dürsteten nach Beachtung. *Ich hätte lieber einen Knopf getragen.*

Vor mir huschten die Farben auseinander und gaben den Blick frei, auf einen Mann, der auf mich zugeschritten kam. An seiner Jacke blitzen die Knöpfe golden, passend zu meinem Kleid. *Arjan.*

Nur wenige Gänge von dem Festsaal entfernt hing auf einem der Flure das Gemälde einer Schlacht. Gestalten in düsteren Ölfarben gingen mit Messern und Gewehren aufeinander los. Eine verstörende Szene. Von oben herab senkte sich eine Lichtgestalt. Die Flügel auseinandergerissen, stand er unmittelbar davor, sich zwischen die Gruppen zu werfen. Ein Engel mit fast weißem Haar und durchdringenden blauen Augen. Er sah exakt so aus wie Arjan, der gerade vor mir zum Stehen kam.

Ich deutete ein Kopfnicken an. Arjan mochte es nicht, wenn ich ihn zu förmlich begrüßte, doch hier, mit all den Blicken auf uns, sah ich mich genötigt, einen Rest Form zu wahren. Immerhin war er der nächste Präsident. Sein vertrauter, holziger Geruch stieg mir in die Nase, kaum dass sich Arjan vorbeugte, um meine Wangen zu küssen. Im Gegensatz zu mir war er nicht dazu gezwungen, unsinnige Anstandsregeln einzuhalten. Seine Lippen verweilten einen Hauch zu lang auf meiner Haut, während ich steif dastand. Vermutlich fiel die Stimmung der Gästeschar damit ins Bodenlose. Außer mich begrüßte Arjan niemanden so. *Nicht mehr.*

Nur ein unachtsamer Gedankensprung und doch sorgte er dafür, dass unsichtbare Hände meinen Magen packten und ihn zusammenpressten. Brenda. Nur wenige Monate war es her, da war sie noch auf ähnliche Art begrüßt worden. Ich griff erneut nach einem Lächeln, wenn ich es fest genug hielt, würde der Druck auf meinen Magen verschwinden, wie immer.

Arjan trat zurück und gab der Menge vor mir den Blick auf mein Gesicht frei.

»Entschuldige, ich bin nicht dazu gekommen, dich eher zu begrüßen, Liah«, sagte er. »Verzeihst du mir?«

»Hättest du mich länger warten lassen, wäre ich eingeschnappt. Du kommst gerade rechtzeitig.«

»Ich beobachte dich, seit du angekommen bist. Du bist keine fünf Minuten hier.«

»Ganz genau.«

Damit rang ich ihm eines seiner leicht schiefen Grinsen ab. »Dann schätze ich mich glücklich, dass du mir am Tag meiner Zuweisung nicht davongelaufen bist. Ausgerechnet du.« Arjans Arm legte sich um meine Taille. Ich war nicht die Einzige, die die Menge provozierte, das tat er auch, nur nahm ihm das niemand übel. Wenn sie sich demnächst abwandten, um sich ihre Mäuler zu zerreißen, würden sie allein über mich reden, da war ich mir sicher. Darüber, dass ich seine Berührungen duldete, über mein goldenes Kleid, meinen unbedeckten Rücken und darüber, dass mir das Lächeln zu oft eingefroren war. Letzteres ließ ich sicherheitshalber ein Stück breiter werden und beinahe sofort begannen meine Wangen zu schmerzen. Dieses Maß an Fröhlichkeit waren sie sonst nicht von mir gewohnt. Das war diesen Abendveranstaltungen vorbehalten, damit die Menge weniger Gründe fand, über mich herzuziehen. Dennoch hörte ich ihr beständiges Tuscheln und ihre missbilligenden Blicke brannten mir auf der Haut.

Heute würde das enden.

Arjan fuhr mir mit seinem Finger wie zufällig über den Rücken, aber ich kannte ihn genug, um zu wissen, dass nichts daran zufällig war. Er verhinderte, dass mir die Gedanken weiter abdrifteten und forderte meine Aufmerksamkeit ein.

»Wie nervös bist du, Liebling?« Ein Flüstern, allein für mich bestimmt. Spürten seine Fingerspitzen nicht, dass mein Körper kurz davorstand, vor Anspannung zu zerspringen?

Ich konnte Arjan nicht erzählen, dass mir das Herz unter dieser Corsage raste oder dass ich seit Tagen nicht mehr schlief. Er würde mich ohnehin beschwichtigen.

»Liah?«

»Es liegt nicht in unserer Hand.« Es war Monate her, dass ich mit den anderen aus meinem Jahrgang die Zuteilungs- prüfungen abgelegt hatte. Das war unser Beitrag, anschließend hatte das System übernommen und nach den bestmöglichen Verbindungen für uns gesucht. Morgen früh standen die Ergebnisse für alle bereit, dann würde der Rest von uns verstohlen zur goldenen Auswahlhalle huschen, sich anschauen, welchen Partner das System für uns bereithielt. Doch die Entscheidung, auf die es wirklich ankam, die würde heute Nacht verkündet werden.

»Ich bin gespannt auf deine Auswahl«, fuhr ich unter Arjans Musterung fort.

Mit meiner Gelassenheit hatte ich es übertrieben, das sah ich an der Art, wie er die Augenbrauen hochzog. »Denkst du etwa, dass mir jemand anderes zugewiesen wird?«

»Ich versuche realistisch zu bleiben. Die Möglichkeit, dass von all den Goldenen in unserem Alter eine besser mit dir übereinstimmt, ist hoch.« Das war sie definitiv. Ich schätzte, heute Abend waren knapp fünfzig der in Frage kommenden Anwärterinnen geladen und das waren nur die mit den angesehensten Familien. Es gab ein Vielfaches mehr im goldenen Ring. Ich registrierte, dass meine Finger zitterten, legte sie rasch ineinander, um es zu verbergen.

»Niemand kennt mich so gut wie du, Liah. Du wirst die passenden Antworten zu meinen gegeben haben.«

Brenda hast du besser gekannt. Der Gedanke blieb, wo er war, tief in meinem Kopf, weil es unmöglich war, ihn hinauszulassen. Niemand durfte ihren Namen nennen.

Arjan lächelt einigen Goldenen zu, die an uns vorbei schlichen. Ob sie unser Gespräch belauschten? In mir hallte erneut der verbotene Name, meine Atmung beschleunigte sich, doch der Widerstand der Corsage ließ dafür keinen Platz.

»Kannst du mit der Auswahl beginnen?« Die Worte stürmten aus mir hinaus, zu heftig, zu laut. Die Köpfe der Vorbeigehenden drehten sich zu mir.

»Vater wollte ein paar Stunden warten, um die Spannung zu steigern. Andererseits hat dein Kleid schon für ausreichend Spannung gesorgt.« Seine Fingerspitzen fuhren erneut über meinen nackten Rücken und ich war mir sicher, dass es die Umstehenden genau registrierten.

»Bitte, Arjan.«

Er atmete auf, nahm die Hand von mir. »Wie du befiehlst.« Es war ein Scherz, nicht mehr. Es gab nichts, über das ich befehlen konnte. Er beugte sich zu mir. »Vertrau auf das System, Liebling.«

Ich nickte so heftig, dass ich spürte, wie die Klammern in

meinem Haar sich lockerten. *Ich vertraute auf das System und wie ich darauf vertraute.* Dennoch wäre ich am liebsten durch die Flügeltüren gehuscht, nach draußen zum Innenhof gehastet, zu den Kutschern, die sich dort regelmäßig mit Kartenspielen die Zeit vertrieben, bis die goldenen Herrschaften genug gefeiert hatten. Alles an mir drängte fort von hier.

Kaum hatte sich Arjan abgewandt, bauten sich meine Eltern neben mir auf und unterbanden jeden Fluchtversuch. Sofort nahm ich Position ein, hob die Schultern und reckte das Kinn, um mir ihre Kommentare zur falschen Haltung zu ersparen.

»Die Auswahl beginnt«, sagte ich, um ihren Fragen zuvorzukommen. Es blieben nur Minuten, dann hatten wir Gewissheit. Schweigen machte sich zwischen uns dreien breit. Sollte ich Arjans Partnerin werden, wäre es ein rauschender Erfolg für unsere Familie. Scheiterte ich, würde die Häme aller Goldenen wie eine Welle über uns hereinbrechen und uns unter sich begraben. Mein Hals war rau, wie ein ausgedörrtes Blatt und gleichzeitig hämmerte mir das Herz gegen die Rippen. Weil es ähnlich dringend von hier flüchten wollte wie ich. Das würde keinem von uns gelingen.

Arjan erklomm die Tribüne und die Musiker stoppten ihr Stück abrupt. Mutter krallte ihre Finger in meinen Arm und deren Kälte versackte in meinem Inneren. *Jetzt.* Es fühlte sich an, als hätte ich auf diesen Moment mein ganzes Leben gewartet und trotzdem wollte ich davonrennen. Ich war zerrissen zwischen der fiebrigen Erwartung und der Panik, die an mir nagte. Dazwischen gab es nichts.

Spätestens mit dem Abbruch der Musik hatte Arjan die Aufmerksamkeit aller Menschen im Raum gewonnen. Die Gespräche stoppten. Die Fassade fiel. Entlarvte diese Ballnacht als das, was es war. Die Möglichkeit, ins Zentrum der Macht aufzusteigen und sie war nun zum Greifen nah. Verlangen und Hoffnungen flackerten in den Gesichtern der Umstehenden. Gläser wurden gekrallt, so fest, dass ich darauf wartete, dass ihr Splittern unsere Stille durchbrach.

»Verehrte Freunde.« Arjan dehnte die Worte mit Genuss. Es gefiel ihm, wenn jeder an seinen Lippen hing. »Nachdem wir vollzählig sind, ist es an der Zeit herauszufinden, wen mir das System zugeteilt hat.« Sein Blick blieb zielsicher an mir hängen. Für den Moment blieb die Empörung der Goldenen aus, die Anspannung ließ dafür wohl einfach keinen Raum. Das Geräusch von schnellen Schritten erklang. Ein Diener, kaum den Kinderschuhen entwachsen, hastete durch den Raum. Rote Flecken leuchteten auf seinem Gesicht. Er lief auf die Bühne, das Auswahlgerät unter dem Arm. Das stand noch nicht bereit. Arjans eigenmächtige Vorverlegung der Auswahl hatte die Dienerschaft unvorbereitet getroffen. Ob sie den Jungen mit dem Gerät vorgeschickt hatten, um hinter dessen schmalem Rücken, vor dem Zorn des Präsidenten in Deckung zu gehen? Ich starrte den Kasten an, der in den schlaksigen Armen des Jungen hin und her wackelte.

Wenn es ihm doch nur aus den Händen springen würde, um in tausend Einzelteile zu zerfallen.

Wenn es nur wohlbehalten bei Arjan ankam.

Meine Wünsche schwankten, beängstigend unstet, hin und her.

Mutters Finger fielen von meinem Arm ab. Das hier war nicht ihre erste Auswahlzeremonie. Vor zwei Jahrzehnten hatte sie hier gestanden und darauf gehofft, dass ihr Bild hinter Arjans Vater auftauchte. Sie war am System gescheitert. Heute sollte ich ihr einen späten Triumph einbringen.

Ein kollektives Aufatmen ging durch die Gästeschar, als

das Gerät wohlbehalten am zugedachten Tisch abgesetzt wurde. Zwei Handgriffe des Jungen und Licht brannte an der Wand hinter Arjan auf. Sein Schatten legte sich unheilvoll über die gesamte Fläche. Mein Atem hallte in mir nach. Wie konnte ein so winziges Geräusch so laut sein?

Arjans Finger hob sich und die Blicke aller im Saal klebten daran. »Der Weg liegt im System«, rief er und sein eigener glitt herausfordernd durchs Publikum.

Die meisten von uns verpassten ihren Einsatz und so setzten tonlose Stimmen ihren Ruf verspätet ab. *Die Weisheit liegt im System.* Ein erbärmliches Echo, doch immerhin kam etwas aus den Kehlen um mich herum. Aus meiner kam nichts mehr, weshalb ich nur die Lippen bewegte.

Arjan runzelte die Stirn, kurz fürchtete ich, er würde uns den Ruf wiederholen lassen, bis er angemessen klang, doch dann drehte er sich um und sein Finger sank an das Gerät. Nur sein Fingerabdruck war nötig, um sich seine zukünftige Partnerin anzeigen zu lassen. Über die Schulter sah er zur Wand hinter sich und mein Blick folgte der Bewegung. Farben flackerten dort auf. Blasse Schlieren, gerade kraftvoll genug, um zu registrieren, dass dort ein Bild war, nicht ausreichend, um zu zeigen wessen. Mit einem Schlag wurde aus dem Farbenhauch ein Porträt, so unerwartet, dass ich zusammenfuhr. Nur einen Lidschlag später war es fort.

Es war nicht meines gewesen.

Es war Brendas.

Unmöglich! Brenda war nun eine Bronzene, sie durfte nicht länger in der Auswahl der Goldenen sein und dennoch glaubte ich, sie gesehen zu haben. Vielleicht war das die Auswirkung der schlaflosen Nächte? Ich riss den Kopf zur Seite, brauchte Bestätigung und fand Mutters Gesicht. Das erwartungsvolle

Glühen darauf war erloschen. Aufgerissene Augen starrten an die Wand, ihr Mund war geöffnet, als wolle sie protestieren, doch kein Wort kam heraus. Sie wirkte, als wäre sie in eine Tonne mit Eiswasser gesteckt worden.

Sie sah aus, als hätte sie das Bild ebenfalls gesehen.

Ich kam nicht dazu, weiter darüber nachzudenken. Ein Raunen ertönte. Etwas geschah. War Brendas Bild zurück? Schnell riss ich den Kopf zurück zur Wand.

Wieder fanden sich da Farben, doch diesmal fügten sie sich zu einem glasklaren Bild zusammen. Rotgoldene glatte Haare lagen wie ein Schleier über einem hellen Gesicht. Ein breites Lächeln wurde mir entgegengeschleudert, der Mund dazu war den perfekten Hauch geöffnet, um die Zähne gerade durchscheinen zu lassen. Blaue Augen blitzten den Betrachter förmlich an. Genauso, wie ich es jahrelang vor dem Spiegel geübt hatte.

Das System hatte mich bestimmt.

Kapitel 2

Arjans Schatten verlagerte sich, legte Dunkelheit auf die linke Seite meines Gesichts, das mir gigantisch entgegensah.

Neben mir stieß Mutter einen Jubelschrei aus. Vaters Faust zuckte triumphierend in die Höhe, als hätte er eine Schlacht gewonnen. Dabei war das hier keine Schlacht, sondern mein Leben.

Ich starrte auf das Bild, erwartete, dass es sich erneut änderte, dass die Farben verschwanden und Brenda mir ihr sanftes Lächeln entgegenwarf. Nichts davon geschah.

»Liah?« Eine Stimme ließ mich zusammenfahren. Ich zwang den Blick hin zu Arjan, der plötzlich keinen Meter von mir entfernt stand. Mein Freund aus Kindertagen, der nächste Präsident ... mein zukünftiger Partner.

Kein Wort kam mir über die Lippen. Arjans Hand ergriff meine, führte sie an seinen Mund und hauchte einen Kuss darauf. Wenn sich das hier nicht real anfühlte, dann war es das vielleicht auch nicht. Kaum, dass ich das dachte, brannte verhaltener Applaus auf.

»Ihr könnt stolz auf eure Tochter sein.« Mariannes Stimme drang dumpf an mein Ohr. »Die beiden werden solch ein zauberhaftes Paar abgeben.«

Ein Paar. Ich. Wir. Die Welt um mich schwankte bedrohlich.

»Liah?« Arjans Arm schob sich mir in den Rücken, ein Halt, wo mir die Knie zu versagen drohten.

Die Blicke der Umstehenden fraßen sich mir durch die Haut. Nie war ich mehr gehasst worden, gleichzeitig durfte ich keine Schwäche zeigen. Meine Wangen brannten, so fest zwang ich sie auseinander und spannte dazwischen mein Lächeln, wie Wäsche auf einer Leine. *Nur nicht entgleiten lassen.*

»Wann findet die Bindung statt?« Vater schob sich vor uns. Er hätte mich am liebsten jetzt und hier an Arjan gebunden. Ob er Angst hatte, dass das System sich erneut umentscheiden konnte?

»Nächstes Jahr.« Erfreulicherweise hatte ich meine Stimme wiedergefunden. Weniger erfreulich waren die entgeisterten Mienen der Umstehenden. Der Blick des Präsidenten fuhr über mein Gesicht, als sähe er mich zum ersten Mal. Ich brüskierte den mächtigsten Mann, was war los mit mir?

Arjan lächelte beruhigend. »Liah scherzt gern.«

Tat ich nicht. Das wussten auch meine Eltern, die sich bemühten, etwas wie Erheiterung auf ihre Gesichter zu legen. Gleichzeitig ahnte ich, dass ich mir gerade ein paar zusätzliche Benimmstunden eingehandelt hatte.

»Da wir hier nicht bei den Bronzenen sind, finde ich nächste Woche passabel«, fuhr Arjan fort und machte aus meiner Bemerkung einen Scherz über die Bronzenen.

»Was ist mit deiner ersten Auswahl?« Der Präsident ließ von mir ab und seine Wut richtete sich nun gegen Arjan. »Hast du die etwa schon vergessen?« Er sprach Brendas Namen nicht aus, das änderte nichts daran, dass er schwer zwischen uns lag. Das System hatte zuerst Brenda ausgewählt, ich war nur die zweite Wahl, weil sie mittlerweile zur Bronzenen degradiert worden war.

»Sie war nichts weiter als ein flüchtiges Bild, Vater.«

»Nein.« Der Präsident senkte seine Stimme, soweit, dass die Außenstehenden nichts von seinen Worten mitbekamen. »So etwas darf nicht passieren, erst recht nicht bei der Auswahl meines Sohnes. Alle hier haben gesehen, wer deine echte Partnerin wäre. Sie werden reden.«

»Sollen sie.«

»Du willst Präsident werden?«, unterbrach sein Vater ihn unwirsch. »Hüter des Systems? Dann benimm dich wie einer und nicht wie ein kindischer Hitzkopf.«

Die Worte waren leise und dennoch so heftig wie ein Schlag und ließen Arjans Wangen feuerrot brennen. Seit Ewigkeiten hatte ich ihn nicht mehr so gesehen. Damals hatte uns sein Vater hier hinter den Vorhängen gefunden, nachdem wir seine Berater heimlich belauscht hatten.

Meine Eltern waren bei den Worten des Präsidenten ähnlich erstarrt wie ich. Selbst Marianne stand steif. Wir waren unfreiwillige Zuhörer eines Gesprächs, das nicht für uns bestimmt war.

»Ihr zwei werdet dafür sorgen, dass niemand mehr von diesem peinlichen Eklat spricht. Dieses erste Bild muss aus den Köpfen verschwinden. Eure Aufgabe wird es sein, dem Reich das perfekte Paar zu präsentieren!« Der finstere Blick des Präsidenten fuhr zu mir und machte mich zum Teil des Gesprächs. Unter ihm wurde ich zehn Jahre jünger und wartete beinahe darauf, dass ich für mein Benehmen nach Hause geschickt wurde, wie damals. *Es wäre eine Erlösung.*

Arjan legte seinen Arm enger um mich, eine Provokation an seinen Vater. »Wir vollziehen die Bindung in zwei Wochen.« Bis heute hatte ich gedacht, dass Arjan äußerlich allein nach Marianne kam, doch jetzt bemerkte ich, dass er den gleichen stechenden Blick hatte wie sein Vater. Für einen Augenblick kämpften die beiden einen stummen Kampf. Es war der Präsident, der schließlich widerwillig nickte. Ein Sieg für seinen Sohn.

»Lass uns das Datum bekannt geben.« Arjan zerrte mich mit sich, fort von seinem Vater und dessen Wut.

»Du bist gerade die meist gehasste Frau des ganzen Reiches«, raunte er mir amüsiert zu, als wir die Stufen zur Tribüne hochstiegen. Tatsächlich lagen Wut und Enttäuschung auf den Gesichtern der gescheiterten Kandidatinnen. *Sie hätten alles gegeben, um hier oben zu stehen, in Arjans Arm.*

Ich hätte mit jeder von ihnen getauscht.

Was stimmte nur nicht mit mir?

Noch mehr

Auf meiner Homepage findest du meinen Shop, in dem es neben limitierten Boxen und Illustrationen auch signierte Bücher zu kaufen gibt.
Außerdem hast du die Möglichkeit meinen Newsletter zu abonieren, um über alle Neuigkeiten zu Maya und Fynn und meinen weiteren Projekten informiert zu werden.

Jella